汝今能持否

前緣能否再續，父女之間柳暗花明

葉舟 —— 著

U0091877

〈姓黃的河流〉、〈汝今能持否〉、〈在熱烈的掌聲中〉……
七篇中短篇小說，魯迅文學獎得主葉舟經典之作

目 錄

目錄

姓黃的河流

湯瑪斯‧曼也叫李敦白，艾吹明後來才知道的。

第一次看見這個鬼佬，在立秋日。那天，也是佛經上講的一個「放生日」，蘭州城裡的善男信女們，從廟裡拈完香出來，一股腦地湧進了水產品市場，買下鮮活的魚類，許了願，站在岸邊，默誦佛號，面目慈祥地往黃河裡傾倒。一時間，水面上活色生香，兵荒馬亂，驚動了東海龍王似的。

黃昏時，水面上布滿了成群的水鳥，紛紛往下栽，叼上來可口的魚食，細碎的魚鱗在夕光下閃爍，搞亂了天色。夕光是一根根金色的羽毛，像極了德國人湯瑪斯‧曼的頭髮。

在對岸的灘塗上，艾吹明打開天窗，發現一隻水鳥站在車頂，遺世獨立。艾吹明和遲牧雲剛做完。很新鮮的體驗，女人的臉上尚掛著彤雲，抿嘴笑，在認真地擦自己。一衣帶水，這一壁是荒涼的北岸，長滿了蘆葦和灌木叢。遲牧雲問，咋那麼喧鬧，市政府晚上放焰火嗎？艾吹明回說，放生日，誰做了虧心事，造了孽，緊趕著在今天放生，把罪孽沖一沖。遲牧雲說，可我放你的生，你還不樂意。

你別放我的生，還是肉身超渡的好。

褻瀆！

艾吹明攬過遲牧雲的頭，兩個人齊了肩，望著大河上的瑣碎光斑。那一瞬，車頂上的水鳥也有靈犀，撲開翅膀，跳進了他們的視線中，灰白一團，好比一幅中國水墨畫。艾吹明說，仙鶴！遲牧雲說，不像，倒像是一

隻白天鵝。艾吹明不想衝突，說，天鵝！你也是我命裡的一隻天鵝。

速霸陸是前幾天買的，性能佳，一轟油門，就駛上了堤岸邊的公路。遲牧雲望著那一片灘塗，蘆蕩深深，秋風染黃，表情也凝重了許多。遲牧雲說，這是我第一次在戶外，沒承想，會在黃河邊進行。艾吹明心裡一毛，超了車，駛上大橋，往人群密集的地方去。遲牧雲迷離地說，真的，一場夢似的，怎麼會跟你瘋狂至此。艾吹明有先見之明，從遮光板內取下來一摞證件，放在膝上，只將大紅封皮的遞給遲牧雲。喏，碰上員警也不怕，咱們是合法的。結婚證是許多年前扯的，老式開本，很有些年成了。遲牧雲不看，扔在儀表盤上。艾吹明說，等你消停下來，帶你去河西走廊轉轉，找一片無人的性感的沙漠，咱再鴛夢重溫？遲牧雲忙喊，停車，我要下去，我自己打車走。艾吹明急了，咋還是那個壞脾氣，說翻臉就翻了。遲牧雲說，艾吹明，我警告你，今天下午只當我犯了糊塗，跟你野合了一回。第一次，也是最後一回。

好在，此時車子駛近了黃河南岸的親水平臺，放生的人熙熙攘攘，無法停車。遲牧雲搖下車窗，喘息了一陣子，放棄了想法。親水平臺在堤岸下，岸上卻是小廣場，有一組群雕。艾吹明慢吞吞地駕駛著，盡力流連，想把這一次見面的時間拉長，長到一生截止最好。豈料，遲牧雲多雲轉晴，指著雕塑前的一個雜耍藝人說，瞧，蠻熱鬧的，還是個外國人，頭髮真漂亮。

頭髮漂亮者，乃德國人湯瑪斯·曼。

曼是個人來瘋，聚的人越多，手上的五個啤酒瓶玩得越好。── 機會來了，艾吹明將車子停好，順著遲牧雲的目光盯過去。五個綠瓶子，有的滿，有的空，在曼的手裡忽上忽下，依次騰空、躍底、拋起、翻飛，彷彿它們都長著一雙祕密的腳，踩著曼這一雙大手變成的小跳板。路人散淡

地欣賞著，地上扔著一些角子錢，純屬是國際義務。曼甩著一頭漂亮長髮，繚繞在頸項上，若一束金絲線，煞是乾淨。有一刻，曼竟然匹手玩起了四個瓶子，另一手抓緊一個，在往嘴裡倒啤酒，瀟灑得不成。收了手，瓶子們像一群孩子，偎在曼的腳下，規規矩矩的，曼也坐在群雕基座上，認真喝著酒。遲牧雲說，太累！我真的太累了，方便的話，你送我回去吧。艾吹明忙問，回家去吧，晚上我好好展示一下廚藝，燒幾個菜？遲牧雲頓了頓，淡泊地說，不了！挽救不了這一場婚姻，我是絕不會回家裡去的，我事先說過的。

剛買了車子，你不給我暖暖車嗎？

心是涼的，還能顧得上暖一臺機器？笑話。

下午不是挺好的嘛。

——齁齁！我覺得挺噁心的，著了你的道，讓你得逞了。遲牧雲變回了以前，別張狂，你我還在危機中，如履薄冰呢。我是說我們的關係。

秋深了，夜裡會落寒，比烏鴉的翅膀更涼。

親水平臺前的這一片洄水灣大有來頭。相傳，當年唐僧師徒西天取經，就是從這裡渡過黃河，消失在大漠落日的漫漫煙塵之中，一去經年，修得正果。數年前，市政府開始打造四十里風情線，意欲將濱河大道改造成堪比上海外灘的觀光走廊。於是，路也寬了，燈火璀璨，東西對開著兩輛無軌電車，免票觀光。這麼晚了，車廂內空空蕩蕩，誰也懶得在秋夜裡來看一條著名的河流。偏偏，艾吹明碰上了湯瑪斯‧曼。

曼坐在群雕前，喝著一瓶酒，衣衫破爛。

下午時，艾吹明給單位告了假，又給遲牧雲掛了電話。想想，今天是什麼日子，約你出來坐坐，吃頓飯。遲牧雲不耐煩，能什麼日子，度日如年，度年如日的。艾吹明誘導說，紀念日！你我在一個並不遙遠的秋季

裡，呵呵，手挽手，跨進了這一座圍城，耳鬢廝磨，義無反顧。遲牧雲質問說，有沒有事，沒事的話我掛了。艾吹明說，下了班我去接你？回答得更乾脆，有什麼好紀念的，都這樣子了，還是冷一冷的好，別捲土重來。每次都如此，連我都膩味了。說完，遲牧雲掛了。

約摸六點來鐘，艾吹明去接遲牧雲，跑了好幾個地點，手下人都說遲牧雲幾天不照面了。——遲牧雲開了幾家連鎖店，盤踞在高級寫字樓和星級以上賓館，代售機票，生意紅火。再掛遲牧雲的電話，卻已關機，鐵了心要爽約。夜黑得早。暮色蒼茫時，艾吹明轟起油門，打開音響，在四十里風情線上瘋跑，引擎與人一樣暴躁。後來看見了落魄的湯瑪斯·曼，艾吹明找見了一份同感，酸溜溜的，沒有不停下來的理由。

其實，曼不是失神，也不沮喪。相反，曼精氣神十足，一臉紅光。

艾吹明將車停下，不開燈，隱下身，認真抽一支三五。——廣場上的群雕是取經圖，唐僧坐在白龍馬上，兩手合十。肥碩的豬八戒居中，瞻前顧後。斷後的是沙和尚，擔了兩筐子經書。水泥的孫悟空孤獨地塑在高處，單腿鶴立，壓下雲頭，正眺望著苦海茫茫的人世。

雕塑揭幕後，孫猴子的金箍棒被人竊取，一直徒手。有一回，一個民工在廣場攬活，忘了摘牌，孫猴子脖子上竟然掛著「搬家、刷漆、蹲廁改坐便、換煤氣」的廣告，上了早報的頭版。此刻，孫悟空手裡舉著一把彩傘，闊大，罩住了德國人湯瑪斯·曼。傘身上印著一行文字：預防愛滋，從使用保險套做起。

曼喝完酒，將空瓶子塞進垃圾袋裡收好，起了身。曼瘦刮刮的，頭髮也剪短了，穿一件T恤，牛仔褲開了洞，膝關節也露出來，腳蹬一雙涼拖。艾吹明坐在車內，想看看這個鬼佬究竟搞什麼名堂。

曼遠兜近轉了半天，似乎在等一個時刻。稍頃，便從基座背後抱過來

一摞板材，扔在地上。人也趴在板子上，開始斟酌、測量、畫圖、裁切。曼帶了一隻工具包，一應俱全，圓規，線鋸，木匠鉛筆，斧頭，角尺等等的，拉開了陣勢。橘色的燈光漂漂泊泊地流淌而來，不很亮，像一層背景光。曼沉浸其中，趴在木板上中規中矩地作業。── 立秋日過後，艾吹明從早報上讀到過曼的一則消息，說曼是一個留學生、洋雷鋒，課餘時間專在黃河兩岸撿拾垃圾，環保分子。此刻的情形，顯然不是做清潔之工。當曼開始在板材上畫線時，艾吹明打開了車燈，白雪雪的光射過去，照著他，請他仔細。

曼做了個「OK」的手勢，單腿跪地，開始鋸一根木頭。

艾吹明覺得燈光是一種引見，遂下了車，蹣跚過去。曼很投入，胳膊上的肌肉疙瘩鼓凸而起，線鋸上下翻飛，沿著規劃妥的線路，要解出一根像樣的東西來。艾吹明挺客氣，扔下一包三五。果然，曼受用地呷了一支，將煙霧吞進了胸腔，一副陶醉的模樣，滿臉喜悅。窮學生，艾吹明想。又問，黑燈瞎火的，你在鼓搗什麼玩意？

曼聳了聳肩，見怪不怪的表情。

高鼻深目，金頭髮，臉頰上刀砍斧削的線條。艾吹明心說，娘的，真漂亮，竟有這麼俊郎的男人呀。曼不吭聲，抽得格外認真，連菸蒂都快燒著了。艾吹明想，洋鬼子，或許說不了中國話，遂打起手勢，喂喂喂，你瞎鼓搗什麼呢？曼做了一個划水的姿勢，又指了指夜幕下湍急的河水，手裡有一支槳葉似的。艾吹明明白過來，覺得罕見。── 在這麼一個荒天旱地的內陸城市，打造一條船，真算得上是一件奇蹟事。蹲在地上，艾吹明想套近乎，又發了一支菸。曼別在耳後，趴在板子上，開始丈量和畫線，隻字不語。不遠處，駛過了一輛無軌電車，辮子一晃，擦出來一蓬幽藍的火花，剎那閃滅。

喂，你是叫湯瑪斯什麼吧？

湯瑪斯迴旋！

艾吹明笑了。幸好，他知道這個體操術語。看來，鬼佬並不簡單，一口標準的普通話，也令艾吹明暗吃一驚。曼叼起一根鉛筆，單眼吊睛，在測量一根線的曲直。完事，曼又開始解板，並熱絡地說，別喊我湯瑪斯·曼，叫我李敦白吧。

你李太白他弟？

當然！不敢高聲語，恐驚天上人。

—— 叫李敦白的鬼佬指了指夜空，神祕一樂，嘴角上掛著鉛筆的跡印子。艾吹明一下子喜歡上了李敦白。心想，無處可去，在這裡陪一陪李敦白，瞧他的一雙手怎麼打造出一艘船，或許也是快樂。念想至此，艾吹明便也踏實下來，想給李敦白打打下手。—— 夜深了一截，寒也濃了一寸。李敦白索性扔了涼拖，赤腳在地上踱來踱去，一副成竹在胸的樣子。艾吹明問，就這幾塊膠合板，幾根破木頭，燒火還差不多，你能做什麼船？玩具吧。李敦白抿了抿筆尖，在板材上潦草幾筆，就畫出了一隻小船來，漾蕩在幾根波浪形的鉛筆線上。

獨木舟！

艾吹明問，這玩意兒，做什麼使？

從這裡下水，沿著姓黃的河流，一直漂到山東，然後買一張機票，回巴伐利亞去。李敦白眸子晶亮，表情卻羞赧，影痴痴地說，我媽媽快結婚了，我答應她，要趕回去參加她的婚禮，聖誕日。

幾根腕子粗細的長條木頭，依次被畫上了斜角。李敦白換下線鋸，提起長鋸，開始裁切。艾吹明幫著穩住木頭。沒承想，李敦白的力氣大，木頭晃得凶。李敦白便將木頭嵌在唐僧座下白龍馬的腿縫間，卡牢後，恰好

能使上勁。三兩下，就能切下一個斜角來。艾吹明心猜，八成是木匠的兒子，自小有遺傳。但腦子裡仍疑問不斷，這麼一堆瑣屑的零件，咋會裝配起一隻獨木舟呢？李敦白好像有感應，很快就告訴了艾吹明。── 將切下的斜角兩兩對接，在地上形成一條彎弧，猶如此刻天上的弦月。艾吹明想，對了，這是龍骨！

鬼佬果然厲害，先打製出一根獨木舟的脊梁骨，剩下便好辦多嘍。艾吹明登時來了情緒，幫著對方砸釘子，抹膠水，暗中佩服。

其實，坐火車更方便。天冷了，黃河水也小，幹嘛遭這份罪。艾吹明是個愛掏心窩子的人，又有國際主義熱情。心說，窮學生，還靠玩雜耍掙過一些角子錢，興許，我還可以送你一張硬臥票，單程。下游那一段我跑過，得信我，這樣冷的天，內蒙和山西那一帶怕是早就封河了，你不能不講科學吧。

李敦白抿著一嘴皮的釘子，邊砸邊說，我發了願！

什麼願？

我媽媽真不容易。我沒什麼禮物好送，就給克拉拉電話說，我想漂完這一條姓黃的河流，讓她在婚禮上高高興興。李敦白撐身，眨了一眼，很調皮。對了，我媽媽叫克拉拉，屬羊。話未完，咩咩一叫。

喂，你幹嘛老說姓黃的河流。是黃河，不姓黃！

艾吹明的英語可憐，但 Yellow River 這個詞還是明白的。孰料，李敦白問：

你們中國人，把黃河稱做什麼？

母親河呀！

喊，這不得了！李敦白用了捲舌音，詭祕地說，姓黃的河流，母親河，我從頭漂到尾，送給媽媽，豈不兩全其美嘛。

死腦子，像核桃一樣。艾吹明不好發火。——就算是姓黃的河流，那也是俺家裡的，跟你個鬼佬扯不上干係。

膠水是特製的，黏合力強。一段段斜角的木頭被釘子接合後，又抹上膠液，一瞬間便牢固了。李敦白舉起彎月似的龍骨，在地上敲打了一番，很硬實，有點像曲棍球的杆頸。此乃一艘獨木舟的脊骨，承重部位，馬虎不得。李敦白扛在肩上，誇口說，以前在家裡時，附近有幾個湖泊，挺大，鎮上的人們都會做獨木舟，然後漂進湖裡，一整天都不上岸，可美了。我偷偷學了技，也做過幾隻，還參加過校際比賽呢。工欲善其利，必先利其器，你們的話。

你常發願嗎？

喜歡這種生活，控制不了身體，癢。癢是一個人最美的動機，也叫理由。李敦白說「癢」時，學了學孫悟空抓耳撓腮的樣子，很逗。

癢？！

艾吹明默念著。

歇了工，李敦白摸出兩瓶啤酒來，牙一磕，遞給艾吹明一支，自己也飲了一支。李敦白指指遠處的速霸陸，謝謝你的燈光，真透！

引擎燃燒，將兩個人攏在聚光裡。新買的？艾吹明點點頭。一提醒，艾吹明便思想，遲牧雲半年前送給自己一臺速霸陸，交了錢，立秋前才提上車，掛了牌照。半年前，遲牧雲還在家裡住，出雙入對。但此刻，卻是車在人杳，時過境遷，彼此的關係冷到了這個份上。說不清誰是誰非，遲牧雲神經一錯，搬出去住了，連地址也不告訴艾吹明。——今天是結婚紀念日，卻如一碗被泡久的速食麵，寡寡淡淡地閒置著。艾吹明一腔的熱情，淪喪到現在的五味雜陳，唏噓不已。李敦白瞧出了他的孤單和落寞，笑話說，你剛失戀？

也許！

李敦白伸過來，碰了一下瓶口，失戀也好，人會痛，但至少不癢！

我的婚姻快破產了。

呵，那你可以申請破產保護嘛。

── 鬼子邏輯。艾吹明真的喜歡上了這個傢伙，像是個占星術士，四兩撥千斤，很輕易地將艾吹明一肚子的惱怒和陰靈，化解於無形。艾吹明問，明天還來嗎？要不我幫你將一堆零件拉回去？李敦白聳聳肩，不！我在河邊常撿垃圾，親水平臺的值班員認識我，可以保管在他這裡。李敦白展了展手，起碼，也得加快些速度，克拉拉快結婚了，聖誕日，我得踐約。剛聽到一半，艾吹明的手機響了，一陣輕音樂。李敦白問：

詹姆斯·拉斯特樂隊的？

艾吹明不搭理他，逕自接了，擰身往親水平臺上踱去。李敦白撇撇嘴，一副洞悉一切的神情，接著趴在地上幹活。親水平臺是堤岸延展向水面的一座遼闊建築。此刻河水寧靜，一彎弦月倒映其上。遲牧雲略帶了遲疑和哽咽，開門見山地說：

我懷孕了！

怎麼？

遲牧雲道，你忘了？立秋日，在黃河邊跟你做了一次。

艾吹明在區上工作，清水衙門，意思不大。

中午時分，艾吹明猜，幼稚園快吃午飯了，便給老師掛了電話。囡囡好吧？抱歉，這一陣子太忙，老出公差，等得了空，我一定去看看囡囡。艾吹明見過櫻桃班的女老師，剛從學校畢業，驕傲得像一隻孔雀。據說一直在考中戲的表演系，命薄，數年未果。都挺好！不放心的話，就過來親自看看。艾吹明頂頭澆了一盆涼水，忙說，不是那意思，我人在秦皇島。

否則的話，我定會去跟您溝通一下的。——囡囡是艾吹明和遲牧雲的女兒，四歲半，分到了櫻桃班。學校雙語教學，全托，收費不菲。艾吹明問，囡囡她媽去看過孩子嗎？有多久沒去過了？老師直脫脫地說，嘿，別瞎計較了，該忙什麼，就去忙你們的吧。孩子在這裡，虧欠不了。

艾吹明說，請你給囡囡她媽掛個電話，就說孩子病了，嚷嚷著要回家。

什麼意思？

哦，也沒什麼意思。艾吹明急出了一腦門子疙瘩，前不久，囡囡她媽也想孩子，結果給想病了。

喂，你什麼家長？你可別拿孩子說事，更別發咒！

喀嚓掛了。

——昨晚上，接到遲牧雲的電話時，艾吹明也吃過咒。我懷孕了！遲牧雲的話，讓艾吹明一凜，不可能吧，我那一梭子怎麼會上靶呢。遲牧雲像最後通牒，提醒說，立秋日，在黃河邊跟你做了一次，著了你的道兒。

那天提了車，去車管所掛牌，艾吹明想用妻子的身分證登記。畢竟，速霸陸是遲牧雲贈送的。艾吹明愛車愛瘋了，拿了好幾年的本了，但空懷一身屠龍術。當時，遲牧雲還在家裡住，便遂了丈夫的心願，幫艾吹明挑了一款性能頗佳的速霸陸。遲牧雲不應，車子是送給你的，用你的證件登記吧。艾吹明問，你都搬出去了，不吭不哈，對我冷若冰霜的，我還有臉嗎？遲牧雲哀哀地說，但願，但願能挽回一點咱倆的感情，留住這場婚姻，值當！艾吹明從這句話裡，看見了一點點稀薄的星光。心想，妻子的饋贈，或許是她迷途知返吧。

孰料，在試車的過程中，兩個人在黃河北岸激情了一把，卻落下了把

柄。昨晚上，遲牧雲哀戚地說，你弄的好事，今天是紀念日，結果你送我這麼一件禮物，叫我還怎麼過？生不如死嘛。艾吹明只當是試探，大咧咧地說，大不了，你就生下來，給囝囝生個弟弟，也好做伴。遲牧雲決絕地說：

我改天去醫院。

幹嘛？

拿下來！

別窮折騰了，拜託！

遲牧雲最後通牒道，這一次，真的不一樣。不一樣！

你這是幻覺，牧雲。

艾吹明有了火，語氣上強硬起來。艾吹明了解遲牧雲的性格，無事生非，自尊，多疑，一點小小的山角，就能掀起十二級的大浪。艾吹明說，你那是幻覺，消極反應。你真的該去一次醫院，不過應該去腦系科看看了。話音未落，遲牧雲憤怒地掛了。

現在，櫻桃班的老師也掛了，不容置辯。

家還是這個家。客廳的牆上，掛著結婚照，亙古不變，笑容凝固。一襲婚紗在時光中慢慢變舊，舊得像一張昨天的報紙，無人問津。玻璃上也覆了一層灰，讓人有隔世之感。自從遲牧雲搬離後，少了人氣，四壁間煞是冷清，連廚房的灶火都沒開過，艾吹明常在街上的雞毛小店裡打發飢餓。懶得收拾，連衣服也不願去洗，經常在一堆衣物裡，挑較為乾淨一點的穿。艾吹明剛躺在沙發上，忽然聽見一陣急促的叩門聲。未及應聲，房門忽地打開。

左球進來了。

艾吹明的心先虛了一大截。左球進門，轉身招呼後邊的人，快進來，

就當是自己家，千萬別客氣。來了客人，一個是大暴牙，另一個小瘦子。艾吹明眼生，去忙著燒水沏茶，遞菸問候。左球手裡還捏著房門鑰匙，指著艾吹明介紹說，艾吹明，髮小，跟我姐是兩口子。艾吹明點了頭，悻悻坐在一側，聽三個人在談事。談了一會子，左球忽然對艾吹明說，中午了，你去弄幾個小菜，我跟朋友喝幾盅。

敢情好！禮拜六，我也閒慌著。

就你一人？

艾吹明一怔，欲言又止地說，牧雲忙她的事去了，你還不知道你姐呀，忙瘋了，天上只要有飛機飛，她就不得閒。

難怪，你瞧你把家弄得像一個豬窩似的，不是說你，不像話嘛。左球彷彿這個家的主人，指東說西，毫不客氣。兩位客人盯視著艾吹明，覺得他太蔫。艾吹明陪著笑臉，給足了左球面子。

在樓下叫菜的過程中，艾吹明心猜，左球這是來問罪的，還糾集了不三不四的朋友，想給自己來個下馬威。此前亦有過先例啊。

左球、遲牧雲和艾吹明是髮小。左球叫遲大勇，自小就喜歡足球，入選過市上的中學生足球隊，專司左前鋒，腳法凶悍，落下個「左球」的綽號。左球與遲牧雲是雙胞胎，一母雙生，本地人喜稱「龍鳳胎」。姐弟二人的關係膩得不一般。成年後，走在街上，人們大多以為他們是一對情侶，沒大沒小，不分場合地你掐我捏，放肆得可以。左球踢了幾年球，荒廢了學業，連高中都沒畢業，逕自在社會上打秋風。遲牧雲和艾吹明則考進了師範學院，很快就走在了一起。關係明朗後，左球有一次威脅艾吹明說，別欺負我姐，只要我在，你欺負一次，我就抽你一根腳筋。當時，艾吹明沒往心裡去，人家畢竟是姐弟，話在情理之中嘛。

新婚夜，喜客們都散了，左球仍率著一幫子陌生人，帶頭吆喝著鬧洞

房。鬧到後半夜，人困馬乏，才算了事。臨出門，左球將艾吹明喊到門外，摸著新郎的腦瓜，認真叮囑說，吹明，你得聽我姐的，輕一點，溫柔一點，別嚇著她。──艾吹明心緒敗壞地躺在婚床上，一五一十地學給遲牧雲聽。孰料，遲牧雲哈哈哈地大樂，不以為然地說，大勇關心我是正常的。這世上，我和大勇待的時間最長，比任何人都多十個月，大勇不惦記我，誰還牽心我呀。

次日一早，左球又來探視，眼神鬼兮兮的，讓艾吹明覺得自己做了賊。整整一個蜜月，左球像個特工，在兩口子的生活裡臥了底，神出鬼沒。

這還不算。待圓圓出生後，有天夜間，房門忽然被撐開了，嚇得艾吹明趕忙去廚房抄菜刀，以為進了歹人。燈一亮，卻見是醉眼朦朧的左球，熟門熟路地躺在沙發上借宿，連聲招呼也不打。那一回，艾吹明真的惱了，問遲牧雲說，我是不是家裡的男主人？遲牧雲道，自己家的兄弟，我給他配了一把鑰匙，讓他方便些。艾吹明坐了一夜，聽見隔壁的巨鼾，總覺得家裡埋了一顆地雷似的，不能入眠。遲牧雲嗔怒道，別那麼太小氣，弟弟又不是陌生男性，我可對你忠貞不二，你不能瞎想，傷了我和大勇的血親。

也就近些年，左球來得比較稀，插手甚少。晃到了三十郎當多，左球娶了一個離過婚的女人，還帶了一個半大小子。辦完事，艾吹明方知道，居中牽線的竟然是遲牧雲，愕然不少。艾吹明問，大勇條件蠻好的，幹嘛屈尊低就呢？遲牧雲說，離過婚的女人好，有傷疤，有經驗，知道該怎麼去惜疼男人。大勇這樣子的人，就該讓女人收懾住心，不能再混了。原先，女人的父親是一家國企的頭頭。

左球天生反骨，歸降了半年，又辭了工，拿著一筆妻子的錢，忙著做

生意。艾吹明很少過問左球的事，伸手不打笑臉人，左球既然帶朋友上門來，也就另當別論。

　　菜很豐富，鋪張地擺滿了一桌。艾吹明拿出兩瓶瀘州老窖，請他們開喝。小瘦子對艾吹明客氣了一番。左球道，別管他，他是個小公務員，一喝臉就紅，最不濟了。艾吹明照舊點點頭，殷勤地斟酒沏茶，全然局外人。——記憶中，左球從沒喊過艾吹明一聲「姐夫」，不是直呼其名，就是喊他「小公務員」，語帶輕薄。大暴牙也敬了一杯酒，艾吹明接在手上，左張右看。不承想，左球厲聲道，別喝！你沾上酒，讓我姐知道了，有你的好果子吃。艾吹明起了倔，怕自傷面子，奪回手裡，遂一飲而盡。又借酒發力地說，你姐呀，你姐早就搬出去住了，想清靜一段。可好，清靜了有幾個月，上了癮，就差削髮為尼了。左球問，拌嘴了？艾吹明說，吵架倒好了，吵架還能練練口才。問題是結婚以來，我跟牧雲一架也沒吵過，更沒紅過一回臉，平平淡淡，結果牧雲還是去外邊躲清靜去了，怪道。——這番話，類似於洩露機密，尤其當著外人的面。左球面呈不悅。艾吹明沒嗅見危險，仍不依不饒地說，大勇，你得去勸勸你姐，對我有意見要提，別窩在心裡自己受罪。大勇你瞧瞧，我現在過的什麼日子，老婆不著家，光棍一條，家裡連個人氣都沒有，冰鍋冷灶，夠窩囊的了。左球說：

　　你們的婚姻出了問題，絕對！

　　艾吹明囁嚅道，我看也是，開水不響，響水不開，牧雲一定是有別的想法，才對我下這樣的手段。但牧雲又不說開，自己悶著，別悶出病來。

　　多找找你的毛病，多反省自己。

　　艾吹明不以為然，你姐那人，唉，心比天高。興許是嫌日子太平淡，沒滋沒味。可普天下的人家，過的都是這樣不鹹不淡的生活，又不是明

星，還見天被閃光燈照著。

別太較真，吹明。

—— 每次都如此，說了也白說。艾吹明明白，人家姐弟二人比誰都親，穿一條褲子，胳膊肘子始終往裡拐，豈有向他艾吹明說話的道理。念想至此，艾吹明不打算訴苦了，滿當當地灌了一大杯，像心中藏了無限的塊壘，唯杜康可解。

半晌後，艾吹明覺得鼻子一溼，手一摸，摸出了一把熱辣辣的血水來。越抹，鼻孔裡流得越凶。兩條長龍，掛在臉上。

艾吹明白語，太熱，燥！

傍晚時，艾吹明走到李敦白跟前，哎，送你一件小禮物，打開看看。李敦白不解，又狐疑地拆開了報紙團，取出一件莫名其妙的東西。瞅不出底細，也不知究竟是什麼稀罕物。李敦白道，艾，祕密武器？

墨斗！

—— MO－DOU？

艾吹明糾正道，ㄇㄛˋ，墨水的墨，ㄉㄡˇ，斗笠的斗。

恰好，李敦白剛在板子上畫線，用的是有機玻璃的尺子，臂長，鉛筆線歪歪扭扭的。艾吹明有備而來，擰開墨汁，倒進了墨斗坑裡，讓棉花浸了浸。差不多時，艾吹明扯出一根墨繩，交給李敦白，對峙而立，找準了距離。艾吹明心想，鬼佬，現在叫你開開眼，看看這個中國戲法。墨繩繃緊在木板上，艾吹明用指尖提懸，用了力，引弦不發，衝著李敦白笑。李敦白不明就裡，卻瞬間聽見「嘣」的一聲。墨繩落地，在板子上吻下一條端直的線，清晰無比。墨吃進了板子裡，慢慢暈染開來。讓李敦白一驚一乍，眼睛瞪成了牛鈴一般。李敦白道，艾，你幹嘛送我這麼一件貴重禮物，太神奇了。艾吹明淡泊地說，不值錢，才十幾塊，我下午去棺材鋪子

裡買的。李敦白抱著墨斗，親了幾口，左端右詳了一遍，道，這像一隻獨木舟，我坐在坑裡，順著姓黃的河流，一直這麼漂下去。李敦白比畫著，樂顛顛的。艾吹明心裡有事，夜裡來親水平臺，只為了排遣一下鬱悶，顧不上閒扯。於是催促說，快幹活吧，再遲的話，你媽媽的婚禮也會被你耽擱掉的。

李敦白表情一冷，默然不語。

艾吹明給李敦白打下手，一會子幫著切削木頭，一會子扶住板材，看李敦白剖板下料。龍骨前夜已做妥，李敦白又在龍骨兩端開了榫眼，將一根根肋骨樣的木條嵌接進去。龍骨和左右兩側的肋骨條，像從 X 光機裡抽出來的一張底片，瘦削削的。—— 這是獨木舟的骨架，平底，中國式。

消停下來，李敦白又如以往那樣，取出來兩瓶啤酒，一一咬開，各自往肚子裡灌。李敦白騎坐在豬八戒叉開的腿上，不吭不哈，心事重重。末了，李敦白拍拍艾吹明的肩：

艾，對不起，我昨天給你說了謊。

別說這話。

李敦白的眼眶溼了，努著嘴，艾，我的確是去參加一個婚禮，這沒錯。但不是我媽媽的。艾吹明不曾料到這個鬼佬會哭，也不知是什麼緣故，竟勾起了他的傷懷。艾吹明出於禮貌，並未打斷李敦白，靜下心下。李敦白忽然破涕為笑，艾，你不樂意聽的話，我也不勉強。只是，在這麼荒涼的秋夜裡，我的心很疼，就想說一說。我這個洋鬼子，在這個陌生的城市裡沒一個朋友，恰好碰上了你，如果不浪費你時間的話。

老李！—— 艾吹明稱呼鬼佬為「老李」，覺得唯其如此，才不生分。老李，我真的沒什麼破事兒，你要難受，你就一吐為快吧。

你真的快破產了，跟一個女人？

鬧不好，我會在她的稱謂前加一個字，「前」，前妻，從夫妻變成一對仇人。中國有句老話說，夫妻本是同林鳥，大難臨頭各自飛。

艾，有兩件事不能強求，德國老話。

什麼？

李敦白道，第一，倒向一邊的牆，你莫可奈何；第二，倒向另一個男人的女人，你也不能強求。

挺老練的呀。你呢？你結婚了麼？

李敦白孩子氣的眨眼，慨然道，在這個世界上，有那麼一個好女人，她因為沒作我的妻子，至今仍然快樂萬分，這就夠了。我甚至不知她姓字名誰，芳齡多少，反正她只要幸福，這就夠了。

鬼子邏輯。艾吹明想。

那你不去試試？說不定，作了你的妻了後，她會加倍快樂的。

我不這麼想。

—— 月光照著河流與夜鳥，一輪弦月，逐漸趨於飽滿和晶瑩，也一寸寸邁向深沉與廣大。李敦白終於打開了話匣子，道：

艾，有一個老人死了，他叫沃森。我不知道他為什麼叫這個名字，反正叫沃森、沃森、沃森。沃森是上半年死的，我向學校請了假，回了一趟巴伐利亞。我不想去送葬，雖然沃森是我的舅舅，唯一的舅舅。—— 我回去，只為了親眼看見這個沃森死了，沃森真的死徹底了，被埋葬，讓上帝收回到了身邊，我才踏實。

沃森是個混蛋，他一個人偷偷死掉了。

這沒錯。

出殯那天，下著凍雨，墓地裡到處都是泥漿。我媽媽哭了，哭得很傷心，比天空還哭得發抖，險些被送進了醫院去搶救。但克拉拉活了過來。

克拉拉對我說，曼，我的兒子，沃森現在死了，一切冤孽都可以忘記了，你別再去中國留學，乖乖待在家裡，陪媽媽。媽媽已經老了。我隨時會死的，而且會死很久，久到你會徹底忘了我。——克拉拉很動容，插著氧氣，氣息衰弱，緊緊拽住我的手，有一種哀求。我不為所動。我問媽媽說：

你知道了？

克拉拉說，我早就知道了。

媽媽，你知道我一直保存著那張聖誕卡片嗎？

克拉拉說，曼，你心裡一直有仇恨，別當我不知道，知子莫如母。這麼多年來，你去異鄉他國漂泊，滿世界浪跡，只因為你身體裡埋著憤怒和仇怨，一刻也不願消泯。那年冬天發生的事，我誤以為當時你還小，你不知道呢。但後來一個偶然的機會，我才知道你洞悉一切。

媽媽，我什麼都知道。我閉緊嘴巴，但不妨礙發表心靈。

你離開我的話，你姐姐也不會回來。

不！她很好，她會回來。

沃森死了，米蘭達更不會回家了。

我對媽媽說，夫人，我得走了，我很抱歉。我非得去做一件事，做完了這件事，才能回來陪你。——我很執拗，三天之後，我就背起行李，買了一張機票回到了上海。但我臨走前，還是忍不住對克拉拉說，媽媽，有一條姓黃的河流，我要去漂，從頭漂到尾。媽媽，我已經在心裡對上帝發了願，為了你，為了米蘭達，我才去漂它的。在中國，這條河叫母親河，我是替米蘭達去贖罪，去懺悔的。

克拉拉哭了，也應允了我。

艾，你真的不知道，那三天時間裡，我白晝為鬼，入夜做人。所以我

現在害怕夜晚，不管是東方的，還是西方的。李敦白吐了吐猩紅色的舌頭，有點詭異，也有點駭人。那三天，巴伐利亞一直在下凍雨，人會凍僵，但每天晚餐後，我都會偷偷地溜出來，隻身一人，跑進那一片林子裡，去查看沃森的墓地。—— 其實，也沒什麼結果，沃森被埋掉了，躺在黑暗的墓穴裡，死得徹徹底底，成了一具僵屍。可我總有一絲不放心。我被雨澆溼了，但我不甘心。我就守在那一片吸血鬼和幽靈盤踞的墓地裡，看看沃森會不會起死回生。如果是，我一定會掐住他的脖子，叫他死第二回。死是容易的，也是自私的。沃森這麼輕易地占了便宜，把所有的祕密都帶走了。我沒理由不恨他。艾，你知道的，人到了憤怒的頂點時，會變成一支汽油桶，一點就著，嘩，爆炸，粉身碎骨。

按理說，我不該這樣。許多年了，在我成年以後，我跟沃森連一句話也沒講過。他身上臭，他是個老混蛋，我剛說過的。

第二天，我就要離開那個奢華空虛的家，一走了之。臨走前夜，我又去了墓地，扛著一把鐵鍬，挖開了沃森的墳。我不想去看那個混蛋發綠長毛的僵屍。我只想埋下一頁紙，一張發黃的聖誕卡片，連同那些舊日子，一乾二淨。然後輕輕鬆鬆地來這裡。我辦到了，沒什麼後悔的。真的。

那張卡片很薄，薄得像一隻小鳥的重量，飛走了。

—— 艾吹明沒咋聽明白，覺得像一部恍惚的電影，沒頭沒尾，烏煙瘴氣。要麼，就是鬼佬已經喝醉了，在自說自話。出於禮貌，艾吹明也沒發問，耐心地作一個聽眾，含著胸。李敦白根本就不在乎艾吹明的反應，兀自沉浸在述說中，眼底裡有一片雲翳，冷，落寞，空寂，遠遠地漾蕩在天邊似的。頓了頓，李敦白醒過來，道：

講個輕鬆的話題，給你說說一個女孩子吧，艾。

她叫米蘭達，也可能叫特麗莎，隨便叫她什麼都行。但我喜歡米蘭達

這個名字。—— 那個夏天，講故事的人都喜歡偷懶，愛說那個夏天。這是個簡便的方式。—— 那年夏天，米蘭達剛巧 14 歲，風一吹，她幾乎變了個人似的，不再是醜小鴨，是一隻小白天鵝。巴伐利亞的俗語說，女孩子就像一枚卵，就看破殼的那一瞬，究竟是個什麼精靈。女孩子的變，真的在一夕之間，由青澀、黑瘦、焦黃，變得滋潤、飽滿、發白，像一隻中國瓷器那樣。米蘭達正是如此。當然，變的還有米蘭達的驕傲心。她意識到了這一點，所以經常穿一條短裙子，露出一雙白花花的長腿，在街上走來走去，惹得全鎮子的少年趴在窗口上，吹口哨，獻殷勤，要求和她約會。但米蘭達誰也沒答應。她扭著胯，拔長脖頸，傲慢得像一位公主，炫耀自己的美色。另一個原因，是她有一個討厭的弟弟，鞍前馬後地跟著她，壞了她的好事。

當時德國還分裂，東西兩半。冷戰沒結束，柏林牆還在。

那個夏天，米蘭達的弟弟才 9 歲，個子矮，像一根小泥鰍，經常跟在米蘭達的屁股後邊，甩也甩不掉。米蘭達為這件事，和弟弟談過好幾回。央求他，別再像個老鼠尾巴，煞風景，壞了姐姐的招搖和自信。但當弟弟的很窩囊，鎮子上也沒人樂意跟他玩，就哭鼻子，告饒。米蘭達沒了轍，送給弟弟一個銀子的燭臺。—— 那是一盞枝形燭臺，有機關。蠟燭燒到末尾時，會從燭臺裡跳出來一個精靈，有時是妖怪，有時是動物，有時又是白雪公主什麼的童話人物，一共十二枝，有點像慕尼黑市政廳上報時的組鐘。米蘭達上街去賣弄前，便給燭臺上插滿蠟燭，鎖了門，留弟弟一個人去等，一等就是大半天喲。

可弟弟很快發現了蹊蹺，燭臺也不能誘惑他了，又纏在米蘭達後邊，寸步不離。弟弟在街上遭人恥笑，有時還莫名其妙地挨一拳頭。米蘭達不僅不護弟弟，還在一旁哈哈大笑，笑得花枝亂顫。那以後，米蘭達想出了

更古怪的招數。常常將弟弟哄騙進一間黑屋子，趁機掛上鎖，溜之大吉，去野，去瘋，去跟每個男孩子約會。——艾，忘了告訴你，那不是一間普通的黑屋子。伸手不見，用中國話說，是十指？還是五指？反正漆黑一團，比洞穴還黑。

要命的是屋子裡還躺著一位病人，癱瘓在床，屎尿不能自理。

那傢伙是一個爵士的後裔。他爺爺曾花了一大筆錢，買過威廉皇帝的爵位。但家族破敗了，人也患了風溼病和肌無力，癱成了泥。但他仍有貴族的遺風，每天讓家裡的女傭洗漱乾淨，穿戴整齊，還在胸脯上掛滿一大堆生鏽的勳章，威風凜凜地陷入回憶。在黑黢黢的房間裡，空氣異常難聞，令人作嘔。女傭也偷懶，傍晚前才收拾一下。那傢伙躺在牆角裡，經常在問，黑夜，還是白天？骨頭一樣白的白天，還是眼睛一樣黑的黑夜？——米蘭達的弟弟就待在屋子裡，跟一隻活僵屍對峙，嚇得丟了魂。那個夏天，小男孩用指甲摳，想把牆壁摳破一個洞來，吸上新鮮空氣。指甲滲出了血水，那一座石頭房子仍紋絲不動。

對了，米蘭達還有一個媽媽，就是那個爛泥樣的貴族的妻子。他們結婚時，那傢伙已經坐在了輪椅上，一根朽壞的木頭。平時，米蘭達的媽媽和舅舅去城裡打點生意，一週回來一次。米蘭達和弟弟在鎮上讀書。米蘭達就是那時候，出脫成了一個小妖精的。

——艾吹明摸出一支菸，遞給李敦白。李敦白眼底裡的陰翳碎了，散了，退在眸子後邊的遠天遠地裡。艾吹明直突突地問：

米蘭達是你姐！

當然！

老李，你在跟我憶苦思甜哦，真有你的。

什麼？

　　沒什麼，你接著嘮吧。酒不錯，再來一支。

　　李敦白道，整個夏天，艾，我煩「夏天」這個詞。夏天令我想到燠熱，想到世上的一切都在不知不覺中腐爛，走向滅亡。還是秋季好，一個人能死在秋天，死在這麼浩瀚的秋季的夜晚，無論如何也是件高興的事。這想法，還是那個小子被關在黑屋子裡產生的。 ── 屋子裡飄滿了病菌、咳嗽、陰溼，也盛滿了太多的死亡氣息。它們鑽進了那小子的骨髓和血液裡，使他長大後，恨不得插上一對翅膀，滿世界流浪，去撒野，去喊，去叫。而那時，米蘭達卻悠哉游哉，跟每一個可以上手的男孩子約會，引得他們爭風吃醋，打架鬥毆。米蘭達的名聲漸漸臭了。

　　長話短說吧。

　　年底很快到了，下過幾場大雪，鎮子上都被幾英尺的雪覆蓋。米蘭達沒了去處，便乖乖地待在家裡，站在窗前咒天罵地，氣惱壞天氣毀了她的約會。街上有的人家，已經開始布置聖誕裝飾。掃煙囪人站在屋頂上，一身黑灰，只有牙齒是白的。弟弟一個人在發呆。那小子，總盯著家裡的壁爐，想像聖誕老人會從煙囪裡鑽下來，提著口袋，來分發一些小禮物。媽媽也回來了，帶著舅舅沃森，載了一車廂的東西。今年的買賣不壞。那時候，沃森還像個紳士，戴禮帽，繫領帶，領口發白，見天笑吟吟的，坐在寒天冷地的露臺上飲酒。誰也不知道，沃森竟是個混蛋。

　　我要說的是離聖誕日前三天的事。大事。

　　有一晚，米蘭達喊了弟弟，鑽進她的臥室。米蘭達佯裝神祕說，要是讓你許一個聖誕願望，你會許什麼呢？弟弟想破了腦殼，才回說，許一個春天，全家人去森林裡度一個長假，再吃一頓燒烤，最好是魚。弟弟的回答令米蘭達很失望。弟弟問，你呢，你許什麼願？米蘭達這才從身後遞出一張聖誕卡片，焦急地說，學校讓我將聖誕許願寫在上面，再寄給聖誕老

人，可我沒想好。米蘭達真的很焦急，從弟弟嘴裡討不來好主意，便獨自熬了大半夜，寫了很多草稿。寫一遍，撕一遍，都不滿意。

天亮時，米蘭達終於寫妥了，填在了卡片上，等著早晨來鎮子上的郵車投寄出去。但米蘭達人困馬乏，趴在桌子上睡熟了。恰巧，弟弟進了米蘭達的房間，偷窺了一眼姐姐的許願。

弟弟認識那一行字，看見米蘭達寫道：

許願：希望沃森舅舅，今後再也不要侵犯我，願聖誕老人聽見！

這是個機會。

弟弟念了一遍，漸心生惡念，想起怎樣報復姐姐了。——整個夏天，那個該死的夏天，弟弟被關在黑屋子裡，感染了那些看不見的病菌、咳嗽、陰溼和太多的死亡氣息。他沒理由不怪罪米蘭達。再說，弟弟也對「侵犯」這個詞似懂非懂。那個年代，電視裡允斥著這句話，在柏林牆兩側，華約和北約天天在相互指責對方侵犯，反正不是一個什麼正經詞。弟弟覺得，這是個機會。在郵車撳響第一遍鈴聲時，弟弟偷偷出了家門，連信皮都沒封上，也沒貼郵票，徑直塞進了郵箱裡。做完這些後，弟弟望著睡眼惺忪的米蘭達，第一次有了快意。

當天，郵差報了警，警察找上了門。

李敦白展了展手，一副無可奈何的神情。他一停下，故事也停下了。艾吹明卻不幹。心猜，這鬼佬弟弟，不正是眼前的這傢伙嘛，原先他在懺悔。酒光了，李敦白扔著瓶子玩。艾吹明說：

老李，醉了？

別忘了，我是從慕尼黑來的。

想喝的話，我再去買一捆來。咱倆是城裡最落單的人，一醉方休？

不了！還要講故事哪。——為這個故事，我幾乎喝遍了全世界的

酒，但酒不是後悔藥，治不了我的病。李敦白死乞白賴地擠出一絲笑，問道：

還想聽下去嗎？

想！如果你信任我的話，我想知道接下來。

我不懷疑你忠誠的臉。艾，你送我一隻 MO-DOU，投桃報李，我只能給你講講為何造一支獨木舟的故事。李敦白，或者說湯瑪斯·曼，絮叨完後，又接道：

……，警方很快就逮捕了沃森舅舅，關進了拘押中心。也為了保護米蘭達，將她送進了看護所，進行身體檢查和心理輔導。事情傳遍了全鎮子，鄰居們像受到了傳染病威脅一樣，家家戶戶關門閉鎖。聖誕日到了，女傭也辭工不幹，家裡空空蕩蕩的。除了那個僵屍般的癱瘓爵士外，唯有一臉愁苦的媽媽，守著燭光，對冥冥中的上帝祈禱不止，甚至忘了她的兒子。──那個肇事的弟弟呢，他才 9 歲，還蒙在鼓裡，並不知道這個被毀掉的節日，因他而起。

艾，你可能不明白，那是在巴伐利亞，一個保守的州，一個更為偏執的小鎮。出了這樣的醜聞，簡直可以說掀掉了家裡的屋頂，撕爛了一個家庭的面紗，成了眾矢之的。──耶穌說過，你只看見了別人手上的刺，卻看不見自己眼裡的梁木。那些和米蘭達約會過的男孩們，都被家長送到了別處，怕引火焚身。但反過頭來，他們又投書報紙，對這一樁醜聞剝洋蔥。

終於，事情有了眉目。春天開始時，檢驗報告出來了，米蘭達是個老手，處女膜陳舊性破裂，說明她很爛，從小就開始爛。員警也錄了口供，聆訊說，那樣的「侵犯」有多長時間？米蘭達回答，從夏天開始的，足足有半年了。──事實上，那個夏天，恰是米蘭達剛和街上的地痞們開始

交往的。弟弟記得，但弟弟還小，插不上嘴。

沃森舅舅進了監獄，一句話也沒發表，認了罪。

米蘭達的新聞鋪天蓋地，經久不絕。她是個不折不扣的受害者，未成年人，且是性侵犯的對象，當然博得了廉價的同情和眼淚。聯邦有那麼一個救助機構，結案之後，迅速取消了克拉拉的監護人資格，將米蘭達轉移到了別處，而且還改了名，換了姓，以另一種新身分成長。所以，我也不知道她實際上叫米蘭達，還是特麗莎，反正記得有這麼一個姐姐，陌生人。

家也搬到了更偏僻的地方。我開始叫湯瑪斯·曼。

艾，你恐怕不明白，湯瑪斯·曼，這其實是一個作家的名字。戰爭前，他就住在巴伐利亞，後來受不了納粹迫害，舉家逃到了蘇黎世，又入籍美國。曼寫過偉人的《魔山》、《布登勃洛克的一家》和《威尼斯之死》，獲得過諾貝爾文學獎。我媽媽是他的粉絲。或許，正是克拉拉的個人原因，我被她叫作這個名字。

我成年後，入讀於一家不起眼的大學。

有次，為了給一篇論文補充材料，我在圖書館裡查閱老檔案和舊報紙，忽然翻到了一篇消息。是巴伐利亞當地的一名記者撰寫的，詳細講述了那一樁聖誕節案件的來龍去脈。在報紙右上角，是那一張報警的聖誕卡片。我在發黃陳舊的圖片上，讀到了米蘭達歪歪扭扭的一行字跡。——我知道，我再也不能佯裝不知地去做一篇不痛不癢的論文了。

我告訴過你，艾，其實人生最大的動機和理由，只有一個字：癢！

那以後，我便退了學。我從舊貨商店裡，買到了同樣的一張聖誕卡片，無論花紋、形制、紙張，都和那張報警的一模一樣，像是同時從印刷機器上切下來的。我照貓畫虎地複製了米蘭達的那行文字，覺得握住了真

相。有一次，我拿著它去問媽媽。克拉拉在一通鼻涕眼淚後，寫下了米蘭達的地址。

我找到了她，在鄰近的一個州。

當米蘭達走近我面前時，我一眼認出了她。音信斷絕多年後，我從米蘭達的五官上，看見了我自己。她胖了，也變得不漂亮，整個人都很臃腫，像一個邋遢的中年婦女。米蘭達熬夠了，從救助機構出來後，又做了幾年的義工，也幹過加油站的服務生，在各種酒吧打過短工，還在幾家旅館和超市裡站過收銀臺。空閒時，米蘭達就去教堂或醫院，要麼禱告，要麼看護病人，一刻也沒閒著。—— 那一瞬，我知道米蘭達也認出了我，這個沒出息的小弟。我和姐姐，兩個人滿臉是淚，收也收不住。我抱住米蘭達。我吻她。我把頭埋在她的乳房間，嚎啕不已。很多年的辛酸，都被哭了出來。

艾，我抱著她時，覺得抱住的是媽媽，不是姐姐。—— 別笑話我，在我心中，姐姐和媽媽該是同一個人，分不開。

我拿出了那張聖誕卡片，讓米蘭達過目。我向米蘭達懺悔。我事無巨細，一五一十地告訴她，當初是我充當了劊子手和幽靈，才將那一張聖誕卡片投進郵車的。我講了那一間黑房子帶給我的陰靈和恐懼。我講了對她的嫉妒和仇恨。我還講了這樁案件發生後，對她的思念和掛懷。我請求米蘭達原諒我，像一位媽媽原諒自己的兒子那樣。但米蘭達退後幾步，很詫異地盯著我，頭搖得像一隻波浪鼓，很確鑿地說：

不！一切都不是你說的這樣子。

我猜想，米蘭達說的該是氣話。她有理由堅持。她熬夠了，比耶穌還煎熬。我還猜，她可能不願意提及這一場醜聞。它毀了她的一生，讓她有家不能回，有冤不能訴，內心還埋著畸形的陰影，所以才變得，俗氣不

堪。——但不能去申斥米蘭達。我是專門去懺悔的，道出真相，乞求她的諒解。我想將罪孽都攬在自己身上，希望米蘭達能跟我回去，和媽媽一起，重建那個家。艾，我的希望徹底落空了。因為米蘭達的話才是一聲驚雷，炸醒了我。米蘭達對我說：

曼，沃森舅舅沒罪，沃森舅舅從沒動過我一指頭。

我愕然。

米蘭達說，怪誰呢，撒旦？還是上帝？那時候我才14歲，多麼虛榮，又多麼無知，以和鎮子上的地痞們約會為榮，一天幾場，一次一換。我清楚自己是怎麼失身的。我濫交，我多麼齷齪，多麼骯髒，可這一切真的跟沃森舅舅毫無關係。他是被冤枉的，還坐穿了大牢，背負罵名。

那，你幹嘛在卡片上寫下那句話？

米蘭達揪住頭髮，還用拳頭擂自己的太陽穴。我扳住她的手，究問原因。鬧騰了一會兒，米蘭達才消停，囁嚅道，那只是黎明前做的一個噩夢，我夢見沃森舅舅戴著萬聖節的面具——哦，事發時，萬聖節剛過完不久。——邀我去鎮上最紅火的酒吧跳舞。他摟著我，一直在高速旋轉。我暈了，輕飄飄的，幾乎快飛了起來。我哀求沃森舅舅，停下來，快讓我下來，我的心快虛脫了。可沃森舅舅始終停不下，像一臺失控的引擎。曼，那是噩夢。沃森舅舅的利牙上流出血水來，濺在我白色的裙子上。他笑得像個吸血鬼，要吃我。

見警察時，你醒了，幹嘛不說明呢？

我沒勇氣。

我說，你該對警察說實話的，說那僅僅是一場噩夢，一次誤會，是你自編自導的，與沃森舅舅無關。只與那個夏天瘋狂的你自己有關，與你被魔鬼控制了的靈魂有關。嘿，憑你一次指控，沃森成了混蛋、淫棍、性惡

魔，成了整個聯邦共和國千夫所指的罪犯。米蘭達，你這是害人害己，禍害了全家，連媽媽也抬不起頭來。你知道嗎？

米蘭達撕心裂肺地哭，道，那時我還小，我害怕，我沒勇氣去面對。

我氣炸了，拽住米蘭達，往警察局裡拽。我憤怒地說，那好，既然你對弟弟講了，你也應該一字不漏，原原本本地講給警察聽，讓他們做筆錄，去複查，去糾正，讓他們把該死的沃森，坐了許多年深牢大獄的沃森立即釋放。

我怕，我害怕看見沃森舅舅。米蘭達說。

為什麼？

我是劃時代的娼妓，我怕世人齒冷，怕揭起這一層舊瘡疤，讓我萬劫不復，生不如死。我現在只想平靜地獨自生活，在心裡請求寬恕。

多麼自私，米蘭達。你平靜了，可另一個人在承擔罪名，無處申冤。

艾，我當時苦口婆心，但怎麼也勸說不了米蘭達，令她回心轉意，跟我去警察局，叫塵封的一切都大白於天下。孤苦的米蘭達，一直隱姓埋名，隻身一人地打發時光，不婚不育，惡毒地懲罰自己。我望著她浸滿了淚水的臉，像媽媽一樣的面孔，蒼老，慘白，無助。我的心，像被塞進了絞肉機裡，不痛，不哭，無知，無覺。我問米蘭達，我能分擔什麼，為她。

米蘭達道，弟弟，我以前在一家中國餐館打過工。

那又怎樣？

記得，餐館老闆是一個中國人，他有一句口頭禪。米蘭達沉吟一番，像在回憶，也似斟酌。那句口頭禪是，幹了錯事的人，跳進河裡也洗不清。

我問，什麼樣的河水，洗不清一個人的罪孽呢？我看見米蘭達平靜了

下來，願意對話，所以循循善誘地問。我說，請告訴我！

姐姐道，說不好，記得是一條姓黃的河流。

Yellow River？我用英語問。

對！米蘭達點點頭，跳進黃河也洗不清，是這話。

姐姐，我想請這條河，重新成為你施洗的河，我發誓！臨別前，我緊緊抱住了米蘭達，立意已決。我要背上行囊，去東方，去中國，去黃河。我要親眼見一見這條著名的河流，發願，漂流，從頭至尾，仔細洗刷掉一個曾經 14 歲的女孩子，現在卻像我媽媽一樣衰老的米蘭達的無心之過。但我沒告訴米蘭達。一個月後，我就得到了方塊字的簽證。

艾吹明入了迷，問，你姐姐現在呢？

李敦白聳了聳肩，似乎講完了該講的故事，等於卸下了心中壓抑許久的塊壘和甲冑，笑道，等米蘭達知道我真的去了姓黃的河流時，她的態度也轉變了，知道了弟弟的愛，愛她。於是，媽媽陪著米蘭達，去了警察局，供述了這一切。警察局也沒有為難米蘭達。畢竟，錯誤發生時，她才 14 歲，無責任能力。三天後，沃森舅舅也從監獄裡走了出來。

嗨！沃森一出監獄的鐵門，大喊了一聲，混蛋！所以，後來我和米蘭達、克拉拉，都喜歡喊他混蛋沃森，好像一喊混蛋，心裡的憋屈就吐了出來。艾，假設我不來這裡，我猜，米蘭達是不會這麼勇敢的。對不對？

對！

在中國象棋裡，這一招叫什麼來著？

要將！

兩個人為這句話的默契，哈哈大笑。乾杯，卻是空瓶，有一絲清脆的玻璃聲。李敦白一個前撲，趴倒在木板上，翻了個跟頭，撿起墨斗和鉛筆，又開始描畫起來。一堆線條，彎成了更大的圓弧，兩頭尖翹，像月亮

船。艾吹明幫不上手，猜想，現在該做船幫了吧。將一左一右的船幫上緊在龍骨上，刷上密封膠水，嚴絲合縫，則雛形初成。剛耐下性子觀摩時，兜裡的手機響了，又是那種彩鈴。李敦白側首，調皮地問：

《綠袖子》？

艾吹明不解，看了看號碼，信步往一側踱去。是左球。左球在電話裡口吃不清，醉酒狀態，問說：

吹明，你跟我姐在一起麼？

沒！

左球哀嘆道，我剛從區醫院門口路過，看見我姐了，像從裡頭剛走出來，披頭散髮的。你快去，看看發生啥事了。

像是通報，更多的卻是命令。

區醫院有個熟人，叫鐘宜津。

艾吹明奔上三樓，看見了婦產科的門楣。一掀門簾，果真瞧見了鐘宜津，正背對自己，站在盥洗臺前，清洗著一應器具。宜津姐，你值夜班呀，牧雲人呢？鐘宜津瞥了一眼，沒給好臉色。艾吹明哀求半天，鐘宜津這才歇了手，淡定地坐在椅子上，諷刺道：

你倆怎麼了？

艾吹明哈了腰，羞赧地道，沒咋呀！平時各忙各的，都是一腦門子的疙瘩。你還不清楚牧雲嘛，心高，氣傲，滿天下就她這個女人最頂真了，恨不能占山為王、一呼百應。

小艾，少跟我嬉皮笑臉的。

鐘宜津起身，將桌下的垃圾筐踢出來，指著一堆穢物，金剛怒目地說，牧雲早上掛電話來，說要做流產，要我準備一個手術包。瞧瞧，一小時前做的，你的骨血可都在裡頭。小艾，你還是個男人嘛，老婆做手術，

你卻不照面。牧雲咋想我不知道，但我也是女人，我明白她有苦難言。你還說什麼說。

牧雲真⋯⋯？

別問我。

艾吹明來之前，猛掛了遲牧雲的電話，但無法接通。此刻一急，又撥了電話，也還是關機。鐘宜津看在眼裡，揶揄道，別打了，牧雲的脾氣你做丈夫的還不了解嘛。牧雲剛才下樓就叫了計程車，回家去了。你也快滾，去買點益母草膏，或煮點紅糖水，熱性的，暖一暖她。

牧雲沒在家，很久了。

鐘宜津臉一淡，端出一副老大姐的派頭，質問道，小艾，你給我說實話，是不是跟牧雲的婚姻出了問題？不是彆扭，是麻煩！

我和牧雲分居了。

多久？

半年前吧，天剛熱那陣。

鬼才信你！

艾吹明的鼻梁上，濺了幾粒唾沫渣。鐘宜津的不悅，也表現在她的指頭上，幾乎戳進了艾吹明的眼底裡。鐘宜津道，牧雲來做人流，可見你「欺負」了她。

一個月前，我和牧雲有過一次。

小艾，你的口氣像偷情。

插曲！

鐘宜津不客氣，伸手鑿了艾吹明一個栗子。鐘宜津語帶惱怒，道，對姐姐還撒謊？你穿開襠褲時，姐姐還看見過你當街撒尿的小雞雞呢。現在出息了，會滿嘴跑舌頭了？好了，我也沒資格訓你，你快走吧，我還要去

查房呢。

　　艾吹明不明白鐘宜津何以動怒，忙拽住她，陪上笑臉說，宜津姐，我也是剛接到大勇電話，說看見牧雲在醫院，就忙趕過來了。千錯萬錯，怪我，你別生氣嘛。鐘宜津展笑道，撒謊是門學問，小艾你還嫩點，姐姐可是長了法眼的。艾吹明這才靜下心來，如實坦白了家裡的一些變故，包括遲牧雲搬離了家，在外邊租房單過，以及雞毛蒜皮的瑣碎事。鐘宜津聽完，呼了口長氣，小艾，按說我不該管你們兩口子的事，但你倆都是弟妹，不沾親，還帶故呢。我不好偏袒誰，我教你個辦法，你靜下心來，乖乖在家等。—— 你們這是七年之癢，一個坎。過了這個坎，便是一馬平川。婚姻嘛，就是一個字，熬！牧雲我比較了解，等她醒悟了，恢復了，對你自然會心生愧疚。你是個男人，胸襟要開闊些。

　　說和的話。艾吹明體悟到了鐘宜津的苦心，遂雙手合十，謝了謝。另半邊腦海裡，卻忽然憶起了李敦白。是啊，鬼佬也說過類似的話，癢，癢是一個人最大的動機和理由。一念至此，艾吹明就想告辭。

　　小艾，幫我把垃圾丟在樓下。

　　鐘宜津遞給他。

　　艾吹明提著一袋沉甸甸的垃圾，下了樓，站在闃寂的夜幕下，心思浩渺，無所依傍。打亮火機，艾吹明盯著塑膠袋裡的東西，胃裡驀地一酸，一股燒鹼般的液體湧了上來。艾吹明慌忙扔遠了，丟在一棵冬青樹上。

　　三樓的窗口裡，鐘宜津拉開拉簾，望著艾吹明蕭然遠引的背影，心生不忍。撥了電話，鐘宜津對遲牧雲說：

　　小艾剛走！

　　宜津姐，他咋去了？他說什麼沒？

　　沒說！

遲牧雲聲音有點溼，哽咽半天，才惶惶然地道，宜津姐，你千萬別告訴他這個號碼，讓我安靜待幾天，誰也找不見才好。我需要自己舔舔傷口。

牧雲，你怎麼還不對生活服帖呀。我覺得，小艾真的很無辜。

我不想屈服！

鐘宜津揉開了窗戶，夜風颯颯。鐘宜津本不想說這句話，但遲牧雲的強硬惹怒了她。鐘宜津變色道，牧雲，剛才這個胎兒是誰的？

問這幹嘛？

牧雲，我只告訴你，你剛才是引產，不是人流那麼簡單。胎兒有四個月大了。我是醫生，更是個女人，誰也騙不了我。

樓道裡忽然傳來了尖叫聲，好像病人家屬在喊，羊水破了。鐘宜津知道另一個值班醫生在查房，所以也不著急。遲牧雲聲含抽搐地說，宜津姐，我不甘心，我不想死水一潭地活完這輩子，我還年輕，不想就這麼馴服，這麼平庸。宜津姐，你肯定覺得我卑鄙、齷齪、下流。我不認識那個男的。他才十九歲，新手，第一次，隨便在電影院裡碰上的，領他去開了賓館……。鐘宜津拖泥帶水地聽完，又伸手關緊窗戶，方說：

牧雲，你很危險。不走到懸崖邊，你勒不住心裡那一匹不羈的馬。

又是黃昏，艾吹明走上親水平臺，卻沒看見李敦白。

下過雨，氣溫寒涼，附近沒什麼路人。艾吹明是徒步走來的。昨晚上，速霸陸被花了，車身的左右兩側，被某種鐵器畫出了波浪狀的線條。車尾的後窗上，居然還噴下了一道算術公式，$437 \times 61 = ?$。光滑的引擎蓋上，寫下一行毛毛糙糙的字，像是讖語：心休眠，人好住。艾吹明沒了轍，丟在社區內。約摸五里地，艾吹明居然走出了一身汗。

要是鬼佬不來，這一對槳葉，算是白糟蹋了。

艾吹明摟著一對槳葉，深藍色，硬塑膠質地。槳身兩翼內括，像一副鏟形門牙，吃進水裡，絕對能用上勁。方才走過探險者俱樂部門前時，艾吹明突發奇想，掏錢買了這一對槳，想送給李敦白。值不了幾個小錢，心意卻都在上頭了。可現在連鬼佬的人影也不見，艾吹明略略帶了失望。

暮色又矮下來一寸，沉沉下墮，快淹在了腳脖子上。艾吹明抽了幾支菸，嘴裡苦麻麻的，才思謀說，八成是個無功之夜，鬼佬興許早就下了水，來不及告辭，已一帆遠去。念想若此，艾吹明方有了打道回府的念頭。

濱河大道的風情線上，一輛無軌電車悄無聲息地駛過。過電纜鉸接處時，一雙辮子咯噔一下，擦出了一蓬幽藍的火花，像一個啞孩子在說話，比弧光短，卻比一聲嘆息長。電車停了停，車門打開，一個人跳將下來。

奇怪的傢伙，兩手高抬，舉著一個莫名其妙的大東西，扣在頭上，遮住了鼻眼，像一頂拿破崙戴的船形帽子。人走得很趔趄。看得出來，東西比較沉，像一樁俗氣的行為藝術。走近了再一瞧，艾吹明差點失笑出來。恰是鬼佬。

艾！

李敦白喊一聲，卸下頭頂的大東西。原先是獨木舟，平底，中國式，長約三公尺，寬有一個身位左右。艾吹明幫著放妥，諷刺道：

老李，你發神經呀？

李敦白影痴痴地樂開了懷，艾，船造好了，我已經刷了特製密封膠水和防滲漆，漆了三遍，白天不能晒，只能讓河風慢慢吹乾，否則會爆裂的。這不，月亮這麼好，可以讓它晒晒月光，陰乾。嗨，等了你三天，你去申請破產了嗎？

艾吹明反問，你呢？

艾，料到你要來和我聊天，我緊趕慢趕的，搭了車，剛才在學校開班會嘛。李敦白揩了揩汗，冷寂地說，我已經辦完了請假手續，過幾日，我就要離開蘭州，從這裡下水。

幹嘛這麼急？

李敦白道，怕來不及。我說過的，我要去參加一個婚禮，聖誕日。

喏！這是我送給你的一對槳，不知合不合你的心意。艾吹明將禮物遞給李敦白。 —— 僅有的幾次交談，已讓艾吹明將這個鬼佬當作了朋友，一提離別的話，免不了暗自神傷。李敦白接過槳葉，心生喜悅，握在手裡仔細摩挲，喜形於色。李敦白道，艾，謝謝你，總讓你破費，我本來是石器時代的，靠了這一雙槳，我又重回了工業社會。　　鬼佬，伶牙俐齒的，比中國人還會講話。但人靠衣裝，馬靠鞍，這一隻手工粗糙的獨木舟，配上一雙漂亮的槳葉，一下子襯出了它的別致和韻味。

艾，我也送你一件禮物吧。

使不得。

李敦白摸出一頁紙來，打開。天光暗淡，遠處的路燈昏暝一片。李敦白說，艾，送你一首詩。

詩？

艾，還記得我講過的那個故事嗎？記得那個混蛋沃森，沃森舅舅嗎？這首詩是沃森舅舅寫的，當時他才 13 歲，在納粹的戒護所裡。

哦？！

艾吹明措手不及。心猜，或有一件事將會發生。

獨木舟豎了起來，靠在群雕上，讓清冽淒冷的月光照在船底上，寂寞吹涼。艾吹明嗅見了一股子油漆味，澀，但在餘味中有一絲絲的蜜甜，讓人一醒。李敦白忙完了，又變了戲法似的，從兜裡掏出幾罐易開罐啤酒，

拉開，遞給艾吹明一罐。

給你說說這首詩的來歷吧！

——李敦白，或者說湯瑪斯·曼，詭譎地頓了頓，進入了說書者的角色中。李敦白說，艾，書接上回，話說我姐姐米蘭達良心發現後，在媽媽的陪同下，去警察局做了供述，洗清了沃森的不實之罪。母女二人，專程去了聯邦監獄接沃森。嘿，沃森老了，兩鬢斑白，腰也佝僂下來，步入了晚景。但沃森的心沒變老，依舊是個孩子，喜歡笑，笑起來沒完沒了的。

剛一出森嚴的監獄鐵門，沃森就大吼一聲，說混蛋！他沒說再見，誰願意說再見呢，那個鬼地方，快耗光了他的生命。見鬼去吧。

混蛋沃森像這樣子，張開他的臂，箍住了克拉拉。李敦白做了個狗熊撲食的動作，抱了抱艾吹明，以示說明。接著道，媽媽哭了，媽媽此前也申訴過許多次，為沃森的名譽擔保，但每一次都無功而返。媽媽以為沃森會老死在監獄裡，此生不會再有重逢的機會，但上帝有一雙翻雲覆雨手，誰也瞞不過上帝的眼睛。媽媽盡力掩住著激動，從沃森的懷裡掙脫出來，請求沃森抱抱米蘭達，原諒一個孩子當初的錯誤。艾，你猜猜，沃森他怎麼了？

沃森吻了一下米蘭達的面頰，居然趁米蘭達不注意時，一把抱起了米蘭達，扛在肩膀上，雄赳赳地回了家。任憑米蘭達怎麼哀告，沃森不肯丟手，唱著歌，將米蘭達扛進了家裡。

那時候的米蘭達，已經是個大人了。

但沃森舅舅仍當她是 14 歲的小女孩，停在那年夏天沒長大，逗她，笑她。米蘭達一直在哭，乞求沃森的諒解，想得到沃森的寬恕。沃森舅舅卻說，心肝，我早就猜出來了，那是你做的一場噩夢，不怪你。

怪我！一切都是我引起的。

沃森舅舅道，要怪，也只能怪那個淒涼的夢，米蘭達，我的寶貝。沃森的話，似乎是一句中國詩詞的翻譯版，艾，是誰說過的，夢裡不知身是客？

李後主，跟你一個姓。艾吹明恰好讀過。

哦！沃森舅舅或許也是這個意思吧。沃森說，米蘭達，這一切都是上帝在試探我，試試我的勇氣和承受，所以，我一直沒去辯解，我始終閉上嘴巴，看看上帝的耐心和苦役有多強，有多久。瞧，上帝現在敗了，向我認輸，於是讓你來拯救我，接我回家。

米蘭達哭著說，但為什麼是我？混帳上帝，為什麼派我去試探？

呵呵，因為你是上帝身邊的人。他信任你。

那時，米蘭達想起了我，想起弟弟曾說過的話。所以，米蘭達對沃森說，一定是曼，在東方姓黃的河流邊，重新為我做了洗禮，才有今天。那條姓黃的河流，現在是我施洗的河。

曼？那小了，他也是上帝身邊的人。—— 艾，你聽聽，這就是沃森的高明。

沃森舅舅天生歡樂。那麼多年的牢獄之苦，並沒打磨掉他的光輝，性格喜人。艾，那是家裡少有的一個節日，真相大白後，街坊鄰居們聞訊趕來了，開懷暢飲，還跳了舞。自始至終，沃森不丟手，一直摟著米蘭達跳，跳得米蘭達的腳也腫了。我在後半夜時，接到了米蘭達掛來的電話，我有點吃驚。我嗔怪說，也不看看幾點了，這裡是北京時間呀。

沃森接了電話，他已經醉了，醉得像一根蘭州拉麵。沃森道，嗨，小子，我真想捏住地球，咔嚓一下劈開一條小縫，讓你小子立即鑽過來，來陪我喝一杯。艾，聽聽，這就是沃森的風格。克拉拉也忙瘋了，招呼客

人，做了許多美食。接沃森之前，媽媽就刷了房子，換上了新窗簾，給沃森準備了一間大臥室。遭到變故的那些年裡，癱瘓在床的爵士的孫子，不治身亡。但因為沃森的到來，家裡又有了一種男人味，雨過天晴呀。鬧到了黃昏時，沃森忽然拽住克拉拉，當著街坊鄰居們的面，宣布了一個重大決定。

我要和克拉拉結婚，我愛她，愛了幾十年了。

沃森發瘋地說。

是的！我愛克拉拉，現在終於可以娶她了。

——艾，你現在知道的，沃森，混蛋沃森一直是我的舅舅，克拉拉的弟弟。但那一刻，沃森卻鬼迷心竅，說出如此大逆不道的話來，叫大家覺得他舊病復萌。米蘭達也覺得沃森醉了，說了不該說的話，得意忘形吧。米蘭達想拖沃森回去睡覺，但沃森一把摟住米蘭達，也摟住了克拉拉，大言不慚地說：

克拉拉是我的妻子，在納粹時期，我就認識她。

街坊們都緘默不語，卻又隱隱覺得這可能是一椿重大事件。但媽媽不是。克拉拉聽見沃森的決定後，竟清淚長流，一下子撲到沃森的懷裡，哭得徹心徹肺。哭完了，克拉拉才哽咽地解釋道：

是的，我也愛沃森，一直愛他，從戰爭時就開始了。

沃森說，因為，米蘭達是我們的女兒。

曼是兒子。

媽媽附和道。

沃森沒醉。他在說這一祕密時，比一隻狐狸還清醒。也許那幾瓶酒，真的對一個坐過牢的人來說，算不了什麼，更何況他想一吐為快呢。沃森牽著克拉拉的手，對所有鴉雀無聲的來賓說：

請祝福我和克拉拉吧，還有我們的女兒米蘭達，遠在東方的兒子曼。是的，我們要準備一下。三天後，我和克拉拉要補辦一次婚禮，邀請大家來。

　　克拉拉也說，三天後，歡迎大家來作客。

　　艾，這就是我那個奇怪的家，總像罩著一層迷霧似的。剝洋蔥，也剝不到最後一塊，卻總是腥辣嗆人，令人生疑。克拉拉在那一刻也是大膽的，如同有預謀。克拉拉擁吻著沃森，很貪婪，很自私，不像是一對姐弟，更像一雙戀人，比好萊塢的爛片還出人意料。艾，我說過，那是一個保守的州，人們的心被很多的清規戒律控制著。聽了沃森和克拉拉的奇談怪論，大家覺得被冒犯了。於是推脫著，三三兩兩地藉故走人，剩下米蘭達一個，呆若木雞地站在那裡。那個家對她而言是陌生的，此刻尤其陌生。

　　不！

　　米蘭達嘶啞地拒絕道。

　　不是你們說的那樣子，一切都不是。她說。

　　那天傍晚，任憑沃森和克拉拉怎麼解釋，如何安慰，米蘭達都不肯跨進家門一步，寧願待在草坪上，望著夕陽，整理自己的情緒。——剛接回了沃森，米蘭達還以為過去的罪孽和錯誤，已被輕輕抹去，像一隻鞋底擦掉了沙灘上的波痕。豈料，更大的打擊突然降臨在了她頭上，令她不堪承受，淚眼迷離。

　　深夜時，米蘭達給我掛了電話，質問說，曼，我的弟弟，沃森怎麼可能是你我的生身父親？沃森應該是舅舅才對呀。米蘭達還說，我承受得了一個舅舅的寬恕，卻無論如何不能接受一個父親的包容。曼，我乞求你一句話，我們以前沒有過父親，現在沒有，將來也不會再有。我們的父親只

有一個，我們從沒見過他，他早進了天堂，坐在了上帝一旁，這個人卻不是混蛋沃森。米蘭達說，我恨沃森，他毀了我剛剛治癒的一個夢。夢又破了，分崩離析，也許這是我的報應。米蘭達的語氣，和巴伐利亞的冬天一樣陰森恐怖，冷到了骨頭裡去。我盡力勸慰她，可壓不下她的怒火。米蘭達說，曼，我真的是劃時代的妓女，我誣陷了舅舅沃森，他現在又從魔瓶裡跑了出來，變作了一個冒牌父親，來向我追討欠下的這筆債。我要反擊了，我不能認沃森，如果他一意孤行，有一場野蠻的婚禮的話。

接完米蘭達的電話，我快爆炸了，一口氣跑出了學校，跑到了黃河邊。我跳進了河水裡，游了幾個來回，想冷靜下來。

我猜得出米蘭達的心理。米蘭達不願面對的，只是「父親」這個稱謂。我和米蘭達沒見過父親，從懂事的第一天起，我的父親就缺席不在。現在忽然出現了這麼一尊偶像，自稱父親，那米蘭達先前所做的一切，包括誣陷和謊言，都將重新開庭審理。── 艾，多可怕！推倒重來的話，那將不再是一個曾經 14 歲女孩子的噩夢，是別的，是誰也不敢面對的深淵與審判。

所以，次日一早，米蘭達便失蹤了，連個字條也沒留。

在這上面，米蘭達的確是個老手。她像一把鹽藏進了水裡，杳然無跡，又一次隱姓埋名了。沃森和克拉拉發現後，為時已晚，只能恨自己的唐突莽撞。沒轍了，他們先在警察局報了失蹤案，又挨家挨戶地去通知，說三天後的婚禮取消了，抱歉的廢話說了一籮筐。人們客客氣氣地答應了。但我猜，關了門後，鎮子上的人們都會笑掉大牙的。混蛋沃森，讓我的家再次蒙受了恥辱，比一條狗還不如。

媽媽卻不這麼想。媽媽一準是被沃森的無罪釋放沖昏了頭腦，卻不明白那一層糖衣下，包著毒藥。接下來的幾個月，克拉拉和沃森出雙入對，

表面上還以姐弟稱呼，事實上卻像夫妻一樣生活。那一年暑假，我回到巴伐利亞，想找沃森談談，卻被克拉拉阻止了。媽媽說，曼，你要相信一位母親，等米蘭達回來，一切都會水落石出的。── 艾，我得不到應有的答案，很失落，一發狠回來了。況且，我還沒踐約，沒讓這一條姓黃的河流，成為米蘭達再次跨進的施洗之河。有時候，我也惱怒自己，是不是我的怠慢，產生了那一場戲劇性的突變？或者，真的像老練的中國人講的那樣，跳進去，也終究洗不清？

我相信過媽媽的話。我怎麼可能疑心自己的母親呢？隱隱的，我料想其中或許有不為人所知的難堪，── 只是沒有契機，也沒有機緣罷了。但我不能停下自己，我老大不小的了，該有個人的道路。

可誰也沒想到，沃森做了一個驚人的選擇。他成了聖誕老人，混蛋沃森。

克拉拉本來想將幾家工廠交給沃森打理，可他扔下了生意，跑去柏林的「海因策爾小人」聖誕老人辦公室報了名。── 艾，那是一家大名鼎鼎的聖誕老人介紹所，從 1949 年開始，它就面向全國，提供出租聖誕老人的服務。別以為聖誕老人只是派發禮物那麼簡單，它對候選人的要求極為嚴格。首先，參選人要樂觀開朗，能給人帶來歡樂；還要反應敏捷，能機智地回答孩子們提出的各種稀奇古怪的問題；再就是聲線要溫和沉厚，身材要圓胖，最好有鬍子，還必須通曉聖誕詩，並有唱聖誕歌等等的表演天分。最重要的是，這些入選的聖誕老人必須有一顆真摯的愛心。

沃森不知用什麼方法，進了聖誕老人培訓班，很快就脫穎而出，成了其中的佼佼者，並拿到了「聖誕老人上崗證」。

艾，這是一樁苦差事。沃森穿上了正宗的聖誕老人服飾，一頂紅色絨球帽，白色的大鬍子和假髮，還有一件過膝的長袍，一件外套，一條寬腿

褲和一雙皮靴，腰上繫一條黑色寬皮帶，繫一個鈴鐺，還要背一隻大麻袋。對這個角色的要求也很多，不能戴任何首飾，最多戴一個老花鏡，也不能穿牛仔褲和運動鞋。同時，聖誕老人身上不能噴香水，也不能有菸味和酒味。另外，他們還得應付小朋友們的古怪問題。比如，有人問，你的雪橇在哪裡呀。沃森就得回答說，啊，我讓我的馴鹿們在城外的草地上吃草，省得牠們受汽車司機的欺負。又比如，樹上七隻猴，地上一隻猴，一共是幾隻猴？你就得幽默地說，九隻猴，有一隻懷了孕。呵呵，這是趙本山老師的小品。

那些年，德國經濟比較快。節日前，聖誕老人就成了搶手貨，上萬個家庭、學校、購物中心、餐館酒店等著提供服務。沃森卻奇怪，他放棄了一天 300 馬克的城區服務，專撿一些鄉下偏僻的犄角旮旯地帶，開車行駛上百公里，去給孩子們送禮物。在這一點上，沃森有嗅覺，比獵豹還敏銳。

事實上，沃森是有備而去的。

事先，沃森和提出預定的家庭進行了不少的溝通，或是電話，或是書信。沃森問清了每個家庭的人員構成、喜好、職業和性格，並索要一張全家福。孩子的父母們當然很配合，給沃森講解自己的孩子在這一年裡的優缺點，有哪些好朋友，需要什麼樣的節日禮物。家長們會提前寄來各式各樣的禮物，分門別類的，希望屆時給孩子一個驚喜。沃森怕忘詞，他將這些要點都記在書上，因為聖誕老人每人會手持一本金色的書，上面有內容。

沃森一共接手了 12 個孩子，馬不停蹄地跑在了那一年的風雪之夜。

忙到了午夜時分，沃森累得夠嗆，只剩下了最後一家人，必須在零點鐘聲敲響時，送出那一件禮包。在鎮子外，沃森停下車，裝扮停當後，就

按著門牌號碼摸上了門。艾，這叫踏破鐵鞋無覓處，得來全不費工夫。沃森剛要搖響鈴鐺，呼喚孩子出來時，卻見一個女傭正站在門口，向沃森招手，嘴裡喊，快一些，快一些，孩子快睡了。

不用說，女傭正是米蘭達。

沃森流了淚，走上前，胳膊被米蘭達攬緊，往屋子裡領。那一刻，角色所限，沃森並沒喊出米蘭達的名字。但他掩飾不住內心的激動，跟跟蹌蹌的，一身的雪花，帽子、白鬍子和寬大的外套，恰好給了他偽裝的藉口。沃森進了門，那是一個富庶人家，正圍坐在壁爐前，靜靜守夜。孩子被拘了過來，沃森替她做了祝福，畫了十字，代表上帝讚許了她的美麗和這一年的學習，又送上了禮物，親吻了她的面頰。小女孩終於遂了願，抱著禮物睡著了，被女傭送進了臥室。

能請您喝一杯嗎？聖誕老人。男主人問。

敢情好！

女主人道，您隨便，孩子既然已經滿足了，會有好夢，也請您脫下身上的溼衣服，烤一烤，別感冒著涼。

不！這樣子挺好。

沃森真的有一手好演技，變了聲，七老八十的樣子。房間裡繚繞著巴赫的曲子，那一首《羊可以安靜地吃草了》。氣氛融洽，像上帝特意安排的一個臨時家庭。沃森喝了酒。酒鬼沃森一旦喝上酒，就能打開他的話匣子，滔滔不絕地演說。主人很客氣，頻頻勸酒。後來，女主人拿出報酬給沃森時，被沃森粗暴地拒絕了。沃森說，我是免費的，我想給這個小女孩免費派送一次，因為我喜歡她。

女傭忙完了。或者說，米蘭達姐姐消停後，也坐在了壁爐前，啜著飲料，聽他們嘮起了家常。—— 聖誕夜，不分貴賤，無論男女和長幼，在

上帝面前，大家都是平等的。沃森覺得時機到了，便很冒昧地說：

我想給你們講個故事，可以嗎？

當然！聖誕老人的故事，必是從上帝那裡聽取的，我們會沾吉的，會幸福整整一年。您盡情講吧，我們深感榮幸。

—— 艾吹明已經被吸引了，支起下巴，盤起腿，一副聆聽狀。李敦白換了聲音，發出一種蒼老粗糙、鏽跡斑斑的口音。艾吹明猜，或許，這正是沃森。

故事開始了，混蛋沃森這時清了清喉嚨，用一種過來人的口氣說，我是個猶太種，大衛星是我的護身符，我本不該叫沃森這個鬼名字的，可我的真名字已經搞丟了。小時候，我還像其他的孩子一樣，去過動物園，去郊外野餐，去教堂做禮拜，穿過學校的漂亮制服。但納粹開始「驅猶」，尤其是戰爭爆發後，我的父母就在一天夜裡再也沒能回來。聽鄰居們說，他們不是進了奧斯威辛，就是被攆進了克拉科夫集中營，死了，然後被丟進焚屍爐，化為了一捧骨灰。整個街區空空蕩蕩的，小鎮已變成了一片廢墟。我藏在臥室的櫥櫃裡，白天不敢出門，和老鼠、跳蚤、蚊子做伴，屎尿也拉在櫥櫃裡。一到晚間，我才敢溜出來，去附近找一些食物，爛菜葉子，蘿蔔，比鐵還硬的麵包塊。有一回，我被一條狗給拖住了，牠把我看成了一根香腸，呵呵。

結果，狗叫聲引來了納粹的巡邏隊，將我裝進一隻黑黝黝的籠子裡，帶進了兒童戒護所。—— 另一種形式的集中營，專抓未成年人，卻起了個耐聽的名字，給紅十字會使的障眼法。

我還記得，那是三間廢棄的教室，裡面碼滿了架子床，塞進了六、七百名兒童，像沙丁魚罐頭。一週灑一遍滅虱粉，一月洗一次澡，剃一次頭髮。那時候，還有紅十字會的人來調查，納粹沒撕破臉皮，還給戒護所

的孩子們發衣服，衣服上繡有納粹的標誌，洗腦，成立希特勒兒童團，給希特勒唱讚美詩。戒護所維持了一年多，雖說環境惡劣，卻無安全之虞，給納粹的瘋狂暴行充當門面，裝飾獸行。但戰爭全面開始後，納粹也就忘了粉飾，露出了猙獰的牙齒。戒護所成了可有可無的部門，只留下一個連的士兵守衛，其他的都被調上了前線作戰。就是在這時候，我認識了一個女孩，比我大兩歲，我一直叫她姐姐，終身不改。

她很美，比聖母還美。

在壁爐的烘烤下，沃森有點得意洋洋，也有點微醺，沉浸在回憶裡。沃森說，有一次，戒護所的兒童被分批分次地攆進了洗澡房。按規定，還必須脫得精光，由衛生員灑滅虱粉，頭髮，腋窩，褲襠和脊背，不能留一處死角。說是灑，其實是一支噴霧器，將乾粉噴在身上，起化學反應。我已經被噴過好幾次了，那滋味不好受，噴進嘴裡刺喉，噴在眼睛裡會害上紅眼病，一週左右流淚不止。我嚇得躲在了牆角裡，捂住臉，但還是夠嗆，喘不過氣來。這時，我看見一個女孩遞給我一樣東西，叫我堵在口鼻上。她還示範了一下，我照辦了。

灑完粉出門後，我將東西還給她，才發覺是一件乳罩。她撕開了自己的乳罩，用了一邊，我用了剩下的一邊，當口罩。我就這樣認識了她。

後來的情況越變越糟。隔三差五，夜裡會來一輛大卡車，將二、三十個孩子攆上車，悄悄帶走。大家都睡不著，睜眼熬到天亮，不知下一次是否會輪到自己。恰巧，我和她住在同一間教室裡。她旁邊的孩子病死了，空下床位。我摸黑跑過去，佯裝睡覺，便偷偷問她，那些孩子被拉到了哪裡？她告訴我，他們都是猶太種，拉到集中營的焚屍爐裡，統統被燒成了灰。那一刻，我害怕了，我猜想下一次一定會輪到我。我會死的，像我父母那樣，這個世界上誰也不會知道我存在過，一陣風似的。一害怕，我就

冷，渾身發抖，讓那一張架子床咯吱咯吱地呻吟，跟耗子一樣。她挪了過來，鑽進我的被窩，抱住我，用她純潔的處女體溫焐我，才能使我安靜下來。

我們像被隨意丟棄的兩個玩具，在茫茫黑夜裡抱著，互相取暖。

可我真的害怕，怕到了骨髓裡。半夜裡，教室的門扣一響，風刮一下窗戶；或者，有一隻夜鳥停在了屋頂上，我都會嚇得尿尿。我一害怕，就驚醒了她。她睜開眸子，盯住我，還撫摸我的後背，好讓我放鬆下來。終於，我忍不住了，我藏在被子下，告訴她說：

姐姐，我是個猶太種，我會死的。

我也會死的。她態度冷靜，漠然，無動於衷，這大大出乎我的意料。她還說，誰都會死，天下所有的人都會找見這個結局。這結局，其實也不錯。

我不信。我說，姐姐，你不會死。因為你是天使。

嘿，我還記得那一陣痛，痛得像一枚釘子掉了，畫框從牆上滑下來。她在我屁股上掐了一下，指甲皮嵌進肉裡。我老實了。姐姐說，死並不可怕，其實，死就是在上帝身旁找見了一個座位，自己的座位。我反覆咀摸她的話，似懂非懂，卻覺得她可能在理。因為她是姐姐，讀過那麼多的書，人也老練。

你是怎麼進來的？

她告訴我，她的父母是大學教授，原先都是納粹黨員，可後來叛變了。被捕後，被槍殺在一個操場上。當時，學生在集會，屍體被當場做成了標本。

你是猶太人嗎？

不！姐姐截鐵地說，我是德國人，純種的。

前線的戰事越來越吃緊，納粹加緊了滅絕計畫。三天兩頭，戒護所裡會關進一批兒童，再接著拉出去一批猶太人的子女，進了焚屍爐。我記得，戒護所的衛生員發現了我頭髮裡的一枚蝨子，將我揪出來，單獨關了禁閉，等著下一次送走。我隔著窗戶上的鋼筋條，看見姐姐對我豎了一下大拇指，悄聲說：

別害怕，有我在。

上帝，我不知道她使了什麼魔法。卡車到來的前夜，我被釋放了，又被塞進了那間冷酷陰森的教室裡，躺在姐姐旁邊。── 我說過，她是一位天使，上帝指派的。我有福了，就躺在一位天使的旁邊，能時時感受得到她的呼吸、溫度和體香。那是一種槐花的氣息，德國槐，只在五月的季節裡綻開。但慢慢的，我察覺山，姐姐再也沒有了往日的快樂，不言不語，悶得像一根得了病的木頭。半夜時，我偶爾翻身醒來，看見姐姐睜大眼睛，一動不動地盯著天花板，遍體冰涼。我問她，怎麼了。姐姐卻是一問三不知，讓我滾一邊去，別打擾她。

但我很快就發現了端倪，在一次灑滅虱粉時。

我擠在了牆角裡，姐姐再也沒能遞給我那一個「口罩」。她被當眾拉出去，呆若木雞地站在中央，赤條條的，任由一群女納粹戲弄她，玩她，摔打她，一遍遍地往她身上噴灑藥粉，噴得灰頭土臉。衛生員們個個五大三粗的，身體凶悍，惡作劇一般地調戲她。噴完後，再用水龍頭沖一下，再噴，再沖。這還不算。女納粹們用鞭子抽她，罵她是娼妓，婊子，叛徒的雜種，說她被戒護所的所長搞了，還是自己送上門去的，十足的垃圾。女納粹們開心極了，將她當作了馬戲團裡的小獸。直到她們打累了，罵累了，才歇了手。

哦，姐姐像一個快走上十字架的女基督，遍體鱗傷，氣息奄奄。

　　——最長的是夜晚，但最好的也是那些個漫漫無涯的夜晚。我抱著姐姐，換了角色，開始由我來給她取暖。所以，為了增加力氣，有更熱的體溫去抱姐姐，我什麼都吃，連別人扔掉的麵包渣也吃，爛菜葉子也吃，還舔別人的碗，跟老鼠和狗搶食。沒有藥，如果有的話，也是我嘴裡的唾沫，替姐姐舔舐傷疤，看著它癒合。一週後，又到了灑滅虱粉的課程，——他媽的課程，他們居然把這種酷刑說成是一門課程！姐姐又會被拉出來，當眾受辱，傷疤再一次被揭起來，流血，呻喚，痙攣得像一條離了岸的魚。後來才明白，女納粹們吃了姐姐的醋。那幫母狗想給戒護所的所長投懷送抱，被拒絕後，都將怨氣和憤怒發洩在姐姐身上。

　　怨誰呀，是姐姐自己送上門去，獻的身。

　　我發現那件事時，是在凌晨。戒護所的門開了，所長的小汽車開了進來，燈光刺眼。所長並沒回他的辦公室。那雜種喝了酒，很囂張，站在教室的門口，大呼小叫地喊姐姐出去。我親眼見到的。姐姐瑟縮著，被一個衛兵搡進了洗澡間，沖完後，又被一張床單裹嚴，抬進了所長的臥室。我趴在窗臺上，小心翼翼的，聽見了姐姐的慘叫。燈光將臥室的一切映現在窗戶上，默片似的。姐姐的聲音卻是從地獄裡發出來一般，逐漸氣餒了，變得奄奄一息。所長是個五十多歲的老頭，上校軍銜，日爾曼豬，亢奮的臉上布滿了一層豬血，用靴子踢姐姐，用繩子捆姐姐，還用槍管往姐姐的下體裡塞。狗雜種。

　　天亮時，姐姐被扔回了床上，那麼瘦，蜷縮得彷彿一捆爛劈柴。當夜，戒護所的女衛生員們站在院子裡，唧唧喳喳地議論長官的施虐和暴行，卻將怨恨記在了受害者的頭上。——我也開始仇視姐姐。我不理解她為什麼那麼下賤，那麼齷齪，跟一個老得像她祖父一樣的傢伙上床，幹那種事。我不理她。姐姐獨自藏在被窩裡，哭了一天一宿，哭得更瘦了。

所長批了假，姐姐可以不出操，不給元首唱讚美歌。

每次，衛生員一發現我頭髮裡有一粒蝨子，就會被揪出來，單獨關我的禁閉，等著下一趟卡車來，送我進焚屍爐。但每一回，姐姐提出申請，在夜裡去陪所長，我就會被扣下來，目送別的兒童被扔進車廂裡，揚長而去。這樣的狀況維持了大半年，情況就有了改變。

——混蛋沃森，幹麼要在那麼美好的日子，講一件久遠而淒涼的故事呢？只能說，沃森鬱積在心裡的苦楚太多了，比一座水庫還壓抑。可怕的是，沃森講起往事時，還會垂下大把大把的淚。哈，沃森當然也會掩飾。他對那個女傭說，小姐，可否帶我去一下茅房？

米蘭達姐姐沉浸在沃森的訴說裡，邊抹眼淚，邊帶沃森去了衛生間。

在回廊的燈光下，沃森再次確認了米蘭達，熟悉的五官，蘊藏著無助與慌張的眼神。沃森差不多控制不住自己了，想喊一聲她的名字，擁抱她，給她一個節日的吻。米蘭達自然不會瞧出破綻來。因為一位聖誕老人的心裡，準定會揣著一顆慈悲的心。——世上的聖誕老人大多千篇一律，是來降吉的，來送一些稀罕的禮物和祝福，怎麼會有漏洞可尋呢。

艾，你在聽嗎？

李敦白見艾吹明有點走神，直突突地問。艾吹明自愣怔裡醒轉過來，抱歉一笑，老李，我在聽呢，你接著說吧。——此時，陡峭的夜空繃緊在大河兩岸，月亮恢復了滿盤，如一塊巨大的冰片，慢慢融化，敲動石階。艾吹明唏噓道：

天落淚了。

騙我，這是夜露。

我覺得是淚，反正。

接著說吧，這也是一份功課。呵呵，在姓黃的河流旁，我本來快忘

了，卻不知為何，又勾起了這個記憶。李敦白自語一番。

　　……那一家的壁爐，因了沃森的故事，漸漸燒到了末尾。女傭抱了劈柴來，扔進去，火再次撲起，家裡一下子暖了。沃森的酒，喝得也更勤。男女主人在那個空隙裡啜泣了一番，緊緊擁抱，很不願意地分開，繼續聽沃森嘮叨。

　　沃森說，戰爭進入了膠著階段，德國士兵死傷慘重，每天都會有壞消息傳來。雖然戈培爾公雞一樣地在電臺裡聒噪，宣揚戰果豐碩，但戒護所裡的氣氛一天比一天糟，人人都朝不保夕，前途未卜。終於，戒護所要關門了，開來了一個車隊的卡車，要將所裡的上百個孩子，統統送進集中營去。

　　狗娘養的，納粹把戰死的士兵也稱作「烈士」，是為帝國和元首獻身的。訃聞登在報紙上，畫了黑框，好比是恥辱臺。為掩蓋他們的心虛，也為了招募更多的炮灰上前線，納粹將戒護所改建成了少年培訓所，用來撫養所謂「烈士」的孤兒。關門那天，下著瓢潑大雨，我和姐姐擠在隊伍當中，眼神在道別，不知該說什麼，打什麼手勢才好。周圍是納粹士兵，槍頂在我們頭上，狼狗四處嗅聞著，猩紅色的舌頭能吞下一個人的心臟。我上了車，扒在車幫上，在雨幕裡找姐姐。這時，我看見那個雜種所長走過來，一把別住了姐姐，命令說：

　　她留下來，可以做個傭人。

　　姐姐扭打著，往卡車上撲。我猜，姐姐寧願去死，也不想待在戒護所裡，繼續被凌辱。但我錯了。我聽見姐姐聲嘶力竭地說，我留下來可以，但我弟弟也必須留下來，否則我撞死在車輪下。那個狗雜種，被姐姐的氣勢給懾住了，擺了擺手，讓士兵從人群中揪出我來，拽下了車，摔在泥水中。

　　是這個小老鼠嗎？所長叱問。

是的！

姐姐撲過來，一把抱住我，爛泥裹滿了她全身，眼睛卻是白的，比牙粉還白。我跟姐姐擁抱在一起，彷彿獵手發了善心，一不小心漏失的兩隻小獸。姐姐在哭，我也在哭。一瞬間，我才明白先前發生的一切，是姐姐用她的肉體，換來了我的命，讓我苟活了許多日子。

車隊轟隆隆地開拔了，我和姐姐也成了納粹少年培訓所裡的小傭人，洗馬桶，鏟垃圾，當玩物，給納粹們熨燙衣服，拖地板，撣灰塵。稍一犯錯，就會挨打，身上常常青一塊、紫一塊的。又被醫生當作了活體試驗的對象，胳膊上扎滿了針頭，有時發寒疾，有時卻高燒不退。縱然如此，姐姐也沒能逃脫那個雜種的魔爪，隨叫隨到，充當他的性奴。

哦，上帝，倖免於難，其實是有罪的。

在那座陰森冷酷的院子後頭，有一間擱置雜物的房間。沒有床，沒有爐子，沒有玻璃窗。夏天像鍋上的蒸籠，冬天卻變成了一口寒窟，滴水成冰。天熱時，還能將就。一入冬，我和姐姐就在大理石地上鋪上破毛氈，晚上用拾來的標語紙和廢報紙蓋在身上，抵擋一下寒潮。那時，在我心底裡，姐姐已成了世上唯一的親人，我不能失去她。我想，我是個男子漢了，該為姐姐做點什麼。比如，替她多幹一點活，把她紅腫的手腳焐暖。再比如，替她去女納粹的房間裡，偷一盒凍傷膏。但有一件事我愛莫能助。姐姐每次從那個雜種的辦公室回來後，都會拉下臉，不吃不喝，遍體鱗傷。我能猜出什麼，但我關緊了嘴巴。

夏夜的一天，我和姐姐爬上屋頂，睡在了晒燙的瓦片上。

一銀河的星星滲流下來，有一種黑夜的透藍，空氣裡也有植物的香氣。沒有槍聲，沒有轟炸機的轟鳴，也沒有納粹狼狗的狂吠，一切都那麼靜謐與和平。姐姐枕著雙臂，凝望著星月夜，似乎聽見了上帝對她一個人

的耳語。她忽然十分開心地問我：

喂，得找個法子，活到戰爭結束才是。

什麼法子？

我想破了腦殼，竟也回答不了姐姐。姐姐忽然俯過身來，對我悄悄說，前幾天，我去收拾衛生員房間時，看見床頭上擺著一本詩集，很漂亮。

詩？

是的！是詩歌。

我很沮喪。因為我對詩一竅不通。我覺得那該是聖經裡才有的事蹟，比如所羅門王，但離我太遠。我搖了搖頭，對此不以為然。我想，詩歌不可能比一條麵包強，我需要的是熱量。但姐姐瞧不出我的私心，依然揪住不放。姐姐說：

咱倆來寫詩吧？

嗯！

我勉強應允了。為了顧及姐姐的情緒，我是有點口是心非。

或許，詩歌可以幫助我們活到戰爭結束。姐姐口氣篤定，有一種不容置喙的決絕。她說，詩歌雖不是麵包和奶油，至少，它也會是一丸藥，鎮靜我們。

一談到詩，沃森這傢伙眼睛亮了，好像他是個天生的詩人。幸好，那家的男主人覷了妻子一眼，妻子也點了點頭，首肯了什麼。兩個人的手在暗中握在一起，有力，默契。倒是女傭抽泣著，被沃森的故事傷到了心，不可自拔。沃森繼續偽裝著，不想讓米蘭達識破，嗓子很困了，但還是捏緊了發聲。沃森飲了酒，鬍子上淌滿了酒液，又回到了從前。

哦，是這樣，人不能有祕密，一有祕密的話，人就心生念想，會活出滋味來。詩歌，此後就像我和姐姐飯裡的鹽，一頓沒有，口中寡淡。

那以後，我和姐姐撿了很多的鉛筆頭、擦皮，還把培訓所裡定期發下的手紙存下來，用於詩歌。姐姐是個仔細人，每個月的月信來臨時，也捨不得用衛生紙，省下來去抄寫詩歌。前頭說了，女納粹的房間裡有一本詩集，姐姐去打掃房間時，我會在門口掩護。姐姐趴在床邊抄詩。短點的，一根菸的工夫就完了；長詩費工，姐姐需要分段分頁，很多天才能抄錄完整。然後拿回到雜物間裡，一一謄寫，整理清晰。

　　夜晚是美好的，不再寒冷，也不再恐怖漫長。

　　我和姐姐湊在蠟燭頭下，借著微薄的光亮，一個字一個字地朗讀，背誦。然後比賽誰的記憶力更好，誰的表情更生動。姐姐愛歌德和莎士比亞，我就偏愛席勒和普希金，誰也不服誰，壓低了嗓門，吵得臉紅脖子粗，氣得姐姐常常想咬我一口。白天時，我們盼著早點天黑，盼著納粹分了趕緊熄燈，好讓我們待在潮溼的牆角裡，溫習功課。呵呵，我們撿了太多的蠟燭頭，抄了太多的詩，肚子也不再餓了，口也不渴，就那麼不知疲倦地誦讀。

　　有一回，姐姐拿來了針線包，編好頁碼，將散亂的詩歌裝訂成冊，還包上了牛皮紙的封皮。太漂亮了。摟著牛皮紙的詩集睡覺時，我會偷偷地撫摸一下，覺得它像一本羊皮書，光滑，柔軟，熨貼，彷彿一座紙造的教堂。

　　為以防萬一，誦讀完的詩集，會被姐姐藏在一尊耶穌的石膏像裡。房間裡橫七豎八地丟著很多石膏像，耶穌的，聖母瑪利亞的。希特勒什麼都不信，除了他自己。真的，希特勒萬歲！因為他的弒神滅聖，納粹們也對那一堆石膏像不感興趣，所以藏得很嚴密。白天藏，晚上會被取出來，作我和姐姐的課本。沒料到，等我和姐姐快把那本詩集爛熟於心時，竟然又在其他女納粹的床頭，發現了另一本詩集。於是，她又如法炮製，裝訂了

第二本，第三本，讓更多的耶穌像裡裝滿了這種精神的糧食。

有一回，院子裡槍殺了一個女孩。

她才十三歲，是一個通敵的德軍上尉的女兒，老鼠一樣瘦弱。她同寢室的人告發說，女孩兒曾私下裡說，希特勒是癩蛤蟆變的，因為他在冬天會打噴嚏；天一熱，又在電臺上發神經。結果，女孩的心臟上挨了一槍。那年頭，人的命和一隻螞蟻沒區別。

行刑時，納粹讓所有的孩子們列隊，陪法場，殺一儆百。妄議領袖和元首屬死罪，寫在那一部瘋狂的法典裡。我和姐姐也不例外，親眼看見那一縷芳魂飄上了天空。槍響時，姐姐便暈倒在地，很多孩子也在那一刻裡神經崩潰。我將姐姐扛進了家裡 —— 如果那個鬼地方算家的話。她一直發高燒，囈語不斷，我用涼水敷她。敷了一夜，姐姐才撿回了一條命。醒來時，姐姐攥住我的手，說，我們自己寫詩吧。也許寫了詩，我們就能扛到戰爭結束的那一天。

好主意！

我不假思索就答應了。如果詩是一丸毒藥，能讓姐姐開開心心地活下去，隱忍、悲傷、堅持、漂亮起來的話，我敢發誓，我會第一個吞服它。丟了這條不值錢的命，我也甘心。它是姐姐撿回來的，沒了姐姐，我要這身體做什麼。

於是，在那些祕密的夜晚，我和姐姐開始了各自的詩歌生涯。

蠟燭頭可以作證，我們忍受臭蟲、蚊子和蒼蠅的襲擾，把心裡話寫在草紙上，不成樣子。剛開始也不是什麼詩，只是想說的話，分了行，一行一行地往下碼。冬天時，我和姐姐趴在拾來的破氈毯下，壓低嗓音，我唸我的，她唸她的，有一絲競賽的味道。我不懂什麼技巧，姐姐也不懂什麼韻律，反正想寫就寫了，留下滿意的，被姐姐裝訂成冊，有了我們自己的

第一本著作。姐姐還在牛皮紙封面上，用一根彩色鉛筆頭，描粗，美術體，畫下了書名，叫《練習曲》。呵呵，詩歌讓我們變得知足，忘了天上的轟炸機，也忘了狼狗的舌頭和納粹的皮鞭。有一次，姐姐去那個老雜種的臥室陪完夜，順便偷回來一本字典。於是，遇上不會寫的字詞，我們就有了可以請教的先生。

哦，沃森說到這裡，不能只說不練吧。況且，一對主人和女傭眼巴巴地盼著故事的高潮呢。沃森用酒潤了潤喉嚨，說，我試著背一首姐姐寫的詩吧，假如我的腦子還沒被暴風雪吹壞的話。

——壁爐的火光映在沃森的臉頰上。他搖頭晃腦，似在回憶，也似在斟酌。於是，沃森聲情並茂地朗誦了下面的這首詩：

這些天裡我一定要節省。

我沒有錢可節省；

我一定要節省健康和力量，足夠支持我很長時間。

我一定要節省我的神經和我的思想和我的心靈

和我的精神的火。

我一定要節省流下的淚水。

我需要它們很長、很長時間。

我一定要節省忍耐，在這些風暴肆虐的日子。

在我的生命裡我有那麼多需要的：

情感的溫暖和一顆善良的心。

這些東西我都缺少。

這些我一定要節省。

這一切，上帝的禮物，我希望保存。

我將多麼悲傷倘若我很快就失去了它們。

沃森背完了，鬍鬚上落了滿把的淚水，渾身在發抖。

那家的男女主人吻了吻各自的面頰，鬆開了擁抱。沃森知道女傭也哭了，因為她的手帕溼淋淋的，能攥出鹹澀的淚來。沃森不敢去瞧，去安慰米蘭達，他的故事才到了中途。

這時，男主人打破了僵局。他搬了一隻凳子，踩上去，從壁爐一側的牆上摘下一幅陳舊的肖像畫，遞給沃森看。女主人淚盈盈地說，聖誕使者，這是我的公婆，他們死在了戰爭中，被一顆炮彈擊碎了，屍骨無存。男主人亦是泣不成聲，握住沃森的手說，你送來了最好的聖誕禮物，你的故事是上帝的恩賜。是的，我們都該節省，節省下悲傷和忍耐。或許，好日子都在明天。

瞧瞧，角色混亂了，本該是送新年祝願的混蛋沃森，卻被別人勸慰著。這是個詭譎神祕的聖誕夜，比但丁的筆還難以預料。

不！我的故事才開始。沃森大言不慚地說。他上了癮。

十分樂意洗耳恭聽！

主人們有一份意外之喜，下了邀請。

混蛋沃森，不，應該是聖誕老人沃森，又一次擺開了架勢，滔滔不絕起來。長話短說吧，沃森說，在那座戒護所裡，我和姐姐以一種詩人的身分，保持著忍耐和力量，熬，在坩堝上熬，熬時間，熬身上的膏油，熬一個又一個蒼白的黎明和日落時分。但我們在熬煎的過程中，漸漸有了實質性的變化，脫胎換骨，終於出落成了真正的詩人。

詩人是什麼？他得有一絲蔑視的情緒，太驕傲了，不屑於去死，而是去作一個見證者，去當一段證詞。—— 哪怕鮮血淋淋，哪怕汙穢纏身，他也得去用分行的文字，去做那一個醜陋時代的供詞。我和姐姐安靜下來，懷揣著一份光芒和勇敢，淡定應對。甚至覺得納粹的皮鞭，乃是上帝

的一種試探，覺得大狼狗猩紅色的長舌頭，其實是一朵罌粟，即便有毒，但妖冶。

可有一點始終沒變，我很難為情去請姐姐讀我的詩。我想，這緣於一個詩人的羞澀吧。另一個原因，我想我愛上了她，愛上了姐姐。在做詩人的那一段日子，姐姐只表揚過我的一首小詩。

這是後話。

那年春天，密集的槍聲響了整整一夜，轟炸機在頭上盤旋，周邊火光衝天。因為戒護所一帶有紅十字會，才倖免於難。

天麻麻亮時，我和姐姐戰戰兢兢地走出了雜物室，卻發現戒護所早就空了，納粹士兵不知去向，孩子們也走得一個不剩。姐姐料想到戰爭要結束了，同盟國的軍隊打進了德國，占領了城市。萬歲希特勒，這該死的雜種再也不能綁架整個國家了。於是，姐姐拉著我，離開了戒護所，一直往郊外跑去。下午時，美國大兵的旗子掛在了城裡最高的建築上，解放了。

戰後的情況更糟糕，糟得像一塊中世紀的牛排，噁心人。沒有秩序，沒有充足的食物，沒有乾淨的飲用水。地上都是廢墟和創痕，到處都是埋人的墳坑，腳下跑著成群的老鼠。可怕的是，冷戰開始了，東西方的鐵幕落下來，人人自危，個個提心吊膽。誰也說不上，第三次世界大戰會不會爆發。反正史達林的態度很強硬，他的名字本意就是鋼鐵嘛。

我和姐姐被招進了一家工廠，生產瓶膽和茶壺，租住在一家搖搖欲墜的公寓裡。可有一天，姐姐去樓下買麵包，就再也沒能回來。一週過去了，我失去了耐心，便買了一摞紙，寫了上百頁的尋人啟事，提著糨糊，貼遍了城裡的每一根電線杆和公共廁所。我的絕望日復一日。因為那時候，姐姐已不再是姐姐。她在我的心目中，就是一位戀人，一個我心儀的女人。

走掉了，再也沒了消息，生死不聞，如同人間蒸發了似的。

世上的事情，或許就是這樣。天命如水，只能順水推舟，寸心自知，冷暖在己。經濟好起來後，國家也逐漸恢復了正常。我離開了那家工廠，靠著一點積蓄，開始做小買賣。我喜歡遊逛每一座城市，每一條大街小巷，無論它多麼偏僻，我都要去踏訪一遍。我只期盼一個女人，冷不丁從街角上拐出來，讓我一下子認出她，去擁抱她，去吻她的舌頭。即便，她已不再年輕。我做好了最壞的打算。

那時候，我也老了，心比身更老。畢竟，十多年又過去了。

沃森感覺到了熱，身上的溼衣服快乾了。女傭遞給他一條毛巾，沃森感激地笑了笑，女傭也笑了。似乎一場遙遠的戰爭，真的在談話中結束了，煙消雲散。男女主人不知怎麼招待這位聖人，問他餓嗎，問他想睡一會嗎，也請求他將外套脫下來，輕鬆一些。沃森拒絕了。他想偽裝到底，將這個故事講述完。

沃森真有一套，將三位聽眾又拉回到了那個年代，繼續聽他一個人絮絮叨叨的命運之說，似乎他本身是一張磨損不壞的唱片，周而復始。巴赫的音樂早停了，羊吃完了草，睡在空氣裡。

沃森說，十多年了，我找姐姐，找自己的心上人。漸漸的，尋找已不再是一種動機，而成了一種習慣，我生而有之的義務。我見過好女孩，向我賣弄風騷，表達她們的欲望，但我心已枯槁，離她們很遠。我只知道，我和姐姐是一同度過苦日子的，唯有她才是我真正想要的女人。我在人們眼裡是個怪物，身體健康，卻舉止詭異，不娶，不育，老光棍，有點變態。呵呵，隨他們怎麼瞎議論吧。

轉機出現了。

有一次，我上了計程車，撿到了一本乘客丟失的詩集，跟戰前我和姐

姐唸的是同一個版本。上帝，感謝上帝給了我靈感。我瘋了，拔腿跑回了家裡，拿出紙和蘸水筆，想寫一首詩。

於是，我默寫了以前在戒護所時，姐姐表揚過的那首小詩。修改好，謄抄完整，花了一筆很結實的錢，去發行量最大的報社，買了一塊版面。我要求他們刊登，字型大小要大，署我的名字。編輯覺得我想出風頭，呵呵，狗娘養的。

次日一大早，當我拿著油墨飄香的第一份報紙時，我流下了淚。我光著腳，邊唸邊走，穿過了七、八個街區，轉遍了半座城。我寧願相信，在一個不知名的角落裡，姐姐也在看。她一準明白，有一個小夥子在想念她，為她牽腸掛肚。

我的詩這樣說 ——

從明天開始，我將悲傷。

從明天開始。

今天我將快樂。

悲傷有什麼用？

告訴我吧。

就因為開始吹起了這些邪惡的風？

我為什麼要為明天悲痛，在今天？

明天也許還那麼好，

那麼陽光明媚。

明天太陽也許會再一次為我們照耀。

我們再也不用悲傷。

從明天開始。不是今天，不是。

今天我將愉快。

　　而每一天

　　無論它多麼痛苦，

　　我都會說：從明天開始，

　　我將悲傷，

　　不是今天。

　　呵呵，誰說詩不是通靈的。誰要否認，我敢擰斷他的脖子，現身說法。

　　報紙發表一週後，有一封讀者來信寄達了報社，央求轉交給作者。其實，我也接到了很多信，能裝幾麻袋，反響熱烈。但那封信不同，一看字跡，我就認出了姐姐。她留下了電話號碼和地址，請求我和她連繫。那是一個陌生的位址，在鄉下，靠近一片黑森林。我按著號碼，撥通了姐姐。

　　是的，詩是一種信物，在一個貧乏和寡情的年代。

　　姐姐的聲音未變，但我猜，她的容顏已改。我故作鎮定，喊了她的名字，她開始沒反應過來。後來，我喊她姐姐。我以為她會哭得一塌糊塗的，我得提防她這一手。孰料，姐姐根本沒哭，甚至連一點點陰鬱的感覺都不見，哈哈哈地大笑起來。這出乎我的意料。姐姐的笑，有一種陽光的滋味，令我發甜。我知道她活著，而且活得不錯。我略略有些喪氣。我本來以為自己可以作一名騎士，像摩西，將姐姐領出苦日子，靠著我的機靈和收入，給她一份相當裕如的生活。但我忍下了，聽她盡情地開懷大笑，把一輩子的歡樂都笑完，笑個夠。姐姐說：

　　小子，你挺聰明的。

　　我玩笑說，我把全德國像一條床單一樣抖了幾遍，連蝨子、臭蟲和跳蚤都抖摟出來了，可沒見到你。後來一想，還是用一首詩為妙，誘餌，圈套，捕鼠夾，知道你會上鉤的。

這首詩不錯，你改了？

壞日子已經過去了。我安慰姐姐。

姐姐誇完我，很嚴肅地說，你能來一趟黑森林嗎？我哪裡也不能去，去不了。因為，我在鄉下有一個家，有丈夫。我得照顧他，盡一名妻子的義務。

我明白我完了。

我輸得一乾二淨，不僅丟掉了姐姐，還毀了那首詩。姐姐與我時空遙遠，但從電流聲裡，我聽出了她的無奈和歉疚，她也想補償與我。握著電話機，我感覺握著一顆手榴彈。我克制著，明白那一瞬間，我是自私的，貪婪的，利己主義的。我一直將姐姐視作我的私有財產，不容旁人染指，但姐姐卻蒙在鼓裡。那好吧，我的一生快破產了，我還要這身子做什麼？我還要一首詩做什麼？我想過死，但我沒那麼做，我不愚蠢，我該替姐姐的好日子幸福。就像現在，上帝時刻坐在我們身旁這樣幸福。

是的，只有上帝離開了，我們才會感到可怕，可那時候已經來不及了。但平素裡，我們不會去珍惜，不知道自己活在上帝的國土上。

姐姐像一個婦人那麼嘮叨，問我的境況，問我的婚姻和家庭，又問了我這多少年來的顛沛之苦。我的答案讓姐姐大吃一驚。得知我是個風裡來、浪裡去的老光棍時，姐姐不由分說，下了命令：

快去買一張車票，現在動身。

我想，我得搞清楚其間的轉折，才好踏上那一段叵測的旅途，去跟她會合。我既然被姐姐拋出了命運的車外，鼻青臉腫，但這一切是為什麼。我問她，當初你幹嘛不辭而別？是我惹你生氣了，還是我是個累贅？

不！不是你說的那樣子，不是！

告訴我！

姐姐終於像一個姐姐了，嚶嚶地哭起來，哭得壓抑。姐姐問：

還記得戒護所的那個所長嗎？

狗雜種！我記得他。

姐姐說，那天，我去樓下買麵包，你還在睡覺。戰後，麵包太緊俏，店門前排了很長的隊，下著雪。我忽然看見前頭的一個背影很熟悉，像那個人。但我沒敢喊叫，去當眾指認他，揭開他的畫皮。沃森，你是知道的，政府對納粹頭目的通緝令一直沒撤銷，他也在其中。滿大街貼著那幫劊子手的相片，有賞金。可我不想掙那筆噁心錢，雖然我和你都很窮，只能靠乾麵包度日。—— 那傢伙偽裝得很好，化了裝，沾上了鬍鬚，戴上了眼鏡。但我嗅到了這個人渣的氣息，死也忘不掉。他買了麵包，摟在懷裡，邊吃邊上了火車，去鄉下亡命。我盯了梢，尾隨著他，坐幾站車，再步行十幾里地，如此反覆。他故意在兜圈子，用各種假證件，一路無阻。就那樣左兜右轉了好些日子，他才回到這一片黑森林。

他的家在這裡。這裡曾經是威廉皇帝的一座行宮。冬季裡狩獵時，這裡可熱鬧了。他的父親獲得過一個爵位，世襲的，所以他也被當地人稱為爵士。他謊稱他在外邊被困住了，與第三帝國的血腥無染，手上不曾沾上無辜者的鮮血。百姓們也善良，不了解這傢伙在戰爭期間的暴行，還盡可能地替他打埋伏，阻擋政府人員的調查。我伺伏了大半個月，等他像鼴鼠一樣藏好後，我才找上門去。

我不想清算他，我只想找回那些詩。既然我們受了罪，但詩歌必須倖免。

其實，在瓶膽廠工作時，我就去過幾回戒護所一帶，想找見那間雜物室，找見那一堆耶穌和聖母瑪利亞的塑像，取出以前寫的詩集來。但盟軍的轟炸機早將那裡夷為了平地，面目全非。可我篤信，這傢伙一直記得，

我想叫他當嚮導，帶我去完成這一樁夙願。

他看見我時，嚇了一跳，幾乎癱倒在地。

可我的身後沒有政府來緝拿他的人，也不曾報官。我冷冷地盯著他，威脅說，只有他幫我取回詩，看到詩集安然無恙後，我和他的仇恨才會一筆勾銷。否則。我將「否則」這個詞拉得很長，一副咬牙切齒的樣子。他其實沒別的選擇，除了去死。他的家族在那一帶有不錯的口碑，似乎他看重這個。於是，他的情緒恢復了過來，跪在我腳下，哀求我，並痛快地答應了。他想自己去找，不想被我牽制。他給我安排了最好的臥室，還讓一個僕人鞍前馬後地侍候我。弄完了這些，他才上路，去城裡找我們的詩。在這一點上，他還不失為一個男人。

我在黑森林裡待了三年，結局變了。

姐姐說，沃森，你不明白這裡有多美。一望無際的大森林，黝黑的樹冠，成群的野獸，春季時繁花密布，鳥語花香；一入秋，到處都是金箔一般的黃葉，和書上描述的伊甸園沒什麼兩樣，讓人忘了戰爭，忘了轟炸，也忘了獰獰的噩夢和身上的疤痕。我無所事事，天天坐在廊簷下，看夕陽落下，又望著朝陽升起。但這傢伙一去經年，音信皆無，生死難料。我也不急不惱，我手上有人質。

人質是他的兒子，比我大許多歲，已經有了發病的徵兆。先是指尖麻木，漸漸蔓延到了四肢，肌無力，加上遺傳的風溼病。據醫生說，他的病還會蔓延，一直擴散到心臟，將來也會死於心肌無力。這小夥子人不錯，樂觀，陽光，積極。他有了病，所以因禍得福，免除了兵役。雖說他躺在椅子上不敢動彈，但和我成了無話不談的朋友。他曾問我，你是做什麼的？你一來，我父親為什麼慌裡慌張地出了遠門。我撒了謊。對一個沉痾中的人來說，或許這不是謊，只能是安慰和一套說辭吧。我告訴他，我是

個詩人。

他笑了，很單純。

他說，可千萬別像浮士德博士那樣，將靈魂典押給魔鬼，一敗塗地。

憑著這句話，我對他生出了一點點憐憫和好感，所以會抽空照顧一下他，在僕人告假，後來又乾脆辭工後。沃森，其實病中的人更像一位詩人，那一具肉體，才是雅典娜手裡的豎琴。漸漸的，他離不開我了，除了換衣吃藥，擦臉洗身，我還每天定時給他朗讀一段小說，誦讀一首詩。否則，他就會在夜裡發病，咳個不停。方圓十幾里地，可沒有持照的醫生啊。

我握著電話，快炸了。沃森說。

那一瞬，嫉妒和委屈控制了我。我不恨姐姐的無情，她是個吃盡苦頭的人，無辜，難辛，寂寞，一時慈悲為懷也說不上。我只恨那個納粹雜種的兒子，憑什麼由他竊取了我的愛，代替我，讓姐姐去噓寒問暖，把屎把尿呢。小白臉，臭德國佬，分文不值的破爛爵位。聽完姐姐的絮叨，我打了退堂鼓。距離會令我心死的，我不能去赴那個傷心之約，自取其辱。我是自私的，我說過。我看不得姐姐現在幸福，當這種幸福不是我個人給她時，我尤其怒火中燒。

找了你許久，我一直沒放棄，到現在。姐姐說。

我也在找你，結果用詩找到了。

姐姐說，我落穩腳後，就給那家瓶膽廠寫信，可寫一封，被退回來一封。後來，我給一個認識的小姐妹寫了信，央她見到你後，把我的地址捎給你。她回信說，你早就辭工不幹了，也退了那間公寓。我去教堂做過懺悔。我一日不停地禱告，盼望上帝能將沃森送到我跟前。我坦白，我曾經恨過上帝，在這一點上，我怪怨他不眷顧我，不憐惜我。沃森，事實證

明，上帝並不曾遠離我，一秒鐘也沒有。他一直都在我身旁，守護我，照亮我。這不，你來了吧。

姐姐在笑。我卻在哭，像一個覓見了母親的孩子。

別哭！快去買車票，等你！

沃森說，但我還有一絲疑問。這疑問像一團瀝青般的狗屎，沾緊了我的鞋跟。姐姐冰雪聰明，聽到我吞吞吐吐時，繼續說，別怕！那個狗納粹早死了，死踏實了，去他的元首那裡報到了。

姐姐說，三年後，呵呵，老納粹衣衫襤褸地歸了家，兩手空空，人瘦得脫了形。他見了我，撲通一下跪在我眼前，抱住我的腿，請求我的寬恕。原先，他在從城裡返回的路上，被昔日戒護所的同僚給發現了，賞金誘人，於是報了官，抓他進了監獄。審查進行得很慢，三年了，還不給定論。狗雜種明白自己惡貫滿盈，不是被監禁終身，瘐死在獄中，就是被槍決。於是，他越獄了。

他告訴我，當年的戒護所已是一大片公共草坪，找不見一頁詩。

那你為什麼回來？我問。

他回答說，我是來給你和你的詩歌謝罪的。

果然，老納粹說到做到。半夜時，他用一根繩子吊了自己，吊在了密林裡。他的慘狀比但丁的煉獄強不了多少，他死得很踏實。那以後，我就想離開這一片黑森林，去城裡找你，再和你一起工作，一起生活。但上帝又給我出了一道難題。我走了，他那個病兒子咋辦？總不能看著他一寸寸僵硬下去，變成化石，變成一堆嶙峋的白骨吧。我去了教堂，表示我願意照顧他，像上帝曾經垂憐過我的那樣，即便疾病、貧困、掙扎，我想獻上一顆回報心，用愛。神父卻說，你說的是婚誓，這乃是一個妻子的義務，但你不是。

我慨然說，那就讓我成為一個妻子吧。

姐姐道。

沃森頓了頓，給三位聽眾介紹道，開弓沒有回頭箭，姐姐是個義無反顧的女人。這一點，從她在戒護所裡救我的那一天始，我就領教了。

於是，姐姐成了一個癱子的老婆，自覺自願。自願的事情未必是福音，但這對我而言，卻不啻是一聲霹靂，擊中了我。我強忍著委屈 —— 如果委屈還管用的話。我昏頭脹腦地想，也許，我永遠地失去了姐姐，好姐姐，唯一的姐姐。我喃喃地喊著她的名字，冥冥中，盼著她是一根木頭，讓快要溺死的我，抓住她的手，給我一口氣。我的籲請被上帝聽見了，感謝上帝。我聽見姐姐說：

來吧！快買一張車票。

姐姐說，我需要你當個幫手，幾個廠子快忙死我了。

那你丈夫呢？

沃森，他只是一個病人，我也是名義上的。姐姐回答。

李敦白，或者說湯瑪斯·曼講到這裡時，長舒一口氣。李敦白說，艾，稍等一下沃森舅舅吧，他現在需要去小解一下。女傭，不，應該是米蘭達帶著他，拉亮了迴廊下的燈。故事暫停。

艾，我們也借機去方便一下吧，啤酒太脹。

站在那裡，周圍的冷杉闊大，很有些年成了。在蘭州，冷杉是最優美的樹種，金字塔形的樹冠，黝黑，油光，像上天的傑作，蔭庇著這一場秋夜的祕密談話。李敦白拍打了幾下樹身，說，真漂亮，巴伐利亞的黑森林裡，也長滿了這種冷杉。每當聖誕來臨時，人們就會伐下來一棵巨型冷杉，裝飾一新，豎立在市中心，讓它照亮來年。

遞了菸，李敦白抽起來。點上火時，艾吹明的心款款一熱。

……好了，沃森小解回來了，又坐在壁爐前的沙發上。艾，我在陳述這一段情景時，總覺得那一座壁爐裡的火，其實是有思想的。它由蓬勃的火紅色，轉向了黑，成了一堆發白的灰燼。這或許就是人世上，所有愛恨情仇的軌跡，無所謂大小，無所謂貴賤高低。李敦白以這樣的方式進入了角色。

沃森說，我去了鄉下，不是買的火車票，自己駕車去的。我沒有行李，也沒多少積蓄，沒朋友。我只有唯一的一個姐姐，我是去投靠她的。我找到了姐姐，抱緊了她，我的眼淚根本不值錢。

姐姐卻不這樣。姐姐開懷大笑，未經世故的笑，一塵不染。

沃森說，簡短一些吧，天快要亮了。外邊的風雪又會給世界一張白紙，讓人們去寫去畫，開始新的一季。我不能太叨擾你們，我已經夠奢侈的了。過分的人是要遭報應的，我得謹守這一戒律。來到那片鄉下的黑森林後，我以弟弟的身分，和姐姐團聚了。姐姐將我介紹給了那個癱子。── 他的病已然蔓延到了肩胛，連脖頸都不能轉動了，窩在那一張躺椅上。只有笑是生動的。我喊他爵士。私心說，是在規避一個更棘手的稱呼，但他沒反對。姐姐還把我引見給了周圍的街坊鄰居。得知了我和姐姐失散又團圓的細節後，討來了不少的同情。我落了腳。

我的心扎下了根，就在姐姐身上。

我幫姐姐打理生意。那年頭，只要人肯幹，餓是餓不死的。別說姐姐嫁給那個爵士的孫子是貪圖富貴，不！不是這樣。那幾家小廠，在戰爭中早已風雨飄搖，入不敷出。申請了破產，也得不到保護。但猶太人的腦殼是夠用的，有了我的幫襯，姐姐的日子好多了，手頭很寬裕。我抽了空，雇了工人，用一個夏天翻修了那座老宅子，刷了鮮豔的塗料，又在周圍砌了花壇，開挖了游泳池。漸漸的，我主外，姐姐主內，昔日的貴族之家有

了別樣的氣象。

說了你們不信，混蛋癱子，竟然自殺過幾回。

頭一次，我和姐姐推著他，去了森林裡的一片湖畔野餐。姐姐去拾柴火，我忙著收拾營地。趁人不在意，小爵士居然使出吃奶的勁，鬆開了輪椅車的手閘。車子沿著下坡，一頭栽進了湖水裡，差點淹死。另一次，小爵士躺在屋裡，用了什麼魔法，掰下了檯燈燈罩上的一塊玻璃，割開了腕子。最危險的還在後頭。小爵士平時睡眠不佳，每一頓進食時，都要給他一片安眠藥。誰料想，混蛋癱子居然花了幾個月的工夫，積攢了六、七十片。趁人外出時，一口氣吞服了，死意決絕，不留後路。待發現時，他已經命懸一線。搶救了三天四夜，才把他從死神的手裡奪回來。

他的身體狀況越發差了，比一隻猴子還輕。

我憤怒，摔東西，也問不出原因。姐姐趴在小爵士身上，一遍遍地哭，究問為什麼。戰爭走了，好日子才來，縱然他身上有疾，但太陽對誰都是平等的呀。那年，輪到小爵士的生日，姐姐和我給他過了一個隆重的節日，破例允許他喝了一杯葡萄酒。酒有神力，酒也是魔鬼。小爵士忽然開口說話了。他說，我要修改遺囑。

幹嘛修改？姐姐問。

小爵士說，修改了我的遺囑，我才會歇手，不哭，不鬧，不自殺，一直活到上帝願意收回我的那一天。否則，我總會有得手的那一刻，你們盯不住我。

修改什麼？

我想讓你們結婚。

癱子說完這句話後，我和姐姐頓時僵住了，互相生疑地覷望一眼。姐姐伸出手，朝向虛無的天空，隻字未語，似乎想請上帝評評理，做個裁

斷。可我自私。我在小爵士揭開這一層面紗後，血管賁張，神昏目眩，好像一個中了彩的流浪漢，頭重腳輕。那一刻，我真的愛上了這個殘廢的爵士，他比誰都明白後果與前因，比誰都更了解我的企圖。姐姐比黃金還寶貴，比全世界的教堂加起來都令我崇拜。哦，我這個糟糕透頂的人，我這個彆扭的人，「我真的是給黃金鍍色，給百合添香」，──莎士比亞的詩句。小爵士接下來的話，更讓人吃驚：

別當我是一塊廢料，也別隱瞞我。沃森，你來家裡的第一天起，我就看出來了，你和我妻子沒有血緣上的連繫，一點連繫也沒有。上帝知道。上帝有一種祕密的意志，讓你碰上了我妻子。戰爭其實是一種奇異的膠水，戒護所裡的磨難更使你們兩小無猜，貼心貼肺，比親人還親。沃森，你愛上了我妻子，這沒錯，你不能否認。為了這一點，我感激你，上帝也會成全你的。我明白，她之所以嫁給我，是可憐我的弱小，同情我的缺失。我的病是上帝的一次試問，現在來考驗我，請我給出答案。沃森，我替上帝為你保存了她一段時間。現在時候到了，我該還給你了，純潔無暇地還給你。

不！我當初是自願的。

姐姐狡辯道。

小爵士說，親愛的，我修改遺囑，只是為了澄清這一點。你和沃森，本該是一對恩愛的夫妻。可陰差陽錯，我沾了一段吉。我已經很知足了，願上帝明鑑，知曉我心。太懷奢欲的人，會破壞此生已經獲取的，我想安靜，更不想讓你們一對戀人為此煎熬不堪，浪費時光。我的遺囑這樣修改，我請求你們結為夫妻，容我逗留在家，度過餘生，好見證你們兩位的和美姻緣。我這個業已被幸福撞破了腦袋的人，將心生歡喜，不離左右。等我百年之後，這裡的一切始於你們的勞作，也終將歸於你們所有。呵

呵，其實在你們外出的時候，我已經電話告知了律師。律師來了，當著我的面，改定了，生效了。那一刻，我比耶穌還清醒，沒喝半口酒。

你為什麼這樣？我在教堂裡盟過誓的。姐姐問。

教堂裡的事情也可以更改，一旦有錯的話。小爵士伸開手，艱難地捂在胸口上說，我這裡也有一座教堂，我聽見了，它在說話。

我和沃森是乾淨的，並不齷齪。

小爵士的臉上閃過了一層陰霾，立意已決地說：

親愛的，我心裡還有一座十字架。自從你上門來找我父親，十字架就從沒在我心上離開過。我偷看過父親在戰爭期間寫的日記。我猜，那個愛寫詩的女孩子就是你。

姐姐點頭。

所以，我在看過那幾本罪惡的日記後，讓僕人全都焚毀了，燒了過去的一切，包括骯髒和罪惡。我不能不替我的父親，哀求你們的寬恕，別讓這一段錯誤再繼續下去。小爵士自負滿滿地說，喏！我的心就是一座教堂，我需要聽見你們的婚誓。雖然簡樸一些，雖然僅有我們三個人參與，但我想，這會勝過全世界的神父和僧侶在場。不是嗎？

我沃森也是個漢子，我也想有所表示。我趴在了小爵士的腿上，貼著他。我說，我愛姐姐不假，但如果是從他這個好心人手裡奪來的，我也寧願不要婚姻。就在一步之遙中，愛著姐姐，愛著這個美麗的女人，終了此生。但小爵士有備而來。他用了全部的力氣，將手指上的戒指摘下來，遞到我手心裡，又催促我戴給姐姐。

他像個聖人，替我們畫了十字，說了祝福。

……我跟姐姐擁抱在一起時，姐姐哭痕滿面地說，我會遭天譴的，難道這就是我要的結果嘛。小爵士說，親愛的，我不能再浪費你，你的愛還

駐紮在我心裡，生了根，開了花，慈祥，光輝，悠久，不曾離開過我一寸的距離。在這個世界上，有你這麼一個女人，因為離開了我，而獲得了天大的幸福，我憑什麼不快樂呢，我沒理由呀。

我沃森，我也像姐姐，不！像妻子一樣哭起來，抱著小爵士的腿，情不自禁。小爵士對我說，沃森，你的妻子是一位純潔的處女，比天使還要純潔的是她的心，你有福了。

在他的祝福聲中，我和姐姐接了吻。很甜的吻。

各位！

混蛋沃森喝光了杯中的殘酒，撲打一下外套，整理好白鬍子，站起身來。那家的男女主人已經沉浸在往事的傷感裡，不可自拔，又再三挽留，不想讓聖誕老人就這麼舌乾口燥地離開。沃森拒絕他們說，新的一天快開始了，瞧，窗外有了天光，我的馴鹿還在郊外，一定餓得飢腸轆轆了，我得去給牠們餵一把青草，然後回到我該去的地方。依依不捨中，沃森道了早安，跨出了那一個溫馨的家。臨別前，沃森謙卑地請求說：

可不可以請這位公主送我一程。我好像迷了路。

沃森指了指女傭。

主人沒有拒絕，趕緊喚女傭，不！該是米蘭達去換好衣服。米蘭達依然淚水漣漣的，抽泣著，偎依在沃森身旁，往城外走去。兩個人一語不發，唯有腳下一尺厚的積雪，嘎吱嘎吱的叫。下了整整一夜，北風呼嘯，道路兩側的冷杉都倒伏了下來。到了城外，米蘭達再也不能送了，要和沃森說再見。但在握手的一剎，米蘭達發問說：

聖誕老人，你和故事裡的姐姐幸福嗎？

沃森攥住米蘭達的手。她的手是涼的，但能覺出她的骨骼很脆，很輕盈，比一隻鴿子的骨骼大不了多少。沃森吹了吹棉花做的白鬍子，大言不

慚地拍了拍胸脯，吹牛說，公主，我和姐姐真的很幸福。這一場婚姻很祕密，上帝作證，這一場結婚是幸福的，雖然我們還以姐弟相稱。

我很感動。這是最好的聖誕禮物。

沃森說，我也感動。這是我第一次給別人講起自己的故事。我臉皮薄，心虛，剛開始沒信心。但現在講完了，我覺得自己真的是一名詩人了。

為什麼？

因為，沃森舅舅抹了一下眼淚，將帽子抬高，露出了他的眉目。因為，婚後一年多，我和妻子克拉拉就有了一個女兒。後來，我們又生下了兒子，叫湯瑪斯·曼。嘿嘿，這兩個小搗蛋鬼，可讓我吃了不少的苦頭呀，害得我在聖誕夜裡，跑遍了德國，找他們，想給他們送一件心愛的禮物。

稀薄的天光下，米蘭達怔住了。

沃森舅舅攬住米蘭達，將她埋進自己的胸脯裡，又用寬大的外套包裹了她。沃森俯在米蘭達耳畔，貼住她，細聲細語地說，公主，我的女兒叫米蘭達，就是你，我是專程來，給你道一聲聖誕快樂的。

沃森舅舅。

米蘭達哭了，用了舊稱呼，忽然之間也改不了口。她偎得很緊，像偎著一簇寒夜的篝火。

好了，不許哭！在這個日子裡哭，會凍掉一年的鼻頭的。沃森鬆開了米蘭達，扳住她的肩膀，替她揩完淚說，米蘭達，我的女兒，先前發生的一切只是一場誤會。我知道不能怪你。你是上帝派來的使徒，只為了試探我一下，測測我的信力，試試我的忍耐。現在一切都過去了，我想告訴你，我還愛你。

對不起你，沃森。

米蘭達，我知道你的心結還沒有完全解開。是的，我不能現在就帶你走，離開這裡。沃森自嘲說，我的女兒，我很抱歉這麼不期而至，唐突而來，險些嚇著了你。不過，我有的是耐心。我會一直等你解開這個心結，然後接你回家，看你快活地愛上一個小夥子，披上婚紗，走進教堂，給我生下一大堆小崽子，讓我和克拉拉作爺爺奶奶。

不！我只想一個人，陪你和媽媽一輩子。

要試著去愛！

米蘭達雲開霧散地說，是愛！但我愛上的是沃森舅舅和克拉拉媽媽，我不想去愛上一個陌生人。我想用這樣的方式，陪你一輩子。

打個賭，米蘭達。

賭什麼？

沃森說，你會改變主意，愛上一個男人的。我沃森，什麼都缺，卻不缺少耐心和勇敢。我會在黑森林邊一直等你，等你輸掉這一場賭局的，哈哈。

笑聲漸漸弱了，從沃森的嘴裡，退到了李敦白，或者說湯瑪斯·曼的口中。或者說，從遙遠的異國的雪天裡，奔向了眼前這個漫漫的秋夜中。從巴伐利亞的一個街角上，來到了姓黃的河流一側。

瞧，油漆乾了！李敦白說。

不早了，老李！

李敦白抬起雙手，將那只小船倒扣起來，舉在頭頂。他又像早年間的拿破崙似的，戴上了一頂船形的帽子，赳赳然。不用問，他還想這樣徒步走回去，順便讓月光晒一晒船身。李敦白起步前，嗡聲嗡氣地說：

艾，謝謝你，聽我這個老掉牙的故事。

別客氣，謝的該是你。

我明天就走了，從親水平臺下水，一路往下漂。我說過，我發了願的，為米蘭達，也為了媽媽，有時候，我分不清她們誰是誰，都像媽媽一樣。我會辦到的，艾。李敦白靠過來，用屁股蹭了蹭艾吹明說，要是我參加完米蘭達的婚禮，還想回蘭州的話，一定會請你吃喜酒的。

遠處的風情線上，駛過了一輛無軌電車。

在駛過電纜鉸接盤時，電車辮子忽然擦出了一蓬火花，藍幽幽的，比弧光短，卻比一則故事更為漫長，彷彿一個啞孩子在說話。艾吹明站在馬路牙子上，目送李敦白穿過橘紅色的街面，心裡說了聲，拜拜。李敦白忽然在街對過掀起了「帽子」，衝艾吹明說：

艾，你不問問，米蘭達嫁給了誰麼？

這邊微一愣怔。

李敦白爆出了一陣大笑，扯起嗓子說，姐姐嫁給了一個不錯的小夥子。上帝，他竟然也叫沃森。沃森沃森沃森，是的，混蛋沃森。

彷彿有默契，鬼佬李敦白在黃河邊放舟時，艾吹明及時趕到了。

這天下午，人們又麇集在水邊，集體放生。親水平臺上人滿為患，連一隻腳也插不進去。李敦白單肩扛著那只油漆光亮的獨木舟，悻悻然，踅到了遠處，站在一片爛泥裡試水。

水和舟子本是生分的，相互有抗力和排拒感，隔膜得很。至軟如水，總對一切瀕臨其上的事物敏感，尤其是一隻平底的船，其貌不揚。流水顫巍巍的，用它的深不可測咆哮著，威嚇著，帶著一腔空虛的怒火。而一隻簡易的獨木舟彷若少年，懵懂，亢奮，激昂，以一副躍躍欲試的架勢，欲凌波微步，如履平地。李敦白有經驗。試水，就是讓它們這兩種怪物互生情愫，肌膚相親，進而變得難以離捨起來，才好駕馭。在學校時，李敦白

讀過一部經，一個叫老子的傢伙說，上善若水。李敦白想，或許沒錯，他老人家當年騎一匹青牛，跟我一樣漂泊時，一定經過了這條姓黃的河流。這麼一想，他老人家幾乎就是上帝本人。

上游的雨停了，黃河又瘦刮刮的。一線弱水流在河床底部。

艾吹明趕來了，拎著兩支啤酒，塞給鬼佬一支。李敦白在寒風中有點瑟縮。牛仔褲上的破洞能看見肉，上身只穿了一件防水衣，帶著一頂尼龍布的帽子，影痴痴的。李敦白腳上仍是拖鞋，光著腳趾，帶了一團汙泥。艾吹明瞧了一眼荒涼的河岸。大河闃寂，人們在遙遠的平臺上拈香許願，有一份很鬼祟的儀式感。天空藍得像一塊瓦，地傾東南，逝水無聲。艾吹明心裡禁不住一陣傷感，但很快掩飾住了，磕開瓶嘴，飲了告別的酒。

艾，找到你妻子了嗎？

談這幹嘛。

李敦白狡黠地笑笑，我想讓上帝祝福她。她還不知道，世上有你這麼一個男人懷想她，疼愛她。無論如何，這是一件不錯的事情。我說過，癢是一種動機和理由，也可能是愛。愛也會使人發癢，充滿慈悲。

她叫牧雲，放牧雲朵的人，心比天高。

李敦白說，哦！不錯的名字，放牧雲朵的女人，那她和上帝最接近。或許，她也是對的。

老李，我們這裡不叫上帝。艾吹明略感煩惱，阻止道，老李，我們這裡沒上帝，我們這裡叫玉皇大帝，太上老君，觀世音，老天爺，胡大，土地爺什麼的。

呵呵，大概是同一人！

艾吹明不願糾纏這個話題，說，老李，我忽然想送你一程。從這裡下水，不出意外的話，等黃昏時，你會漂到八十公里外的桑園峽。我去過那

地方，很熟。看見左側是猩紅色的懸崖，右岸是一片葵花地時，你就上岸，歇息在那裡。可以從容過一夜，休整休整。我這就去家裡，開上車，我會在葵花地裡等你，咱倆可以再喝一杯，聊聊。

幹嘛？你十送紅軍？

艾吹明笑了，鬼佬！但依舊情深意濃地說，沒別的意思，我得謝謝你這幾天的故事，讓我明白了一些事。酒向知己飲，詩向會人吟嘛。節骨眼上，艾吹明的手機響了，熟悉的彩鈴聲。李敦白問：

《綠袖子》？

什麼？

艾吹明莫名地問了一句，背轉過身去。

詹姆斯·拉斯特樂隊的！

李敦白答。

艾吹明沒顧上細究鬼佬的話。電話裡，單位領導的口氣漸漸不悅，像極了一座危險的火山。先是問了艾吹明的方位，又拐彎抹角地問他妻子遲牧雲的近況。領導忽然暴怒地說：

你的速霸陸呢？

在社區裡，前幾天給人花了，停著。

你幹的好事！艾吹明同志，現在，我以組織的名義，命令你立即到單位來報到，限半個鐘頭，這是紀律。領導的聲音有點亢奮，不容置疑地說，艾吹明，員警就在我這裡，你快來說清楚你的車的問題。電話掛了，很乾脆。

艾吹明木然地站在岸上，被風吹涼。

那一廂，李敦白已將一隻簡易的行李塞進了船艙，藍色的槳葉分置兩側，抓住了水。水現在馴服了，用了它柔軟的力量，抬舉著獨木舟，準備

往下游裡送去。水媚態。水也妖嬈。孵出一條條波紋，在日光下爍閃不停。在沒有降雨的日子裡，黃河水其實是青色的，猶如一塊深藍色的鋼板，倒映著天空。李敦白含著手指，打了一聲呼哨，又給艾吹明擺一擺手，該走了。艾吹明無動於衷，撥了妻子的電話。謝天謝地，有了回應。

牧雲，你在車上？

是呀！我在飆車，多棒的速霸陸呀，現在已經 180 邁了，特刺激。遲牧雲的語氣輕佻，夾雜著呼嘯的風聲。遲牧雲說，吹明，我從沒這麼舒暢過，痛快過。我快飛起來了，我要起飛了。

你剛做完手術，當心身體。

艾吹明道。

呵呵，我掉了一塊肉，所以現在輕了，輕得想飛，快起飛了。遲牧雲誇張地驚吼著，一路撳響了喇叭。艾吹明能想像出那些被搶超的車輛，發出了刺耳的煞車聲，擠作一團。遲牧雲哈哈大笑，狂呼道，這不是幻覺，不是好萊塢的警匪片，這叫瘋狂進行曲。

牧雲，員警在找我。

我知道的。遲牧雲處變不驚地說，員警先會找你，按著再找我，然後順藤摸瓜地逮住大勇。這是員警的老套路，我不稀罕。我現在只想飛，飛啊飛！

左球也在車上？

對！大勇也在車上，還有他的兩個哥們，外加一個混帳。遲牧雲切齒地說，這混帳欠了大勇的債，好幾十萬，拖了這麼久，一直不肯還。沒轍，大勇他們今天綁了他，逼他吐出來。人在江湖混，遲早是要還的。

這是犯法的事，趕緊停下來。

不！

遲牧雲忽然不再咆哮，而是隱隱啜泣起來，邊哭，邊對丈夫絮叨地說，你知道麼，大勇是我弟弟，就這麼一個弟弟，我不去接應他，幫他，還有誰去疼他？我接上他，跑到天邊，我也樂意。

艾吹明冷若凝鐵，麻木地覷了一眼河面。

在迢遙的彼岸，寒風掠過了瑟瑟的蘆葦蕩。秋季的金黃，業已轉成了一層蕭穆的鐵灰色。北岸的高速公路上，忽然閃出了幾輛警笛嘶鳴的車子，追逐著，驚起了蘆葦叢裡的一大群水鳥，黑壓壓地站在天空，仿若沉重的鉛雲。

—— 艾吹明掛了線，踩著爛泥，跌跌撞撞的奔到了水畔。李敦白剛坐進了逼仄的船艙裡，靦腆地笑了笑，做了個「V」字手勢，算是道別。

艾吹明蹲下身，把住船舷，委婉地說：

老李，商量個事？

手勢收回了。

艾吹明說，是這！我有點緊急的事，事關我妻子。我來不及給你講這個故事。老李，我只想借你的船使一下，去對岸。

需要幫忙嗎？

什麼風把你吹來

一蓬火花，在秋夜的上空閃爍，剎那一亮，又漫滅在天幕裡，像一個啞孩子在說話。火花，該是藍色的，比弧光長，卻比一聲嘆息要短。

在橋頭，一輛無軌電車扭身一別，掛了線，慢慢駛過。

現在，蘭州城裡只剩下了兩輛無軌電車，東西對開，僅供黃河岸邊觀光之用，免票。但在落寒的秋夜裡，很少有人興致勃發，去看一條暗夜下的河流。

姐姐說，「奇了怪了，每次駛過橋頭時，就掉線。聽說那一座橋，當初就是為了辟邪，才建在金城關下的。那一段水，肯定是妖氣太重。」

說著話，姐姐將碗裡的蛋炒飯，餵給橡皮吃。橡皮才六歲，人小鬼大，挑三揀四的，不吃蔥花，只喜歡一粒粒的白米。姐姐鑿他一個栗子，厲聲說：「餓死鬼投的胎，前八輩子一定是南方扁頭，讓米飯糊住了心眼。」杜懷丁吃吃地笑說：「姐，喬如山是扁頭，橡皮可不是，別罵他。」姐姐筷頭一挑，將一坨米濺在杜懷丁臉上：「少廢話，我教訓我兒子，關你什麼屁事。」杜懷丁不甘心，伸手說：「橡皮，快到舅舅懷裡來，老子給你餵。」姐姐丟了碗，支起下巴，淡下臉來。一整個下午了，王幸男都摔碟子碰碗的，心緒不佳。

「真的奇了怪，橋頭那裡邪行，剛一到，就會掉線。太費力。」

母親坐在馬札上，揉著她的風溼腿，在看蔣雯麗和張國立的《金婚》。母親大咧咧了一輩子，吃的鹽，比王幸男吃的飯還多，什麼陣仗沒見識過。母親隨嘴說：「那些車真老掉牙了，該進博物館去的。五九年，

我來蘭州時，無軌電車剛開通，坐不起。那時候才遭罪，電壓不足，車上的乘客們老下車，幫著司機往前推呢，風氣好，比現在強。」王幸男受了冷遇，搶白說：「市上的領導太多事，要禁就禁乾淨，別留下一半輛觀光車，丟人現眼的。老古董！誰吃飽了撐的，半夜三更地去黃河邊閒逛呀。」母親斜覷一眼，猜想王幸男是不是在指桑罵槐。

「關鍵是，姐，你要做好那份工。」

姐姐剜他一眼，不稀罕搭理。

「這山望著那山高，照你那樣子說，司機都要被飛行員氣死，飛行員得讓楊利偉活活氣死呀。人比人，氣死人。」杜懷丁揩去臉上的米粒，噙在嘴裡，含糊地說：「橡皮，快吃完最後一嘴，我再教你背口訣。」

姐姐說：「問題是，另外的司機們都去培訓了，改開燒氣的新車。我過了這個村，就沒這個店的。哼，他們還說我盤子靚，能審美，適合開那輛老爺車呢。」

「你的確是仙女！」

「不稀罕跟你費唾沫星子了，杜懷丁，你見過一身油腥味，滿手髒兮兮的仙女嗎？我就是。」姐姐說著話，扔過來一枚牙籤，扎在杜懷丁的髮叢間，「別太損！你老大不小的了，活該找不上媳婦。」

姐姐抱了毛巾被，去裡屋補覺了。晚上七點半，姐姐要在始發站接車，一直運行到午夜時分，才能收車回家。橡皮吃完後，從姥姥手裡奪過遙控器，調到了動畫節目。母親展了展腿，像生鏽的彈簧一樣，慢吞吞地站起。母親說：「懷丁，你也去睡一覺吧。後半夜，你還要早起呢。」

杜懷丁讀著一頁報紙：「看看，日本人又在濫捕鯨魚了，吃死鬼子們。」

「以後，別再對你姐那樣子說話，她心裡愁苦，別占她便宜。」

杜懷丁回說：「哦。」

「你倆呀，針尖和麥芒，自小就尿不在一個壺裡。」

杜懷丁不想聽嘮叨，伸出腳，磕了磕橡皮：「我吧，人微言輕，也就在橡皮這裡吃得開。橡皮，口訣怎麼背？」六歲的橡皮剛掉完門牙，漏了風，搶答說：「喬如山，不如豬。」

每次走過白馬浪時，陳亭妃就失笑起來。

她覺得，那一組雕塑，其實就是她跟李釋堪的寫照，維妙維肖。陳亭妃甚至以為，太陽底下扮家家，日光底下真的沒什麼新鮮事，一本《西遊記》，早就在八輩子以前，將她和李釋堪之間的恩恩怨怨交代完畢了。只不過，她自己沒覺悟罷了。唐僧坐在白龍馬上，每次走過時，陳亭妃都要拍一下石馬肥碩的屁股，再失笑一聲。

白馬浪是一個古渡口，嵌在黃河南岸。

河流在上游拐了彎，封住了西去的路。傳說，唐僧師徒四人，就是由白馬浪渡河，踏上河西走廊，去往天竺取經的。本來，一入秋天，白馬浪一帶蘆荻瑟瑟，天地澄澈，南下的雁雀會在此處逗留一陣子，再吹響集結號，馳越北地的。不知怎的，市上為了開闢風情線，將這一帶剷除乾淨，安置了一座金粉色的雕塑。

唐僧照舊坐在馬上，雙手合十，慈眉善目。豬八戒斷後，一副氣喘吁吁的神色，洞開的嘴巴，似乎罵罵咧咧的，牢騷滿腹。孫猴子在前挑頭，手持金箍棒，雜耍似的壓下雲頭，引頸眺望，尋望著來路。陳亭妃覺得自己跟沙和尚最親，沙僧其實是自己的一幀寫真像，吃苦受氣，還挑著擔子——擔了一路的經（驚）。

雖說心裡哀戚，悲雲密布，陳亭妃還是忍不住要失笑，緣故是孫悟空作怪。

孫猴子彷彿被師父喊了「定」，一直石身石腦石衣石袖地騰空，金雞

獨立。雕塑卻出了問題。孫猴子手裡本來握著金箍棒，丈長，是一根刷了金黃色油漆的鐵棍，可拆卸。好事之徒們往往乘黑而來，繳了齊天大聖的械，將定海神針據為己有，留下孫猴子在師父面前丟人現眼，作光杆司令。有一段，居民們中間盛傳，說那一根鐵棍太神奇，當它表層上敷出一層水珠時，一定會颳風下雨，比天氣預報還準。於是，園林部門給孫猴子配一根，丟一根，循環往復，永遠有蠢蠢欲動的小蟊賊惦記著。索性，園林部門死了心，乾脆讓孫大聖徒手表演，一直在雲頭裡站著，兩手空空，下不了臺。

這倒也罷了，更滑稽的事卻層出不窮。那以後，孫猴子的手裡握過樹枝、竹竿、鐵絲繩、電線、冰棍棒、破雨傘、小廣告、三陪小姐名片、風箏線等等，有人還用河泥，給孫猴子捏過一隻大哥大，舉在半空。更惱的是，從水裡爬上來的野泳者，往往將各式各色的褲頭，掛在孫猴子的脖子和手上，在日光下晾晒。有一個女子，腦子進了水，將身上的比基尼扒下來，慷慨送給孫猴子。三塊布，遮在悟空先生的胸前襠下，似乎被白骨精拿下時的樣子，一副衰樣。第二天，這幅玉照上了報紙，呼籲市民提高素養，加強精神文明建設，成效不大。

比如現在，陳亭妃又瞧見，悟空先生的手裡，舉著一把破笤帚，扇形，枯乾乾的，接近於一把蒲扇的形狀，握在濟公手裡更恰當，猴子卻不適宜。

夜裡十點整。

海關大樓上的報時鐘聲，像一層層青銅碎屑，從夜空裡飄飄灑灑地落下，使秋夜的空氣更涼更寒，蕭索深深，陳亭妃不由得一凜。失笑歸失笑，陳亭妃卻見不得別人落難，停下腳，踩在雕塑的基座上，伸手夠了夠，夠不著。孫猴子站在一片凝固的石頭雲彩裡，聳肩斂身，故意躲閃著

她似的。陳亭妃才不服輸呢，將肩上的挎包，掛在沙僧的扁擔頭上，抓住豬八戒的釘耙，身子蕩起一個秋千，悠上空中，一下子跳到了疙裡疙瘩的群雕上。猴子再也奈何不了，服服帖帖地單腿獨立，任人宰割。陳亭妃俯下身，扶住他的肩，終於取到了那一把破笤帚。想都沒想，陳亭妃一甩手，扔在了河堤下。剛使了勁，有點氣虛，陳亭妃蹲在基座上，準備跳。

卻不知往哪裡跳。應了那句老話，上牆揭瓦易，下樹做人難。

猶疑時，群雕小廣場外的一棵大樹後，閃出來一個人。老人白飄飄的，鬚髮皆雪，身上是一件練功的白府綢衫子，手裡握著兩枚健身鐵球，鏗然作響，腳不沾塵地飄到了陳亭妃跟前。老人伸了手，想接一下陳亭妃，手還未夠到陳亭妃時，人便跳了下來。小菜！心想，這個老爺爺，怕是走了眼，不知道我就是本專業的。陳亭妃的腿柔軟，跳下來時，一點聲息都沒有，亭亭而立。老人手一拋，一對鐵球，好比他膝下的一雙兒女，乖乖地跳進了另一隻手裡，滾來滾去，鐵舌錚鳴。「女娃子，小心你的關節，摔了就心疼死人了。」土話，陳亭妃聽得懂，汗顏地指了指孫猴子，剛想解釋時，老人說：「你瞧，你把四個神仙給吵醒了，覺也睡不成啦，他們在罵我照顧不周呢。」夜很薄，樹叢裡的各色燈火斜過來，虛虛的，勾勒出他的輪廓，讓老人有一股子衣袂飄然的仙風道骨之氣。

「你剛才是佛面剝金呀，丫頭。」

陳亭妃吐了吐舌頭，狐疑地盯視著他。心想，管天管地，還管得了一堆石頭塑像嘛。嘴裡卻說：「我錯了，爺爺，他們師徒不近女色嘛。」

老人聞聽，咯咯咯地噴出笑來，邊笑邊說，「孖女子，你說這樣的話，唐僧再想取經得道，也修不成金剛之身呀。」還伸了手，撫了撫陳亭妃的腦袋，揚了揚臂，意思讓她快走。沿著河堤走了好遠，陳亭妃仍能聽見那種咳嗽般的笑，顫巍巍的。她扭身望去，卻見小廣場上早已闃無人

跡，一片笑聲，仍絲絲縷縷地浮在夜幕中，經久不絕。陳亭妃本來就有一點點小迷信，現在猜度說，莫非，他是唐僧胯下的白龍馬變的，欺生，不讓女人近身？

這麼一想，陳亭妃便有點雲開霧散，心緒爽朗。陳亭妃告誡自己說，在這一條神祕兮兮的河邊，沒有什麼是不可能的，連李釋堪也是，即便他失蹤了許久，仍逃不出如來佛的手掌心。等著瞧！

站在橋中央，陳亭妃茫然四顧一番，覺得李釋堪真的玩不起，太矯情。在這樣的寒夜裡，橋上和岸邊皆蕭條寂寞，連一個路人都不見。兩岸的燈火，像忽然炸開的一鍋爆米花，濺得滿目狼藉，無人問津。

風很大，彷彿一頁頁鍍鐵皮，被剪子剖開了，擦擦刮刮的，歷歷逼人。橋頂是五座拱形的彎梁，繃在了兩岸，密密匝匝的星燈，波浪翻卷似地點綴其上。北岸的山頂，矗立著一座白塔，傳說是玄奘抄經的地方，赳赳然，撐起了一頂陡峭的星空。陳亭妃頂著風，握住欄杆，往橋下的水面上望。

不久前，李釋堪跳了下去，連人帶魂地失了蹤。陳亭妃斷定。

深秋了，上游裡雨水頻繁，流到蘭州城時，河水裡挾著泥漿和沙石，稀稠不一地滾滾而下。在陳亭妃的眼中，這條河其實是一隻巨獸，緘默地踞伏著，伺機而動。河面上斑斑點點的花紋，也猶若一匹獵豹身上的圖案，恍惚地順流而去，再逆流而來，在陳亭妃眼前說話。當初，媽媽化成了一捧灰燼，被陳亭妃撒下去時，這些斑紋就開始了，像一盞盞綻開的鮮花，時隱時現。

「李釋堪，你出來！」

陳亭妃喊說：「別藏著自己了，我知道你在聽，在躲著我。求求你，出來一趟，我真的沒計較你，跟我趕快回家吧，李釋堪。」

「最後一聲，你再不現身的話，我真的不會再來了。」

停了嘴，陳亭妃怔怔地等了三分鐘，卻不見效果。河水一如既往地流淌，波瀾不興，有點生澀，又有點打滑，那一匹巨獸，也如鱷魚般地埋下了身子，對著陳亭妃打啞謎。陳亭妃想，可惜我不是男的，否則，掏出襠裡的家什，澆你一泡童子尿，非叫你現出臭嘴臉不可。但陳亭妃不是來鬥氣的，每天晚上來橋上做這一門功課，似乎是本能使然。現在，陳亭妃講完了內容，該下課了，遂打開了肩上的挎包，掏出一副眼鏡來，衝著深沉如淵的橋下喊：

「李釋堪，這次來，還你的眼鏡，讓你做鬼也能看得清。我發誓，你要再不出來，我會把你丟得一乾二淨的，說到，做到。」陳亭妃扔下東西。風斜簽起身子，將一副黑框眼鏡送進了水底，「李釋堪，拿到了吧？」

出了橋頭，陳亭妃不素心，仍有一點隱隱的期待，巴望著李釋堪跳出來。陳亭妃坐在「天下第一橋」的石碑旁，左顧右盼，空虛得像一座災年裡的糧倉。前幾年，這座百年老橋禁了機動車，改成了步行橋，實際上是一座露天的橋梁博物館。誰會在夜裡，來參觀一座冷冰冰的博物館？就像不會有人，半夜去廟裡打卦一樣，太瘆人。陳亭妃這麼想時，忽然看見一輛蝸牛般的無軌電車，默下聲，從遠處駛來。剛到橋頭時，兩條辮子嘩啦一抖，一蓬火花砰地閃爍，藍光劃過，打了一個趔趄似的。

半空中的電纜線，嗡嗡嚶嚶的，牽拽著車身，往西駛去。透過燈光，陳亭妃看見，車廂裡此刻空空蕩蕩，除了一位女司機，便越發印證了此刻的荒涼。

今天的功課報廢了，挺乾脆，徹底沒了戲。陳亭妃起身，蹣跚著往另一個街區走去，那裡出租車多，很方便。剛走到橋的右首邊，陳亭妃瞧見

一個小夥子，正木然地坐在欄杆上，表情也清湯寡水的。陳亭妃說：

「兄弟，借個火。」

對方回說：「哦，我不抽菸。」

「咦，什麼風把你吹來的呀？」

其實，杜懷丁並不像他表現的那樣，愛在嘴上逞能。

夜越鑿越深，黃河岸邊卻如一座發電廠那樣，逶迤地亮起了燈火，將兩岸的花草樹木，撩撥得璀璨如晝。市上花費巨資，搞了水邊的四十里風情線，準備打造成上海外灘一般的景區，用心良苦。在市區其他線路的無軌電車禁行後（主要考慮耗電量大，速度慢，容易塞車，加之設備老化，等等），王幸男被挑了出來，在濱河大道的風情線上服務。

杜懷丁握著半瓶啤酒，坐在岸邊的橋欄上，靜候那一輛無軌觀光車駛過。

姐姐嘮叨了多次，目的不明，卻在杜懷丁的心裡生了根。杜懷丁想，姐姐一定是膽小，才暗示什麼，所以他想來看個究竟。連著七、八天了，杜懷丁夜裡十來點鐘，給母親撒謊說：「要出去散散心。」一散，就散到了橋頭邊，遠遠地看著姐姐坐在駕駛樓裡，開著空無一人的電車，寂寞地駛過。

橋頭的半空，架設著一座圓弧形的電纜羅盤，讓東西對開的車輛，在這裡交互錯車。車子駛過時，銨接處咯噔一跳，兩根集電杆擦出了一蓬火花來，在秋夜的天幕上，剎那一閃，迅即熄滅。

像弧光一樣藍，也像一個啞孩子在說話，小嘴囁嚅著。

杜懷丁會聽見那一蓬火花的說話聲。弧光閃滅時，姐姐也會在後視鏡裡望一眼，知道平安，再加足馬力，電車遂扭身一別，掛著線，慢吞吞地駛遠。杜懷丁從沒見過那兩根辮子掉下線來，更沒見過姐姐從駕駛樓裡跳

下來，拽著兩條牽引繩，將集電杆再掛上去。

　　杜懷丁想，姐姐一準是受了刺激，才疑神疑鬼的。但他不打算挑明。

　　姐姐太愁苦，一個人將委屈和悔恨窩在心底裡，從不開口訴說，像秋末，這裡的居民們醃冬菜，一水缸的甜酸苦辣，唯有自知自受。先前，姐姐可不是這樣子，在從小到大的那條街上，街坊們提起王幸男的名字，誰都知道是一枝牡丹花，嬌小玲瓏，長相出彩。在姐姐奪人的背景下，杜懷丁卻慘澹不堪，不招人待見，自小落下了一點點小兒麻痺症，不嚴重，人卻變得自閉自卑，寡言少語。他們是一母所生，各自隨了父母的姓，心裡卻不隔。少年時，杜懷丁對姐姐充滿崇拜，總愛跟在王幸男的屁股後襠，狐假虎威，在街上招搖。在姐姐的蔭蔽下，那條街上的人們從不敢給杜懷丁眼色看，更不敢喊他跛子。及至成年，姐姐被招進了公交公司，作了一名電車司機，又做主把自己嫁掉後，杜懷丁才和姐姐疏遠了一些。

　　姐姐今年是本命年，三十有六。

　　在這個年齡上的女人，不免會帶上些神經兮兮的小病，愛尖叫，喜傷感，又揣上了一肚子的虛榮，見風是風，見雨是雨的。姐姐倒楣在了一個男人身上，那以後，她就再也沒能翻過身，一直在無軌電車上當一把手。用姐姐的話說，這叫心比天高，命比紙薄。把姐姐的命撋成一張紙的男人，叫喬如山。本地人嘴惡，帶了偏見和鄙視，將南方人一律稱為「扁頭」，喬如山就是個扁頭。喬如山第一次進門來，杜懷丁就不喜歡。喬如山說著一口鳥語，比畫半天，杜懷丁和母親連蒙帶猜，也只能明白個大概，將就著對付，主要是給王幸男一點面子罷了。

　　那時，喬如山陸續開過兩家小店，一家賣打口 CD，另一家是洗腳屋，生意紅火過一陣子。喬如山認識王幸男時，一下子就黏糊上了，聲稱自己認識公交公司的頭頭腦腦，可以給王幸男調個工種，比如坐坐辦公

室，搞搞工會或婦聯的零碎活。喬如山經常自負地誇口說，毛毛雨啦，灑灑水啦，手腕和脖頸裡粗大的金鏈子抖來抖去，煞是牛氣。喬如山一來，杜懷丁就出門，一個人去街上看下象棋的，避而不見。姐姐私下裡給杜懷丁告過饒，說你看在我的份上，別臉不是臉，鼻子不是鼻子的。為此，杜懷丁還跟姐姐交惡過一段時間，互相不給脖子，路人一般。結果，杜懷丁不幸而言中，姐姐像掉了線的無軌電車，癱瘓下來。

王幸男的婚姻生活熄了火，拉了缸，引擎壞死。

事發後，杜懷丁真理在握地說，從看見喬如山那扁頭的第一面開始，我就知道，他身上有一股子邪氣，絕不是饒爺爺的孫子，現在應驗了吧，不到黃河心不死！母親只知道陪著姐姐哭，一個勁地說，你少說一些，你姐姐肚子裡還懷著娃娃呢，千萬不敢動了胎氣，有個殘缺呀。母親說到這裡，明白自己口誤了，又自責地扇自己的臉，一巴掌一巴掌地扇在杜懷丁的心裡，讓他知道，姐姐也是一個苦主，紅顏自古多薄命。現在，等到橡皮六歲了，杜懷丁開始教他背誦一首打油詩：喬如山，賊骨頭；喬如山，不如豬。

橡皮從沒見過生父，一家人都瞞著他，不告訴他喬如山是何許人也。在橡皮的記憶裡，喬如山三個字，似乎和花仙子、變形金剛、蠟筆小新沒什麼差別。姐姐去探監時，喬如山屢次三番地求情下話，讓王幸男下次來帶上橡皮，親見上一面，認認兒子，杜懷丁和母親都斷然拒絕，說監獄那地方比較霉氣，怕孩子觸上妖魔鬼怪，再來作祟。有一次，杜懷丁委婉地對姐姐說，你實際上在守活寡，為那個扁頭不值當，你趕緊辦了手續離掉，別指望那個賊骨頭，再改嫁也不冤。姐姐反感杜懷丁的話，你把我當什麼了，嫁雞嫁狗，我自己樂意，哪像你，連個女孩子都不正眼瞧你一下，五十步笑百步。這是杜懷丁的隱痛，自此而後，嘴巴上了鎖，貼了封

條，絕口不提此事，但內心深處，仍為姐姐捏著一把汗。

喬如山的確不是個善茬，在小店表面的生意外，一直在倒騰古董。先前，在王幸男自己家，犄角旮旯裡，常常塞滿了和政的化石，青海互助的彩陶，劉家峽一帶的恐龍蛋，以及一些鏽跡斑斑的金銀器，往港臺一帶倒賣。後來，喬如山已經不滿足吃這種過水錢，糾集了一幫子人，踩好點，將北山白塔寺附近的一座魏晉古墓盜掘開，出土了一堆珍貴的器皿和畫像磚，迅速出手，掙了一筆不菲的不義之財。作完案，喬如山帶著王幸男，去了杭州、蘇州和太湖一帶，名義上遊山玩水，讓王幸男逍遙一下。那時，王幸男的妊娠反應嚴重，走一路，吐一程，後來乖乖地待在酒店裡，輾轉反側，思鄉心切。孰料，員警在南方海關截獲了這一批文物，順藤摸瓜，在一個後半夜裡，一腳踹開了房門，將喬如山壓在了床上。或許，當時赤身裸體的姐姐，就是在那一刻裡受了刺激，至今未癒。

姐姐篤信，喬如山將古墓裡的鬼魅之氣，傳染在了她身上，是一種病。

二審結束後，喬如山被判了八年。從看守所往客車廠監獄轉押的那天，姐姐在區人民醫院裡，生下了一子。杜懷丁第一次去探視小外甥時，隔著窗玻璃，見他一臉一身的褶皺，好比一團髒兮兮的橡皮泥，隨口命了名。母親也說，名字賤，人的命才能貴，就叫他橡皮吧。姐姐在月子裡得了褥瘡，治了一年多，才有起色，第一次去探監時，已是很久後的事情。杜懷丁陪著姐姐去客車廠監獄，看見喬如山時，杜懷丁視為路人，聽見姐姐在安慰說，喬如山，你要聽政府的話，好好改造，徹底悔罪，我跟橡皮會一直等著你的。喬如山舉起十根指頭，慘兮兮地說，老婆，你看看，這就是報應啊，即便政府抓不住我，那座古墓裡的冤魂，這一世裡也不會放過我的。姐姐抱著喬如山的手，一個勁地號哭。杜懷丁有點好奇，踅過去

瞥了瞥，見喬如山的十根指頭上，指甲皮脫落，變成了十個肉球，圓鼓楞登的。喬如山自己說，他在監獄的廚房裡作小工，每天要剝十來斤大蒜，蒜汁極具腐蝕性，將指甲皮一一啃淨了。那以後，姐姐總往監獄裡送塑膠手套，還送新鞋子，讓喬如山做乾淨事，走乾淨路，盡早脫胎換骨。

喬如山被判後，家裡的大部分財產也被罰沒，只剩下了空空蕩蕩的四壁。因為王幸男還在哺乳期，出於人道的考慮，房子仍寄在名下。姐姐卻不敢去住，她覺得連玻璃裡頭，都藏著透明鬼，在跟自己作對。姐姐抱著橡皮，逕自回了娘家，一來躲禍；二者，母親和杜懷丁還能幫她帶一帶橡皮。那時，市內的無軌電車尚未禁行，杜懷丁抱著橡皮，站在街邊，向駕駛樓裡的姐姐招手。姐姐看見橡皮後，往往會打幾聲喇叭，以示回應。

後來發生的事，恰如母親所說，是孽罐子一滿，禍水就淌出來。喬如山坐滿了一半的刑期，表現還算可以，再立上一個功的話，八成會被提前釋放。豈料，喬如山聽了獄頭的指使，將同一個監號裡的犯人毆打致癱，變成了植物人，又連夜越獄。獄頭被當場擊斃，喬如山也被擒獲，重新羈押。罪加一等，數罪並罰，喬如山的刑期累計達到了十五年，又不在同城關押，直接轉移到了千里之外的青海格爾木，在荒天遠地裡去打發下半輩子，等於是一個被遺忘的傢伙。姐姐接到判決書後，並無想像中的悲傷，買了一張中國地圖，終於找見了格爾木，蹊蹺地對杜懷丁說，讓他挖，讓他盜，他自己是自己的掘墓人。

剛開始，喬如山還寫信來，姐姐根本不拆，也不回覆，全丟在了家裡的雜物櫃裡。漸漸的，信開始稀了，音信斷絕，彷彿世上並不存在那麼一個人。在家裡，喬如山這三個字，只出現在橡皮的口訣裡，與六畜為伍，和妖魔同庚。

嘴上發狠，但姐姐的愁苦埋在心裡。姐姐自小就驕傲慣了，尤其在長

相上，當仁不讓。剛找上喬如山這樣的小老闆時，更是尾巴翹上了天。現在可好，公司裡的人都知道姐姐的那口子被判了，不是男人打架，也不是喝酒逞狂，居然是一個白骨森森的盜墓賊喲，晦氣得緊，口碑也極差，讓大家覺得真不是個男子漢所為，乃宵小之徒。姐姐一直抬不起頭來。其實，杜懷丁心知肚明，並不是公司的頭頭為難姐姐，將她發派到這一條線上跑車，實在是姐姐自己，想避開同事們的指指戳戳和口水，想找個清淨角落，才自請調職，時至今日的。

其實，姐姐剛開始是歡喜這份工的，尤其在夏夜，河邊麇集了許多來乘涼的人，搭了無軌電車，往遠裡跑。人一多，姐姐就有成就感，覺得自己是河上的舵手，與一條大河平行而跑，自由自在。那時，天黑得遲，就算車上沒有了乘客，姐姐也會大敞車窗，吹著晚風，一直到後半夜才收工，權當自己去散步。姐姐的變化是在立秋後的某一天，心性突變，讓杜懷丁覺得陌生。

那天是陰曆的七月十五，是民間的「鬼節」。按本地的風俗，人們在天擦黑後，端上吃食和酒水，在街邊祭奠亡靈。但更多的人願意去黃河岸邊，相信河谷裡的風，會將人間的思念和緬懷，一馬平川地吹往天堂，與故去的親人有一份冥冥之中的牽連。那一晚，陰陽相通，黑白莫辨，大地上的氣息似乎也顛倒了過來，拆除了藩籬，暢行無阻。於是，人們在河邊焚化冥鈔和紙符，引得半邊天空都是紅彤彤的，誦念聲聲，紙灰漾蕩，彷彿一群群黑色的大鳥，從青冥長天上飛翔而至。姐姐害怕這個場景，尤其是空空蕩蕩的車廂內闃寂無人，車輪擦刮著，發出一種沉鬱的響動，猶如一群隱身者，在身前身後唧唧喳喳。姐姐跑到午夜時，趕緊收了車，一路踉蹌地還家。姐姐搗醒了酣睡的杜懷丁，上氣不接下氣地說，弟弟，嚇死我了，你看看，我的魂還在不在？

杜懷丁摸了摸姐姐的額，不燙，但眼神散了光，鼻翼上沁出了一層密密麻麻的汗珠。杜懷丁問，咋了，是不是撞車了？姐姐說，弟弟，我碰上鬼了。

姐姐在發抖，又不想吵醒內屋的母親和橡皮，連喝了三杯涼白開，慌不擇詞地說，弟弟，你猜咋的，我把車開到西站附近，剛過鐵路橋涵時，看見洞口的馬路牙子上，站著一個白衣白褲的女人，舉著一把白雨傘，她臉上還撲了白粉，衝著人吃吃地笑，瘆死人了；迎面開來一輛水泥車，我一打方向盤，開進了路邊花壇，才才才沒撞上。杜懷丁覺得好笑，姐姐的某一根神經，一定是搭錯了線，短路了，遂安慰說，也許是個女瘋子吧，半夜出來撒瘋呢。姐姐說，問題是，我之後，她那麼一笑，從橋涵裡駛過的七八輛長途貨車，稀里嘩啦都撞在了一起，成了一堆廢銅爛鐵，我我我被堵在洞口外，一堵就是一個鐘頭。姐姐又說，聽跑長途的司機們講，連著一個禮拜了，那白衣白褲的女人，每晚上都準時出來，一出來就惹事端，天天車禍，奇怪的是，一撞完車，那個女人就消失了，誰也沒看清是怎怎怎麼蒸發掉的，比一陣煙還快。杜懷丁摸了一下姐姐的臉蛋，冷，像剛從冰箱裡取出來的一樣。姐姐最後神祕地說，交警來處理事故時，也相信了司機們講的肇事原因，交警說，恣怪呢，不久前，那裡就軋死過一個白衣服的女人，陰魂不散嘛。

迷信！一定是司機們疲勞駕駛，幻覺罷了。杜懷丁蔑視道。

姐姐糾正說，弟弟，我可沒幻覺呀。

當然，我信你。

望著王幸男驚魂未定的神情，杜懷丁就想給她下一副猛藥，以毒攻毒，破除迷障。杜懷丁索性起了床，拉滅了燈，陷進了濃黑裡。姐姐嚇得拽住了杜懷丁的手，弟弟，你要做什麼？杜懷丁習慣對外人訥言斂聲，但

在王幸男跟前，卻是一把好手，口才一流，繪聲繪色。杜懷丁還有一個優點，記憶力強，說起事來，喜歡拿自己當主角，彷彿他親歷親為的那樣子。橡皮就熱愛舅舅的這種吹噓勁，一忽變成黑猩猩，一忽又是宇宙戰士，上天入地，無所不能似的。杜懷丁說，姐，你那個不算什麼，真的，不邪行。

你也邪行過？

杜懷丁慨然說，噓，去年冬天，那時候我還在北山下的那一片轄區送報紙，凌晨五點多，剛下過大雪，地很滑，到處都是冰溜子。送完頭幾份報紙後，我騎車剛轉過山腳，迎面遇上了幾個劫匪，不由分說，用匕首頂在了我的腰間，叫我掏錢掏手機。我那個小靈通剛置的，好幾百，奶奶的，憑什麼給他們去揮霍一頓。我一急，扔下自行車就跑了（手機重要，車子是公家的，特徵明顯，丟不了），往山腳下跑。人太黑，像掉進了一個煤井，伸手不見十指，路也滑，我穿著軍大衣，累贅死了，幾乎是寸步難行。幾個劫匪不肯甘休，把我當成了一塊肥肉，呼呼呼地撞了上來。到了山腳下，迎面碰壁，無路可逃，我想，我可能這次完了，遭搶不說，還得挨一頓老拳伺候，說不定還會被放血。我要是在那裡遇了難，絕對會被凍成一具僵屍，十天半月不會被發現的。腿腳不利索，我跑到山根裡時，忽然摔了一個大馬趴。我趴在地上，劫匪們拿著手電筒圍過來後，我才發現，自己原先躺在一堆亂墳崗子上，周圍都是黑洪洪的墓碑。人到了危急時，才會有靈感來光臨，我可以算是證明。手電筒光照過來，匕首頂過來時，我忽然在雪地上翻了個身，很愜意地說：

咿呀，終於到家了。

我說了三遍，還扯起了鼾聲，好像我睡得有多香似的。幸好，我躺的旁邊，有一個剛挖好的墳坑，或是誰家剛遷了墳，留下了一個空位置。劫

匪們聽完我的話，嚇得頭髮豎了起來，一個個屁滾尿流，連滾帶爬地跑光了。呵呵，我讓他們見了鬼，從此以後也不敢再吃這碗飯了，放下屠刀，立地成佛嘛。

姐姐問，那你有沒有去報案？

沒！

姐姐攥緊了杜懷丁的手，抖裡抖擻的，心緒不寧。杜懷丁說，可見，一個人心裡沒鬼，怕個鳥，所謂的鬼，大多是嚇唬你這樣子的人的，騙不過我的眼睛。姐姐拉開了燈，將一床被子扔在沙發上，哀求說，弟弟，今晚我睡你的床，你在沙發上將就一下，陪陪我，我太害怕了，汗毛都冷颼颼的，脊背也涼。整整一夜，杜懷丁窩在沙發上，不踏實，聽見姐姐在說夢話，一會子笑，一會子哭，辭不達意地絮叨著。第二天收車回家，姐姐又開始埋怨起了橋頭的那一段路，像祥林嫂一般地喋喋說，奇了怪了，每次駛過橋頭時，就掉線，那裡是不是太邪？

話說三遍是大糞，臭人。杜懷丁聽多了，就在晚上來橋頭，起了意，想暗中幫襯一下姐姐，讓她有個解脫的機會。可連續七、八天了，杜懷丁並沒看見無軌電車掉下線來，一次也沒有，電車行駛得很平穩，老馬識途一般。只是，每次路經橋頭前的電纜鉸接處時，咯噔一跳，擦出一蓬藍幽幽的火花，嘟起小嘴。

真的，火花閃過的一瞬，像一個啞孩子在說話。

今天亦是。杜懷丁坐在橋欄上，半瓶冰鎮的啤酒都快焐熱了，也沒發現東西雙向的兩輛車子出些許的事故，集電杆彷彿一雙長臂，攀在電纜上，默然地滑行而去。一刻鐘前，姐姐的那輛剛開過去，杜懷丁看見姐姐一手把持著方向盤，一手拿起水杯，飲了幾口。杜懷丁遠遠地舉了舉酒瓶，心說，乾杯！但姐姐心神專注，筆直地盯視著前方，並沒察覺弟弟在

附近站崗放哨。自東往西，單程一趟，一般是四十分鐘，也就是說姐姐再循環過來的話，約摸在半小時以後。杜懷丁想，再等一圈，等姐姐開過去後，回家也不遲。

「兄弟，借個火？」

杜懷丁冷不丁側身，見一個女孩子，往嘴角戳了一支菸，做了個打打火機的手勢。杜懷丁下意識地摸了摸口袋，愣怔地說，「哦，我不抽菸。」

「咦，什麼風把你吹來的呀？」

女孩子訝異地問。

連說了兩遍，杜懷丁趕忙跳下橋欄，站在一公尺開外，摸著腦袋，心裡打起了鼓。杜懷丁還不知道，這女孩叫陳亭妃。陳亭妃長髮，圓臉，濃眉大眼，一副標標緻緻的身板，在女孩子中間也會很出挑。「你認識我嗎？」杜懷丁忐忑地問，退後一點，不想顯得自己太矮小，又在暗中撐住了那條殘腿。陳亭妃大咧咧的，甩掉了菸，湊近一點，喜滋滋地說，「你，屬什麼的？」杜懷丁見過假小子，但陳亭妃似乎更勝一籌，一身紅黃相間的運動衣，愛迪達鞋，凜凜冽冽地催問不止，見面熟似的。「我？」杜懷丁指著自己鼻子，狐疑地說，「我屬蛇。」陳亭妃影痴痴地笑了，笑得沒天沒地的說，「哎喲，我還當你是屬蝙蝠的呢。剛才，我在對天上的蝙蝠發問，什麼風把你吹來的呀？」

杜懷丁仰望了幾眼夜空，果真有幾隻蝙蝠，像輕騎兵一般地翻飛著。

討了沒趣，杜懷丁一口喝光了啤酒，推起靠在橋欄邊的單車，拔腿欲走。陳亭妃一把拽住車身，「怎麼樣，帶我一截路，打上出租你再走？」杜懷丁不言語，卻以實際行動應允了。杜懷丁趲了幾步，跳上單車，扭身瞭望陳亭妃，下巴一揚。陳亭妃一個彈跳，偏跨在了後座上，伸出臂，攬在了杜懷丁的腰際裡。

　　夜風浩蕩，車子往人煙稠密的西關一帶跑。落了寒，人們像企鵝一樣，寧肯窩在家裡打發光陰，也不願出門。街上乾乾淨淨的，顯得杜懷丁胯下的這一輛猩紅色的自行車分外扎眼。陳亭妃說，「兄弟，你是做什麼的？」杜懷丁回說，「我是送報紙的，早報的發行員。」「哦，那你是郵差了？」杜懷丁認真地糾正說，「不是郵差，只是一個小小的送報員，送早報。」陳亭妃攬緊了杜懷丁，能感覺出，杜懷丁的身上早已孵出了一層汗，不是熱，也不是運動所致，而是一股子濃烈的荷爾蒙的汗腥氣。陳亭妃想，再叫你靦腆一些，再羞赧一些，再汗津津一些才好。於是攬得更緊了，將頭貼在了杜懷丁的脊心裡，摩挲了幾下。一邊走，陳亭妃一邊發問，口氣像巡警似的。

　　「我在看我姐姐呢，她是無軌電車的司機。」

　　陳亭妃說，「哦，剛才我也看見那一蓬火花了，藍盈盈的。可惜，不是一支打火機，點不了我的菸，我的癮犯了，懶得走路。」

　　「你呢？三更半夜的，你在橋上。」

　　「我天天晚上來橋上，在做功課。」陳亭妃繫緊了脖頸下的拉鍊，再次貼了上去，悄然自語說，「他媽的，李釋堪那狗東西，在跟我玩失蹤哪。」

　　事實上，李釋堪是陳亭妃的繼父。

　　用陳亭妃現在的話來講，生活一團糟，比一團麻還亂，難以理清。糟糕的另一層含義，就是生活停頓了，猶如一列壞掉的火車，擱淺在路軌上，任風吹雨打，寸步難移。禮拜六早上，陳亭妃晨練回來，在樓下買了早點，鑰匙剛一捅進鎖眼，門忽然開了。咯噔一下，陳亭妃跑進家，衝著幾個門大喊，「李叔，你在嗎？李叔。」阿姨卻從衛生間裡出來，蓬頭垢面的，手裡拿著潔廁粉和一把髒兮兮的刷子。阿姨說，「嚇死我了。亭妃，就我一人呀。」阿姨其實才比陳亭妃大一輪半，娃娃臉，半年前剛生了二

胎，還在哺乳期，突起的胸襟上，帶著奶漬，像兩枚驕傲的勳章似的。阿姨多年前下了崗，每週兩次來家裡作鐘點工，勤勉得緊。陳亭妃聞聽此話，心裡一懈怠，便將早點扔在了茶几上，順便也扔掉了鞋子。

阿姨見陳亭妃的臉上帶了氣，乖巧地斂了聲，並不多言，繼續去做剛才的事。陳亭妃邁著外八字步，在客廳裡轉悠一圈，忽然擰開了李釋堪的臥室。臥室的窗簾大敞，晨風呼呼，蕩起了兩扇輕薄的白紗簾，彷彿一群剛剛沐浴完的鴿子，在眼前唧喳而舞。再看時，床上的一應臥具都被撤換了，鋪上了秋冬的綿厚之物，夏天時的痕跡，已被收攏得一乾二淨。陳亭妃跑進廚房，見洗衣機正攪著那些東西，漾起一大堆泡沫，心裡驀地火了。陳亭妃厲聲說，「給你交代了好幾次，別動李叔的臥室，保持原樣，你一點也聽不進去。手太閒，多事，誰叫你去換去洗的？」阿姨掙紅了臉，辯解說，「都入秋了，夜裡那麼涼，早就該把夏天的臥具洗洗晒晒，放在衣櫥裡了。你臥室的，不是也早換了嘛。」陳亭妃說，「我是我，李叔是李叔的。他人不在，你就該聽我的呀。」阿姨急出了一腦門子的疙瘩，也不知陳亭妃吃了什麼槍藥，大清早的，沒來由地衝自己發一頓無明火，嘴上卻不輸，「亭妃，李叔那人那麼愛乾淨，平時都一週一換的，我當然不敢撒懶不是。李叔冷不丁回來，還不得罵我呀。亭妃，你別為難我，我這碗飯不好吃。」話軟，口氣哀哀的，陳亭妃不再爭執，腳下生風地鑽進自己的臥室，門哐啷一響，如同表明了態度。阿姨嚇得吐了吐舌頭，在自己胳膊上掐了一下肉，以示自警。

事情還不算完。靜了半晌，陳亭妃又奪身出門，從衛生間裡拽出了阿姨，攘進了小臥室，指著桌上的一幅遺像說，「你告訴我，你剛才用什麼東西擦我媽的，髒抹布？還是破手巾？」阿姨終於委屈地哭了出來，抱起遺像，在窗口的日光下一亮，閃了閃，「亭妃，我知道你最愛你媽媽了，

你囑咐過的，我一直記得，我是用自己買的乾淨手絹，細細揩拭的，一點灰，一根毛都不會落上去的。你怎麼這樣子對付我呢？」阿姨哽咽著，一副不依不饒的樣子。

遺像是彩色的。媽媽明眸皓齒，一臉粲然地綻笑著，大頭像，特寫。媽媽發病前，去黃河邊的親水平臺，和她的無伴奏合唱團最後一次演出，參加市上組織的慶祝蘭州解放日的慶典。陳亭妃記得很清晰，那一天是八月二十六日。當年，彭德懷率領的部隊，就是從蘭山頂峰上攻進蘭州，打垮了馬步芳的部隊，凱旋入城的。排練時，陳亭妃去給媽媽站臺打氣，順便在水車博覽園裡照了相。那時，恰值秋天，博覽園裡草木蔥蘢，百花婉轉，媽媽站在一株河州的大牡丹樹下，笑容盈盈，勢壓群花，富態，燦爛，心寬體胖。孰料，半年後家裡突生變故，媽媽從發病到身逝，僅僅不到三個月的時間。葬禮時，李釋堪從家裡成堆的相片中，擇出了一幅證件照，想作為遺像，但被陳亭妃否決了。陳亭妃從數碼相機裡調出了這一幅，放大，成片，裝框，義無反顧地掛在了靈堂上。用陳亭妃的話講，效果真的棒極了，媽媽做了一回焦點人物，眾星捧月似的。

葬禮是組織上操辦的，公事公辦，像一條專業的流水線，按部就班。陳亭妃別的插不上手，可在遺像的選擇上，卻是一言九鼎，根本不容旁人置喙。前來悼念的親朋好友，無一人不誇陳亭妃用心良苦，孝心昭然。媽媽花團錦簇地站在牆上，仿如生前，接受著大家的追思和祭奠，了無牽掛地升了天。事情完畢後，陳亭妃小心翼翼地抱著遺像，將媽媽供奉在了自己的小臥室裡，剛開始還焚香祭拜，一日三哭，淚水漣漣的。百日後，一切都回復到了往常，陳亭妃撤掉了香爐和供果，將媽媽乾乾淨淨地掛在了梳妝臺上方，一丈之內，環目便可親近。煩心時，陳亭妃會給媽媽嘮叨一陣子；欣喜了，也可以親媽媽幾嘴，似乎須臾不曾離開。李釋堪也不再另

置一幅黑白像，遂了陳亭妃的願，說，就讓你媽媽停留在她最煊赫的一瞬吧。家裡是二人天地，李釋堪有時候給陳亭妃打報告，說要見一見妻子，彙報一番思念之意。陳亭妃視態度而定，一般會「租借」三兩日，契約一到，立馬請回來，照舊凜冽地掛在梳妝臺上方，收為己有。阿姨有一次用擦餐桌的抹布，擦拭了一遍媽媽的笑臉，惹得陳亭妃大怒，說好下不為例的。現在再犯，陳亭妃便有些掛不住了，咆哮起來，仙鶴似的腳，還在地板上跺了幾跺。

似乎是為了驗證清白，阿姨從兜裡掏出一個塑膠袋，拎出來一塊溼巾，遞在陳亭妃眼前，「你看看，白得跟雪一樣，就是用這個擦的，亭妃。」鵝黃色，塑膠袋外寫著幾行字：請保持潔淨，一次性溼巾，用畢請妥善處理。陳亭妃懷疑剛才眼花了，阿姨手上的溼巾，白雪雪的，純棉，不起球。心說，阿姨一定是從哪裡撿來的，這麼珍惜，還帶著一股子花露水的異香，濃得撲鼻。陳亭妃一時不知該說什麼才好，明擺著，自己公然製造了一起冤案。下不了臺，表情僵得像一條帶魚。「亭妃，我明白你一直捨不得媽媽離去，天天陪著她說話，你是我見過的大孝子。可我也是，你媽媽在世時，把我領進這個家門做工，我挺珍惜的，生怕有個三長兩短，被你說話。這塊手巾，我專門是擦遺像的，擦完後，還用清水淘洗幾遍，裝在貼身的口袋裡，不作它用。」陳亭妃明知錯了，但性格使然，又不好悔罪道歉，便接過遺像，眼睛裡婆娑起來。陳亭妃嗅出了阿姨身上的奶香氣，繚繞不絕，淡淡的，若擦身而過的一枝夜來香，徒留下一份似有還無的念想。阿姨哽咽不止，沉浸在憋屈中，乳房也上下跳突，又滲出來兩片錢幣大小的奶漬，溼溼地掛在胸前。陳亭妃問，「兒子怎麼樣，挺胖的吧？改天抱來讓我瞧瞧，我還沒給他見面禮呢。」阿姨嘴角抽了抽，終於破涕為笑了，搖頭說，「挺好的，就是身上的黃疸還沒褪淨，皮膚黃蠟

蠟的。」陳亭妃哄著說，「可好！這下子遂了你的意，生下了一個兒子，公婆也不給你眼色看了吧？」阿姨捏著抹布，轉身去做工，邊走邊說，「唉，父母的心在兒女上，兒女的心在石頭上。」

或許，恰是這句不輕不重的話，讓陳亭妃在臥室裡遍體冰涼，生硬地坐了半晌，想不出個頭緒來。大小臥室門對門，但對面的主人卻杳無蹤跡，業已失蹤了許久。這是一樁天字第一號的祕密，唯有陳亭妃內心了然，卻又猜想不透其間的後果與前因。這些時日，陳亭妃一再地想，這樁事情掉了鏈子，首尾失衡，自己也陷在一盤淒迷的困局裡，遁逃不得。洗衣機嗡嗡嗡地運轉著，彷彿一臺捲揚機，將陳亭妃的心事慢慢高舉，再重重地拋下。陳亭妃的眉頭擰成了一枚問號，一聲聲長吁短嘆，從那個符號中釋放出來，心情愈加沉重。陳亭妃起身，打開衣櫥，將亂七八糟的各色時裝掏出來，很順利地擇出了一件米黃色的運動衣。衣服尚未開封，是半年前的一次比賽中發的，不襯自己，陳亭妃就想送給阿姨，補償一下剛才的無禮和莽撞。

阿姨很高興，雲開霧散，話自然也多了起來。

陳亭妃想幫她，阿姨卻將陳亭妃一把揉進了陽臺上的搖椅裡，自己在升降架上晾溼物。阿姨一抖溼物，水汽在窗外雪崩似的日光中，漂泊地化成了一圈圈虹霓，赤橙黃綠地罩在頭頂，看得陳亭妃有一些痴迷。早起，陳亭妃是去五泉山公園晨練的，那裡樹木茂盛，鳥雀稠密，露水和樹汁也重，免不了在衣服上留下一星半點的痕跡。陳亭妃又喜穿齊肩的白色 T 恤衫，下身是緊繃繃的練功褲，額上箍著頭帶，手上是護腕，那些汗漬更顯奪目。阿姨說，「亭妃，你換下來，我給你搓搓。」陳亭妃雙手支頤，影痴痴地說，「阿姨，你身上有一把家裡的鑰匙，對不對？」阿姨怔了怔，不明白所問何來，只說，「是呀。剛來家裡時，你媽媽給我一把，怕我不方

便。」陳亭妃說，「加上我的這一把，家裡就這兩把鑰匙了。」阿姨狐疑地望望陳亭妃，又不像發燒的樣子，訂正說，「你呀，心太大，還有一把，在李叔屁股上掛著呢。」陳亭妃冷冷一笑，「哦，看我這死腦子。」

「亭妃，李叔出差還不回來？」

「遊山玩水，一般都會樂不思蜀的，誰還稀罕回來呀。」

阿姨說，「走了快一個月吧？」

「喊，整四十一天嘍。」

阿姨興致濃，又抖出了層層疊疊的虹霓來，貼在日光中，空氣裡漾蕩著一股子洗衣粉的滑腥味。阿姨說，「李叔心裡悶，沒了老伴，讓他多逛逛山好。」陳亭妃不想逗留在這個話題上，慵懶地說：

「以後，你換個時間來做工，別三六了。」

阿姨訝異地盯視著陳亭妃，等著吩咐。

「二五吧。我不在家，你做起來也比較方便一些，我不打攪你。」

約摸十點來鐘，阿姨帶著一身的疲憊，諂笑似地離開了。陳亭妃將早點動了動，卻喪失了進食的欲念，一點胃口都沒有。乾酒釀，沖上涼白開，平時即是早點。糯米性溫，溫胃健脾，益氣止瀉，生津生汗，做成酒釀後，還增加了活氣補血的功效，而活氣補血的直接效果就是豐胸。媽媽說過，酒釀是一味可以防止患上乳腺疾病的食物，藥補不如食補，顛撲不破。媽媽在世時，家裡絕不在街上亂買，一般都由她親自動手。陳亭妃仍記得，媽媽做酒釀時，臉色紅撲撲的，像先自喝醉了一樣，面露羞澀。媽媽前一夜裡，就將糯米浸泡好，早上起來，先放在爐子上蒸熟，待到半溫半涼時，款款盛出來放在碗裡，跟酒麴一起攪拌。攪拌完畢，媽媽的動作便越來越輕，小心翼翼的，猶如經營著一個嬰兒似的，在碗中央挖一個小洞，用涼開水再拌一點點酒麴，輕輕澆蓋上去，然後用保鮮膜裹好，與空

氣隔離。等第二天吃時，加上一些涼開水即可。媽媽說，酒釀是一種挺嬌氣的吃食，自始至終，講求的是細節，器皿務必要潔淨，否則會發酵成一碗隔夜的剩飯，餿臭不堪。變了花樣，媽媽偶爾還會在酒釀裡加入芡實、薏米、茯苓、山藥等等的，但陳亭妃並不愛吃，覺得味道晦澀，不如一清二白的好。

媽媽知道女兒是搞舞蹈的，自小就一直對陳亭妃的飲食嚴防死守，須臾不肯馬虎，比如酒釀即是一例。為了專業，陳亭妃裹過胸，瘦過身，還參加過所謂的「脂肪燃燒狂歡派對」。後來，胸部變節，若抽刀斷水一般，停滯了波瀾洶湧，媽媽卻又著了急，用過各色偏方，還採納過雜誌上的小帖士，一一無告而返。及至後來，陳亭妃年齡長了，離專業的黃金階段漸行漸遠，媽媽緣於對女兒婚姻的考慮，焦急起來，天天都要陳亭妃在臨睡前，吃下一碗酒釀，寄託不少。

但諷刺的是，媽媽就是死於乳腺癌的。

媽媽心氣太強，無論在自己的身體狀況和心理年齡上都自恃過高，一直天高雲淡的，當自己是一隻草原上飛來的小紅雁，鶯歌燕舞，疏忽得要命。待發病時，卻早已是晚期了，在病床上逗留了短短一季，便撒手人寰，一命歸西。媽媽有點執迷不悟，臨咽氣前，還拉住陳亭妃的手，讓她堅持這一份食譜，還篤信無疑地寄望於鐵樹開花，女兒的胸前會雙峰突起，蜂飛蝶亂，一派春色。

晨練時，陳亭妃孵出了一身的汗，秋汗不同於春汗，油腥氣少，以鹽居多，消停下來後，如穿了一件鎧甲似的，比較邋邋膩歪。打了一浴缸的水，陳亭妃坐在裡頭，靜靜地泡了一會。身體在水中略略帶了些變形，影影綽綽地晃動，但仍標標緻緻的，呈現出少女特有的一種韻味。像所有從事舞蹈的女孩子一樣，陳亭妃對自己的身材是相當自信的，這是長期鍛鍊

的結果，像掛在枝頭的果實，開始由青澀，慢慢地發育出了一層酡紅，但在外表上，還包裹著一層祕密的蠟質，等著一雙手剝開。有一次，那個叫米小揮的傢伙，在公共場合裡，強行吻住了陳亭妃。吻的過程中，一雙毛糙糙的手便不老實了，從衣領口裡伸進來，握住了乳房。陳亭妃登時惱怒了，打掉了幾次，但手仍然頑固，像一隻章魚似的，伸出無數的爪子來，在身上遊走。這還不算，章魚狂妄地遊走無定，一直往下探尋，差不多快要找見那個寄居的洞穴了。陳亭妃被箍死了，動彈不得，卻咬住了他的舌頭，呵斥他停下。但米小揮似乎被點著了，像一臺瘋狂的引擎一般，將陳亭妃碾軋在身下。但米小揮忘了一點，陳亭妃是搞舞蹈的，身體的柔韌性超好，束了身，斂了肩，硬是從八爪章魚的手裡，如一隻鰻魚般地滑走，還澆了他一頭的洗手液。為這樁小小的暴力事件，米小揮打了無數個電話，賠情道歉，把世上的好言好語都說完了，陳亭妃也沒給他脖子，晾在了一邊。

陳亭妃想，幸虧啊，自己身上的那一層蠟質，險些被米小揮給剝爛了。只差一點點，果實內的蜜汁就會擠破，流得一塌糊塗的，再難保全。

一憶想起來，陳亭妃就有些後怕。望著恥骨間，那一層若水草般的毛髮，漾來蕩去的，陳亭妃的思緒也和一團亂麻那樣了，難以理清。心想，男人們恐怕都是屬寄居蟹的，總想在一眼洞穴中占山為王，落草為寇，劃定自己的勢力範圍。似乎唯有如此，才能顯示他們身上的荷爾蒙迥異於別人，帶了一種鮮明的動物性，不容染指。再想，男人們大多是貪心的，總巴望著那樣的洞穴越多越好，有一絲炫耀，也有一種變態的收藏癖。陳亭妃想，連李釋堪亦不例外。

一念若此，陳亭妃先是閃過一陣子肉跳，接著是心驚，密密匝匝地覆滿了身體。雞皮疙瘩從皮膚裡拱破了頭，螞蟻大軍似的衝鋒而來，帶了一

層磨砂般的質感，又衝決而來了一種落寞。迄今為止，李釋堪已經失蹤了四十多天，按陳亭妃的想法，假如「七七」過後，李釋堪還不現身的話，陳亭妃就要去報案，讓員警去解決這樁離奇的事，要麼註銷他的戶口，要麼去順藤摸瓜地查找，活要見人，死要見屍。本來，這是一樁兩人之間保有的祕密，牽繫在陳亭妃和李釋堪身上，若一座橋的東西兩端，繃緊了河岸，才能暢行無阻。也像一副擔子，在忐忑和微妙中，才能保持住平衡。但現在，一個人撤身離去了，走得不明不白的，陳亭妃快被壓垮了，一念想起，腦袋也有爆炸的危險。

李釋堪曾揚言，他要去跳河，他要當著媽媽的面，去贖罪，去悔過，去被千夫所指。許多天了，陳亭妃覺得自己一個人在給李釋堪守喪，掐算著他的喪期，在內心搭建起了一座靈棚，哀樂聲聲，情難自禁。但陳亭妃頑固地祕不發喪，她一直篤信，李釋堪不會去死，不會跳河。雖說這份念想稀薄得如一張紙，陳亭妃也不願意被自己率先捅破，將自己淪落到一個劊子手的角色中。

剛開始，李釋堪一懺悔，陳亭妃就勸慰，而當陳亭妃涕淚滂沱時，李釋堪卻又來狡辯，針尖對麥芒，一山難容二虎的架勢。這樣拉鋸了一夜，李釋堪在第二天，留下一張拃寬的字條，揚言去贖罪，結果就消失無跡了。要不是有天早上，陳亭妃從早報上讀到一則消息，她寧肯相信李釋堪去削髮為僧，或是沿街乞討，也斷然難以猜想他真的會去跳河，從高高的黃河鐵橋上，一躍而下。

剛洗了一半，電話忽然響了，是彭紹荷的。

陳亭妃水淋淋地接聽起，彭紹荷在裡頭火急火燎地說：「亭妃，你得趕緊來救場才是，人手不夠，你可不能癩蛤蟆避端午呀。」陳亭妃說：「真的，病還沒痊癒，身上一點勁都沒有。」彭紹荷痴痴地笑，笑聲鬼祟，彷

佛她洞悉了一切端倪似的，搶白說：「火得不成了，舞蹈學校現在十分爆棚，來報名的家長和學生人山人海的，姐妹們快招架不了了。你快來，幫著開開發票，或者來分分班。」陳亭妃不鬆口，但心存好奇地問：「我那個班如何，報名的人也多嗎？」「喊，就屬你的芭蕾舞班人最多，人家都是衝著你的名頭才來的，還嚷嚷著要親自見你哪。你以為你看板上的那幅明星大頭照，就能糊弄住人呀，家長是上帝，傻瓜。」陳亭妃有了點小小的得意，虛榮心跳跳的，心說，往年也一樣，古典舞，現代舞，民間舞，幾個班統統超不過芭蕾舞的班，並無什麼稀奇的呀。日光從氣窗上滲流而下，絲絲如弦，陳亭妃一手彈撥著，故意發嗲說：

「彭姐，拜託，真的去不了，你先幫我對付著，我有點困難。」

彭紹荷譏誚說，「聽你那弔喪聲氣，沒吃飯似的，到底咋了？」

「女人的麻煩。」陳亭妃敷衍道。

「哦，那就不說了，也怨怪不了你。忙完了，我一準去看看你。」彭紹荷的周圍嘈雜不堪，市聲沸騰，仍意猶未盡地說，「亭妃，米小揮那邊你咋考慮的，總不能推三宕四的，你給個痛快話，看不上的話就扔了，別叫我坐蠟。」

「咦，那個白皮鞋嘛，你問問他去。」

「辦了你？」

陳亭妃反攻倒算地說：「彭姐，別以為你是紅娘，我就會面情軟。實話告你，統共才見了兩面，一點感覺都沒有，狗東西還穿著白皮鞋，人模狗樣的。我認識的男人裡，也沒那樣子的笑星，比范偉演得還蠢。」

「求求你，你再見一面，快刀斬亂麻，叫他死了心。」彭紹荷掛了。

其實，現在每天早上頂頂重要的一件事，是陳亭妃去樓下取早報。晨練回來時，陳亭妃見單元門口的報箱裡空蕩蕩的，除了信箱口裡插著一叢

叢非法廣告單。和阿姨有了點誤會後，陳亭妃居然給忘了。現在取了早報，陳亭妃忙不迭地打開，一股子失望和沮喪的情緒，迅速攫住了她。原先忘了，雙休日的早報只有八個版，含四個頁碼的學生作文，另外是伊拉克人體炸彈和明星八卦，本埠的新聞寥寥無幾。封面圖片是一個僧人中了彩票，六十萬，正在阿彌陀佛地兌取。

日光太亮，陳亭妃覺得，日光是有重量的，一毫克，或是幾兩幾錢的，自弧形的天幕上灑落下來，照在身上，有一絲灼熱。扭身往社區的大門口望去，一個穿黑馬甲，騎紅色單車的送報員，載著左右兩大袋報紙，蕭然自遠。

一隻鳥停在電線上，有沒有生命之虞？

杜懷丁盯著窗外，一直狐疑地望著幾根高壓線，為一隻小鳥揪心不已。不是麻雀，是一種叫不出名字的鳥，有兩根彩色的尾羽，彷彿舞臺上指揮家手裡的銀棒，上下翻飛。杜懷丁猜，一準是南下越冬的小鳥，在黃河邊暫作逗留，吃飽喝足後，再加大馬力離開的。或者，牠落了單，不小心失神中，丟了另外的一群夥伴，只好在這裡哀哀淒鳴，心懷忐忑。那幾根高壓線是裸線，掛著一隻撕裂的風箏，比小鳥還無助。杜懷丁知道，前頭不遠，就是一座變電站，將劉家峽的電流，源源不斷地輸往大河兩岸。可一隻鳥停在電線上，卻自由自在，了無牽掛，一點也沒有遭受電擊的樣子，杜懷丁始終想不通這一點。

站長唸完了檔，續了一杯茶，讓大家表態。

誰都怕發言，嘴拙口笨的，陸續低下了頭，生怕站長會點名。會議室裡靜了下來，小鳥卻像一位不期而至的客人，唧啾不已，越發鬧得人煩心。有人藉口去茅廁，被站長喝退回來。也有人一直在夢周公，歪歪地靠在牆上，嘴角上淌下了涎水，站長扔過去一支打火機，給敲醒了。站長就

有這個本事，獨臂將軍，但每一次扔東西時，一定百發百中，也多半是心裡置了氣。

本埠有三家都市類報紙，同城競爭，像英超的德比大戰，明裡暗裡的，廝殺得血雨腥風，你死我活，誰也不給誰留活口。前幾年，為了適應變化，第一時間搶占市場，早報將發行管道從郵局裡剝離開來，自己成立了速遞公司，招兵買馬，自成體系，一時間搞得風生水起，發行量節節攀升，一枝獨秀。但類似的招數很快就被學走了，早報的優勢跌落成了一種自然，市民們見怪不怪，樂享其成。年底徵訂時，你送大米清油，我就贈白酒麵粉；你割肉送冰箱洗衣機，我也吐血贈液晶電視和數位相機。於是，在類似的膠著狀態下，就開始比誰家的服務品質好，花樣翻新快，報紙的內容扎實，信息量龐雜，等等。

站長腦子靈，打了報告，老總很快就批示下來，開闢了新的業務。

比如，今早上，杜懷丁剛從這一片區領完報紙，準備投遞時，站長專門喊杜懷丁停下，交給他幾張業務單，叫他按時按點去完成。客戶都在杜懷丁的轄區內，分內的事，他自然當仁不讓。送完報紙後，時間尚早，杜懷丁從煤氣站裡領到了一罐煤氣，送給了對岸的一位孤寡老人。再去了超市，買了四箱牛奶，送達了一家民辦幼稚園。八點來鐘，上班的人流開始湧出家門時，杜懷丁又按時去了「四季謳歌鮮花店」，交了訂單，取回來兩束鮮花，昂揚地在街上騎行。

花朵灼灼燦爛，姹紫嫣紅，被杜懷丁小心翼翼地裝在帆布信袋裡，掛在龍頭上。鮮花上插著卡片，杜懷丁猜，一束肯定是情侶之間的，上面有一行小楷：去年今日，我從火星來，你從土星來，在宇宙中劃過寂寞的軌跡，是命運讓我們相知相遇，綻放愛情的光亮。另外一束鮮花比較素，不招搖，也不氾濫，有一股子宜於眼前這個季節的漠漠氣質，卡片上端莊地

寫下：老伴，這個世上最動聽的一句話，不是「我愛你」，而是「你的腫瘤，是良性的」，祝你康復！騎行在路上，頂著沸反盈天的喧鬧，杜懷丁一直在背誦這兩句話，直到滾瓜爛熟了，心底裡開始覺得有一片溫潤的水，將自己慢慢地浸泡，每一粒細胞都酥軟落淚，化成了燦爛千陽下的一塊塊光斑。

按圖索驥地敲了門，一個惺忪無比的女孩來應門，身上還帶著夜晚的陳舊鏽跡。杜懷丁將鮮花遞過去時，女孩驚訝地尖喊了一聲，一把摟住了花朵，貼了臉，煥然一新。再跑了幾個街區，接收的是一位老太太，瘦刮刮的，有一口雪白漂亮的牙齒，淡定安詳，榮辱不驚似的，只將鮮花箍在臂彎裡，非要拽杜懷丁進家，去喝一杯茶水。拗不過，但主要是因為要她簽字，杜懷丁進了門，嗅見了一股子濃烈的煎藥味，熱騰騰的。臨走前，老太太死磨硬纏，硬是將一盒高級香菸，塞進了杜懷丁的兜裡，以示謝意。

杜懷丁望了望站長，看見站長的眼神四下裡逡巡著，從烏泱泱的腦袋上捋過一遍，準備點名。杜懷丁知道，站長是不會拿自己說話的，站長了解他的脾性，知道他訥言內向。在心裡，杜懷丁是感激站長的，年頭節下，母親總會備上一份薄禮，催促杜懷丁去看看站長，還個人情。站長是退伍軍人，當年打越南時，站長是偵察兵的排長，不幸丟了一隻胳膊。杜懷丁是在區裡組織的殘疾人聯誼會上，有幸結識他的，一來二去，站長招攬了他，去早報的速遞公司當了一名二級發行員。雖說一個月僅有八百來塊的收入，但總比蹲在家裡，閒荒歲月得好。以前，杜懷丁也去招聘市場趄摸過幾次，但人家一瞧他的腿，便噤聲不語，草草打發掉了。杜懷丁從兜裡摸出了那盒香菸，極品蘭州，算是比較高級的了。杜懷丁雖不抽菸，卻在回來開會的路上，專門在菸攤上打問過，一盒賣三十二塊，嚇得杜懷

丁吐了舌頭。杜懷丁想，站長是抽菸的，菸癮還大，牙都起了黑黃斑。

那隻小鳥，荒荒涼涼地停在電線上，默了聲，在啄吃胸前的羽毛。

對鳥的擔心，並非始自今日。剛開始的那天夜裡，杜懷丁去了橋頭，想看看姐姐的情況。等待中，杜懷丁駭然地發現，有兩隻夜鳥，正停在視野中的無軌電車的那盤電纜上，紋絲不動。鳥像一件件舊衣服，掛在夜空下，在慢慢晾晒。但牠們惹火了在底下窺視的杜懷丁。起先，杜懷丁以為是烏鴉，帶了邪氣來，因為在本地人的觀念裡，烏鴉乃是一種不祥之鳥，早見烏鴉傷身，晚見烏鴉丟魂。杜懷丁跑過去，喲喲喲地吆喊了幾聲，快把嗓子喊破了，但半空上的鳥充耳不聞。杜懷丁急了，跳著腳亂罵一氣，怕牠們搗亂，萬一電纜線出現短路的話，姐姐還不知道會擱淺在哪裡。一發狠，杜懷丁扔飛了手裡的啤酒瓶，瓶子在鳥的附近擦了擦空氣，不曾中的，又重重地栽下來，摔出了一聲爆響。或許，鳥被驚醒了，踩著電線，斜簽起了身子，寬闊的翅膀在燈光下閃了閃，又款款地停穩了，嚇了杜懷丁一跳。杜懷丁盯得很清楚，不是烏鴉，烏鴉的翼展不會達到一公尺左右。杜懷丁想了想從報章上讀過的奇聞逸事，竟也思想不出來，牠們究竟是鷹隼？還是西伯利亞遷徙來的候鳥？

後來，鳥真的像一件件太舊的衣服，被兩個無形的人，悄悄地穿上了身，蜷縮一團，蹲在電線上，沉默地喘息。似乎牠們打定了主意，要在電線上過夜。徒喚奈何，杜懷丁坐了回去，又心疼那一瓶啤酒。恰在那時，另一條線上的無軌電車駛來，在通過電纜鉸接處時，咯噔一跳，擦出來了一蓬閃爍的火花，猶如一支銀項圈，飛向了那兩個沉寂的人。火花滅處，牠們忽然現出了原形，變成了一對鳥，亮出寬闊烏黑的翅膀，一飛沖天。此後的好幾天，杜懷丁再也不曾見過牠們。

豈料，後來碰上了陳亭妃，一副大不咧咧的樣子，口氣太衝，非要說

杜懷丁是屬蝙蝠的。在黃河岸邊的夜裡，蝙蝠是俗物，比沙子還繁，還密，一般也不受人待見。好比那個假小子，在杜懷丁的眼裡，只是一個路人罷了，擦肩而去。杜懷丁之所以還騎車送一程，多半是在速遞公司養成的習慣，對顧客，投遞員法則上清清楚楚地寫著：第一要微笑，有求必應；第二，如果你不會笑，再請參考第一條規定……，云云。誰知道，那個假小子是不是一個潛在的訂戶呢。況且，年尾的大發行即將開始了，指標明確。杜懷丁思維玄虛，有一點卻篤信不疑，蝙蝠停下來時，應該是倒掛的，像一把把傘，掛在誰家的屋簷下，隨風飄擺，趙忠祥的《人與自然》裡也介紹過，概莫能外。杜懷丁相信，那兩隻舊衣服一般的飛禽，一準是稀世之鳥，在那晚遼闊的靜謐中，對自己說了什麼。

打了出租，臨上車前，陳亭妃也對杜懷丁說了話，我叫陳亭妃，耳東陳，亭亭玉立的亭，莊妃的妃。陳亭妃還拍了拍杜懷丁的車龍頭，謝了，兄弟，有機會的話，咱們還會見面的。計程車絕塵而去後，杜懷丁怔了半天，才緩過神來，斷句說，是陳亭其人的妃子？還是本來就叫亭妃？

「就你了，講幾句。」站長咳嗽一聲，終於點了吃螃蟹的第一人。

那傢伙有個口吃病，痴痴呆呆的，不是在表決心，而是對站長歌功頌德，惹得上百號人窩著笑，不好意思拆他的臺。杜懷丁從隔壁一人的手裡，取來一份當日的產品 —— 他們喜歡這樣子稱呼報紙，省略了「精神」二字 —— 藏在肘腋下，有一搭，沒一搭地翻看。投遞員唯一的便利之處，或許在於能第一時間讀到最新的消息，尤其是本埠的新聞，哪一條高速路臨時關閉，哪一片街區的自來水管道將開挖修復，陰晴雨雪，防蚊滅蟑，列車時刻，物流資訊，都會及時裝進肚子裡。不像別的同事，杜懷丁有個竅門，遇上轄區內的民生動態後，他在送出報紙時，都會給訂戶口頭傳達一下，廣而告之，以備大家不時之需。母親說過，人跟人的關係，

就是「維」出來的，本來是一根細線，光陰久了，便像一隻梭子，能「維」出來一匹絢爛的織錦，再也分不開離。今早上因為送花送煤氣，落了這一課，沒有不補課的道理。杜懷丁作賊似地偷覷著，四開的版，一對折，成了書本大小，不顯山露水，宜於藏匿。

華盛頓，一個銀髮政客在妻子和兒女的陪同下，坦率承認曾經化名和國際賣淫集團作過交易，在五星級酒店內，發生過嫖娼行為，並痛心疾首地請求家人和公眾的諒解。杜懷丁批：這老傢伙，恐怕現在慘了，會被唾沫星子淹死。以色列，在一個邊境檢查站，哨兵查獲了一個小孩，竟然身卜捆綁了自殺式背心，一臉的稚氣，才剛剛七歲。杜懷丁批：呀，比我家橡皮僅僅人一歲，真為他捏了一把汗，幸虧沒爆炸。又是美國，在科羅拉多州，半月前，兩個年輕人激動地宣布，他們發掘出了一具 ET 外星人的遺體；但現在經過科學家的考證，揭露出他們的造假行為，那個醜八怪，實則是用橡皮和彈簧組裝而成，又被埋在冰天雪地下，雪藏了一段，事後起獲的。杜懷丁批：橡皮，我家橡皮就是這麼醜相，還不如宣布他是 ET 呢。這下好了，杜懷丁樂滋滋地想，晚上回家，又有說頭了，省得橡皮一天到晚追在自己屁股後邊，央著聽故意。下面這一則消息，杜懷丁看得最認真，以至於窗外的鳥鳴，也被忘在了腦後。

【本報訊】對於一個擁有 66 億人的世界來說，「六度分隔」理論是一個令人難以置信的理論。所謂「六度分隔」是說，世界上的任何兩人之間，最多透過 6 個人就能連繫起來。這看起來非常奇怪，但科學研究發現，這的確是事實。

據英國《衛報》報導說，微軟的研究人員透過檢查 1.8 億人之間的 300 億個電子資訊後宣布，這個理論是成立的，因為我們都是被一個熟人鏈連繫在一起的，只需 6 個人介紹，你就可以與地球上的任何一個人連繫上。

微軟的研究人員發現，實際上應該是「6.6 度分隔」，就是平均透過 6.6 個人就能把世界上任何兩個人連繫起來。換言之，你最多只需 7 人相互介紹就能跟瑪丹娜或英國女王扯上關係。

微軟公司的研究人員稱，如果兩人直接發即時通訊，那他們兩人就算是熟人，他們的分隔度就是 1，如果透過另一個人才能有連繫，那麼分隔度就是 2，以此類推。研究人員試圖找出這 1.8 億人中間任何兩個人的最小連結距離，發現平均 6.6 個人的資訊就能將兩個人連繫起來。當然，一些個別的例子則需要 29 個人。

杜懷丁看報時喜歡批註，少則一字，多則一篇腹稿，這和杜懷丁的性格有關，內裡自有乾坤。姐姐就數落過杜懷丁多次，說，這叫蔫人幹大事，你一天到晚蔫泱泱的，也沒見你幹出什麼驚天動地的事來，蔫黃瓜，蔫茄子，一蔫到底，云云。姐姐的話不值一駁，杜懷丁總覺得姐姐頭髮長，見識短，罵就罵了，等於是一柄「老頭樂」在脊背上抓癢。但現在，杜懷丁對這條消息批不下去，卡了殼。

朝窗外抬望時，那隻鳥不見了，連聲招呼都不打，一走了之。

那麼，按著．比爾蓋茲手下的說法，杜懷丁想，我和這一隻小鳥之間，從沒發過什麼資訊，但該算是熟人了，分隔度是幾？再想下去，杜懷丁憶念起那天晚上，一個叫陳亭妃的女孩子冷不丁跑來，一驚一乍地要打火機，比熟人還熟似的，自己又捎了陳亭妃一截路，分隔度又該是幾？杜懷丁暗暗一失笑，想不起自己和陳亭妃發沒發什麼即時資訊，如果發了，那也只是陳亭妃那句懶洋洋的話 ──

哦，什麼風把你吹來？

站長從凳子上起身，一隻袖管是空的，癟癟地攮進了口袋裡。站長仍有偵察兵的那種氣概，不拖泥帶水，說話擲地有聲。站長說，「你們學學

杜懷丁，一個殘疾小夥子，腿壞了，卻比你們跑得快，跑得準時。這個季度上，人家杜懷丁的投訴率是零，零蛋！說明人家投遞的那片轄區裡的四百多戶人，都是認可杜懷丁的。」杯子裡的茶敗了，大葉茶，從剛開始濃釅的醬油色，喝到了現在的清湯寡水色。杜懷丁想，站長的牙齒不光是菸害的，一定還有茶葉的功勞。一想，杜懷丁就將手裡的菸，重又裝回了口袋裡，另有所願。站長這麼表揚，再去塞他一盒菸，明擺著是阿諛，是奉承，杜懷丁做不出來。站長聲音洪亮，想伸出雙手，箍出一個「O」來，強調杜懷丁的投訴率是零，卻沒找見另一隻胳膊，抱歉地笑了笑，引得滿場都嘻嘻然。站長兀手端了水杯，去臺下的飲水機上接滿，叫全場肅靜下來。末了，站長才說明今天會議的主題。

「是這！」

杜懷丁被表揚，前後左右，就有人踢他一腳，搗他脊背一拳，擰擰他的耳朵，說幾句怪話。對此，杜懷丁習以為常，一般不爭執。杜懷丁將報紙裝在兜裡，拔長頸子，開始聽站長的發言。站長說：

「……現在起，三天內，站上所有的投遞員，忙完早上的任務後，一律取消休息，白天要上班。你們都是封疆大吏，各有各的地盤，好比是山大王，將蘭州城瓜分完了，沒你們不熟悉的犄角旮旯。報社的老總掛來電話，親自下達了指示，讓投遞員全力配合一下新聞中心的策劃，去黃河邊，找見一個英雄。」

會場裡亂了，像一鍋煮沸的稀粥，咕嘟咕嘟的，怨聲四起。

投遞員們都是夜貓子，後半夜起了床，披星戴月地集合，接到墨香濃鬱的產品後，又將分版印刷的 A 疊 B 疊 C 疊挨個捋順，一份也不能出錯。再作鳥獸散，一個蘿蔔一個坑地遞進每家每戶。等最後一份產品交接完畢後，大多在十點來鐘，餓得前心貼後背，只想抓緊時間回去補覺，心淡得

要死。再說了，分工有序，一條流水線，投遞員是最末梢的一環，憑什麼要去配合記者呢？即便配合，參差不齊的素養，沒幾個有高中文憑，老虎吃天，還沒處下爪呢。

「什麼英雄呀？」

站長舉起一份報紙，對著頭版封面上的相片說，「瞧見沒，就是這個人。他正站在橋欄上，準備往下跳，是一個遊客用手機拍的，抓了這個鏡頭，有點虛，也模糊，只照出了他的側影。」

隔壁的一人嘟嚷說，黃河又沒蓋子，隨便跳。杜懷丁剜他一眼，卻無效。那傢伙又陰陽怪氣地說，黃河裡扔石頭，多少是個夠，何況人呢，跳唄。杜懷丁想，狗東西，一定是橫路敬二。

「當時，在河邊玩耍的一個女娃娃，忽然被水給沖進了漩渦，往下游跑。」站長抖了抖產品，嘩啦嘩啦地說，「哦，四十多天前的事了，還不算太遲。女娃娃掙扎時，她媽媽就在岸上哭，喊人去救。幸好有幾個會水的人，連衣服都來不及脫，就撲進了黃河裡。夏天呀，上游裡下雨，劉家峽也開閘放水，水快漫上了河堤。節骨眼上，橋上的這位同志，也聞風而動，徑直跳了下去……」

杜懷丁記得細節。那天的報紙上街後，一下子轟動了，連零售攤上都早早告罄，又緊急加印了幾萬份，投放到了大街小巷。那個人跳下去的瞬間，恰巧被一個外地遊客抓拍了，剛開始並沒在意，繼續去各處景點玩耍。落水的女娃娃，很快被撈了上來，控完水，搶回了一條命。家長在岸上磕頭禱告，一一謝過了入水援手的恩人們。此時，岸上觀望的群眾才吵嚷說，從橋上也跳下去了一個救援的男人，現在並沒發現他上岸，在水裡閃了閃，就沒了人影。家長忙報了案，十分鐘後，水上派出所的快艇就趕來了，往下游裡尋找，一直無果。

遊蕩在街上的採訪車，幾乎在同一時間接到了線索，也緊急趕到了現場，又是錄音，又是拍照的。從白塔山上盡興而歸的那個外地遊客，見了亂糟糟的場面後，第一時間提供了照片，被刊載於次日的頭版頭條上。報紙用了超粗黑的大標題，重磅出擊，動員市民們：尋找英雄！

　　可惜的是，該死的手機像素太低，成像品質也差，毛糙糙的，彷彿印在了一塊磨砂玻璃中。按杜懷丁的說法，像一張印刷錯誤的報紙。

　　時間是一把怪異的柳葉刀，它漸漸地消磨了城市的熱情，拋別了那個惺惺相惜的夏日，又將人們大腦皮層裡的記憶慢慢淡化。但它揭不起黃河水上的那一層面紗，剝不掉一個重情重義的家長的心。女孩的全家人都出動了，求告政府，申訴管理部門，還白費雇請了下游岸邊的幾個職業撈屍人，一段一段地勘察。他們不放棄，也不拋棄，深信那個男人一定會出現在青冥長天下，活活潑潑，眉清目秀，寄託住大家的思念之情。當然，報紙也緊盯著這一揪扯人心的線索，覺得是一條「大魚」，加上同城競爭，各家媒體都在連篇累牘地跟蹤追進，尋訪當天的目擊者，口述實錄，一次次地推波助瀾。

　　早報卻另闢蹊徑，現在使出了一招絕技，撒開大網，讓上百名熟稔路徑的投遞員一一出動，沿著河道兩岸，細細篦梳，配合新聞中心的選題策劃，以期將這一主題進行到底。說白了，這就是一種炒作，而炒作是媒體功率最大的一臺引擎。杜懷丁雖說只是一名編外人員，讀成了習慣，也便不知不覺中演化成了一個行家裡手，熟諳此道。

　　站長說：「現在分發相片，人手一張，大家按著你的轄區去尋找。活人死屍都可以，即便能找見他的同事或街坊，能說出他子丑寅卯的一點背景來，就算告捷。再者，有一筆內部的獎金，挺大的一筆，會讓你們過個肥肥的新年。行動吧。」散了會，幾個人在按小組發相片，發到杜懷丁跟

前時，那人給杜懷丁鑿了一個栗子，悄悄說，「瘸子不瘸了會上天，就你能。」杜懷丁痛得暈了幾秒鐘，捂住了額際，想問問為何動粗。不承想，隔壁的橫路敬二咯咯咯地笑，笑得像一隻剛踩完蛋的公雞，揶揄說，「杜瘸子，你牛 × 呀，每次開會都受『一把手』的表揚。這下，你要是能在黃河水裡撈出這個男人，老子請你一碗加工的牛肉拉麵，添三份醬牛肉，外加兩個茶葉蛋。」說完，人群嘩地散了。

杜懷丁捏著那張紙，揉巴揉巴，扔出了窗外。

不用問，哪裡都有拉幫結派的事兒，但投遞員隊伍裡更甚，你多訂出去一份產品，多送一兩束鮮花或煤氣罐，等於分了人家手上的半碗飯，看在眼裡，仇卻記在了別人心中，時時伺機報復。杜懷丁勢弱，身上帶了殘缺，經常被大家當成了笑料，一枝枝亂箭射在靶子上，千瘡百孔的。杜懷丁不爭執，不一定是他心不烈，血不燙，杜懷丁只是不想給站長添亂。另外，剛發下來的相片是複印的，比起報紙頭版上的四色印刷來，顯得更灰暗，更粗糙，幾乎認不出輪廓來。杜懷丁不需要它，也不想去找，再出一次風頭，讓人家鑿栗子。在他轄區的那段黃河岸邊，要是水沖出來一具莫名男人的屍體，一準會有人撥通他的小靈通，及時爆料給他的。在這一點上，杜懷丁自信滿滿。

剛推起單車，感覺帶了些滯澀，杜懷丁彎下腰去，才發現輪子上的氣門芯被拔走了，輪胎癟癟地塌陷下。杜懷丁悵然地仰天一嘆，心裡枯澀得如一只唐朝的墨水匣，再也擠不出一絲溫潤的水分來，鏽跡橫生。

那隻鳥又來了，繚繞在上。杜懷丁埋下頭，有一陣楚楚的鼻酸。

姐姐太妖精，打扮得像一個狼外婆。

無軌電車駛過時，駕駛樓裡燈光如晝，姐姐趑趄然地握著方向盤，模樣怪異。杜懷丁差一點失笑出聲。姐姐的頭上裹著一塊紅絲綢，沿腮而

下，下巴里綰了一個旗花樣的扣。杜懷丁認得，那是家裡蓋茶杯的一塊絲綢，菱形，也不知姐姐起的什麼意，裝扮成了這副德行。往深裡一思想，杜懷丁恍然覺悟，姐姐自小是個迷信罐子，說風就是雨的，一準是聽了母親的嘮叨，紅色避邪，才將絲綢覆在了頭頂。可橋頭上乾乾淨淨的，即便有不祥之氣，北山上玄奘駐錫過的那尊白塔，也會辟邪鎮妖，何以讓她一個小女子慌裡慌張的。杜懷丁真覺得姐姐太妖精。

秋夜裡，萬籟俱寂，河堤下的草叢裡，鳴蟲們作著最後一季的合唱。那一塊紅色的絲綢在長街上駛過時，太跳，也太突兀了。杜懷丁記得在一本舊書上讀過，世上有四大紅，殺豬的盆，廟裡的門，天邊的火燒雲，——剩下了一樣，杜懷丁想破了腦筋，卻想不起來。索性，杜懷丁自作主張，擅自批改為：殺豬的盆，廟裡的門，天邊的火燒雲，王幸男的頭巾。杜懷丁想，回去後，一定要給橡皮念這個口訣，再叫他當著姐姐的面，壞一壞。

看得久了，杜懷丁慢慢發覺，無軌電車並不是一種安靜的機器。

離得有幾十公尺遠，還瞭看不見車身，但在杜懷丁視野中的那兩條電纜線，卻先自動了起來。電線含著一股子黑色的光，若掛在半空中的琴弦，一跳一跳，嗡嗡嗡地彈撥著空氣。杜懷丁屢試不爽，望見琴弦抖動時，不出四、五分鐘，無軌電車準保會滑行過來，再悄然而逝，頂多在空中擦出一蓬弧光似的火花，灼灼閃爍，彷彿一個啞孩子在說話。要麼，杜懷丁想，其實那兩條悠長的琴弦，就是電車頭頂上的一對觸鬚，在試探著什麼？

一定是鳥！

心說，無軌電車好比是一隻鋼鐵的昆蟲，伸了觸鬚，一路駛來，在試探前頭有沒有鳥。夜鳥，差不多是一種危險，連無軌電車都暗自害怕。坐

了這麼久，看了姐姐幾個來回了，杜懷丁沒望見哪怕一隻夜鳥，曾停在過電纜線上。仰頭問天，漆漆黑的夜空，像一隻黑綢子的巢。或許，以前和以後的鳥，大多歸了家。

今晚，卻出了點小小的意外。

姐姐駛過橋頭，剛要擦過電纜的鉸接處時，車子忽然砰地停了下來。頭頂的一對集電杆，上下翹了翹，若古典戲曲裡演員頭上的一對翎子，驀地一振。杜懷丁納悶，剛想起身去問問時，卻見姐姐開門下車，走到了車鼻子前，撿起地上的幾隻破酒瓶，扔在了馬路牙子邊的垃圾箱裡，拍了拍手，空洞洞地響。借著漂泊的燈光，杜懷丁看見了地上的一層玻璃茬，瑣碎地閃爍著，心臟不由得攢了攢。或許，那一地心荊肉棘的玻璃片，恰是自己不久前扔掉的那一支啤酒瓶吧。念想起，杜懷丁便有些悔，悔得直砸腔子。

姐姐上了車，啟動後，車身滑過了橋頭的電纜圓盤，兩根辮子揚了揚，寂寂地消失掉了。杜懷丁驚訝地望見，剛才的夜空裡，並沒擦出一蓬弧光般的火花來，也不曾有過一個啞孩子，在離地三尺的昏暝裡說話。類似的情景，好比是一根濡溼的火柴頭，劃不著擦皮。

「兄弟，借個火！」

一扭身，杜懷丁機械地說：「哦，我不會抽菸，給你說過的。」圓臉，濃眉大眼，只不過今夜裡，陳亭妃的長髮綰成了一個髮髻，橫銷著一根紅藍鉛，翹在腦後。陳亭妃笑了笑，將一支菸戳在嘴角上，掌心一亮，變戲法似地握著一支打火機。擦燃了，一蓬黑紅的火餵上去，煙霧透迤地淌了出來，很腥辣。「故意逗你的。見你在這裡痴迷迷的，像落了單的戀人，挺可憐。」陳亭妃將一條腿支在橋欄上，頭往上壓，幾乎成了一個「T」字形，隨時隨地可以練功，體輕如燕，彷彿一隻玩偶。杜懷丁不再陌生，心

想，假小子，來我面前充大，也不知道我能吃幾碗乾飯嘛。想歸想，杜懷丁態度謙和，鸚鵡學舌地問：

「咦，什麼風把你吹來？」

陳亭妃收了勢，菸已燒到了尾巴上。「沒什麼風吹我！我天天晚上來黃河邊做功課，夜課，就在那邊的橋上。」

「你是演員，在練功吧？」

「以前是，跳芭蕾的。後來跳不動了，沒人捧場，現在只管教一教。」陳亭妃語氣蕭索，手上卻很老練，指尖一彈，一粒猩紅色的菸頭射飛了，劃出一道拋物線，掉在了河堤下。「你呢，兄弟，你還在這裡看你姐姐開無軌電車麼？」

「哦，王幸男不知道我在看她。對了，王幸男是我姐。」

「你沒戀愛？」

杜懷丁紅了臉，搖搖頭，暗中用一條腿，支穩了另一條。或許，陳亭妃練功累了，斜靠在橋欄上，不打算即刻就走，興致很濃的樣子。

「那你偷看姐姐幹嘛？你喜歡她，又礙於情面？」

「她怕鬼。」

陳亭妃伸出手來，拍了拍杜懷丁的頭，很聊賴地說：「編瞎話！你以為你這麼講，我就害怕呀？你真是個毛孩子，沒見過馬王爺長幾隻眼睛嗎？」

「真的！王幸男說，這橋頭上邪行，電車老掉線。」

「嗯，這下我信你了。看你一張誠實的臉，也說不出謊來。」陳亭妃緊了緊肩上的披巾，有一瞬，杜懷丁看見了陳亭妃瘦削的鎖骨來，青刮刮的，嵌在兩翼。「兄弟，你不光誠實，還有一點點羞澀。告訴我，你是不是沒跟漂亮女人說過話，一說就害羞，比如現在跟我？」

「和你？」

陳亭妃咯咯笑，「是我！當然是我，半夜撞鬼了吧？」

「比王幸男差點。」

「呵呵，你信嗎？」

「什麼？」

「半夜三更，撞見一個我這麼漂亮的女鬼？」

本來，杜懷丁是一個拘謹人，寡言少語，除了母親和姐姐外，對異性尤其如此。現在，也不知是一陣什麼風，吹來了陳亭妃，口無遮攔，嘻嘻哈哈的，杜懷丁就有了一枚引信，點燃了他。秋風起，夜深沉，從上游峽口裡刮來的寒氣，若一張網，罩在兩岸之上。陳亭妃拽緊披巾，眼皮眨動不停，努力做出一副傾聽的姿勢，讓杜懷丁登時有了說話的欲望。杜懷丁說，「本來不信，但見得多了，也就慢慢信上了，好比一個信徒。」

「說說看！」

杜懷丁吮了吮舌頭，想起嚇唬姐姐的那個故事，迅速勾沉了出來，變了聲，「⋯⋯去年冬天，我還在北山腳下的那一片轄區內送報紙。大約凌晨五點來鐘，送完頭幾份報紙後，我騎車剛轉過山腳，迎面遇上了幾個劫匪，不由分說，用匕首頂在了我的腰間，搶劫我。我一急，扔下自行車就跑了，往山腳下跑。

「天太黑，像掉進了一個煤井裡，伸手不見十指。下了雪，路也滑，我穿著軍大衣，幾乎是寸步難行。幾個劫匪不肯甘休，把我當成了一塊肥肉，呼呼呼地攆了上來。到了山腳下，迎面是一塊懸崖，無路可逃。當時我想，我可能這次完了，遭搶不說，還得挨一頓拳打腳踢，說不定還會被放血。我腿腳不利索，跑到山根裡時，忽然摔了一個大馬趴，磕暈了，摔了個半死。我趴在地上，劫匪們拿著手電筒圍過來後，我才發現，自己原

先躺在了一堆亂墳崗子上，周圍都是黑泱泱的墓碑。人真是個奇怪的東西，一到了危急時，才會有靈感來光臨。不瞞你說，那是個危急關頭，我命懸一線。手電筒光追過來，匕首頂在我脖根子下時，我忽然在雪地上打了個滾，五迷三道地說：

「『咿呀，終於到家了。』

我還說，『家裡真好，家裡暖氣真熱，比外邊暖和』。這話我說了三遍，好像熱得我還想脫軍大衣來著。幸好，我躺下的旁邊，有一個剛挖好的墳坑，或是誰家剛遷了墳，留下了一個空位置，黑糊糊的。我向墳坑裡喊，『媽，給我來一杯涼茶，冰鎮的西瓜也行。』劫匪們聽完我的話，一個個呆死了，嚇得頭髮豎了起來，然後屁滾尿流，連滾帶爬地跑光了。呵呵，見鬼說鬼話，我替一幫劫匪超度了，勝造七級浮屠，讓他們放下屠刀，立地成佛嘛。」

陳亭妃的表情很素，嘴角鄙夷地說，「真是一籮的鬼話。」

「還不算完，下面的更精彩呢。」杜懷丁略感失望，繪聲繪色地說了一堆，嗓子都乾啞了，卻沒得到回應。於是，繼續侃侃而來，「那以後，劫匪們都撒丫子跑光了，我覺得安全，才從亂墳崗上爬起來，準備去找我的自行車。天太黑，預報說有大雪，陰風能把人刮跑。我一下子迷了方向，深一腳，淺一腳地往遠處走。忽然，我聽見了一陣陣敲打聲。

「我這人，你也許不知道，腿上有些小小的麻煩，但絕不是一個熊包。那晚上，我可能也吃了豹子膽，天不怕，地不怕，就順著敲打的方向走過去。湊近一瞧，你猜猜咋了？原先是一男一女，老頭和巫婆，手裡正拿著鑿子和鐵錘，在敲鑿墓碑上的字。墓碑花了臉，鑿子下冒著火星星。我很好奇，呼著一嘴的熱氣，問他們說，『幹嘛呢？深更半夜的，太吵人。』

「老頭回答，『娘的！龜兒子，把老子的名字寫錯了，得修改過來。』」

「說實話，我看不清字，也不知他們是何方神聖。突然，老巫婆捶了一拳老頭，斥責說，『別給那個兔崽子護短，不光名字寫錯了，連爹媽的性別也搞反了，你是爹，我才是娘呢』。我差一點笑出了聲，捂住嘴，看他們一對老夫妻忙乎。過了一會兒，巫婆問我說，『小子，你是幹什麼的？』」

「我回說，『哦，我是來給二老送當天的報紙的』。說完，我遞上一份。」

杜懷丁細盯著陳亭妃的表情，動作很誇張地繼續，「猜猜看，咋的了？老巫婆扔下鑿子，接過報紙，又戴上老花鏡說，『哎呀，離開很久了，讓我仔細讀讀，看看人世上又發生了什麼亂七八糟的事情。』趁他們高興，我掉頭就跑了，一發狠跑回了城裡，挺安全的。」

陳亭妃抿了抿嘴，手往挎包裡掏，似乎是在摸菸。披巾滑落了半截，露出一雙對稱的鎖骨來，彷彿兩條細長的青魚，在凜凜的皮膚下擺著尾，一左一右地遊動。杜懷丁趕忙抄進兜，取出那盒尚未開封的極品蘭州菸，遞給陳亭妃：

「給你抽！」

陳亭妃被菸一熏，瞇縫著眼角，斜斜地說，「小兒科！」

「我是證人呀。」

「哦，你就是這麼騙女孩子的呀，也給你改個名，你不叫杜懷丁，你乾脆叫杜壞蛋得了。」陳亭妃揚手，象徵性地扇了杜懷丁一巴掌，蹙住鼻子說，「嚇別人可以，你要想拿這套鬼話嚇唬我，你可真失算了。」

「寧信其有。」

「瞎掰！」

杜懷丁委頓下來，又不甘心落下風，便諱莫如深地說，「比如，透過

你，我說不定還可以結識英國女王，貝克漢，布希總統，瑪丹娜更是不在話下，況且一兩個小鬼呢。這叫『六度分隔』理論。」

橋頭的那兩根電纜線，又開始嗡嗡嗡地顫動起來，一股子黑色的光，從裡頭點滴滲了出來。抬抬腕子，杜懷丁想，姐姐差不多巡迴完一圈，現在該開過來了。一激動，杜懷丁就暗暗打定主意，想等無軌電車駛來時，給陳亭妃指一指戴紅絲綢的姐姐。孰料，陳亭妃更乾脆，拍了拍杜懷丁說：

「兄弟，幫個忙。」

杜懷丁落寞地一望，用眼睛詢問。

「捎我一程，送我去打車。」

彭紹荷見陳亭妃上了樓，一身灰土地站起，眼淚刷地淌下來，一把抱住了陳亭妃。陳亭妃見她狼狽不堪，嘴角與眉骨上一片青腫，知道發生了事，忙讓進了家裡。喝完一杯開水，彭紹荷覺出了暖意，便哭得更放肆了，比這個季節的秋雨更無辜似的。哭夠了，陳亭妃放了一浴缸水，叫彭紹荷先去洗洗，回暖一下。又將自己的一件睡衣掛在門端裡，自便。

不用問，又是內戰。

拾起彭紹荷的幾件舊衣服，陳亭妃在樓道裡拍乾淨，晾在陽臺的衣架上，又匆匆刷了牙，淨了面，一任彭紹荷在裡邊啜泣。陳亭妃和彭紹荷算得上姐妹，原先都在一家藝校裡作同事，後來藝校改制，一幫子情投意合的姐妹們辦了手續離職，雙眼一抹黑地往市場上闖。好在，領頭的那個姐姐關係硬，公公在省上作大官，於是租了某家倒閉的廠礦企業的幾座作業間，將其改造為舞蹈場地，掛了牌，紅紅火火地辦起了「紅舞鞋學校」。剛開始，學校有點舉步維艱，生源頗少，知名度也欠，但隨著幾支舞蹈隊在各類大賽中頻獲金獎，又幾次三番地參與到了省衛視的「春晚」，也就

漸漸打開了局面，成了業界的一隻領頭羊，口碑甚佳。這年頭，辦學，修廟，築路，基本上都是穩賺不賠的產業。媽媽活著時，一直揪心陳亭妃的冒險之舉，不死心，還四處托門路，想讓陳亭妃再進事業單位，哪怕作一個打雜的也好。後來情況好了，媽媽還自願作了宣傳員，小喇叭一樣，對「紅舞鞋」廣而告之，慷慨得彷彿她是幕後老闆一般。

其實說白了，「紅舞鞋」也是應運而生，號準了家長們的脈搏，給點寄託，讓獨生子女有一技之長或愛好即可，至於能否培養得出伊莎朵拉·鄧肯那樣子的舞蹈家，還得看孩子的天分與未來。秋季招生剛結束，雖說陳亭妃告了假，人不在場，但陳亭妃仍能想像得出，「紅舞鞋」校門前人頭攢動，車輛堵塞，音樂狂鳴的波瀾景象。照以往的規律，這一階段托門子的電話不少，大多都是遠遠近近的朋友，答應錄取吧，又沒實際看看孩子的條件；不答應，又怕傷了臉，所以陳亭妃一直關了電話，連短信都不回覆。況且，家裡又出了事，陳亭妃始終隱隱作痛，心裡難以平復下來。

在「紅舞鞋」，陳亭妃主教的是芭蕾舞，打開孩子們身體的開度和軟度。彭紹荷則在民間舞組，主要練習孩子們上身的節奏與感覺。雖說不在同一個組，但上課時總有交集互動，打頭碰臉的，在一支鍋裡亂燴。在那間挺聲闊大的作業間裡，當學生們分散開後，對著鏡子，把上把下地練功時，陳亭妃和彭紹荷總會站在一起，說些糟七糟八的閒話。「紅舞鞋」規模擴大後，進了幾批應屆畢業生，又引進了某些專業團體的演員，但學校的班底和骨幹，仍舊是剛創業時的那一幫子姐妹，知根知底，一個個都是死硬分子，牽一髮而動全局。

對彭紹荷，陳亭妃最清楚不過了，心裡有一本她的細帳，歷歷在目。

按眼下流行的說法，彭紹荷算得上熟女，比一顆桃子還熟，還軟，還芬芳欲滴，包裹著一團過分的蜜汁。這團蜜，養她自己，對男人卻是致命

的毒藥，一旦沾染毫釐，勾魂懾魄，七步倒，天下難覓解藥。這樣講，其實對彭紹荷不公平，緣故是彭紹荷只是掛在枝頭上的一枚果實，不招人惹人，怪只怪那些淫蜂浪蝶心裡作祟。彭紹荷有一半少數民族的血統，混血兒，頭髮帶了點自然黃，高鼻深目，眼珠子透出一層青瓷色。或許是隨了另一半血統，彭紹荷的舞蹈天分是先天帶來的，一聽見音樂節拍，腳就閒不住，能擰出幾個即興的花子來。從民族學院畢業後，彭紹荷本可以留校任教，板上釘釘的事，卻在臨門一腳時出了變故，後來直接去了藝校，又隨大流進了「紅舞鞋」。在「紅舞鞋」，彭紹荷和陳亭妃最說得來，好得能穿同一條褲子，也的確穿過，一樣的款式，一樣的顏色，下了課拽起就走，等回了家，掏出來的卻是對方家裡的鑰匙。

媽媽生前喜歡彭紹荷的性格，當她是一個乾女兒對待，時不時地邀彭紹荷來家裡吃飯。那時候，彭紹荷還未成家，也樂得在陳亭妃家裡打秋風，東吃一口，西吃一嘴，像在草原上跑馬一樣。媽媽最拿手的是燒黃河鯉魚和本地的荷葉餅、寶塔肉。媽媽故去這麼久了，彭紹荷仍記掛著，唏噓的表情裡，埋著一種貼心貼肺的懷念。及至彭紹荷風風光光地出嫁時，媽媽還充當了女方家長，鄭重地將彭紹荷交了出去。彭紹荷長陳亭妃九歲，已是一個五歲男孩的母親。過了這一關，彭紹荷的身材迅速出了鞘，鋒芒畢露，凸凹有致，飽滿盈枝，沉沉地掛在男人們的想像中，含著一包誘人的蜜汁，令人垂涎，再也不是以前那個瘦刮刮的女生了，但她的業務能力並未受損。

剛開始還風平浪靜，當老莫得知妻子辦了手續，下海到民辦學校時，登時雷霆暴怒，覺得傷了臉，動了第一次手。老莫在一家國企的辦公室作小吏，副主任，當初連繫藝校舉辦聯誼會時，偶然認下的彭紹荷，訥訥地交往了幾次，並無過分之舉。其時，彭紹荷的宿舍門前不乏登徒子，毛遂

自薦者更是如過江之鯽，但老莫從中脫穎而出，不顯山，不露水，搞得彭紹荷心潮起伏，以為漫步在人間四月芳菲天。老莫喜舞文弄墨，尤擅打油詩，以為利器。那一階段，老莫在晚報上發表了很多東西，一會子讚美會跳舞的水晶鞋，一會子謳歌民族大團結，彭紹荷大多都剪貼下來，還能用肢體語言再現一番。一來二去，彭紹荷入了殼，老莫也抱得美人歸。頭一次挨了揍，彭紹荷負氣出走，在辦公室裡將就了幾夜，夏天也不難。人問她臉上的淤紫是怎麼回事，彭紹荷大而化之地說，磕的！

　　漸漸的，老莫的手上了癮，像他嗜酒一樣，一日不飲，就坐臥不寧。

　　彭紹荷便常常掛彩，五官囫圇無恙，一般傷在身上，掐，打，揪，擰，鉗，扇，燙，暴力的痕跡都被衣服遮護了，無人知曉。有一度，彭紹荷悔恨得要死，痛急了，跳到窗臺上，撲出半截身子，提出辦離婚，各走各路。老莫軟硬兩可，也會給彭紹荷下跪求饒，遂能消停一季，又舊病復發，變本加厲地對付彭紹荷。老莫疑心太重，總覺得妻子在外邊有什麼花案，給他戴了一頂綠帽，於是用拳頭來過堂，逼問個三四。彭紹荷坐完月子，又休產假的那一段，是婚後最美好的時光。老莫的手也像度了一次長假，閉關自養，漸漸肥胖了起來，連油瓶倒了也不扶。今晚，彭紹荷鼻青臉腫地跑來，陳亭妃猜想，老莫狗東西，又開始犯了邪，繼續操練了。

　　彭紹荷洗完，熱騰騰地站在陳亭妃眼前，張口結舌，不知該說什麼才好，清淚長流不止。或許，淤血被水激了，發了出來，明晃晃地腫脹。陳亭妃忙從冰箱裡取出一顆土豆，切成片，敷在了彭紹荷的傷口上。媽媽以前教下的土辦法，屢試不爽。彭紹荷囁嚅著，試問：「亭妃，我沒處可去了，來投奔你，你讓我住下吧。」「小氣鬼，誰也沒拿鞭子趕你走，想住就住唄。快躺下，讓我替你敷好。」彭紹荷的傷不光在臉頰，脫了衣服，身上更是斑斑點點，會發現老莫的雜亂手印，好像狗東西在玩鐵砂掌。敷

畢，陳亭妃又去泡了一杯茶，玫瑰，陳皮，茉莉，統統燴在一起。又是媽媽的法子，一味理氣、清肝、安神的藥。彭紹荷終於止息了，像一葉槳，落在了沉沉的夢裡。

曾經也這樣落過，還在彭紹荷待自閨中時，晚了，便也留宿不歸。

彭紹荷側了側身，眼望著那一幀遺像，沉默寡言的靈魂猶存，便覺得阿姨尚在，家裡依舊布滿了舊日子裡的那種靜靜的溫馨，由著她和陳亭妃蜚短流長地說話，一直亂扯，不知天之將明。一念想，彭紹荷眼角的淚滴收不住了，清白地掛著，像一張被銼扁的面具。陳亭妃岔開她，嘻嘻然：「彭姐，天上下雨地下流，兩口子打架不記仇。吃虧是福，你都傷在了肉裡，沒傷著骨頭，睡一覺，明天就好了。」彭紹荷說：「亭妃，你叫是變色龍呀。以前你咋說的，家庭暴力，你讓我去婦聯告他，去老莫單位告他，現在你叛變了。」陳亭妃被嗆了一下，灰敗地說：「家好！還是有一個囫圇的家最好，罵了，打了，總歸是內部矛盾嘛，犯不著興師動眾。以前那些話，算黃口小兒說的。」入秋了，離暖氣開放還早，陳亭妃從衣櫥裡取出一床棉被來，覆在彭紹荷身上，怕她著涼。陳亭妃將彭紹荷的手剛塞進去，彭紹荷卻猛地拽出來，捏著拳頭說：「亭妃，我這次不會饒過老莫，我真的要報復他一下。」

「咋報復？」

「還能咋的，你個鬼丫頭。」

「願聞其詳！」

往日的閨中親密再次出現了，仿若窗外的長秋，將一滴滴夜露，灑布在天上人間，滋養，沉浸，且潤物無聲。陳亭妃扒光自己，只穿了星點內衣，一骨碌鑽進了被窩，碰得彭紹荷齜牙裂嘴半天，回扇了幾巴掌。在排練廳時，陳亭妃每當在把上練立位時，腳尖一起，彭紹荷就過來，幫她穩

肩固腿，一旁幫襯。一練就是三十分鐘，不得中斷。陳亭妃實在堅持不了了，彭紹荷便拿起抽子，抽在陳亭妃的屁股上，呵斥她控住，保持一隻獨腳仙鶴的優雅姿勢，態度也凶巴巴的，不認人。收了勢，疲倦和疼痛會從陳亭妃的腳尖席捲而上，一直蔓延到頭頂，人便如一只棉花垛，坍塌在彭紹荷的懷裡，老半天也緩不過神來，窒息似的。現在可好，換了角色，彭紹荷伸出臂，摟住了陳亭妃，臉貼臉，猶如一隻母體裡的雙生子，鼻息可聞。目的其實很簡單，陳亭妃不想讓彭紹荷徒增傷感，也將自己拖下水，陷入怨婦的苦愁中。自己已是黃連樹下的賣唱人，唱給自己聽，不足與外人道，何苦再繁殖悲苦，讓自己作一個殉葬品，去萬劫不復的境地呢。何況，在陳亭妃看來，彭紹荷的皮肉之痛算得了什麼，李釋堪的失蹤才是天字第一號的難題，祕而不宣，唯有天知地知罷了。一念及這個名字，彭紹荷似乎也有靈媒，掴住被角悄聲問，「喂喂喂，李叔看見了，我會討嫌的，我都是作人妻的了，還沒大沒小。」陳亭妃淡薄地說，「他不在，去外地旅遊去了。」

「真的？李叔不抄他的佛經了，千里走單騎，去周遊列國了？」

陳亭妃頓了頓，有一股子祕不發喪的決絕勁，四肢冰涼。

「太好了，咱倆無法無天吧！」

一旦轉移了注意力，彭紹荷就像岸上的魚，又放歸了水裡，即刻活泛開來。彭紹荷側身，匹手支起身子，撩撥著陳亭妃的下巴，逗她樂。「你乖一點，好不好？別毛手毛腳的，讓我覺得你是那個。」彭紹荷鄙夷地說，「就那個，咋了？我對男人們失望透頂了，回頭再睡一下妹妹，才覺安全。亭妃，假正經，你以前又不是沒跟我鑽過被窩，要那樣，早就那樣子了，還等到現在我殘花敗柳嘛。」「那樣是哪樣？你別往歪裡想，下流！」彭紹荷不但不惱，反而色瞇瞇的，撓了陳亭妃的胳肢窩，笑話說，

「瞌睡裝死呀，那樣是哪樣，你難道還不明白，沒吃過豬肉，還沒見過豬跑嘛。」陳亭妃杏眼圓睜，精光四射地說，「以前是以前，你身上還乾乾淨淨，有草芽和花枝的香，我還能收容你，貼你睡。瞧瞧，你現在的身子，囊腫，疲塌，既有你家老莫的菸酒味，又有你兒子的奶水氣，還有一肚子來路不明的東西，總之沒得救了。」往往如此，一般都是從嘴仗打起，爭個你短我長，此消彼長的。說者無心，聽者有意。彭紹荷跌倒在枕頭上，懶怠地嘆上一口：「你嫌棄我，亭妃，我知道自己是五穀雜糧的身子，一包草。不像你，你是金屁股，等著鳳求凰呢。」口氣落寞，陳亭妃便猜惹了彭紹荷的傷心事，遂一骨碌翻了身，騎在彭紹荷的身上，駕住她，擰住她的臉蛋說：「我當然是金屁股，你是屎屁股。你都快開敗了，可男人們都往你身上瞄，用眼睛大卸八塊你，誰還來掃我一眼呀。」雙胯使了勁，彭紹荷舊傷復發，腮幫子變了形，作投降狀。陳亭妃不依不饒，一覽無餘地騎著彭紹荷，覺得這匹想像中的母馬，真的不是先前記憶中的那一個舊伴了。她現在豐腴，滋潤，性感，卻也遲鈍，恍惚，空虛，不似從前，在青蔥的風中，一塊跑上山岡的那匹馬。不用問，現在的彭紹荷，身體裡裝了太多富庶的故事，長夜漫漫，陳亭妃有了一探究竟的念想。

陳亭妃跳下來，摟緊彭紹荷，像摟住了馬匹的脖頸。

傷是這樣一種東西，當你憐惜時，它就是傷；當你詆毀它時，傷會變作一種理由。傍晚時，彭紹荷剛從暴力的陰影下走出來，像一個落難的公主，被人接納，受人款待。於是，傷不再是一副盾牌，迅即變作了一副標靶，被彭紹荷牢牢盯死，切齒不已。恍惚中，彭紹荷不覺得陳亭妃的呼吸變得急促，臉也漸次赤紅，只記掛著那一副冥想中的標靶，慢慢開弓引箭。陳亭妃也不去問她，自顧自的，一隻手滑過了彭紹荷的腰肢，暗中，有一線優美的弧度，繃住了她的髖部。再繼續深入，彭紹荷的翹臀，豐

乳，圓潤的肩胛，滑脫脫的脊溝，都被陳亭妃的手依次讀了出來。以前亦如此過，僅是戲謔、打鬧和調皮時，但此刻陳亭妃的手，帶了一絲欣賞的角度，一番豔羨的心情。冷不丁，彭紹荷問：

「姐還有救嗎？」

停了手，陳亭妃狐疑地眼神一問。

「亭妃，姐是不是春光殘存，沒到無人問津的地步？」

「當然！」陳亭妃掐了一下彭紹荷腰肢上的肉，綿綿的，如敷了一層羊脂，「姐，你插上一根草標的話，保準，滿城的男人們都瘋了，女人們也會破產。」

彭紹荷恨恨地說：「老莫，等著瞧！」

老莫的手重新武裝起來時，事先沒一點兆頭，彭紹荷更是無從嗅見端倪。辦公室的主任退了，老莫的任職公示剛貼上牆，舉報電話就排山倒海而至。大部分意見都是星點的瑣事，也不乏泄私憤，趁機報復的。但在公示結束的前一日，一封具名信件寄達了上級部門，揭發某一次全國性會議在蘭召開時，作為具體經辦人的老莫，採取多支出的手段，從一家賓館獲得近三萬元的回扣。舉報信還寄來了一遝發票的影本，不是個人，是團體揭發，都按了手印。老莫被紀檢部門叫去談話。談了一天一夜，煮熟的鴨子，眼睜睜地飛了。

好在頂頭上司一貫賞識老莫，也念他鞍前馬後的服侍多年，家醜不再外揚，護了短，並沒移交檢察機關，免了老莫的牢獄之災。關了門，頂頭上司醍醐灌頂地申斥了老莫，說，你並不是頭一次溼了鞋，你老在河邊走，我早就察覺了，只不過總想給你一次改正的機會，可好，現在大家都知道你手腳不乾淨了，去下屬的服務公司作副職吧。又說，男人在這上面犯糊塗，一般有兩種原因可詰，一是賭博，二是有外室，你呢。老莫把嘴

唇都咬破了，抵死不承認。頂頭上司說，你老婆那麼漂亮，你還在外邊拈花惹草，你真的對不住彭紹荷啊。

彭紹荷也知道，那個人是老莫的初戀情人，後來離了婚，隻身拉扯著一個痴呆兒，加上單位不景氣，絕境中碰上了老莫，舊情復萌。老莫膽大，昏了頭，截流過好幾筆公款，給女人按揭了一套房，抽空去過夜，還讓女人墮過三次胎。彭紹荷察覺此事後，鬧過半年，給老莫的父母親也控訴了。老莫表面上的確中斷了來往，但仍暗通款曲，定期往對方的戶頭上打款，供著房。現在頂頭上司撕破了臉，直接將他打入另冊，流放到了一個不靠譜的部門，等於一條鹹魚，永無翻身之日。老莫憋屈了數日，心猶不甘，雙手漸漸如地主武裝一般，不宣而戰，朝彭紹荷收城掠地而去。

今晚上，老莫在外喝了一斤多白酒，頭重腳輕地進了門，一把將彭紹荷壓倒在地板上，欲行房事。彭紹荷正在燒菜，戴了護袖、頭套和圍裙，老莫不管不顧地撕扯掉，粗暴野蠻，急急地想入港。彭紹荷頹喪極了，攔擋中，抓破了老莫的臉。老莫登時變作了一頭野獸，撲在彭紹荷身上，將抓在手裡的任何物器，盡興砸在了彭紹荷身上。彭紹荷只是抱住了腦袋，身如魚肉一般，被無辜地摔打著。老莫好比發情的公牛，闖進了瓷器店那樣，毀了電視機、音響、玄關上的落地玻璃，等等。後來，廚房裡濃煙四起，坐在火上的一鍋油燃燒起來，老莫才去滅火。趁這一空隙，彭紹荷倉皇出門，逃命而來。

有時，世上最美的去處，就是一席寒夜裡的被窩，溫淨，貪享，慵懶，比如現在。陳亭妃覺得彭紹荷有些孩子氣，捏著拳頭，宣誓似的。「你咋報復？你以為你黃飛鴻呀？」彭紹荷也不客氣，直脫脫地說：「死丫頭！打不過他，難道不會劍走偏鋒，讓他生不如死，戴上一頂西瓜皮一樣的帽子，窩囊死嘛。」

「彭姐，你意思是說？」

「娘的！一無所有了，女人的身體就是一種武器，得用在刀刃上才是。人家伊拉克還有人肉炸彈呢，大不了，誰跟誰都同歸於盡。」

「姐，你想紅杏出牆？」

彭紹荷掐了陳亭妃肚子一把，笑而不答。此刻，隱隱作痛的部位，已不復是傷口，卻是一枚枚閃爍的勳章，讓彭紹荷覺得心安理得。「你想叛變，作叛徒？」彭紹荷終於覺得可以講講了，不委屈自己，整裝待發，才能反攻倒算嘛。於是呵呵呵地笑出來，詭祕地說：「亭妃，我忍不住了，我給你坦白交代，我真的有過一次外遇。」陳亭妃驚了驚，一抬腿，鉗住了彭紹荷的身體，又有了駕馭的感覺。

「那傢伙太帥，一見面，我就有了溼漉漉的那個感覺，真的控制不了自己喲。」彭紹荷微瞇了眼，暢想似的，唇紅齒白地說，「上半年的事，跟昨天一樣明白。那傢伙是學生家長，女兒在我的班，來接女兒的那天中午，遲了半小時。我帶著孩子，站在門口一直等，見他從馬路對面避著車，踱過來。那傢伙很抱歉地握了我的手，連聲說對不起，原先是爺爺奶奶接女兒的，他回國半個月來探親，想跟女兒親近一下，才討了這份職。那傢伙還說，他出國太早，太太也去了澳洲，他跟女兒很生。我交了幾次，他女兒都不肯跟他回家，當街就哭了。那傢伙就說，恰好，他訂了一桌飯，想給女兒過個生日，邀請彭老師一起去。小孩子哭得厲害，抱著我的腿，不撒手。沒轍，我心一軟就跟去了。或許，那一刻我本來就走火入魔了，身體溼漉漉的，被誰給拿掉了魂。亭妃，你真的不知道，那傢伙太帥，長長的頭髮，很乾爽，絲絲縷縷地飄拂著，脖頸很長，一件漂白的牛仔褲繃在腿上，健碩得像一匹種馬，我有一種被俘虜的歸順感。」彭紹荷的喉嚨裡也溼漉漉的，不停地咽唾沫。陳亭妃像在過一部電影，每一格畫

面，栩栩地映現在腦子裡，飽滿且瘋狂。「那傢伙」——陳亭妃喜歡這樣的稱呼，顯見是有一份貼心貼肉的感覺，才這麼親昵地喊出的，有一份嬌喘，又有一絲嗔怪。陳亭妃急迫地問，「然後呢？那傢伙就對你放了電，電死你了？」

彭紹荷剎不住車了，眉角一挑，生動地說，「夠奢侈！那傢伙用美金買的單，訂了一間大包廂，四個侍應生，就我們兩個半人，像在宮殿裡，揮霍得爽快，跟阿拉伯的石油酋長們差不多，一擲千金。唱了生日快樂歌，切了蛋糕，又吃了一通海鮮，還喝了一瓶洋酒。小孩子很快犯瞌睡了，我抱上她，送回了那傢伙家裡。臨別時，那傢伙握住我的手，說很感謝我，說我扮演了一回孩子媽媽的角色，讓他女兒挺滿足。亭妃，你別笑話我，那時候我真有點燥，真沒喝過那麼多的洋酒，上了頭。我忍不住摸了摸那傢伙的長頭髮，乾爽爽的，好清潔呀，還帶了一份男人的荷爾蒙的味道。心燥，身上卻溼得不得了，我摸了幾遍，可能讓那傢伙覺得我發騷，一下子將我扛在肩頭，扔在了臥室的床上。我想了想，既然自己都下雨了，就讓暴風雨來得更猛烈些吧。」戛然而止。

「就辦了你？」

「呵呵，那一陣子，不由我不投降嘛。亭妃，那傢伙真是一個西部牛仔，挺衝，花樣太多。那傢伙說我也像一個吉普賽女人，我怎好意思服輸。要命的是，那傢伙居然連個保險措施都沒有，害得我擔心了好久呢。哼，那傢伙後來走了，接他女兒走的，沒打照面，只給我掛了個電話，拜拜了。」彭紹荷的口氣半是留戀，半是唏噓，彷彿答完了一份試卷，含著淡淡的空虛，等待批閱。「那傢伙，跟你私通了多長時間？」彭紹荷擰了陳亭妃一把，斥道：「瞎講！話不能這麼難聽，什麼叫私通？那只是姐的一個花絮，你別八卦我。我跟那傢伙一禮拜，天天做，連課都上得沒勁，

腿發軟，眼發黑。恰好，老莫去北京出差，大後方空虛。」陳亭妃聽得舌下生津，狐疑滿腹地說：「那你後來見了老莫，啥感覺，是不是覺得做了一回賊？」彭紹荷呸了一聲，慨然說：

「老莫回家後，我才發現，他早就在掉頭髮，快禿了。」

陳亭妃說：「跟老莫再做，你覺得彆扭嗎，是不是當叛徒的那樣子，心特虛？」

「喊，你咋這麼幼稚呀。」

彭紹荷撇開一公尺遠，生疑地望了望陳亭妃，不像是在諷刺自己，遂以一副諱莫如深的口吻說：「這種事，就好比帶電操作，在高壓線附近把上把下地練小跳，不到萬不得已……。算了，姐說得太多了，話癆似的，姐怕你對我有負面印象，扯別的。」良辰悠長，秋夜彷彿一座巨大的穀倉，陳亭妃才不樂意她的突兀中斷，讓彭紹荷一個人吝嗇地獨享。陳亭妃復又騎在了彭紹荷身上，蹙起鼻子，一寸寸地嗅聞。像她早已熟悉的那樣，彭紹荷是一枚成熟的果子，吹彈可破，盈盈欲滴，還含著一包毒藥似的蜜汁。嗅完了，陳亭妃直起身子，將彭紹荷跨在馬下，又嗅了嗅自己。自己是一碗清淡的杏皮水，澀澀的，少了三分豐腴，亦缺了七分的滄桑。念想至此，陳亭妃對自己很是失望，心臟如一枚堅果，披戴著厚厚的鎧甲，掛在秋天的樹上，舉步維艱。陳亭妃埋下頭去，嗅著說：

「彭姐，我聞見了那傢伙的味道。」

「妖蛾子！」

「我還聞見了你家老莫的氣息，用的是章光101，不是韓國的生髮劑。」

翻身下了馬，兩個人又攏在了被窩裡，暖意漾蕩。陳亭妃被一股隱祕的幻想驅策著，試探說：「彭姐，你第一次時，心裡害怕不？」彭紹荷瞇

縫了眼，一包危險的蜜汁波來晃去，猶如她胸前的雙乳，沉醉不醒地酣睡開來，漸至無語。彭紹荷有一搭、沒一搭地說：「老莫狗東西，那時候，心太急。老莫沒技術，也是新手一個，老虎吃天。我，其實挺害怕的，一見老莫的那個，我就關門跑了。十天半月後，才有了第一次。」陳亭妃說：「第一次後，你什麼感覺，除了痛。」彭紹荷眨了眨：「傻瓜！就跟打牌一樣，和牌和順了，手氣好，把把會贏。」陳亭妃不喜好牌戲，似懂非懂，於是又說：「那，見紅了嗎？」彭紹荷一撇嘴：「當然！在一塊白床單上，挺大，像一片河州牡丹花的花瓣。媽的，便宜了老莫狗東西，現在被他裝在一個塑膠袋裡，壓箱底子珍藏。那是什麼？那玩意，就是女人的投降書，一輩子攥在別人手裡。」陳亭妃平躺下，抱住胸，木然地盯視著天花板。一側的牆邊，媽媽仕鏡框裡璀璨地笑，身後是一株碩大蓬勃的牡丹花樹。隔了一秋，往年的絢爛色彩未曾減下一分一厘，奪奪入眼。陳亭妃的四肢冰涼起來，一畔的彭紹荷卻是沸如炭火，還扯起了輕輕的鼾聲。突地，彭紹荷支起半截身體，捏住陳亭妃的鼻子，審視地說：「妹子，你還沒那個？」

「哪個？」

彭紹荷詫異地問：「給你介紹的米小揮呀，你跟他還沒和牌嗎？」

「彭姐，不跟你說了。」

「你呀，就嫌人家頭一次見面時，穿了一雙白皮鞋。怪癖。」

「你不是一見那傢伙的長頭髮，就潰不成軍嘛。你回米小揮的話，叫他別再給我電話，別再約我了，沒空。也不是心裡不喜歡，是生理上討厭他；否則，米小揮穿一雙草鞋來，光腳板來，我也不會含糊的。」陳亭妃悵然道。

「他不主動？」

「告你吧，就接了一回吻，在衛生間裡，被逼的。」

「你呀，怪骨頭！」

「我是有病！」

彭紹荷刮了刮陳亭妃的鼻梁，以過來人的口吻說：「亭妃，世上有兩樣子事，千萬莫錯過，一個愛你的男人，和最後一輛接你回家的車。」

其實，陳亭妃一直沒睡，內心裡雙目炯炯，睜到了後半夜。彭紹荷帶著業已泛紅泛青的大小傷痕，低沉地呼嚕不止，彷彿她是一架清朝年間的古琴，拭淨了灰塵，試唱著嗓音。起了身，陳亭妃躡手躡腳地出了小臥室，掩上門，踅進了大臥室。一盞幽微的檯燈下，李釋堪的床鋪整潔平順，棱角分明。阿姨心細如髮，前幾天已換上了秋冬的臥具。細茸茸的氈毯，毫髮上帶了一層羊脂色的星點光亮，給人一種密密滲流而來的溫淨感，目光生煙。李釋堪依舊杳然無蹤，揚言去跳河，抬腳走了。走了也就走了，可每一步邁出去，腳窩裡都有一株花朵，開敗在這個家裡。猶如氈毯上編織的那一叢化學質地的花草圖案，僵硬，誇張，生冷，不曾被羊脂色的光亮融化過。

悄然開了衣櫥，陳亭妃取下一件呢子夾克，折疊好，款款放在床頭。

即便真的去尋死了，漏深露重，天地寒涼，李釋堪也一定會冷的，冷到了骨縫裡去。不像媽媽，媽媽被推進了火化爐子裡時，被人世上的想念和恩情燒成了灰。灰是燙的，或可以裕如地度過對岸的那些冥冥之季，因此媽媽算是得了福，不再會瞻前顧後。李釋堪不同。李釋堪幾乎是淨身出門的，還穿著夏天時的薄衫，淚水滿面地碰了門，等於一根心燭，被突如其來的一陣孽風給打滅了。

即便已經尋死了，李釋堪和媽媽在那個世界裡會了合，可他篳路藍縷，走得那樣子的倉皇不堪，媽媽也一定會怨怪自己的。心想，等改天晚

上，再去白塔山下的那座黃河第一橋上，將這件呢子夾克，悄悄扔下去，李釋堪一準會接收到的。

此前，陳亭妃基本上扔完了李釋堪的一應瑣碎：一本《金剛經》和他抄錄已畢的十幾冊抄件，幾盒墨汁墨水，幾根小楷筆，蘸水筆，鎮紙，老花鏡，一摞城隍廟裡買來的空白冊頁，一雙人字拖，一把蒲扇，一枚指甲剪，幾個月的水電費收繳單。其間，陳亭妃還中了魔，鬼使神差地扔過一束鮮花，灑過一瓶葡萄酒，一碟點心。當然，頂頂重要的是，陳亭妃扔過一份早報，點了火，化成灰，揚在了夜半的河水裡，似是審問李釋堪，也似是給媽媽一聲彙報而已。

一見早報封面上的相片，陳亭妃便篤信，那個跨在欄杆上，側了肩膀，想抬腿跳將下去救人的中年男人，八成是李釋堪。他用了這樣誇張切迫的方式，一走了之，還博得了一整個城市居民的懷念。許多日子來，陳亭妃始終覺得自己真是一個歹毒的女子，青面獠牙，凡事不堪與人語，只在心裡頑固地守著李釋堪之亡，拒不發喪。但，這些點點滴滴的後果昭然眼前，前因是甚？

陳亭妃記不得前因了。或者說，事發的那一時節裡，陳亭妃失去了知覺。

媽媽走後，陳亭妃將她的所有衣物都焚化了。在黃河邊，那些灰燼隨著湍湍逝水，又去追了媽媽一程。陳亭妃這麼幹，是怕李釋堪睹物傷懷，畢竟，他們夫妻了一場，有後半輩子的些許溫存。住院時，媽媽還在病床上，笑談過她和李釋堪的婚姻，說世上有四件美事：粉蒸的肉，回籠的覺，半路的夫妻，中彩的票。媽媽說，李釋堪就是她後來摸的一次獎，居然摸中了，得意之情溢於言表。燒衣服時，李釋堪也在場，陳亭妃找了個藉口，告訴李釋堪說，媽媽愛臭美，老來俏，就請她穿上人間的所有衣

服，一起升天吧，一件都不許留。邊燒邊哭，還是李釋堪替她揩了決堤似的淚水，哄她開心呢。

於是，衣櫥裡只剩下了一排李釋堪的服裝，非白即灰，單調地掛在衣架上。陳亭妃將這件呢子夾克疊好，款款放在床頭，扭身出門。陳亭妃不想睡在這張床上，即使困頓布滿了全身，哈欠連連，陳亭妃也不想再觸碰它。況且，幽微的檯燈下，依舊有一種李釋堪的遊移之氣，似乎未曾離去過一分一秒。

鳩占鵲巢的彭紹荷，終於放鬆了下來，瘋狂而甜蜜地打響呼嚕，抱起陳亭妃的枕頭，彷彿一截沉屙良久的木頭，被伐倒在夜裡。陳亭妃略略心驚，遂將客廳裡的大小燈頭一一打開了，放肆地坐在籐椅上，抱膝四望，心事浩淼。籐椅像一個怪物，咯吱亂響，許是乾旱太久了，筋骨在承重中慢慢斷折。當初媽媽買來一對籐椅時，還笑嘻嘻地說，這是印尼的藤條，軟，柔，韌勁好，適宜西北的乾燥氣候。媽媽活著時，常給籐椅噴水，伺候得若一株盆栽。這麼久了，陳亭妃也忘了噴水，屁股坐上這一頭怪獸，無頭無臉無肢，蹊蹺地叫個不停。

升降架上，阿姨洗完的東西，肅穆地掛著，不曾收起。

當間的一根杆子上，是從李釋堪的床上取下的一件床單，晾乾了，門簾似地垂順而下。淡粉色，四角上印著對稱的花邊，像幾根漫捲的藤蘿絲，又似宮燈上的吉祥符碼，瞧不太清晰。單子年深日久了，早被身體翻滾摩擦了無數遍，褪了漿，毛茸茸地起了小球。捏上一捏的話，手感一定溫順綿軟，彷彿自身的肌膚一樣。唯有這一點上，媽媽才是吝嗇的。她說過，挨肉的布料，絕對要百分百的純棉，否則傷身。媽媽霸道，也給陳亭妃買過一些內褲內衣，當著陳亭妃的面揉來搓去，看看，新疆的彩棉，一點化學味沒有。往往，陳亭妃心裡哎喲幾聲，什麼古董呀，老式得像從慈

禧太后的身上剝下來的。嘴上不言，私下裡送給了阿姨，讓她保密。這件床單亦復如此，用了多久了，竟無從計數。

上頭，有媽媽的氣息，李釋堪的體味，一定。

抬望著那一掛物件，陳亭妃的內心，湧過了一股子脈脈的酸楚。酸楚有岩漿似的灼熱，也含了一層刀鋒般的銳利，彷彿將黃夜剖開了，掏出一副辣辣的心肝，端給人看。直到眼花了，陳亭妃也沒看明白，這一件衰弱不堪、舊貌初現的單子上，是否殘留了自己的氣息？或者說，有自己曾經留下的體液或痕跡？

竟無從自答。

昏沉地枯坐著，約摸凌晨時分，陽臺外的天際上，露出了一層蛋清色。樓外的大椿樹上，幾隻山鶺子，唧唧喳喳地開始說話。客廳茶几上的電話，忽然蜂鳴起來，陳亭妃從愣怔裡驚起，忙接聽起來，原先是老莫。老莫沒事人一樣，粗粗魯魯地說，「亭妃，我媳婦呢？找了好幾個地方，才想起你這裡。謝謝你。」陳亭妃沒說什麼，便掛了。

送彭紹荷下了樓，老莫的車子果然停在樓下。一見彭紹荷，老莫衝上前來，摟住老婆，美美地呲了一嘴。彭紹荷惺忪地回了一拳，往車裡鑽。老莫匹手護攔，怕彭紹荷給磕了頭，再對陳亭妃抱了抱拳，江湖氣十足。夜色褪得更快了，好比一件舊衣服，誰也不願上身。陳亭妃麻木地望著，覺得天太涼，骨骼抱成一團，麻纏一樣。車子啟動的剎那，玻璃落了下來，彭紹荷淡泊地說：

「每次都這樣，沒辦法，我就是賤骨頭，天生的宋江。」

陳亭妃揚了揚手，催促趕快走，別廢話。

「亭妃，保密哦！」

剛踱到了單元門口，陳亭妃遠遠望見對過的花壇外，一個黑馬甲、紅

　　單車的投遞員，剛消逝在一排街樹後面。腳下生了風，陳亭妃摸出鑰匙，打開了信箱，果然是一份早報。展開一閱，見頭版的標題是：百千員工出動尋訪救人英雄。舊事重提。一側的通欄圖片上，還是影影綽綽地印著那幀手機定格的畫面，好像更虛一點，更憂悒一些。

　　陳亭妃笑了笑，很涼。

　　做完工，杜懷丁一般補不了多長的覺。

　　一陣秋雨一陣涼，拉開窗簾，杜懷丁瞧見蘭山頂上雲霧繚繞，山色是溼的。早上落了一層雨，不太大，但足夠催寒。樓下的市場上人聲鼎沸，各種聲調的叫賣聲此起彼伏。家是二室一廳。當初拆遷還建時，杜懷丁主張拿拆遷款，在郊外買一套更大的便宜房，但王幸男比較精明，堅決反對。或許，那時候王幸男就猜到了今天，說郊外的學校太差，為橡皮的未來計，還是就地安置吧。過渡了一年有餘，住進這麼個鴿籠裡，顯得真憋屈。小客廳是專屬杜懷丁的，一張鋼絲床，就可以將就。要命的是樓下的喧嘩聲，從凌晨五點來鐘，三縣六區的農民們開著三馬子，將一條街搞成了露水菜蔬市場。剛結束，整條街又變成了禽蛋魚市場，河南幫，安徽幫，四川幫各守一方，產業壟斷，勢不兩立。夏天時，街上天天發生行武鬥事件，警車出更的頻率，像一個人吃壞了肚子，時時跑來。一來，警報聲便撕心裂肺，杜懷丁也就肝腸寸斷，乾脆睡不踏實。

　　這也倒罷了。頭痛的是家裡的窗戶根本不敢啟開，一開，血腥氣汩汩而來，攪掇在房間內，縈繞不散，會噁心死人。攤販們殺雞宰魚，剖肚挖腹，又支了一口口開水鍋，當場褪雞毛，雞屎味像去年夏天的一大鍋剩飯。偶爾，杜懷丁下班回家，會看見攤販將一匹匹土狗，捆綁在電線杆子上，往鼻孔裡灌醋，半死不活時，現場剝皮，猹猹之聲彷彿陰曹地府裡在 PK 一般。相對來講，屠一隻羊，刮幾條魚還比較文明。鴿子就更簡單

了，往水缸裡一悶，便氣絕身亡。每次看見鴿子屍體時，杜懷丁想，哎呀，那可是「和平」之化身呀。

今天亦不例外。

不喜睡沙發，但鋼絲床也硬不到哪裡去，杜懷丁感覺骨頭痛，不解乏。潦草地穿衣起身，見母親坐在門端裡，在剪一塊肉，便知道時候不早了，該去接橡皮回家了。早上臨上樓，杜懷丁買了一捆韮黃，剛上市的頭一茬，嫩得能彈出水來，已被母親擇乾淨，浸在了水盆裡。「嫩，鮮，中午做鍋貼吃。橡皮最愛吃鍋貼了。」母親嘮叨。有一句話母親沒說，其實母親知道，杜懷丁是最愛吃韮黃鍋貼的。鵝黃色的韮黃，在秋深時才出現，貴得要命，再拌上炒雞蛋末，可以大快朵頤。但杜懷丁買了一條瘦肉，來葷的。瘦肉富含鐵，橡皮正在發育，缺失不得。母親沒在砧板上剁肉餡，怕吵了杜懷丁，惹他煩。於是捏著一把剪子，一記一記地剪著肉。肉粒像大米一般，比剁的效果還好，正醃在調料水裡，入味。不用問，母親也已和好了麵，醒在盆子裡，等一會子就可以上鍋了。杜懷丁洗漱畢，喝了半杯茶水，一拐一跛地要出門，去接橡皮。

「王幸男呢？」

母親回說，「你姐呀，一早就出了門。原先這裡的一個老街坊嫁女孩，非要你姐去幫襯，說她細心。唉，老街坊還不知道你姐家出的事，其實現在也不講究嘛，守活寡不算啥。」

「哼！癩蛤蟆避端午，王幸男。」

這是俗語，本地人常說，拈輕怕重，好吃懶做之意。有好幾年，杜懷丁不信母親的話，專在這一天晚上，跑到黃河邊的汊灣或水塘裡，去聽癩蛤蟆的叫聲。偏偏怪了，端午節的晚上，癩蛤蟆們集體噤了聲，連影子也不見，似乎牠們還有一處別室，公社裡開大會去了。或許，也是自然的一

個軌制,不得細考。說歸說,接橡皮的事,杜懷丁還是樂於承擔的。

姐姐的境況一糟,本來愛出頭露臉的她,收斂不少,生怕碰上熟人。家就成了王幸男的螺螄殼,天天作道場,除了晚上去無軌電車上放風外。橡皮交在了幾個街區外的一家小學,一年級,剛掉了門牙。杜懷丁騎在車上,風一般地穿過禽蛋魚市場,憋了一路的氣,終於吐出來,放緩了速度。此時,雲坼裂,慢慢往兩側的山巒後擠去,空氣如洗,可以聽得見學校的下課鈴聲了。

橡皮是最後一個出來的,怏怏的,書包拖在地上,擦刮了滿身的泥水。

杜懷丁沒太注意,將橡皮抱在前梁上,溜了一段,跨在了座子上。單車是早報派發的,加重式,錳鋼的結構,穩當得像一輛輕型坦克。杜懷丁問,「沒牙佬,舅舅給你昨天教的口訣呢,你現在背一背看。」橡皮不吱聲。又催了幾遍,橡皮忽地折轉過身,在杜懷丁的臉上扇了一巴掌。杜懷丁懵了,靠了邊,踩在路牙上,變了色說,「小東西,三天不打,上房揭瓦。」說著話,手往橡皮的腰裡一卡,鉗了一把。誰料想,橡皮哇哇哇地號咷起來,哭聲若一簸箕碎玻璃茬,帶了心驚肉跳的音效,惹得路人紛紛側目,對杜懷丁充滿了鄙夷和駁斥。支了車,抱橡皮下來,杜懷丁揩了橡皮的眼淚,問他腦子搭錯了哪一根筋。

「我被撤了組長。」

杜懷丁想笑,屁大的一點人,還這麼虛榮,哄著說,「撤了就撤了。芝麻大的組長,孫猴子當年就是小組長,他就挺看不上弼馬溫這個職務的。」

「下午,老師請家長去。」

「你咋了?」

橡皮未語先泣，抱住車龍頭說，「我不是故意的，反正。我輕輕推了一下，他們兩個就從講臺上掉下去，摔在地上，能怪我嘛。」

　　「摔得嚴重嗎？」

　　「進醫院了。」

　　母親煎的鍋貼貓耳朵大小，金黃薄脆，有一股子奇香。母親給橡皮的料碟裡搛了好幾個，橡皮都不乖乖吃，沉下臉，拘謹得像上了發條似的。杜懷丁當然也胃口惡劣，敷衍著吃了幾個，說口腔裡長了潰瘍，太燙，等下午再吃。母親瞧不出端倪，繼續忙碌著，將捏好的都過了油，下次熱一熱，就可以下嘴。杜懷丁哄著橡皮睡了午覺，兩點左右，載著橡皮去了學校。在門口，橡皮忐忑難安，恐懼地說，「我媽沒來，老師會讓我退學的。」杜懷丁摸摸橡皮的腦袋，安慰說，「你去上課，我去找你班主任，舅舅也是家長嘛。」

　　「就你？」

　　杜懷丁愣怔說：「就我呀，橡皮打燈籠 —— 照舊（舅）。」

　　「你不能去，你是個瘸子，會笑話我的。」

　　「你說什麼？」

　　「瘸子！」橡皮對杜懷丁一向不客氣，軟硬兼施。

　　「呵呵，瘸子怎麼了？」杜懷丁壓抑著怒火，不好在大庭廣眾之下施暴，嗓子眼卻哽咽死了，胃裡的一團酸水漾上來，喉嚨裡發澀發黏，仍勸慰說，「橡皮乖，舅舅不去便是了。學校是橡皮的，舅舅應該去馬戲團。」

　　「老師問了咋辦？」

　　「乖！你媽會來的，中午我掛了電話，放心。」

　　橡皮一綻笑，念口訣說，「杜懷丁，小兔丁，一跛一跛到天明。」

　　「娘的，誰教你的？」

「橡皮編的。」

杜懷丁其實沒走，鈴響後，直接去了班主任跟前，說明了來由。班主任年歲小，面孔毛茸茸的，稚聲嫩氣，展了展手說，「橡皮家長，實在沒辦法的事兒，摔了的那兩個孩子的爸媽不依不饒，非要去作 CT 和核磁共振，檢查一下有沒有後遺症，只能請你來了。」杜懷丁料想事大，咯噔一驚，「摔得嚴重嗎？怎麼還要作核磁共振呢？」「有什麼辦法，現在都是獨生子，家裡的小皇帝，全家人捧在手心裡，怕碎了，怕化了，怕閃了。」杜懷丁嗓眼裡塞了一塊亂麻，慌不擇詞地說，「孩子身體都軟，柔韌性好，咋能摔那麼重呢。橡皮只不過推搡了一下，也不能這樣子訛我家吧。」班主任聳聳肩，彷彿授課似的，無奈地說：

「是訛，é，訛詐的 é！」

「豈有此理，這不是一棍子打死橡皮嗎？」

「我也沒辦法。大家都看見了，是你家橡皮推的，還故意。」

「要我咋辦？」

班主任盯了盯杜懷丁的殘腿，杜懷丁正激動地蹣跚前後，語無倫次起來，搞得教研室裡亂哄哄一片，有幾個老師跑過來，幫著班主任說話。「咋辦，花錢免災嘛，錢可以擦掉橡皮的這一個屎屁股。」班主任很有點嫌貧愛富地說，「人家家長送孩子去了醫院，作 CT 和核磁共振，你得先交押金，二千塊。等完事後，再給你看治療發票，兌一兌帳，多退少補。」

當初橡皮上這家小學，王幸男傷透了腦筋，求爺爺，告奶奶，把該認識的人都找遍了，好歹才報上名。再說，被摔的孩子進了醫院，橡皮先輸了理，杜懷丁再怎麼狡辯，也是莫可奈何的事。出了門，杜懷丁從家裡取了銀行卡，忙不迭地兌了錢，交給了班主任，連押金條子都忘了打。「給他們家長，讓他們全家都去吃藥算了，吃死他們。」杜懷丁惱怒道。二千

塊整，等於杜懷丁三個月的收入，現在卡空了，杜懷丁的心也空了，直覺得將那二千塊錢紮成捆，扔進黃河裡還能聽個響聲。現在倒好，錢成了潤滑油，去交給核磁共振的機器，基本上肉包子打狗，有去無回。站在街上，杜懷丁覺得中午吃下去的幾隻鍋貼，化成了酸水，在五臟六腑間波湧氾濫，沖上腦門。杜懷丁扶住一棵樹，哇哇哇地狂嘔一通，竟沒嘔出一點內容，眼淚卻不可遏止，掛在雙頰上。

　　杜懷丁不想家裡去，怕母親察覺了，連累了她的心情。杜懷丁騎上車，在附近的幾個街區裡瘋行，鏈條哧嚓哧嚓響，若坦克車的履帶，橫衝直撞，將眼前的一切都踏成了齏粉，棄之不顧。天上的雲朵也碎了，泥漿般地翻卷，被杜懷丁的舉止一震懾，停在頭頂。街上游走的老街坊們，大多認識杜懷丁，指指戳戳的，私議說，呵呵，瘸子不瘸了會上天，真應了那句老話。瘋轉了幾個街區，待杜懷丁握住剎車，哧溜一聲，才想起自己老馬識途，回到了家的樓下。人比老馬更甚，更孽障，更狼亢。人會認得家，家是一眼洞穴，人卻是洞穴裡的豬。杜懷丁悵然時，眼睛裡薄薄地生涼，敷著一層淚，心裡恓惶得可以。剛抬腕子揩掉淚時，從樓洞裡趔出一個人，腳聲急遽，掩面惶然，順著樓角一拐，不見了。杜懷丁吸住鼻涕，覺得那個人很熟悉，步態、高矮、大模樣，有點似曾相識。那個人的最後幾步，基本上是跑，鞋底板子下的聲音，像一枝枝黑暗裡的殘花，暫態開敗了。杜懷丁真的沒認出來，那個人其實是喬如山，該喊一聲姐夫才是。

　　杜懷丁覺得今天真失敗。失敗是自己的，不好意思牽連母親和王幸男。

　　於是，杜懷丁的單車隆重駛上了黃河邊的風情線，吹吹風，發發汗，或許會好一些吧。不承想，類似的願望，很快就破了產。天一放晴，有幾段河岸邊麇集了更多的人，像一鍋煮壞了的稀飯，鼎沸不堪。天天在岸邊跑，卻

沒空去觀察人們在做什麼，杜懷丁便有點好奇，支起車，走下了河堤。

在蘭州，很有一些走火入魔的善男信女，平時做了虧欠事，心裡有陰影，就常去廟裡拈香，也常常會在市場上買來幾箱水產品，雇了快艇在河裡放生，寄望於日後繼續心冷手黑，得道成仙。俗話說，道高一尺，魔高一丈，剛被放了生的活物們人地生疏，水土不服，便紛紛往岸上攏來，擠作一堆，結果擠進了奧斯威辛集中營裡。岸上散步的居民們眼尖，隨手一抓，就能捕到三四斤重的大魚。消息傳開後，就有更火暴的人提著漁網趕來，衝著天空一撒，兜住了黃河水。杜懷丁湊進去後，剛開始收網清點。媽喲，七八隻鑌鐵桶子裡裝滿了黃河鯉魚，活色生香，上躥下跳的。本地的居民大都是旱鴨子，眼拙，不認識南方的水產，就有人指點說，鯽魚，鰻魚，鱔魚，泥鰍，王八，黑皮烏龜，等等。大多數更眼生。另有一樣最惹眼，五彩斑斕的錦鯉，屬於觀賞魚類。捕魚人拾掇停當，就亮開嗓子就地叫賣，一條五元，錦鯉十塊。心說，家裡已經很久沒吃過魚了，橡皮嚷了幾次，王幸男只從悅賓樓裡買過巴掌大小的乾煎帶魚，堵了橡皮的嘴。於是，杜懷丁摸出零錢，買了一條四斤一兩的黃河紅鯉魚，找了繩，掛在了車龍頭上。

捕魚者猶不甘心，重重地撒了一網。

待收網時，卻發現漁網被吃住了，像水裡釘有一根馬椿似的。看熱鬧的人紛紛去幫襯，小時候拔河的樣子，硬是將河水拖垮了，將大網一截一截地收了回來。杜懷丁也出了力，腳下趔趄，臉憋紅，心裡躊躇滿志。一見，漁網裡竟然裹著一具屍體，混雜於枯枝爛葉和泥鰍、王八們中間，辨不明晰。膽大的撒了網，控淨水，翻動了屍體，卻原先是個年紀輕輕的女人，披頭散髮，浮腫青紫。日光太亮，女人坦坦蕩蕩地裸陳在沙灘上，白花花一片，無一絲一毫的羞赧和抱歉，彷彿她死得很有理一般。快報警，

喊水上派出所的來！人群驚炸開來，還差一點撞翻了杜懷丁。杜懷丁強忍著噁心，先前的一股酸液堵在喉嚨上，燒鹹般地疼。

黃河的確沒蓋子，尋死的人只需一跨腿，就可以和這個恩恩怨怨的陽世說聲拜拜。早報上隔三見五，就有類似的消息，人們見怪不怪的。杜懷丁是頭一次見到溺亡之人，魂飛魄散。心想，比起這些想不開的亡靈，給橡皮擦人事件交納的兩千塊錢，真的不算什麼。人在，陣地就在，什麼也都在。世上的錢像黃河裡的沙子，流過去了，還會再來，只要肯踏實，願意花力氣，人民幣跟誰都不會有仇。

這麼一想，杜懷丁便亮堂了，推了車，散淡地在河堤上走。

不巧，頂頭看見了一群烏泱泱的人馬，呈扇形分布，直沖著杜懷丁走來。這個畫面，杜懷丁在電視上見過，納粹的黨衛軍，一寸一寸地搜索目標。迥異的是，眼前的這幫子人一律是黑馬甲，手裡捏著一張張揉皺的畫像，在河邊逡巡，欲拔頭功。杜懷丁的臉暗自紅了，比掛在龍頭上的鯉魚鱗甲還紅，聳了聳肩，也將身上的黑馬甲穿戴整齊，一副找見了大部隊的架勢。站上的人都面熟，見杜懷丁一瘸一拐的，像居家男人那樣採買，真便宜了他。於是紛紛攏過來，說些不鹹不淡的風涼話。杜瘸子，紅燒？還是糖醋？杜懷丁嘿嘿笑，我外甥想咋吃，就咋吃，他是家裡的小皇帝嘛。杜瘸子，你沒去你的轄區找找看麼？杜懷丁說，黃河水裡摸石頭，咋能找見呢，等他浮腫泡脹了，會自動浮上來的。一幫子黑衣人呵呵呵地笑，有人戳了杜懷丁的額頭，嗔怪說，你個瘸子，人小鬼大，吃獨食吃慣了，不信你不饞這筆獎金。杜懷丁回說，從死人身上掙錢，花起來也瘆，還是你們掙吧。正說著話，龍頭上的紅鯉魚不忍棄世，扭了扭，掛在腮上的線斷了，掉在了河堤上，躍龍門似的板起身子，如一枚碩大的跳棋。杜懷丁拾了幾次，滑膩膩地脫了手，魚鱗在日光猶如一把散落的硬幣，閃爍不停。

這當口，一幫子黑衣人圍上來，用腳來幫忙。

黑皮鞋，白膠鞋，藍布鞋，從鯉魚身上踩過，踩了不算，還像一臺脫粒機，將鯉魚軋成了一塊臭鞋底，鱗片橫飛。鯉魚也不願受胯下之辱，喘息著，從東跳向西，在一堆大腿之間狼奔豕突。杜懷丁苦笑說，「哥哥們，別踩了，再踩，就踩成陳水扁那小子嘍。」這是一句幽默話。大家都停下了踩躪，指著杜懷丁罵，真的是鬼大，賊尖溜滑，這傢伙，要是腿還囫圇著，準保能幹上站長。

說曹操，曹操就到。

杜懷丁剛拾起魚，重掛在龍頭上時，站長別著一根空袖管，從對面趕過來。早報的投遞員們哄地散了，順著河堤再尋下去。一條大河攤開了身體，鋪展在河谷地帶，冬天瘦，夏季洶，將上游裡的故事和光陰，瀉向了長天盡頭。河上的事情，誰又能說得準呢。站長不吱聲，從兜裡摸出一支菸，杜懷丁緊著掏出打火機，餵上火。站長貪婪地吸上一口，問天打卦地說，「小杜，如果下一輩子人能轉世的話，你想作什麼？」杜懷丁愣怔一番，囁嚅說，「我沒想過，真的。」站長揪掉了過濾嘴，「實話說，我也沒想過，才這麼問你的。」杜懷丁覺得站長今天有些反常，話太冷，讓杜懷丁的脊骨裡孵出了一股子冷氣。一念想，杜懷丁就有了拋磚引玉的心，「要是能轉世，下輩子我不想再做人了。」站長的眼神「咦」了一聲。「下輩子，我做一隻鳥，不需要腿，就用翅膀一直飛，不停下來。」站長將菸蒂扔在地上，踩了一隻腳，罵咧咧地說，「熊人！你長翅膀飛了，叫我咋辦？我就一隻膀子，單翅鳥，你還不服我管教了，能得你。」杜懷丁知道說錯了話，含了含胸，算是抱歉。「你想做什麼，我也做什麼，好歹能是一夥的，不撂單。」站長望著河面上白色的風，唏噓地說，「還沒想好。我得想想這個問題，再抽空告訴你。」

「用泥糊住，魚就保鮮。」站長道。

杜懷丁回說，「真是晒魚乾了。」

「想再掙錢嗎？河對岸的白塔山後，有新的訂戶。」

「太遠。」

「是這！你先去摸摸地形，你是下輩子的一隻鳥嘛，先去試試翅膀。」

「先別開口要，我早給你準備好了打火機。」杜懷丁道。

陳亭妃接過打火機，卻忘了挎包裡沒菸，嘴角上蕭索一撇，摁來摁去地玩。一根火苗變戲法似的，在陳亭妃的每一個指縫裡噴出，猶如空氣裡的舌頭，在跟人玩捉迷藏。「鬼機靈！我現在是三等於民，沒火沒菸，等你施捨。」

「今晚，又什麼風把你吹來的？」

陳亭妃說，「鸚鵡學舌。你能不能說點新鮮的？」

「是你的話呀！」

「其實，也沒什麼風。瞅瞅，今晚上是個無風之夜，連黃河水都快流不動了，停在了河道裡。瞧，打火機的火苗，站在我手上，也沒被風吹斜。」

杜懷丁一盯，果然瞧見一蓬暗火，從陳亭妃的三條指縫裡滲出來，穩穩地站著。黑紅色，冷焰，似乎並不曾燒灼了陳亭妃的皮膚。陳亭妃反倒影痴痴地咧開嘴笑，一副魔術師的坦然和淡定。怦！火熄了，陳亭妃掌心向上，卻不見了打火機。杜懷丁將空酒瓶杵在橋欄上，知道明早上，拾荒人會賺得一毛錢。杜懷丁抓住陳亭妃的手，想究問一下，陳亭妃突地攥住拳，拳眼裡「嗒」地一響，又跳出一簇火苗來，說明打火機並未走失。杜懷丁呵呵地笑，心花綻放。這樣的把戲，最適合給橡皮去表演了，也不知

陳亭妃會不會禮賢下士，教自己這招。一問，陳亭妃說，「可以！不過有一個條件先。」

「先什麼？」

「陪我去橋上一趟，我還要做夜課呢。」

「那你就在這裡拔腿練筋骨吧。咱倆呀，兩不耽擱嘛。」

陳亭妃壞笑起來，摸了一下杜懷丁的頭，「傻瓜！我剛從孫悟空和唐僧那裡過來，老遠就見你坐在這裡，像根爛木頭椿子。你是不是還在偷看你姐姐開電車呀，小變態。」杜懷丁頓了頓下巴，首肯了她。陳亭妃問說，「想想，你坐了這麼久，今晚看見過一輛無軌電車駛過嗎？」杜懷丁往記憶裡打撈了幾番，恍然覺悟。千真萬確，近一個鐘頭內，不曾有一輛無軌電車駛過去。就連橫亙於半空上的兩條線纜，也不曾驚顫過。更不曾有過一隻夜鳥飛來，蹲線上纜上，抱住自己，度過這個寒涼之夜。陳亭妃叉開指頭，支在耳畔，「剛才，我也覺得挺蹊蹺，就給公交公司掛了電話。他們說，今晚上拉了閘，無軌電車的線路全面檢修，觀光車不服務了。」杜懷丁怔怔地說，「王幸男去接班了呀，沒說檢修線路的事。」

「你姐姐憑啥凡事都告訴你，小變態。」

杜懷丁篤定說，「她今晚接班早。要是停工，我沒出門，她就該回家了的。」

「喂，你有戀母情結嗎？」

「什麼？」

「這麼說吧。在家裡時，你是不是偷看過你姐姐換衣服？或者說，你姐姐洗澡時，你偷窺過她的裸體？」陳亭妃顯得很老到。在杜懷丁面前，陳亭妃一直掌控著局面，由不得杜懷丁做主發言。「說不定，你也不是故意的。你，你可能假裝不經意，就那麼瞄了一眼姐姐的裸體，心裡酥酥

地癢，情不自禁。」杜懷丁尷尬地埋下頭去，但鞋帶沒開，就故意挽起袖子。「兄弟，是不是讓我給你說破了？沒關係的，男孩們都那樣子，差不多都會有戀母情結的。等見過了世面，也就算長大了。」此刻，杜懷丁真想說說，王幸男雖是姐姐，但更是一個有著苦愁的女人，自己半夜來河邊枯坐，參禪打坐，其實只想給王幸男打個氣，別無其他。但陳亭妃世事洞明，以一副譚莫如深的口氣說，「我喜歡你這樣子，兄弟。世上有兩件事情千萬別錯過，一個是愛你的人；另一個嘛，是深夜接你回家的最後一趟班車。」杜懷丁心裡溼溼的，猶如含了一口蜂蜜水，尾隨在陳亭妃屁股後邊，往燈火闌珊的鐵橋上走去。

剛到了橋中央，陳亭妃忽然去卜挎包，一個矯了翻身，來了個漂亮的空翻。

杜懷丁攜著一條殘腿，靠在橋欄上，想欣賞一下陳亭妃做夜課。剛才，陳亭妃的空翻又高又飄又炫，比一隻大鳥的起飛更抖擻，彷彿空氣裡藏著一根猴皮筋。類似的矯捷，杜懷丁只在電視的體操比賽中見過。孰料，陳亭妃停下腳，迅速收了勢，略帶著一絲絲嬌喘，拍淨了手掌，不再做功了。陳亭妃趨前，也靠在了橋欄上，打開挎包，取出一隻小電器來，舉在空中。杜懷丁側望而去，不明就裡地猜疑，手卻不由自主地摸了摸下巴。早起太忙，忘了拾掇，胡荏像一把大頭針，密密地釘在肉裡。陳亭妃撳動了開關，一隻飛利浦剃鬚刀嗡嗡營營地作響，馬力十足。想像中，杜懷丁覺得下巴被陳亭妃的手撫摩了一遍，變得發白發青，輪廓分明，充滿了一股子逼真的弧線。陳亭妃不為所動，嘴裡唸唸有詞地說，「李釋堪，找見了你的剃鬚刀，充了電，你把自己整理乾淨，再去見我媽媽吧。」說完，手一甩，陳亭妃將其拋進了如淵的橋下。

河水如一卷深藍色的鋼板，被兩岸的燈光淬了火，熔化一切。

　　末了，陳亭妃又取出一塑膠包的玫瑰乾花，打開，往橋下傾倒。杜懷丁家裡也有，知道是永登苦水的玫瑰，價格不菲，行銷全世界。王幸男臭美，每次只買半兩三錢的，捨不得泡水，只蘸了藥酒，往臉上搽，消滅異軍突起的皺紋和疤痘。乾花輕盈，洋洋灑灑地落了下去，天女散花一般。陳亭妃兀自沉浸在夜課裡，嘟囔說，「媽媽，過幾天就是我的生日了。生日那天，我就不來河上看你了，你自己去喝一杯花茶吧。」這一空隙，杜懷丁見陳亭妃的肩胛抖瑟瑟的，又想起曾見過的那兩片瘦刮刮的鎖骨，心想，它們會是一對青魚，正在陳亭妃的肌膚下祕密遊動。一念若此，杜懷丁便有些激動，似乎洞穿了天大的機密，嘴上卻不說什麼。原來，這就是假小子的夜課呀？哼，哼哼！

　　「我媽媽死了，我把她的骨灰撒進了黃河。黃河嘛，現在等於我媽媽。」

　　杜懷丁摸著橋欄，降了夜露。

　　「她是老年合唱團的，可瘋了，天天在河邊的水車園裡練聲。」陳亭妃重又挎起了包，攏著手，帶了略略的寒戰，「我媽留下的遺囑，說她喝了一輩子的黃河水，死了，就丟進黃河裡，還說是返璞歸真呢。」

　　「哦，你媽還用剃鬚刀嗎？」

　　陳亭妃距離三公尺遠，象徵性地扇了一巴掌，叫杜懷丁住嘴。

　　「真怪！」

　　「跟你沒關係。」

　　杜懷丁說，「可惜嘍，你還不如送給我哪。以後河裡的魚，肯定是無鱗無鬚的怪物。唉，河邊的事情，誰又說得準呢。」

　　「會送你的。」

　　「你的生日快到了？」

「兄弟，幫個忙。」

杜懷丁說，「算了，你也別打車了，我騎車送你回家去。」

白塔山後的訂戶，其實只有一家而已。杜懷丁從站上取票據時，私下裡聽說，站長當年對越南作戰時，身上還埋著幾塊彈片，一直未能取出來。其中一塊，居然還在身體裡下滑，前幾天複查結果出來，說已經危及到了肝臟，隨時都有不測。心想，難怪見面時，站長會有輪回轉世的疑惑之問，人之將難，其言也哀喲。下午，杜懷丁騎單車，跑得大汗淋漓，始終也沒找見那一家訂戶，便蹲在戰備公路邊，伺機問人。總算過來了一個老叟，沿街叫賣冰糖梨，指著山後的坡地，土話說，「那達！」

「那達」太遠了，呂齒一噓，就讓杜懷丁跑斷了腿。

依了老叟的說法，他和村裡的幾百口子人，原先就住在那塊坡地上，屬黃河洇水灣一帶的公社。山是焦渴的旱山，土是黃土高原的揚風土，抓一把，連一絲溼氣也攥不出來。此前，吃喝用度的水，都是用毛驢馱上去的，星散的禾谷田，也是省吃儉用下的眼淚巴巴點苗種下的，收成可憐，勉強維持個飢飽。後來政策放寬了，坡地上的人陸續搬遷下來，在郊外的河邊野地裡蓋了土坯房，子女們入城打工，鮮有人再去務農活。但山坡上的一片片地，卻並沒有撂荒，而是租給了一些眼疾手快的生意人。合同是霸王條款，一簽幾十年，租金微薄，又不能討價還價。生意人財大氣粗，在山頂上砌了天池，將黃河水虹吸過來，用於灌溉和經營。不出幾年，生意人們將一座座凋敝的農莊，變成了仙風浩蕩的世外桃園，果木林立，鬱鬱蔥蔥，掩藏在遊龍盤蟒般的山巒深處，令人流連。先是經營農家菜，烤全羊，靖遠羊羔肉，大盤雞，手抓肉等等的特色。後來膽子更大了，菜單上出現了黃羊，岩羊，梅花鹿，野豬，野驢，禽鳥和野雞肉，大多是珍稀野生動物，價格死貴，明目張膽地坐地分贓。這些年，城裡人的嘴也漸漸

脫離了低級趣味，公車私車趕集似地往山谷裡開，比清明節掃墓時還隆重，又沒有了羌笛，更無紛飛的細雨叫人斷魂。一入夜，坡地上的各家各院，大都是燈籠高懸，少數民族的酒歌豔舞直排雲霄，空氣裡彌漫著一股子酒精和腎上腺素的氣味，揮之不去。生意人們從今年夏天開始集資做廣告，舞文弄墨地稱之為：蘭州的後花園，一步之遙。云云。

當然，這裡的熱鬧，與大河兩岸的平頭百姓們無染，亦與杜懷丁無關。

歪進了戰備公路旁的一條瀝青路，山色陡地一變，四下裡闃寂無涯。不入夜，不開席，此時的大路上杳無人跡。杜懷丁似乎能聽見高空上的幾隻土麻雀，扇動空氣的擦刮聲，像一本壞掉的書，無人問津。路起伏無定，一忽騎行，一忽推車吭哧，杜懷丁早已是滿頭大汗。訂戶單上沒有具體的門牌號碼，落款是洄水灣的「徐心香」。依了杜懷丁積攢的投遞經驗，心想，這個訂戶可真夠意思，大老遠的，還牽心著世上的動靜，報紙又不是吃食，一頓不吃餓得慌。一份五毛錢的報紙，費的人工卻遠遠不止這些，唯有投遞員的腳掌，才明白其中的難辛。

拐過一處山腳，杜懷丁終於看見了洄水灣。

像老話裡講的那樣，鳳凰臺上無鳳凰，洄水灣裡不見水。但深嵌在梁峁溝壑間的這一大塊坡地，卻因了虹吸來的黃河水的灌溉滋養，呈現出一派林木深深、曲徑通幽的靜謐氣象。杜懷丁騎上車，挨家挨戶地打問，有沒有一個叫「徐心香」的人。各式造型的院落，青磚砌就，白水泥勾勒出細密的牆縫，歸整有序，彷彿橡皮算術作業本上的線條和暗格。門端裡還鑲嵌著一幅幅地方特色的磚雕，連環畫，有孟母三遷，有秦叔寶和尉遲敬德，也有捨身飼虎、割肉貿鴿等等的佛教故事。門頭上，掛著各式各樣的幌子，名字都起得怪，什麼野豬林，深海酒肆，隴上一盞茶，新龍門客

棧，不一而足。轉了幾遭，杜懷丁停在了一家餐廳門口，似乎有一點點預感。

這家的匾額上，堂而皇之地鑲著幾顆鎦金大字：心香狗肉店。

杜懷丁剛支好車，頭頂的樹上，掉下來幾枚熟透的核桃。核桃是青綠色的，掉下來，磕破了果衣，流出星點的汁液來。杜懷丁揀起一枚，剝開，剛往嘴裡餵時，店門裡走出了一個夥計，悻悻地望著他。

夥計穿了一身草綠色的軍裝，領章帽徽俱全，腰裡繫著武裝帶，臂上纏著一根「紅衛兵」的紅箍，手執一杆紅纓槍，赳赳然的。核桃是苦的，啐了半天，也沒啐乾淨，杜懷丁覺得舌頭都麻痺了，中了毒似的。杜懷丁跟夥計對視著，幾分鐘的時間裡，目光都很警惕，有一股了雄性間的挑釁。結果，夥計先繃不住了，兀自噴出笑來，引得杜懷丁也哈哈哈地狂笑，莫名所以。夥計笑得更厲害了，露出雞血色的牙床，笑聲像一臺壞掉的引擎，又驀地剎住車，虎視著杜懷丁說：

「笑什麼？」

「哦，看看你店裡掛沒掛羊頭呀。」

夥計是個有意思的傢伙，腰板也戳成了一杆紅纓槍，挺拔地說，「革命不是請客吃飯，不是做文章，不是繪畫繡花，不能那樣雅致，那樣從容不迫，文質彬彬……。」

「……革命就是暴動，就是一個階級，推翻另一個階級的暴烈的行動。」杜懷丁恰巧記過這一段語錄，滴水不漏地回了話。早報上曾經報導過類似風格的餐廳，申斥說有「文革」遺風，幾個老幹部進食時，被這樣的陣仗嚇住了，險些中了風。但人家證照完備，合法經營，卻也是莫可奈何的事。杜懷丁感覺自己露了一手，不露怯，身陷戲劇裡一般，十分過癮。

159

「同志哥！」

夥計衝過來，緊握住杜懷丁的手。

「你好，同志。」杜懷丁就坡下驢地說。

「你從蘇區來？」

杜懷丁也神經兮兮地說，「是呀！我是來送情報的。」

「見司令，還是政委？」

「我找徐心香同志。」

「哦，你找心香呀。心香就是政委。」夥計拍腔子，慷慨道。

「你站崗？」

「是！司令員在抄佛經，也可能在陪政委睡大覺。」

夥計凜然作答，又露出雞血般的牙床，忽地抄起紅纓槍，對準了杜懷丁的腰眼，彷彿要押解他上路。杜懷丁身陷敵占區，登時沒了遊戲的心情，還時刻提防著身後尖銳的梭鏢。心猜，這傢伙老大不小的了，還這麼喧鬧搗蛋，一準是腦子裡搭錯了線，才變得如此瘋瘋癲癲的。奈何，杜懷丁只得乖乖地進了院門。夥計在屁股後頭喊著口令，「一，二，三，往右，往左，朝前。」

院子裡一派忙碌，服務員們卻很整齊，素色頭巾，蠟染的衣褲，土布圍裙，一副副農家女孩的打扮。闊大濃密的樹蔭下，擺放著十幾張餐臺，碗筷早已安頓停當，只待傍晚的吃客們紛至遝來，一一入座，點燈開席。杜懷丁聳了聳鼻子，聞見了一股子異香。想像中，狗肉已經燉爛煲透，婉轉流長，真能饞出嘴裡的一種病來。一恍惚，杜懷丁就走得有點趔趄，一跛一跛的，跟不上口令，腰眼裡的紅纓槍幾乎頂在了肉裡，有一絲麻辣辣的燒痛。夥計依然沉浸在自己的歡樂中，口令聲一絲不苟，「三，二，一，往前，右拐，上臺階。」附近的農家女孩們愛湊熱鬧，捂住嘴角發

笑，遠遠地問：

「老大，抓了一個舌頭？」

夥計回說，「送雞毛信的。」

「拉到後山用刑，還是去槍斃呀？」

夥計吐了吐唾沫，慨然說，「政委的客人，快上茶。」

一句話封了口，女孩們再也不吱聲了，作鳥獸散，紛紛拿起了抹布和笤帚，各忙各的去了。杜懷丁的脊梁裡漾起了一陣驚懼，沿著尾骨上升，慢慢地蔓延到了四肢，寒冰一般。但夥計押解得極認真，容不得杜懷丁辯解一半句。穿過幾排屋子和一條遊廊，杜懷丁覺得眼前一亮，原先站在了院落後部的一大片坡地上。

坡地上辟出了幾畦菜田，一些耐寒的菜蔬坐了一地，有幾株竟然開出了指甲皮大小的碎花。土坡上還植了一排排玉米，葉子逆著風，重若沉槍。稍遠處，一棵葵花樹低下頭，掩著臉，害羞似的。杜懷丁路過時一瞥，發現葵花盤子裡乾乾淨淨的，早被人偷了嘴。夥計越接近目標，越撒起了瘋，嘴裡的口令聲高亢入雲。坡地深處，是一座白色的塑膠大棚，在下午的天光下映射著光斑。恰在此時，大棚裡奔出來一個女人，急簌簌地喊叫說：

「哥，你又犯病了嗎，不能對客人無禮呀。」

夥計立定，腳後跟唏嚓一磕，朝女人敬了一禮，報告說，「政委同志，這是蘇區來的情報員，要找徐心香同志你。」

「哥，你真是的，叫我操碎了心，心都快爛完了。」

杜懷丁猜，這女人一定是徐心香，早報的一位新訂戶，忙掏出兜裡的單據，得到了肯定的答覆。徐心香卻不理睬杜懷丁，衝上前來，繳了夥計手裡的紅纓槍，推搡著，死拉硬拽地將夥計哄進了一間屋子。夥計剛進

去，徐心香怦地碰上門，抓起窗臺上的一把大鎖頭，氣憤地落了鎖。杜懷丁側立一旁，知道戲該收場了。夥計被關了禁閉，小丑一樣地嘟囔不停。徐心香站在屋簷下，胸脯一起一伏，兩坨碩大的奶子，波來蕩去，彷彿充滿了激憤和委屈的眼淚。窗子上焊著網格狀的鐵條，堪比監獄，夥計伸出一隻手來，乞憐地叫嚷著。徐心香想起什麼，從褲兜裡摸出幾粒奶糖，遞在夥計的手裡。末了，徐心香換了語氣，哀哀地說：

「哥，客人們都快來了，你別再鬧了，乖乖吃糖吧。」

夥計說，「還要看小人書。」

「給，看吧！」

窗臺上擱著幾本連環畫，捲心菜的樣子。徐心香不耐煩地扔進去，又閉上了窗戶，插上了插銷。徐心香站了許久，目中無人，始終也沒多看杜懷丁一眼，好像他根本不存在似的。杜懷丁有點歉疚，覺得錯在自己，攪擾了人家的清靜，臉騰地紅了紅。徐心香瞧出了杜懷丁的忐忑，長籲一口氣說，「沒關係！每天都這樣子，鬧得雞飛狗跳的。不過快營業前，就會把他鎖起來，眼不見為淨。」

「該去看看醫生的。」杜懷丁道。

「看了，不起作用，拖累了家裡二十幾年，我現在都疲了，心也乏了。」徐心香像是偶遇了知音，話也多，「只當他是一條狗，比藏獒還凶，狗都怕了他。」

念及自身的疾患，杜懷丁感同身受，便不再多言。

「天作的孽呀。他是我親哥，叫徐心伯，『文革』大鬧大亂的時候，因為沒被組織上吸收，所以他現在天天做紅衛兵，腦子徹底壞掉了。」徐心香臉色寡淡，賠情地說，「剛才讓你受驚了，實在過意不去。走，去喝杯熱茶吧。」

「不了！認了門，明天投遞報紙就方便了。」

「咦，上了門來就是客，咋能說走就走呢。」徐心香盯著杜懷丁的殘腿，以一種女人特有的體恤說，「來一趟不容易。離市區雖說不太遠，但畢竟有一截山路，看你，頭上都冒了汗。」說著話，徐心香拽住杜懷丁的胳膊，往另一間屋子裡送。杜懷丁不由自主，腳也跟了去，聞見了女人身上飄散的一股子淡淡的奶香氣，真如她的名字一般。徐心香邊送，邊朝屋子裡喊，「老李，快出來，你抄了大半天的佛經了，也該歇緩一下眼睛才是。」

這是杜懷丁第一次看見老李，覺得眼熟，卻不明白在哪裡見過。

「在下李釋堪！」老李將右手的蘸水筆換在左手，握了握杜懷丁。李釋堪的脖頸上掛著一副老花鏡，人笑瞇瞇的，腮幫子上的贅肉一顛一顛，顯得很富態，跟彌勒佛那樣子。徐心香拉了燈繩，屋簷下霍然燦爛，又抓過來一隻馬紮，擱在杜懷丁屁股下。杜懷丁知道那句話，好狗不咬上門的客，即便這是狗肉店，既來之，則安之，遑論其他。平時投遞時，訂戶們拉他進門吃一盞茶，嘮幾句家常話，亦是經見不怪的事。杜懷丁坐下來，回報給彌勒佛一番笑，心猜，這個男人或許就是夥計嘴裡講的司令員吧，心下好奇。徐心香介紹完了投遞員，又說了幾句閒話，抻了抻衣角，理了理頭髮，然後去前院裡忙乎了。徐心香邊走邊說，「這小弟太敬業了，大老遠的來，只為了一份報紙。這樣好了，我去弄幾個涼菜，老李你陪小弟多飲幾杯。你不是見天喊著悶慌，沒人跟你說話嘛。」李釋堪含胸揖了揖，相敬如賓地說，「心香，那敢情好。誰說不是呢，山中方一日，世上已千年。小弟是一位信使，貴客臨門，當浮一大白。」

李釋堪文縐縐的，說話咬文嚼字，一派古意。尤其他的裝束，一雙方口布鞋，束腰的褲子，白色的襟子上，盤著兩行麻花狀的紐襻，立領，袖

口寬闊，有氣吞山河之慨。母親會結這種古典的紐襻。原先的老街坊們亡故後，要依當地的風俗入殮，壽衣上的紐襻，一般都是喪主的兒女們央求母親來結的。近幾年，滿大街都掛著中國結，但編織粗糙，根本不會入母親的法眼。李釋堪的文雅和熱情，讓杜懷丁頓時有了一絲敬畏和親近，誰說人家的店裡沒掛羊頭，只賣狗肉呢。卻原來，店裡頭還藏著一位仙風道骨的高人。杜懷丁注意到，李釋堪的右手上沾了一團墨汁，顯見是剛才用功的結果，抄經所致。

蘭州城裡很有一批類似的人，在廟堂裡拈香發願，居家禮佛，又在白樺紙和簿冊紙上抄寫佛經。待抄滿冊數後，放在寺院裡供養，以寄願景。早報上登過消息，現在墨水抄寫的經冊都不算稀奇，有的人還會灑上純金粉；有的更甚，見天扎破手指，擠出鮮血來，一筆一畫地謄寫，其心可鑑。

菜很快就上來了，沒理由不快。

酒過三巡，互相自介了一番後，杜懷丁和李釋堪便像一對忘年交，巴兮兮地忘卻了各自的年齡和階層，沒了生疏，熟稔得可以，還拍拍打打的。李釋堪是性情中人，除了話癆，眼角眉梢裡且帶了一份炫耀勁，撅起屁股，哼哧哼哧地從屋裡搬出了幾隻木函，款款地碼在燈光下。杜懷丁一瞅，竟是 108 冊抄經。李釋堪打開一冊，簿冊連綿不斷，若一隻手風琴那樣，密密匝匝地趴滿了蠅頭小楷，娟秀細緻，字字如釘。李釋堪介紹說，「用小楷字體抄的《金剛經》，費時不少。現在，我正用隸書再抄寫一遍，差不多已完成了一半多。等錄畢後，我也裝訂成冊，去瑪尼寺裡請大德高僧們開了光，加持完，捐獻給寺裡，讓信徒們禮拜。」杜懷丁心生敬佩，接過一冊，目光如篦地讀了讀。字很生僻，意思也不大懂，但知道是抄經者花了心血的，態度驀地恭順了許多。杜懷丁說，「我母親也唸過經，

家裡擺過香爐和供案，母親還請過一幅唐卡，掛在牆上。」李釋堪眼睛一亮，一時欣喜，「真的？」

「以前家裡不順，就那麼唸一唸，臨時抱抱佛腳。」

李釋堪忽然說，「那可不行。這麼著，我借你一冊，你拿回家裡去，讓令堂供養起來。經世致用嘛。否則抄來抄去，沒有功用的話，也是枉費心血。」

「使不得。這麼金貴，萬一壞損了。」

話雖如此，但杜懷丁仍心裡一熱，有一股湍急的熱流湧蕩而逝。人家非親非故，一聞聽家裡不順，就慷慨出讓，俠義心腸，真是一個厚道之人。再瞧李釋堪，印堂發亮，皮膚紅潤，雙目炯炯有神，一排牙齒光潔如許，說話也截鐵斬釘，手勢斷然有力。要不是李釋堪頭上的些許白髮，杜懷丁真的辨不出他的實際年齡。心想，從大模樣上看，頂多也是五十出頭罷了，又不好去打問。李釋堪見面熟，鄙夷地聳了聳鼻子，大驚小怪地說：

「你和我誰跟誰呀。以後你天天來，還怕你丟了不成？」

杜懷丁堅辭，「不了！我母親最近愛看電視。」

「一定拿去！」李釋堪不由分說，取出一隻明黃色的布袋，上印一枚吉祥的右旋海螺，雙手合十地請了進去，又在額頂上膜拜一番，鄭重交給了投遞員。「不是借，是送給你老母親的。我可以用小楷再抄一冊，補齊便是嘛。」

「那，恭敬不如從命，我替母親謝謝你。」杜懷丁接過。

李釋堪喜悅，覺得自己為世人結筏築橋，超度與人，終於有了一份善功，遂興奮地搓著手，又和杜懷丁連乾了數杯。「不瞞兄弟說，等隸書的《金剛經》抄畢，我還要用楷隸二體，再抄寫一遍拉卜楞寺裡的《柱間

史》，起碼得花掉幾個寒暑，掉一身肉，把頭髮都寫白的。」

「你是居士？」

「不！」

「那你開著餐廳，生意不做，就緊著忙禮佛，抄經文呀？」杜懷丁狐疑道。

「我在贖罪。」

「贖罪？」

「哦，我是有業障的人，負罪在身。」

杜懷丁瞧見，李釋堪的眼底裡，有一簇暗紅的火苗，騰起，又倏忽滅下。杜懷丁囁嚅，不知該講些什麼，意欲換了話題，免得讓人家不堪，勾起落魄心事。恰好，杜懷丁憶起了站長的疑難，像一道猜不破的謎局，始終梗在嗓眼裡。現在遇了高人，不妨就教一問，也好傳達給站長，別讓站長那麼憂心忡忡。杜懷丁嘴甜，乖巧地抹了蜜，影痴痴地說：

「李老師，你相信靈魂轉世嗎？」

「信！」

「那下一世裡，你想作個什麼？」杜懷丁想不出，一個抄經人，除了墨水和筆，還能變出什麼花樣來。唯一能肯定的是，他作不了一隻鳥。佛在高處，鳥在天上飛的話，鳥就是一本攤開的經書，最接近佛。一念想，杜懷丁覺得自己挺哲學的，酒便勸得更快，一點也不怵李釋堪，氣焰廣闊。

「信！但我棄權。」

「咋說？」

「我就留在這一世的岸上吧。我是個沒有來世的人，抄經也不圖修來世。我還有事情要做，一個人孤零零留下來，你們走。」

「你是硬骨頭。」

李釋堪眼一紅，酒液掛在下頜上，驚顫顫地說，「不為什麼。這，可能是我的業報。我現在抄經，其實就是為了贖罪，還報。」

「你這人真沒意思。」烈火烹油的話，杜懷丁被酒精控制住了。

「是沒意思。」

「你好像有一肚子的委屈，苦大仇深似的。」杜懷丁堂皇地攮起菜，與其對飲，一點也不生分，慨然得若一位東家。「你們這些有錢人呀，剛開始挖光陰（土話：錢）時，個個都是些狼狐之輩，啥也不信，牙齒磨得尖利，只認鈔票，只信金錢為上。現在腰包鼓了，返過頭來，又假惺惺地信教禮佛，生怕有個一災半病的，讓你們享不了錢的福。說白了，你們太功利，是為自己的錢信的教，裝的勢。資本都是血腥的，萬惡之極，允滿了看不見的刀光劍影，呵呵。」一席話，說得李釋堪瞠目結舌，不錯眼珠子，盯視著小小的投遞員，心裡七上八下的，停箸不食。杜懷丁舌綻蓮花，自負滿滿，覺得平時的那些個雜碎報章真的沒白唸，都沉澱在了肚腹裡。此刻，它們打通了任督二脈，源遠流長地揮灑出來，百煉鋼化為繞指柔，滅敵於無形。肉是好肉，邊吃邊說，帶了犬科類的狺狺咆哮，杜懷丁渾身火燙。酒亦是佳釀，酒標上標明是自家產的。杜懷丁醉裡挑燈，李釋堪幾成齏粉，且戰且退。果然，李釋堪汗顏地說：

「兄弟，你誤會我了，我哪是什麼有錢的主。」

杜懷丁翹了翹大拇指，意指這座餐廳。

「咳，我也是來避難的。」

杜懷丁說，「你是司令，你老婆是政委；你是幕後的金主，你老婆是店前吃喝的阿慶嫂。壘起七星灶，銅壺煮三江，擺開八仙桌，招待十六方，來的都是客，全憑嘴一張，相逢開口笑，過後不思量……。對不對？」

「她不是內人。」李釋堪糾正。

「呀，我還以為開的是夫妻店呢，真走眼了，抱歉。李老師，我自罰三盅。」杜懷丁摟了摟李釋堪的肩，連揚帶灑，灌進了肚子。李釋堪也被引燃了，舌頭短了半截，話也油膩膩的，卻心扉直抒，「兄弟，現在我和她暫無夫妻之名，但我想娶她，真的想娶她。我半生入土了，要說乞憐，就乞憐她會好起來。」

「那就明媒正娶呀。」

李釋堪展展手，唏噓說，「兄弟，奈何造化弄人啊。徐心香不是自由身，她是個有丈夫的人，苦主。她丈夫在柴油機廠工作，天車司機。前不久，從十幾公尺高的天棚上摔下來，截了肢，屎尿不能自理。再加上，她還有屋裡這麼一個患精神病的哥哥，又生養過兩個小娃娃，苦愁異於常人。我，不能落井下石。」

「她很年輕，也漂亮。」

「呵呵，你還沒見過她少女時候的漂亮勁，可以稱得上蘭州城裡的一朵牡丹花，一指頭會彈出水來。」李釋堪自己也很受用，陰霾淨掃地憶想說，「兄弟，我可有這個眼福。當年，我從二中來洄水灣插隊，恰巧就落實在徐心香家的大隊裡。那時候她還小，她家的門我串過，她家的飯也蹭過，她的爹娘老子也熟。惱火的是，洄水灣一帶的人算農村戶口，比不得城裡。否則，依了徐心香的冰雪靈氣，一準能考進大學，現在說不定也能作上教授。唉，我後來考上學走了，一去經年。很多年後，我前妻將徐心香從鐘點工市場領回家裡來，才認出了她。那時候她窮途末路，沒轍了，才去做那份工。但我前妻很信任她，背後一直在誇她。」

杜懷丁問，「那個嫂子呢？」

「死了，癌。」

「可惜。」

「我想，我得幫徐心香一下。兄弟，少年時的情義，等於是人身上的一件夾襖，越舊越貼心，越暖人。」李釋堪指著偌大的庭院，如釋重負地說，「喏，本來是她家裡的地，一直撂荒著，她也嫁進了蘭州城裡。幸好，這一帶開發成了郊外紅火的消費場所，我就拿出了一些錢，托了關係，才修建成這個樣子。她主外，我抄經，困在深山大壑中，一所懸命。山人不識韻，千年古藤便是琴，呵呵。兄弟你一來說道說道，我就不覺得自己形影相弔啦。」

杜懷丁，「這是『六度分隔』理論。」

「什麼？」

「哦，世上最陌生的兩個人，透過中間的 6.6 個人的機率，就可以相識一場，結上這一生的情義。」杜懷丁記憶力強，栩栩如生地說，「比如，負責洄水灣的投遞員病了，站長讓我來試投這一路，我剛好碰見了紅衛兵哥哥，被他押解到了坡地上，又邂逅了徐姐姐，現在和你在月夜下對飲。整五個。」

「另一個半呢？」

杜懷丁趄了趄，取出兜裡的那本抄經，晃了晃，深信不疑地說，「李老師，再碰上第六個人的話，說不定，我也會結識佛的。佛離得不遠。」

「你真是個善心人，兄弟。」

杜懷丁碰了一杯，抹抹嘴角，口氣深邃地說，「李老師，這本手寫的《金剛經》，不送我母親了。我要送給另外一人，他現在危險，病很深。」

「隨緣，也隨你。」

「他對我好，我怕他會死掉。他要是死了，這一條六個人的鏈子就會斷，我也就不會再認識你們，喝不了你們的酒。我饞病犯的話，也沒個醫

生來診。」一滴淚，掉進了杯中，杜懷丁渾然不知。

「我為你的話，真的害羞。」李釋堪道。

「怎麼？」

李釋堪說，「先斷的一定是我，不會是其他人。我有業報。」

「這麼好的秋月，你？」

「嘿嘿，不說傷感的話了，兄弟。世上的人有很多種結局，我知道，我適宜一種最難堪的死法，就是羞－死－拉倒。來來來，當浮一大白。」

月亮像一塊冰，掛在天上，慢慢融化。

陳亭妃做完了今夜的功課，從橋上踱過來，四下裡尋望了一圈，卻沒看見杜懷丁，心裡不免有了點失望。心想，杜懷丁或許來過了，夜寒，等不及自己，又悄沒聲地回家去了。也或者，杜懷丁遲到了，正在路上往來趕。一念若此，陳亭妃便摸出菸捲和打火機，坐在橋欄上，靜靜地抽菸。

上游的甘南草原一定入了冬，所以河水越來越瘦，在河谷裡逼仄成了一個病人的樣子。月輝落下，被河堤上的燈光一攪擾，四處紛飛。紛飛時，月亮也掉在了河水裡，彷彿天上的誰用完餐，扔下的一隻銀碟子。陳亭妃連吸了三枝，舌頭上苦麻麻的。最近一段時間，舌頭變了味，似乎隱含著身體中的某種信號，但陳亭妃顧不上細究。剛結束了例假，量挺多，去給學生們演示大小跳時，每一組關節都呀呀呀作響，好像生了鏽的機器。還好，現在肚腹裡發燙，有一股力量在祕密地蓄積。究竟這股力量從何而來，陳亭妃也懶得追究。

月亮一化，周遭便靜寂了許多。唯一能聽見的嗡嗡聲，是來自半空中的那幾根無軌電車的線纜，帶著電流，彷彿競技似的，非要將河水拉直。

放眼望去，一輛無軌電車，從黑暗的樹陰中駛過，踩著一地的月斑滑行。

陳亭妃瞧見，車身上是兩幅巨大的彩噴廣告。左側是無痛人流，只打針吃藥，不動器械，68 元，三分鐘就可以下地行走，云云。右側是一家彩棉內衣的模特廣告，代言人是兩個三流影星。女星一身妖嬈，凸凹有致，曲線畢露，陳亭妃覺得唯一的遺憾，是她的肚臍眼太難看，不是玲瓏的渦漩，沒有小巧的酒窩，真像是當初接生婆一剪子使錯了方向，又像修鞋師傅的錐子潦草敷衍的作品。陳亭妃有點失笑，壞壞地一樂。男星是個奶油小生，裸了身，作肌肉男的姿勢，卻沒有一點點史瓦辛格的暴力感。男星代言的是平腳內褲，正面迎人，緊繃繃地貼在恥骨上，將一大包雄性動物的家什塞得滿滿當當。心想，家裡的衣櫥滿了，一拉櫃門，就會排山倒海地瀉下來。這傢伙，怕是也兜不住了。

上學時，一遇上節慶日，班上總要排幾個芭蕾的小節目，震一震其他的系科。陳亭妃一般會擔綱女角，跟她搭班子的男角頻頻換人，說她太獨，難配合。後來有了固定的舞伴，藏族小夥子，叫仁青，天生跳舞的料，兩個人掙回來了不少的獎項，風光一時。陳亭妃猶記得，仁青每次排練前，總在空中先做幾個燕子跳，演出服束身，襠裡也是憋得滿滿的，一副青春勃發的勁頭，害得陳亭妃不敢看他，怕被別人笑話。眼神躲遠了，嗅覺卻躲不了，陳亭妃總會聞見仁青身上散發出的荷爾蒙的氣息，讓鼻子裡很幸福。舞蹈時，身體不經意地擦刮中，陳亭妃被那一包東西弄得癢酥酥的。趕回宿舍後，一般會洗一個冷水澡，才將心裡的跳突和莽撞壓下去。畢業後，仁青回到了州民族歌舞團，一次醉酒後，竟從馬背上摔了下來，自廢前程。而今，仁青的面孔已然模糊了許多，但陳亭妃仍記得他身上山高水長的掛件，比如今夜裡。

在家裡，一到了夏天，李釋堪也是這等樣子，覷著肚腩，只用一小片布遮住要害，在陳亭妃跟前晃悠，不以為然。媽媽幾次給李釋堪交涉，叫

他注意影響，畢竟女兒大了，有礙觀瞻。李釋堪聽後，只改正過一次，接著又舊病復發，還譏諷媽媽太封建。陳亭妃隻字不語，私下裡卻勸媽媽，說沒什麼了不起的。晚上一家人看電視，李釋堪將裸腿支在茶几上，一腿的毛，像穿了一雙黑色的長筒襪。陳亭妃斜覷過，目光一搭上去，就有一種噁心之感。李釋堪的身上，青春早已蕩然無存，而他偶爾爆發出來的一些激奮和喜悅，在陳亭妃看來，也不過是迴光返照罷了。平時，陳亭妃會買一兩本健美或舞蹈類雜誌，隨便翻翻。在其中的插頁上，也總能看見肌肉男和暴力男身上的起起伏伏，陳亭妃將這種嗜好當作了一種私癖，不與外人道。今夜裡，陳亭妃盯看著車身上的那一包物件，一方面覺得自己很騷；另一方面，又感覺受到了挑釁。

　　無軌電車彷彿一枚紅蘋果，滾遠了。陳亭妃起身，追著它，往西而去。

　　陳亭妃和無軌電車之間，是一排排冷杉和樅樹，也唯有它們，耐得了黑鐵似的秋夜，彷彿一格格影像，在眼前放映。車廂裡空曠寂寥，連一個觀光的乘客都不見，司機卻打開了全部的燈，亮若廳堂。或許是為了打發長夜，車子駛得很慢，比蝸牛快一些，但比烏龜遲鈍許多。說不上追，也談不上「攆」這個詞，陳亭妃只放快了腳步，與無軌電車並行向西。一忽，車子就駛過了白馬浪。扭頭望時，陳亭妃瞧見唐僧的身上披了一件外套，鉛灰的風衣，不很合身，許是哪一位信徒發了慈悲，供養師父的。古怪的是孫悟空，手裡擎了一把傘，正壓下雲頭，眺望著惴惴的人間。傘是花色的，撐開，上頭噴了保險公司的徽標。

　　有點氣喘，陳亭妃剛放慢速度，無軌電車也有了感應似的，慢下來。

　　女司機恰巧是王幸男。王幸男踩住刹車，回轉過身，拿起保溫杯，飲了一口茶。茶是傍晚時泡的，溫度正好，釅釅地穿腸入肚，提神解乏，會

讓王幸男精神抖擻地堅持到午夜收車。有時候，王幸男覺得茶真是一位好夥伴，伴著自己，在漫長且單調的風情線上做這份工，掙一口食糧，還將橡皮拉扯大，不知不覺中，兒子已到了上學的年紀。苦愁久了，茶也會是一個男人，在王幸男的身體裡漾蕩，說一些醉話，撒一點野歡。喝光時，王幸男喜歡將茶羹含在嘴裡，細嚼慢嚥，直到撕碎它，嚼爛它，徹底消化了它，解恨一般。比如，今晚上王幸男泡的是鐵觀音，茶中的菩薩，熱性，有一股子知心知肺的通透感。

所以發熱，頭上的絲綢戴不住了。

陳亭妃相跟著，見女司機再次放緩了車速，騰出兩隻手來，在解脖頸下的疙瘩扣。心猜，或許是綁得太緊了，女司機解了半天，卻沒能解下來。女司機一氣之下，乾脆抹下來，像一隻紅色的項圈，攏在脖頸裡，煞是別致。陳亭妃又猜，女司機一準是杜懷丁的姐姐，從大模樣上便可以甄別，一母所生的血親，連姿勢都像。杜懷丁曾親口告訴過陳亭妃，他夜夜來橋頭閒晃，值守大半夜，只不過是暗中助一份力，怕姐姐有個什麼意外。而且，姐姐並不曉得他的這一樁苦心，渾然無覺，坐在駕駛樓中，明眸皓齒，差不多以為四十里風情線就是自己的領地，驕傲得如一位女王。一思想，陳亭妃便有些豔羨起了女司機，真覺得她是幸福的，幸福得像秋夜裡的一盞茶，漾著絲絲縷縷的熱氣，漫漶在眼前體內，含了一份祕密的滋養，不為人知。

車子剛拐過一個彎，陳亭妃嚇了一大跳。

堤岸旁的樹叢裡，突地躍起一個人，先尾隨了幾步，而後攀住車身後的維修梯，迅速登上了車頂。陳亭妃心裡尖叫了一聲，渾身孵起一層雞皮疙瘩，腳步也頓了頓。車頂上，幾扇天窗敞開著，並不像其他的玻璃窗，閉得嚴絲合縫。拐了彎，兩根集電杆跳了跳，順利地掛在了線纜上，「哐

173

嘟」一聲，擦出來一蓬火花，鋼藍色，比弧光短促，卻比一聲嘆息要久長，彷彿一個啞孩子在說話，提醒女司機一般。

那個人在車頂上晃幾晃，很快站穩了，又俯下了腰，試探著往天窗裡望了幾眼。王幸男渾然不知，依舊喝了一口茶，匹手解著脖頸下的紅絲綢。路燈閃逝的一瞬，陳亭妃驚訝地發現，車頂的男人是蒙了面的。

拐彎時，王幸男太凝神，不曾聽見車頂上紊亂的腳步聲。待王幸男開進了端直的大路上時，「嘩」地一聲，左側的後視鏡裡亮了亮，猶如一隻嗓子說完話，迅即掩逝無蹤。每次都是如此，那一蓬鋼藍色的火花，報告著平安。要是它不爍閃，說明掉了杆，車就會癱瘓在路上。王幸男可不想那樣子。掉了線，人得費力地爬上去，掛好幾次牽引繩，才能接上電，而且滿手油膩膩的，一身臭汗。王幸男小小得意了一下子，忽然被一隻手捂住了臉。

王幸男駭然地一「哦」，身體被扼死了，徒然地握住方向盤。車子並沒有失控，哽咽著往前駛。從駕駛樓的後視鏡裡，王幸男看見了蒙面男人，一頭的青皮，眉骨突出，頰上的絲巾一呼一吸，逼出了他的輪廓。免費觀光車，又不曾帶了現金，王幸男只猜出一點，歹徒是來劫人的，女人。歹徒換了手，攬住了王幸男脖頸裡的絲綢項圈，幾乎讓王幸男窒息過去。王幸男拚命把住方向盤，蒙面男人忽然攬住了她的乳房，箍得惡狠狠。

「是我，我喬如山。」

歹徒摘下了絲巾，一嘴惡臭地說。

「你咋？」後視鏡裡，數年不見的丈夫露了面，瘦削削地笑。

「老婆，我在這裡等了好幾天了，你們線路檢修，沒等著你。今天可好，遠遠看見了你。」喬如山貼在王幸男脊心裡，俯壓在她的肩胛上，情

不自禁地賣弄，「我逃出來了，從青海晝伏夜行，走了三個來月。」

「你越獄了？」

喬如山急猴猴的，忘了車廂內燈火如晝，也無視偶爾擦過的夜行貨車，一隻手狼亢地上去，抓住了王幸男的乳房，揉來搓去。「逃出來了，佛爺保佑，還能活著見到你。老婆，我想你跟兒子，把肝花都想爛了。我去你家裡和學校附近，看了幾眼兒子，兒子高了，活脫脫一個小喬如山嘛。」王幸男並不想停車，冥想中最壞的事情，終於在眼前發生了。冤家呀，大路通天，卻又偏偏這麼頂頭碰見。王幸男的胸掙脫著，但喬如山的手如掛鉤，釘在上面，試圖喚醒她。久了許久，差不多快忘了這種感覺，王幸男面紅心臊，狠踩了電門，車子順著一條坡道，急馳而下，晃得喬如山跌坐在椅子上。

「知不知道，你這一越獄，會罪加一等的。」

「讓判，再判上十年，槍斃也可以，只要能見上你跟兒子，我認罪伏法。」喬如山咆哮不止，對妻子的冷漠異常惱火，又抓住扶手，追過來。王幸男在奔行中，快要收不住淚水了，覺得窗前成噸的黑暗，此刻全部砸在了身上，不堪重負。「喬如山，你知道嘛，再過幾年，你就快獲釋的。現在，你即便去自首，也是前功盡棄，我和橡皮還有什麼指望，我還得守你的活寡嘛。」

「停車！就現在。」

「不！」

「就在這裡做，做完，抓了我也行，我厭倦了逃亡。」

「喬如山，你別當我是妓女。」

「我想瘋了。你個婊子，還不停下來麼。我要動粗了。」

「你去跳黃河吧。」王幸男吼道。

「婊子，停下來，帶我到一個安全的地方去，伺候我。」

喬如山扼住王幸男的喉嚨。無軌電車忽然打起了擺子，跌跌撞撞，若一匹痙攣的野馬，一騎絕塵。車頂上的集電杆，也在通過鉸接點時，擦出來一蓬又一蓬的火花。在陳亭妃的眼裡，它們真像一隻火狐狸的尾巴，在燃燒，在報警。陳亭妃落下了一大截，但窗內的一切，都被盡收眼底，心知發生了一場不測，杜懷丁的姐姐命在旦夕。一發足，陳亭妃追攆上去，抓住了車後的維修梯，忐忑地爬了上去。幸運的是，這一切都不難，在陳亭妃的心念下，一氣呵成。

河風吹拂，正巧對準了上游的峽口，陳亭妃被吹得獵獵發抖，半蹲在車頂上，穩住重心。待陳亭妃稍作適應後，終於看見了風中飄蕩的兩根牽引繩，遂拽在手裡，沉沉地往下拉。一拉，繃緊的集電杆終於脫了鉤，離開了電纜線，像一隻戲曲演員的冠子被踢飛，一對翎子在夜空裡蕭索地震響，卻無人喝彩。

車猛地一刹，頓住，斷了電。

瘋狂不止的喬如山，被一陣突然的慣性摔倒，結結實實地啃在玻璃上，撞花了臉，幾近暈死。陳亭妃站在車頂，踩住天窗，一腳一個，將它們全都關閉，怕歹徒再跳出來。陳亭妃覺得自己真英雄，關門打狗，還有一種飛簷走壁的本事。陳亭妃不由得一笑，心想，好事做到底，送佛送到西，緊著掏出挎包裡的手機，撥打了110。

員警很快就到了，包圍了這輛無軌電車。

猩紅色的警燈閃爍一片。警笛嘶喊得令人揪心，在長長的秋夜裡，一準會驚擾了菊花的安歇。陳亭妃早暂到了路邊，和一幫子夜行司機們，站在道牙邊上，湊這份熱鬧。員警更老練，將牽引繩拉起，掛上了集電杆，無軌電車內又雪雪地亮了。王幸男正抱著丈夫的頭，哭得天塌地陷，一把

眼淚，一把鼻涕，沾滿了喬如山的鮮血。顯見，他被撞開了花。

門打開的瞬間，喬如山突地躍起，想奪門而逃，卻被三個員警摔翻在地，死死地壓住，砸了鋼銬。

押解下車時，陳亭妃聽見王幸男抱住員警的腿，哀哀地說，「他是自首的，我是他的家屬，我可以作證，他越完獄就後悔了，一心要自首的。」

「我可以證明。」王幸男道。

陳亭妃的目光落在了王幸男的脖子裡。一塊紅絲綢箍在上頭，綰出了一記旗花形的扣子，挺別致。心想，這個旗花扣了，怕是個簡易的中國結吧。

事情的詭譎，卻遠遠超出了人的預想。

因了打抱不平、行俠仗義之舉，陳亭妃覺得豪氣陡增，筋骨灼熱，竟連車也不打，踏著長街上的月斑，徑直步行到了家裡，幾乎穿過了半個蘭州城。類似的感覺，讓陳亭妃多日來鬱結的陰霾和哀苦，暫且避遠了。此時心氣浩淼，目空一切。當然，也不能辜負了杜懷丁小弟，這個殘疾的投遞員，在一個個秋夜裡，陪她做夜課，還將她載到了繁華地段，看護著她安全上車。杜懷丁人老實，不打問，不生疑，像一個知情人那樣，謹守著祕密。李釋堪出事後，陳亭妃一直祕不外泄，沉墜不堪的心事，只在杜懷丁的面前，才有些許的放肆，真的難為小弟了。今晚上也算一樁快事，而且跟杜懷丁有關，便勇施援手，一擊中的。陳亭妃心說，我用這樣子的方式，報答了杜懷丁的殷勤，且不為人知，不亦快哉。

快樂是獨享的。進了社區，在樓下的夜店裡，陳亭妃挑了兩瓶紫軒葡萄酒。明早是週五，放了羊，不上課。因為社區要給「紅舞鞋」滅蟑滅蟻，投放毒藥，所以早早貼了通知，給孩子們放假。

　　將家裡所有的燈都打亮，連衛生間、陰臺、陽臺的射燈也打開，四壁間亮若正午。尚未供氣，或許燈光才會讓人取暖，不至於在寒夜裡瑟瑟心寒。陳亭妃泡了個熱水澡，裏上一件綿厚的長睡衣，坐在沙發上，開始獨飲。茶几上擺滿了零食，電影頻道剛開始播一部美國片，《驚濤駭浪》，梅莉·史翠普主演。牆面的一隻掛鐘上，分針和時針正剪切著歲月，差不多快入零點，新的一天要揭幕了。紫軒不錯，酒溫適度，在舌面的兩翼裡忽上忽下，漾出了一絲麻酥酥的味覺，撞擊著雙頰。想像中，秋夜裡就該有這樣一滴神祕的葡萄汁，銜在心頭，再撫摩一下生命的過往。陳亭妃平時不嗜酒，但也應對裕如，一點也不怵。

　　上一次喝紫軒時，還是米小揮推薦的。

　　在酒吧，彭紹荷詭兮兮地將陳亭妃介紹給米小揮，藉口忙，一推三六地走掉了。陳亭妃想，紅娘怕都是如此，嘴上功夫罷了，兩頭討好。米小揮煞是熱烈，西裝革履，配了一條果綠色的領帶，頭髮後梳，油光可鑑，滑得站不住一隻蒼蠅。陳亭妃說隨意，就開始喝起了紫軒，先象徵性地抿一抿，淑女一般。米小揮做了很威風的自介，邊喝，邊解下了西裝，摘下了一隻碩大的金表，故意磕在茶几上。憑了窗，寬大的落地玻璃外，是一個霧濛濛的雨天，街上斑斕的雨披，幻化出恍惚而又虛空的色彩來。當時，陳亭妃偶然想起一位女詩人的話：街上流動的一切，就叫「生活」，可我沒將「它」過好，誰也沒過好。閃逝而去的行人臉上，陳亭妃竟沒發現哪怕一絲笑容，他們肅穆，隱忍，方向不明。這麼一唏噓，酒就下得快了，幾乎是杯杯吞了下去，駭得米小揮大驚小叫的，一點憐香惜玉的表現都不見，又惡意地鼓動初次見面的陳亭妃。陳亭妃便有了警覺，表情上佯裝二三，其奈我何。那是媽媽病重期間，病房裡的死亡之氣，如影隨形地跟在腳後跟上，揮之不卻。媽媽在彌留之際，一直嘮叨著女兒的終生大

事，害得陳亭妃就想隨意找一個人，男的就行，拉到病床前，給媽媽瞧上一眼算了。米小揮充當了這個角色，卻不知天高地厚，一個勁地吹噓他們的公司，如何如何了得。

半天後，米小揮也自覺無趣，關公似地盯視著陳亭妃，一臉的色瞇瞇。陳亭妃支頤望著窗外，忽聽米小揮指著一輛奧迪車，興奮地說，那是牛副市長的車，沒錯。陳亭妃頓時來了氣，問說，領導的車牌，你是不是都會背？米小揮睥睨群雄地說，當然，從省上到市府，頭頭腦腦的車牌號碼，以及司機叫什麼，我都爛熟於心。於是，米小揮開始了表演，從書記到一溜的副職，四大班子，統統背誦了出來。陳亭妃挺好奇，深信不疑地認為，米小揮就是一個漏網的李詠，大馬臉，真該上那個「幸運 52」的節目了。誦畢，米小揮等著誇讚。陳亭妃獎給他一杯紫軒，冷不丁地問，你媽媽生日是哪一天？

米小揮愣怔一番，沒反應過來，忙撥了電話，現場問自己母親。米小揮涎了臉說，你想去我家裡認親嗎？不！陳亭妃聲色不佳，淡下了臉，敷衍說，隨便聊聊，我挺替你媽媽驕傲的，你這麼出息。

米小揮得了鼓勵，從對面的桌子上繞過來，坐在陳亭妃一旁，手就不聽話了。陳亭妃拗不過，拽起挎包，說我去方便一下。起身時，陳亭妃才察覺，原先米小揮穿了一雙白皮鞋，女裡女氣的，西褲下還是一雙白絲襪。雨也沒有眼色，在米小揮的白皮鞋上畫了花，質地太劣，表皮像起了皺。記憶稀薄，陳亭妃好像從哪本雜誌，或者好萊塢片子裡聽說，只有那種職業的人，才穿白皮鞋，比如鴨。但不確鑿，只是覺得怪，不舒服。酒吧裡客人攢動，陳亭妃忽然問，對了，你哪單位？米小揮實話說，哦，剛說了三遍了，開了幾家 4S 店，專營汽車。陳亭妃說，真喝暈了，我還聽成你是馬戲團的了。

　　溜出了酒吧後門，陳亭妃給彭紹荷掛去電話，揶揄說，彭姐，拜託，能不能以後介紹一個穿黑皮鞋或草鞋的帥哥，我暈菜了。說完，即刻關了機。可一回到媽媽的病房，陳亭妃就在挎包裡發現了一個小禮盒，打開一瞧，簡直嚇了一跳，是一枚鑽戒，拴了標籤，有五克拉。陳亭妃塞進包裡，斥道，腦子是有病，初次見面就燒包，你以為你誰呀。

　　抽了空，約米小揮出來，老地方。陳亭妃提前點了紫軒，張網以待，心裡揣了惡作劇的念想。米小揮鷹隼一般地飛落，好像知道有戲，一坐下，就急不可耐地叼住了陳亭妃的手，說了一大堆肉麻話，比詩人還溼，比孔雀開屏還鮮亮。陳亭妃將五克拉完璧奉還，悄悄塞進了他兜裡，又拎起包，說去方便。

　　女洗手間的門楣上掛著「凹」字，空無一人。陳亭妃淨完手，略略補了一下妝。這時，門忽然碰開了，米小揮衝進來，一把摟住了陳亭妃，嘴也壓了上來。陳亭妃閃避著，卻躲不開米小揮牛一般的體重，被壓倒在水磨石的盥洗臺上，動彈不得。亭妃，你不能故技重演，再從我眼前跑掉喲，我這次可學乖了。米小揮喘息地進逼著。陳亭妃怕被人堵住，影響不好，剛要呵斥時，米小揮的舌頭塞進來，噎住了她的咆哮和怒火。身下冰冰涼的，水浸了一脊背，陳亭妃幾欲窒息。米小揮卻蹬鼻子上臉，手伸進了領口裡，握住乳房，又賊膽包天地往下游裡摸去。陳亭妃急了，抓起盥洗臺上的一瓶洗手液，澆在了米小揮頭上。

　　當時，要是沒了那一杯紫軒墊底，怒火中燒，還敢不敢痛下殺手？陳亭妃的答案是肯定的。

　　悠忽間，一瓶已然見了底。陳亭妃醉眼朦朧，又擰開了另一瓶。越喝，越覺得身上的這件媽媽留下來的綿睡衣，像一隻溫暖的胚胎，將自己包容進去，給予了祕密的餵養。念及媽媽，陳亭妃的鼻子酸了，覺得這個

漆黑無邊、空空蕩蕩的人世上，再也不會有人踱來，像媽媽一樣惜疼自己一番了。陳亭妃跑進了小臥室，抱出媽媽的遺像，支在身畔。整個身心，漸漸迷離地醉了，醉得若一隻青瓷的空碗，擱在月夜下，竟盛不起一滴寒露。

電話響了，很怪的聲音，好像午夜凶鈴。

躺在沙發上，拿起聽筒，陳亭妃喂喂了幾聲，卻聽不到回話。一骨碌翻起身，驚出了一身冷汗，陳亭妃問，「誰？請講話。再不吱聲，我可就掛了。」冥思中，陳亭妃只嗅見了對方的喘氣聲，均勻，舒展，氣定神閑的。陳亭妃喀嚓掛了。隔不了幾秒，又肆虐地鳴叫，聲聲斷，比小器廠裡的電鋸還刺耳，且鑽骨入腦。陳亭妃耐下性子，屏聲靜氣地問．

「米小揮，是你嗎？」

喘息聲中，夾雜著一股子脈脈的電流，猶如一隻玩具型無軌電車，馳遠。

「老莫，是不是把彭姐又丟了，彭姐不在我這。」

猶是一陣啞默。

「你是杜……？」話到了嘴邊，陳亭妃才驀地想起，投遞員是不知道家裡電話的。思來想去，就那麼寥寥幾個熟人，其他的人不會在深夜來電傾訴的。寥寥，彷彿枝柯間的一面蛛網，橫陳了一生，亦無一個知心者黏掛其上，令人牽懷。一想，陳亭妃便肩胛抖瑟，猜想自己是何等孤寂，連一個自投羅網者也戲耍如此，不吭不哈，拿自己取樂。

「哦，是李叔！你是李叔，對不對？」

驚叫，尖喊，連天花板也沉沉一墮。

「……我知道你是李叔，你沒死。你使了障眼法給我瞧，你還活著，在蘭州。」陳亭妃頰上生冷，心也溼塌塌地哀告說，「李叔，我知道是你，

不會是別的人。我求求你，這裡是你的家，我是你的女兒。以前的那些事，都是誤會，也有我的不是。你別再自責了，我早就原諒了你，徹底原諒你了。」

「求求你，跟我說一句話吧。」

掛線的聲音很低，怦，好比風吹過了玻璃，窗子晃了一晃。

本地人講，白酒傷肝，啤酒傷腎，紅酒傷膽，但頂頂不堪的是，沒有酒會傷心。陳亭妃控出了最後一滴紫軒，倒進了肚腹內，再抓起瓶子時，才恍惚覺得揮霍得可以，斷了糧。一個午夜的電話，仿若一枚釘子，將陳亭妃釘在了虛空裡，身下是萬丈深淵。闃寂中，又偶爾會聽見豺狼虎豹以及鷹隼的嘯叫，縈回不絕。酒像世上的安眠藥一般，睡不了人，卻使人越發覺得無助。陳亭妃邐裡邐邐地站起，在寬闊明亮的客廳裡走了幾遭，也尋不出一個解脫的法子來。螢幕上，梅莉・史翠普也被人追逐著，在山澗裡惶惶奔命，如一隻喪家的母狗。一氣惱，陳亭妃關了電視，滅了全部的燈，抱起媽媽的遺像，撐開了大臥室的門。心想，剛才的電話若真是李釋堪的，興許，他的良心發現了。

但，這最後的一絲冀望，也迅速破滅了。

緣故是那件疊放在床頭的呢子夾克不見了，不見了！陳亭妃腳步遲疑，打開床頭櫃，又拉開衣櫥，連枕頭和床鋪下都找遍了，卻沒發現它。記憶明晰，彭紹荷來的那晚，是自己親手疊整齊的，想找一個做夜課的晚上，去將呢子夾克扔在橋下，再喊幾聲，交給李釋堪。假如李釋堪真的跳了河。一直忘了這一茬。平時，大臥室的門像一座冰窖，催逼得陳亭妃不敢去瞧，不敢去想，禁區一般。思前想後，事發以來，家裡也只有阿姨和自己兩個人，但第三枚鑰匙，掛在李釋堪的屁股上，他隨時有可能故地重遊。此刻，陳亭妃有一種強烈的預感，李釋堪一準在不遠處，偷窺著自己

的一舉一動，如夜的眼，不死不滅。

心想，或許也該問問阿姨，試探一下，是否阿姨太殷勤了，將呢子夾克送進了乾洗店，尚未收回來。但拿起分機，撥了阿姨的小靈通後，卻是關機。阿姨家裡沒座機，就連便宜的小靈通，也是當初媽媽給阿姨配的。一時間，陳亭妃魂不守舍起來，眼睛裡幾欲要噴出火舌。

等等，還有一件更要命的東西。

陳亭妃心弦一跳，忙扔下遺像，趴在床上，將兩隻枕頭打開，撕下枕套，掏出了棉芯，翻來覆去地找。枕芯微微發黃，在揉搓中，有一股子奇異的氣息，漾蕩在陳亭妃的鼻孔裡。枕芯也薄，幾乎快被撕碎了，陳亭妃也沒發現那一張拃寬的字條。不知誰的手，讓它失蹤無跡，像李釋堪一樣，生不見人，死不見屍。新疆的彩棉，內瓤是一包羽絨，陳亭妃又撕又揚，像雪花紛飛一般，在漠漠的天花板下飄飄灑灑，帶著無助的哀弱之相。陳亭妃失望透頂了，一洩氣，身體如一座懸崖般，垮塌下來，仰八叉地躺在寬闊的床上，有一種鹹帶魚似的僵死表情。

拃寬的字條，本是一件證據。或者說，也是李釋堪的遺書，痛心疾首的字跡，猶在陳亭妃的腦海裡映現。現在，卻被李釋堪摸走了。陳亭妃篤信。

它本來也是一次了斷，決絕的。抽刀斷水，眼睜睜的，黃河又從天上來。

其實，陳亭妃已然徹底醉了。在醉之上，再覆壓了鉛一般沉重的失敗感。失敗彷彿一把圖釘，在陳亭妃的體內遊走，使她輾轉難安，忽明忽暗。陳亭妃蜷縮起來，抱住自己，又抱住了狼藉的枕芯，貼在鼻孔上，一遍遍地嗅聞著，直到聞見了媽媽的體香，輕，略澀，羊脂味，混雜了咯咯的笑聲。陳亭妃順著這一絲殘存的遺跡，越滑越深，越遠，漸漸地墜進了

羽絨色的黎明。

在夢裡，陳亭妃一再將自己丟失，攥不住媽媽的手，哭得很痛。

其實，李釋堪是陳亭妃的繼父，別樣的繼父。年深日久，相互間，又有一種界限不明的曖昧。這麼講，是需要證據的，好在樓上樓下的鄰居們就是證人，也大多對此見怪不怪，暗地裡，還挺歆羨這一家人的融融和睦。

李釋堪走進這個家時，陳亭妃才念高二，媽媽卻已守了五、六年的寡。對於生父的終局，媽媽一直語焉不詳，對女兒絕少提及。偶爾唸叨時，也只是以「死鬼」相稱，好像害了她一輩子似的。小時候，家還住在一座筒子樓上，冷清不說，每月的吃喝用度，都是一分錢掰成兩瓣花，陳亭妃的衣服是晚上洗，早上穿，還打過補丁。清貧的快樂，或許最真。自小，陳亭妃就跟在媽媽的屁股後邊，寸步不離。長大了上街，也是母女倆手挽手的，被街坊們看成是雙姐妹。就算後來李釋堪有了資格，母女倆也將他拋在身後，如同跟班一個，愛搭不理。

媽媽是個喜興人，化學專業，卻一輩子愛好文藝，痴迷不輟，還上過師大音樂系的夜校。從陳亭妃懂事起，媽媽就調到了一家啤酒廠，在化驗室工作。在媽媽的眼裡，那些高低不一、錯雜凌亂的玻璃器皿，或許就是弦索和琴鍵，天天敲打，哼唱不斷。工餘，媽媽還去參加街道居委會的文藝表演，慰問過當地駐軍，給重刑犯唱奮進曲，與勞模代表聯歡，等等。實事求是講，媽媽的音質一般般，潛力不足，但她火一樣的熱情與投入，又能一白遮千醜，使人忘情。媽媽還是個與時俱進分子，街上流行什麼，嘴裡就會哼唱什麼，跟原唱無異，中規中矩得像一張正版磁帶。後來，啤酒廠大規模改制，產品風行西部諸省，又在香港上了市，於是成立了配合行銷宣傳的廠藝術團，媽媽扔下玻璃器皿，專事演藝。

唸到初三後，陳亭妃的個子與媽媽一般高了，兩個人的衣服可以互換展示。陳亭妃一躍而起，出挑惹眼，在學校裡煞是醒目。其中部分的功勞，當是媽媽走南闖北買來的各式衣裙。晚飯後，媽媽總要拉上陳亭妃，衣著鮮亮地去黃河邊散步，摟肩搭背，讓路人紛紛側目。不妙的是，陳亭妃的功課一落千丈，成績在中下游徘徊。媽媽卻不急不躁，老早就打定了主意，因地制宜，劍走偏鋒地讓陳亭妃業餘時間學了芭蕾，考上了音舞系。

　　後來，廠裡的藝術團基本癱瘓。媽媽提前辦了退休手續，早早地加入了中老年無伴奏合唱團，異軍突起也作了骨幹，還每每擔綱領唱一職。該團體掛在民政部門，一半義務，另一半費用，由該場晚會的承辦單位具體負擔。湊巧，寡居經年的媽媽，就在某一次演出後，認識了李釋堪。

　　當時，李釋堪在一家銀行作高管，臨近春節時，想置辦一臺晚會，銀企聯歡。在本地，中老年合唱團經過數年的打磨，已是名聲雀起，什麼場合也落不下，而且總是壓軸的大戲。媽媽在團裡年紀最小，剛四十八，雖不是一言九鼎的人，但外聯統統歸她打理。李釋堪在開鍋羊肉訂了一桌飯，假手電視臺的臺長，邀約了媽媽來談。酒過三巡，李釋堪就醉眼迷離地拍板定奪了，一應百應。李釋堪後來也承認，本來以為中老年嘛，大多是涎水收不住，昏頭花眼的傢伙，唱什麼唱，去含飴弄孫還差不多。豈料，媽媽在酒桌上現場表演的幾支民謠，卻是如百靈鳥一般的婉轉動聽，風情萬種，顧盼有姿。李釋堪動了心，假公濟私，忙前忙後了大半個月，演出終於盛大結束。當晚，在全體演職人員的慶功宴上，李釋堪單獨塞給媽媽一個大紅包，表情詭祕。媽媽也從旁人的嘴裡探聽出，李釋堪的妻小，早已移民到了加拿大，與李釋堪辦了離異手續。

　　李釋堪是活著的唐僧，面嫩，不顯老，比媽媽還小了三歲半。他們之

間眉目傳情、暗通款曲的細節，陳亭妃並不很明晰。只記得，第一次見李
釋堪時，也是在一家酒店裡。偌大的包廂，金銀餐具，一對一的服務，讓
陳亭妃覺得很不自在。媽媽嘻嘻哈哈慣了，一向是沒心沒肺的樣子，除了
對女兒。但那個夜晚，媽媽卻拿捏著一份罕見的羞澀，雙頰彤雲，語聲嬌
滴，一雙丹鳳眼格外招人。學校裡的伙食差，一見大餐，陳亭妃沒顧上留
心，兀自大快朵頤地饕餮，來者不拒。媽媽和李釋堪雙雙給陳亭妃搛菜，
看護得緊，諂笑連連。餐畢，男方藉故出門，媽媽終於拽住女兒的胳膊，
囁嚅出了那句話：

亭妃，你覺得李叔這人咋樣？

像我哥！

嚼舌頭，你哪來的哥嘛。

陳亭妃回說，讚美的話也聽不懂，真鬱悶。

按當地的習慣，二婚在晚上辦。媽媽在蘭州無親無故，只拉來了幾位
舊時同學，衣著也隨便，不戴胸花，無堂可拜，吃喝一頓就算是曉諭天
下。倒是李釋堪大方，其他三桌皆是他的狐朋狗友，鬧騰得像頭婚。陳亭
妃告了假，從頭至尾，充當了伴娘的角色。因了次日考試，陳亭妃早早出
門還校，李釋堪拿出一張單據來，交在陳亭妃手裡說，聽你媽媽講，你需
要一臺跑步機，喏，款已付，你抽空去挑挑顏色，我叫人搬回家裡，但願
你喜歡。

時至今日，跑步機還在陽臺上，運轉也正常，但陳亭妃已鮮有興致去
蹦蹦跳跳的，弄得揮汗如雨了。以前卻不是。剛搬回來後，陳亭妃週末一
回家，三個人便在跑步機上比試耐力，既作裁判，亦當運動員，還設有小
小的獎勵。一練就是一兩個鐘頭，累得快趴在了地上。畢業後，陳亭妃常
住在家裡，有單獨的小臥室，不再像先前那麼懶散隨意，時時謹慎自守，

偶有莫名的怒氣時，跑步機也充當過一陣子家庭和睦的引擎。應了那句老話，花無百日紅，人無千日好，李釋堪更不堪。不久，李釋堪就被免了職，涉嫌違規放貸，大約有上億的資金無法回籠，等於是一幕「無間道」遭曝光。李釋堪遭罷官貶逐，聽候調查，撂荒在了家裡。除了媽媽的護短寬慰外，李釋堪很快求得了另一條解脫之徑：抄佛經。

陳亭妃無礙，誰也不知那個肇事的銀行高管，其實是她的繼父。李釋堪的背景也深，人脈廣博，查來查去，等於監視居住在了家裡，卻又奈何不得他。幾年後，案子不了了之，裝訂存檔，連個結論也沒有。李釋堪不被起用，依舊款款賦閒，領著每月的高薪，成了掛起來的人。用李釋堪抄來的一句詩說，憑欄一片風雲意，來作袖手神州人。他可謂最恰當的人選。那些年，陳亭妃奔波在外，早出晚歸的，家裡剩下了媽媽和李釋堪，雙雙養得白胖紅潤，自然人，便將多餘的精力，盡皆發洩在了床上，彷彿各自都想將過去的損失補回來，不依不饒的。

陳亭妃心裡透亮，礙於身分，又不好去干涉媽媽的這一份隱祕歡愉。

本來真的沒什麼，連上帝都坦承，他不知道如下的四件幽冥之事，比如，鷹在天上飛行的軌跡，旗在風中飄動的方向，蛇在青苔上滑行的路徑，以及男女之間的交合之道。陳亭妃又能說些什麼呢。況且，陳亭妃的身心也已發育完備，早到了談婚論嫁的階段。加上畢業後，陳亭妃在社會上歷練的幾年，氣質和性情超拔不少，楚楚可人，追求者不乏其人，多如河鯽。恰在媽媽和李釋堪大膽誇張的床笫之事上，陳亭妃心生厭倦，打了退堂鼓，一直免戰牌高懸。

媽媽對這一樁遞補婚姻的滿意度，常常表現在不分場合和時間上。

一家三口看電視時，媽媽總會縮進李釋堪懷裡，忘了年齡，也忘了女兒在側。吃飯時，先夾給女兒幾筷子菜，又嬌蠻地讓李釋堪餵她菜，一筷

子不少，兩筷子不多，挑三揀四的。夏日的傍晚，陳亭妃在燈下看閒書，或是聽音樂時，總聽見媽媽和李釋堪雙雙鑽進了浴室，一個給一個搓背，一個給一個撓癢，打情罵俏的，比孩子還孩子，鬧哄哄的，害得陳亭妃一晚上靜不下心來。也許，在他們的眼裡，浴室是一面沙灘，不是普吉島，就是亞龍灣。

夏夜裡，小小的盆地內酷暑難耐，和蒸籠一般。家裡一拖三的空調，恒溫，冷氣充裕。但陳亭妃起夜時，常常看見臥室的門大敞，媽媽和李釋堪從床上轉移下來，睡在地板上的一塊涼席上，姿勢誇張，樣子生猛。那一刻，陳亭妃的蹄子裡像藏了鬼，生怕吵醒了他們，坐在馬桶上很久，始終也解不下來。有時，媽媽和李釋堪也會在客廳裡將就一夜，熬個通宵，茶几上往往杯盤狼藉，果殼酒瓶遍地。不經意間，陳亭妃會在家裡的隱祕處，發現一兩張毛片，西歐的，一見封皮上的圖片，就讓陳亭妃流下鼻血來，偷偷地給扔掉。

有天早上，媽媽在廚房裡作早餐，雷打不動的酒釀，潑了雞蛋花。陳亭妃坐在垃圾盆邊，在削一枚蘋果。陳亭妃眼前一惡，竟在垃圾堆裡發現了一隻避孕套。使完的，裡頭包裹著一團罪孽的漿液。陳亭妃忙跑進了衛生間，吐天哇地，連眼淚都擠了出來。媽媽以為女兒病了，敲著陳亭妃的背，忙喊醒李釋堪，叫他趕緊叫車，往醫院裡送女兒。噁心過去了，陳亭妃對媽媽說，想在外邊租一間房子單獨住，一室一廳就可以，也不貴。聞聽此話，倒是輪到媽媽號啕大哭了，究詰因由，追問陳亭妃說，你是不是有了男朋友，嫌家裡不方便。再問，媽媽是不是虧待了你，讓你這麼狠心。

自然，陳亭妃乖乖閉上了嘴，作無聲的抗議。那以後，陳亭妃走得早，回得遲。半夜進家時，甚至連洗漱也免了，徑直鑽進臥室，鎖了門。

憑心而論，在其他層面上，陳亭妃對媽媽的這椿婚姻是認可的。那時，案子未了，家裡時常布滿了一種警覺的氣氛，彷彿頭頂懸著一把劍，吹彈可下。走廊裡一有了咳嗽聲，三個人都會停下來，仔細耳食一番，然後相視一笑，你知我知。街上人言可畏，李釋堪被無形地禁錮了，遂從城隍廟裡買來一摞空白的簿冊，墨汁，墨水，以及一套毛筆和蘸水筆，又從瑪尼寺裡請來一本《金剛經》，照貓畫虎地抄寫，聊以自慰。不承想，李釋堪越抄越上癮，竟將其當成了後半生的職業，樂此不疲。困局中，媽媽也減少了演出，常陪侍在李釋堪身畔。偶爾催丈夫下樓，在河邊潦草地散步，一對夕陽紅的典範，故意給街坊們瞧。抽了空，陳亭妃也陪他們去散過步，遇上熟人打問，李釋堪便摸著陳亭妃的腦袋，驕傲地說：

　　哈哈，這我女兒，芭蕾舞演員。

　　陳亭妃眼乖，左母右父地摟緊，臉上抹了蜂蜜似的，笑得甜。

　　私下裡嗔怪說，李叔，真便宜你了。

　　呵呵，我人小，骨頭老嘛，沾了你媽媽的光，不勞而獲。

　　事情的轉折，或許在那個春夜裡。陳亭妃記憶明晰，思想起，總覺得那個春夜裡的一條路軌，被不知名的力量，扳到了另一個道岔上，漸漸遠離，繼爾有了或大或小的罅隙。那晚，西伯利亞寒流南下，傾瀉下一場罕見的大雪，罡風勁吹，樹木折斷，城裡的交通也癱瘓了。家裡暖如花房，像一枚花蕊中的天堂。李釋堪打了檯燈，在書桌上耐心抄經，書頁沙沙，空氣裡彌灑著淡淡的墨香。媽媽在縫陳亭妃的褲腳，邊補，邊壓下嗓子，在哼《半個月亮爬上來》。一連數天，陳亭妃鎖定在《舞動中國》節目上，對選手們的表演評頭論足，樂不可支。冷不丁的，媽媽扎了手，一股血淌了出來，哎喲一疼。

　　流血好，流一點沒關係。李釋堪坐如老僧，冷語嘲諷道。

你咋不流？

流一些血，其實說明你心虔誠，在供養菩薩。

屁話！媽媽一惱。

怪了，今晚上真的很怪。李釋堪起了身，用筆尖蘸了蘸媽媽手上的血，在簿冊上寫下了一顆紅字。我的右眼皮一直在跳，總覺得檯燈下，站著一尊菩薩。不信，不信你們過來看看，還在燈下。

幻覺！

話音未落，電話就響了。媽媽吮著指頭接聽了，喏地一聲，交給李釋堪。李釋堪很久未接過電話了，與世隔絕，愣怔地接起，哦哦哦地應對。陳亭妃斜覷時，瞧見李釋堪如一臺加滿油的引擎，發動開，渾身激顫起來，肉都在發抖，不可遏止的樣子。這個時間長達三分鐘，卻慢得像一場馬拉松比賽。擱下電話，李釋堪驀地雙手合十，竊竊唸叨了一陣子，指天盟誓說，案子結了，案子剛結了，跟我什麼事也沒有啊。說著話，李釋堪騰身跳起，若一匹獵豹，將一對母女撲倒在沙發上，左一口，右一口，親個不停。媽媽也被感染了，抱住李釋堪和女兒，滾落在地，翻了幾個滾，左右逢源地貼臉，拱嘴。陳亭妃被壓在身下，一時局促難安，又掙脫不出，訥訥地承受著。

等三個人站起，陳亭妃盯向李釋堪時，李釋堪窘迫地紅了紅臉，揩了嘴，將一隻手按在陳亭妃肩膀上，摩挲不止，指頭上淨是悄聲暗語。媽媽潦草，淚眼婆娑地說，老李，你終於清白了，解放了。

今夜結了，工作組存了檔，不查了。

電話說的？

哼哼，我也有人呀。李釋堪機深如海地說。

那好，明天我就去唱歌了，我快憋死了，骨頭都生鏽。媽媽道。

從一位家長那裡，陳亭妃側面打聽過，所謂的案子結了，只是幾個當事人潛逃的潛逃，自殺的自殺，又沒新的證據出現，先掛了起來。果然，李釋堪的期待落了空，並沒官復原職，餘熱也無從發揮，繼續在抄寫他的經書。這是一條單行線上的歡樂。媽媽去了合唱團，有時下地縣幾天，有時去鄰省交流，像一尾放了生的魚，找見了大海。媽媽一出差，家裡就剩下了李釋堪和陳亭妃，剛開始的拘束，漸漸變作了一種默契。李釋堪居然穿上了圍裙，照著菜譜上的規程，燒幾樣小菜，再開一瓶紅酒，與陳亭妃對飲幾杯。終究是高管出身，李釋堪口才絕佳，變著法子講一些祕聞趣事，逗陳亭妃開心。但陳亭妃心裡有分寸，清楚自己斷斷不能碰那一根高壓線，表面上迎合，私下裡警笛長鳴。有一次，李釋堪酒壯熊人膽，塞給陳亭妃一張品牌內衣店的購物卡，讓她去挑。幾天後，當著李釋堪的面，陳亭妃送給了媽媽，謊稱是單位發的。

　　媽媽不在，家裡便顯得萬般空寂，猶如一座古墓。陳亭妃睡在小臥室裡，總覺得李釋堪徘徊門外，不是拖鞋在動，就是一聲聲咳嗽聲傳來，折磨神經。

　　雲南歌舞節時，陳亭妃陪彭紹荷的參賽隊去了一趟昆明，第一輪就被刷下來。但兩個人結伴逛了一次麗江，花了半個月。等回到家時，媽媽已進了醫院作化療，瘦成了一副骨頭架子。病來如山倒，原先像喜鵲一樣歡蹦亂跳的媽媽，一次次伸出枯乾的手，攢住女兒的胳膊，泣不成聲。陪床的那一段，媽媽心事很重，要麼無因由地發火，要麼盯著天花板，一望一整天。李釋堪想替換陳亭妃，媽媽不許，尤其是夜裡，害得陳亭妃往往曠課，稀里糊塗地分不清幾點幾分，飢飽寒熱，邋遢成了一個月婆。媽媽總催促陳亭妃，說要看看她的男朋友，見上一面，才能寬心吃藥。無奈中，陳亭妃去見了米小揮，結果對方穿了一雙白皮鞋，不靠譜。

臨咽氣前，媽媽有一段迴光返照，讓陳亭妃給自己梳頭。陳亭妃動作很輕，輕到了媽媽直喊痛，說把她的頭髮拔光了，幾成姑子。遂蘸了清水，掌心撫過，媽媽才覺得滿意。媽媽問，半個月亮爬上來，爬上來幹什麼？陳亭妃回說，半個月亮爬上來，快把你那玫瑰摘一朵，輕輕地，扔下來。

媽媽閉目銜笑，走了。

料理完後事，又忙了一陣子「紅舞鞋」，陳亭妃本想給李釋堪說說，想在外賃一間屋子，離學校近一點的。但「百日」未竟，李釋堪似乎仍浸淫在哀傷中，夜以繼日地抄著經文，說等抄寫完畢後，在忌日裡焚化給媽媽。陳亭妃心一軟，一直捱著，不想傷口上撒鹽。念在媽媽的情分上，陳亭妃一日三餐，刻意照顧著李釋堪。李釋堪也瘦多了，雙頰深陷，嘴裡神神道道的，一會在家裡設香案，一會自己作道場，真是瘮得慌。這越發堅定了陳亭妃的心念，廟闊人微，想搬出去，至少躲他個清淨，還老和尚一個自在。

有天夜裡，陳亭妃起夜，剛站在衛生間門口時，駭然瞧見李釋堪坐在馬桶上，正熱烈地自慰，喲喲喲地哀叫。陳亭妃悄然退了出來，頭皮發麻。噩夢中，總覺得家裡鑽進了一隻老鼠，在齧咬，在撕裂，在吞咽。為這事，陳亭妃藉口說要去外地演出，會有一段時間不在家，請李釋堪保重。李釋堪親見陳亭妃收拾了行李，還送下了樓。

偏偏東窗事發，讓陳亭妃堵了個正著。

那天，碰上一年一度的資格年檢，恰巧學位證擱在家裡。下午時，陳亭妃借了自行車，匆匆回家去取。開了門，換了拖鞋，趿到客廳裡時，陳亭妃見飯桌上留著一堆菜，酒痕菸跡，像是客人剛剛離席的樣子。陳亭妃沒多想，肚子也餓，拾起一雙筷子，就開始風捲殘雲起來。心猜，李叔也

不是一個簡單人，現在有舊友故交來家裡看望，一準開心死了。人與植物一樣，是需要一個適宜的生態環境的。至少，這樣一來，李叔也會從媽媽的傷逝裡解脫出來，自己也省勁。一份短暫的安慰，卻很快被打破了，陳亭妃聽見臥室裡有人。除了李釋堪，另有一個女人在叫床，喊聲誇張，鏖戰正酣。

上前，陳亭妃敲了門，喊了聲李叔。

接下來的場面，好比是皮影戲的後臺。人們一般光盯著那一塊碩大的帳子，卻對後臺裡的嘈雜喧鬧充耳不聞。其實後臺最熱鬧，吹拉彈唱，鑼鼓鐃鈸，各式人等的嘴臉和表情誇張萬分，一派起火時的動靜。隔了門板，李釋堪應答了，聲氣裡帶著絕望和不滿。半晌後，陳亭妃卸下了看客的角色，抱著臂，對李釋堪說：

讓她走，別叫我看見她。

亭妃，你快走吧。李釋堪催促道。

我哪也不去，這是我的家。

求求你，亭妃。

隔了門板，陳亭妃也能猜出李釋堪的失敗嘴臉。他準保跺著腳，合十作揖，屁股上著了火。陳亭妃其實不想抓這個現行，當面揭醜，便寡歡透頂地踅到了陽臺上，留下了一條通道。大臥室的房門啟開，李釋堪掩護著那個女人，匆匆逃離。在陳亭妃的耳眼裡，那個未名的女人，踩出了一地無辜且狼狽的腳音。家，已經像一座被禍害的花園，感染了病菌和霉斑，令人窒息。大鐵門碰上了，李釋堪慌不擇詞地蹣跚過來，站在陳亭妃跟前，用拳頭敲打著太陽穴，以示罪過。

「亭妃，我現在說什麼，都等於白說。」

「她是誰？」

李釋堪截鐵地說：「我不能告訴你，亭妃，你知道又有什麼用。」

「是雞？」

「不是，她不是。她是一個規矩人。」

「你找女人可以，你的權利，但你不能在我媽媽的床上齷齪，雖說她死了。」

「她死了，我最痛心。」

「所以你就控制不了，這麼告慰她？」

「我孤獨，才犯了病。」

「那她是你的藥，一苟且，能治你的良心嗎？」

「她只是個女人。」

陳亭妃冰冷地盯視著李釋堪，有一絲陌生。甚而覺得此刻，他才像一個男人，有擔當，有保護的企圖。即便陳亭妃拿了刀子，去將他千刀萬剮，李釋堪也有一種絕不後悔的慨然相。陳亭妃先自垮了下來，收不住淚，鼻子裡一酸，往自己的臥室裡跑去。路過大臥室時，果真瞥見了剛剛硝煙已逝的戰場，四壁間，空有一片背叛和負心的狼藉。一時間情難自禁，為媽媽，也為她自己。

陳亭妃頭昏腦脹地躺在床上，被子蒙了頭，隱隱地啜泣。

李釋堪追撞了過來，腳步踉蹌，嘴裡噴出了惡劣不堪的酒氣，使人暈厥。陳亭妃不想睬他，蜷縮起，抱住了自己。孰料，李釋堪竟得寸進尺，攬起了陳亭妃的腳，迅速剝掉了襪子，將陳亭妃的腳趾頭含進了嘴裡，吮吸，摩挲，玩弄不止。李釋堪還在深醉中，醉其實是別一種中毒。

陳亭妃騰地坐起來，被眼前的一幕驚呆了。

李釋堪早就脫光了睡衣，赤條條地跪在地上，寧死不屈地抱著陳亭妃的腳趾，順著腳踝吻了上來，徑直吻到了膝彎裡。李釋堪的舌頭，猶如一

根青蛇的信子，帶了電擊般的能量，犯境而至。陳亭妃目瞪口呆地望著，忽然察覺出牆上的媽媽，也在一旁矚望著。媽媽的笑意，比她身後的那一樹牡丹花還脆弱，還致命。

李釋堪邊放肆，邊咆哮說，亭妃，我喜歡你，我從沒拿你當女兒看，你是一個成熟的女人，我心儀許久了，卻開不了口。說著話，李釋堪赤條條地站起，欲撲而來。

一記耳光，烙在了李釋堪頰上。陳亭妃尖喊了起來。

連嗓子都喊劈了。喊畢，陳亭妃倒在了床上，不知東西。李釋堪卻醒轉了過來，捂住臉，倉皇地抓起地上的睡衣，掩了門，鑽進了對過的臥室。等陳亭妃被一陣噩夢掘開，如墓中麗人似地重見天日後，才在客廳的桌上，看見李釋堪留下的一張抒寬的字條。李釋堪說：

「無顏再見亭妃，我去跳河，去見你媽媽，當面贖罪。」

他真的去死了。

掐指一算，李釋堪走了整整四十多天，生不見人，死不見屍。光陰，是世上最慢的東西，比蝸牛還遲鈍，比烏龜更麻木。陳亭妃的心裡，揣著家裡巨大的祕密，幾乎快撐不住了。彷彿一場政變剛剛平息，但收拾殘局的人，卻是覆巢之下最無助的一枚卵。每晚去做夜課，也只不過是陳亭妃麻痺自己的一個法子，就連這，也快要無疾而終，一再地失效。陳亭妃打定了主意，要是過了「七七」日，李釋堪仍音信皆無的話，就去報警。讓家裡的這個祕密，曝於光天化日之下，以求解脫。

這天早上，陳亭妃是被一陣嚶嚶的哭聲吵醒的。

醒時，陳亭妃忽地發覺，自己竟如一具木乃伊，坐在衣櫥裡，抱著一隻乾癟的枕頭，遍體冰涼。思想不出，究竟咋了，何以從寬大的床上，鑽進了逼仄的衣櫥裡，彆扭地坐了一夜？或許是冷吧。陳亭妃推開了拉門，

從縫隙間，見天光黯淡，寒風吹打著玻璃窗，像有一個隱身人在試探，想破門而入似的。哭聲時起時伏，哽咽在空氣裡，從小臥室裡傳出。陳亭妃宿醉未淨，身體硬了硬，鼓起一絲氣力，慢慢地爬出來，一閃一搖地走過去。

是阿姨。

阿姨脊背迎人，穿著那件米黃色的運動衣，邊哭，邊用一塊潔白的巾帕，擦拭著媽媽的遺像。媽媽的笑被拭亮了，富態，動人，沉醉，彷彿她從不曾離開過一樣。陳亭妃扶了門框，緩緩踱過去，一把摟住了阿姨的後背。

阿姨驚叫一聲，手裡的相框落了地，摔出一地的玻璃荊棘。

待回轉過頭，阿姨見是陳亭妃，突地抱住了。阿姨矮小，此刻趴在陳亭妃懷裡，號啕大哭，打溼了陳亭妃的胸。陳亭妃也抱住阿姨，將她的頭箍在肩胛裡，覺得她很燙，燙得像一塊燒紅的炭，這麼遲才送來，給自己取暖。地板上，玻璃碎了，媽媽活色生香地笑著，比剛才更鮮亮。

「亭妃，我還以為你出了事呢，家裡進了賊一樣，嚇死我了。」

「我在，我一直在。」

阿姨哭噎著說，「好妹妹，你在就好，千萬別有一點點閃失。你要是出麻煩，我怎麼給你媽媽交代呢。你媽媽往生前，心裡最擔心你。」

「心香姐，我好好的。」

「你當然會好，亭妃，好人有好報。」

差不多快午夜時，杜懷丁才悻悻地站起。

姐姐的那輛車，剛駛過橋頭。掛線時，又擦出了一蓬火花，在漆黑的空中閃爍，迅即熄滅。最後一趟了，駛到了終點站，姐姐也該收車交班，安安穩穩地家裡去。杜懷丁摸出打火機，打了幾下，火石噴了噴，卻跳不

出火苗來。一想，或許是壞的，手一扔，丟在了河堤下。

禮拜日早上，杜懷丁送完報，又從鮮花店裡領了花束，登門投遞。

陳亭妃打開門，見是穿著黑馬甲的杜懷丁，登時愣在了地上。杜懷丁也僵住了，狐疑地望了望門牌號碼。篤定無疑後，杜懷丁影痴痴地一笑，老相識，不需要多餘的話。杜懷丁將懷裡的鮮花遞過去，陳亭妃卻不接。

「咦，什麼風把你吹來的，小弟。」

杜懷丁很職業地說，「生日快樂！瞧，卡片上寫著呢。」

「你咋？」

「不是我。是一個匿名的訂戶下的單，陳亭妃，是你吧？」

陳亭妃也懷懷地笑，伸了手，一把攬住杜懷丁的領口，拽進了家門。鐵門哐啷碰上了。陳亭妃將杜懷丁搡在門板上，扳住他的肩，很認真地說：

「小弟，今天我生日，你要送我一樣東西。」

「我媽說，過生日的人都是佛。」

不假猶豫，陳亭妃捧住投遞員的臉，深吻了下去。

什麼風把你吹來

海珊之死

　　一床舊棉絮蓋在天上，空氣滯重，飄著粗礪的煤灰粉，迎頭嗆人，比郵局的黑郵戳還黑。是冬日的蘭州城最髒的幾天。

　　換了拖鞋，卸下書包，小修站在門廳的水銀鏡子前，看見嘴巴上有一塊黑圈。其實，下午的運動課上，小修就發現大家嘴上都蓋著這枚戳，深淺不一，像戴了一隻黑紗布的口罩，臉也暗了下來。小修沒上運動課，跑步熱身後，她便告了假，站在操場邊的　棵樹下，盯著女生們跳繩操。耶誕節夜裡，下過　場肥雪，從操場被掃出來後，雪就髒兮兮地砌在樹坑裡。不知是誰，在雪身上踩出肩膀和腦袋，又安了鼻子和眼睛，還插了兩把破笤帚，像一對招風耳。雪都會變髒，人的嘴巴上被蓋了戳，當然不稀奇了。小修抬望了一眼天空，雲朵像醫院裡的一床舊棉絮，被款款地鋪開。棉絮裡頭，有飛機駛過的一陣轟鳴聲。

　　請假時，體育老師拍了拍小修的臉蛋，又揪揪她的辮子，抿上嘴笑了，意味有點深長。小修暫態不好意思，覺得心思被看穿了，紅了臉，卻並不走遠。天冷得出奇，對過男生們踢的足球也像被凍瓷實了，停在半空裡，老半天也墜不下來。這麼想時，就有一個男生喊小修，手箍成喇叭狀，聲音粗粗的，砂紙打過的一樣。小修被嚇了一跳，她記得那個男生先前說話細聲細氣的，還喜歡走路扭腰。私下裡，大家都喊他丫丫子。小修正愣怔時，男生火急火燎地奔過來，想拾足球。小修看見他脖頸上跳突著一團凸出物，頰上嵌著幾粒粉刺，紅墨水染過似的。足球滑了過來，小修走前幾步，伸腳回敲一下。

球軟綿綿地吃著地，往老路上走。

誰知，那個男生一記大腳開回來。球像一塊蘇醒的石頭，抖擻一下，端直地砸在小修的肚腹上。小修心裡一花，慘慘地抱著肚子，彎成個直角。

體育老師赳赳然地奔過來，邊跑，邊叱罵肇事者。那個男生嚇得直吐舌頭，進不是，退也不是，臉上的黑戳更深了一層。女老師半蹲著，拍完小修的後背，捋了捋氣息，待小修順暢多了，才喚幾個女生攙著小修，扶到了她的教研室。小修趴在桌沿上，早忘了剛才的一記偷襲，也不去聽身後女生們義憤填膺的喳喳叫。相反，小修心裡有一朵花搖曳著，祕密綻開了。她覺得女老師今天特親切，連她身上的汗腥氣都特別好聞，比花香差不到哪裡去。平時裡，小修的運動課成績一般般，老師連她的名字怕也叫不出。

「來，快喝口紅糖水。」

小修在女生們的殷殷矚望下，帶著有氣無力的樣子，端住了玻璃杯。水是渾濁的，比墨汁亮，但有一股子醋酸味。小修緊緊嗓音，問老師：

「糖也有紅的呀？」

「呵呵，別說紅的，連黑的都有，小時候，我們吃的古巴糖就是黑的。」女老師邊在門後洗手，邊催促說，「快趁熱喝了，紅糖熱性的，對女孩子好。」

小修記下了，糖不僅有紅顏色的，還有黑的。

其實，那種糖是沒有味道的，舌頭不麻，嗓子不饞，牙齒縫裡也沒有黏糊糊的感覺。放學時，惹事的男生站在校門口，一臉無辜相，吞吞吐吐地給小修道歉。小修玩笑說，「瞧，你咋戴了個黑口罩呢？」男生狐疑地抹著嘴，左右張望。趁此，小修早跳上回家的公車，差一點笑出聲來。

先前，小修聽李鴻章講過，說賣鏡子的人，臉上其實最髒。李鴻章是給小修講一篇作文時說的這句格言，大致意思是正人先正己，別老挑旁人的刺，忘了自個眼睛裡橫著一根破梁，硌得慌。小修想起這句話，便鑽進衛生間，打了香皂，洗出一臉的笑。

年尾的最後一天。翻過這夜，連放三天長假。

小修打開電視，電影頻道，停在周董的《頭文字 D》上，有一搭沒一搭地聽。隔會，她又跑進廚房，抱來一隻鐵盒，取了幾塊蛋黃派吃。隔著老遠，門口的鞋子焊住了她的目光。暖氣足，剛才沾在鞋底的雪化了，洇下一攤汗水來，在地板上蠕蠕一般。小修驚了一下，乾咽著，拿起一塊抹布，跪下擦。汗水裡有沙子，啃得地板呱來呱去，像馬麗豔仕大驚小叫。馬麗豔最喜歡乾淨了，乾淨到了神經質的地步。屋裡的犄角旮旯稍有一絲灰塵，就跟揪了她的肉一樣，電鋸似地吼。想到馬麗豔的神經會痛，小修還是起了身，踅進衛生間，淘洗開抹布。

哎喲，水冰得不像水，倒像是猝然抓住了一把圖釘，每一根針頭都咬著牙，滲進皮膚，又濾過肌肉，把骨頭扼住了，往碎裡捏。淘洗幾下，小修舉起十指，在燈光下細看，竟紅腫了起來。

這一舉不要緊，那一把圖釘忽然散開，劈裡啪啦掉下來，順著胳膊和血管，淌進了身體裡。圖釘們沒有組織紀律性，撒了一路，徹骨的寒冷籠罩全身，激得小修忍不住牙齒打架，激靈起來。小修泥塑了一陣子，聽見身體裡的圖釘們，從懸崖，從樹梢，從骨頭縫裡擠出來，沉了底。也說不上是底，圖釘們終於勝利會合了，就聚集在肚腹一帶，像一小股土匪，尖銳起來。

從下午開始，肚腹一帶就不舒服，先是發漲，皮膚緊繃，清亮得像一張血管的地圖，蛛網勾連，歷歷可數。運動課上，跑步熱身後，小修又覺

得有一種燥，心裡慌慌的，上下都不踏實，彷彿養了一大窩的螞蟻，在忙著搬家，忙著偷竊。現在，小修再次找回了那種感覺，螞蟻們吃飽睡足後，紛紛探出頭來，在身體裡散步、打太極拳、吊嗓子。待小修收拾完汗水後，先前的寒冷竟奇蹟般地康復了，取而代之的是一絲沉重的燥，接著是烙鐵樣的熱。

小修打開窗子，迎面吹風。

這樣，她望見了剛跨進社區大門的馬麗豔。馬麗豔推著單車，龍頭上掛著菜、魚、羊肉片和凍豆腐，臃腫不堪。這麼溼的路，地上都是凍硬的冰雪，也不知道馬麗豔是怎麼推回來的。鞋子上粘著雪，腳步像兩根彈簧，邁向高空。夜色似鐵，但社區的街燈次第燃放，襯得馬麗豔很妖嬈。她存了車，昂起下巴，拎著一堆東西，徑直往樓門走來。小修一時找不見一個形容詞，去比喻馬麗豔的風度 —— 她的鞋跟敲在冰層上，篤篤篤的。像一塊彩色玻璃，在暗夜裡碎了。

酷斃。

結果，小修用了這個詞，暫時去敷衍自己。待馬麗豔走近時，仰頭望了望家裡的窗戶。她看見了女兒，驀地一笑，肩胛像鷹那樣一悚。小修終於找見了答案：原來，馬麗豔今天繫了一條新圍巾。肩胛聳起時，圍巾像敦煌壁畫上的飛天那樣飄起來，萬端嫵媚，比香音神還美麗許多。

「呵呵，沒見過三公尺長的圍巾哦。」小修對自己說。

李鴻章是個說話機器。

一進門，他就喊小修，叫女兒去接手裡的東西。馬麗豔正忙著擦飯桌，驚叫一下，跑在門廳前，卸下一堆熱騰騰的外賣，遞給李鴻章兩隻塑膠袋，令他將鞋子套好，不許鬧髒。李鴻章習慣了，乖乖從命，邊脫大衣邊問：「公主回來沒有？這麼滑的地，街上淨是交通事故，揪心死我了。」

馬麗豔監督完，又順手擦完地板，沒好聲氣地說：

「別動寶貝公主，叫她在沙發上歇歇。一進家，我就發現公主的臉紅彤彤的，別是著涼了。快考試了，不能病的。」

小修躺在沙發上，懷裡抱著那條新圍巾，看不夠。圍巾是粗針織下的，一拃寬，大色塊，重疊勾連。像粉蝶翅上的色斑，毛茸茸一片。夠誇張的。剛才，當小修從馬麗豔脖頸裡卸下它時，胳膊上纏了一大圈，色彩絢爛，簡直像浸了幾桶油漆似的。馬麗豔挺驕傲，瞇縫眼睛問：「咋樣？剛才從街上走過，回頭率絕對一流。」小修回說：「我看也是，戴上它，你就跟一隻仙鶴似的。」

「別忘了，你媽不單單是個校對員，對生活也亙有品位哪。」

「你織的？」

「寶貝，你臉咋了？」

馬麗豔剎那間變色，顧不上脫了一半的靴子，瘸著腿撲上前，一下子捧住小修的臉蛋，摸出了燙燒。小修沒找見答案，只忙著聽吩咐，吐舌頭，叫馬麗豔察看喉嚨眼。末了，馬麗豔又端來水杯，盯著小修吃下板藍根沖劑和幾枚藥片，按她在沙發上歇下。馬麗豔接著跪下擦地板時，小修又問了一句：

「是你織的嗎？」

馬麗豔撇了撇嘴，把一根指頭豎在唇上，很沒意思地回答：

「保密。」

現在，李鴻章也一驚一炸的，偎在沙發邊，摀住小修的額頭，查體溫。這還不算，他又將涼森森的手摸進毯子下，翻開小修的毛衣，隔著一層，摸了摸腋下和後心。小修皺皺眉，身子忸怩，躲閃著李鴻章。但李鴻章的另一隻手壓住她，叫她像一條離岸的魚，任人擺布。李鴻章沒查出什

麼來，但仍不踏實，手往縱深裡摸去。小修忽地坐起來，嘶啞地說：

「李鴻章，有完沒完呀？」

「喊，燒成這樣了，火氣不小嘛。」

「你別騷擾我，該幹嘛幹嘛去。」小修踢了幾腳，險些將李鴻章踹下去。李鴻章猶有不甘，上手要摸小修的臉蛋。小修嗔怒地說：「喂喂喂，李鴻章，你這可算是性騷擾啊。」

「什麼話？我是你老子，你是我公主。」

「喂，別動手動腳哦，我又不是馬麗豔。」小修陰鬱地道。

李鴻章碰了壁，自說自話：「當然嘍，你是總統，你媽是國務卿，我是你們派到伊拉克的傻大兵，還得聽你們的喔。」

這時，馬麗豔擦洗完畢，過完了癮，才撐起折疊飯桌，又將李鴻章帶來的外賣一一擺好。聽了小修的話，馬麗豔也責怪說：「李鴻章，你別打擾公主行不行？叫她吃了飯，趕緊去睡覺吧。剛才吃了藥，藥勁快發出來了。」李鴻章氣餒地站起，衝小修做了一個刮鼻子的手勢，去了衛生間。打開的菜盒上蒸騰著一股股白霧，誘人的香味襲面而至，繚繞不絕。小修厭惡地覷緊鼻子，不想去吸。中午在小飯桌時，阿姨做的也是這個味，又辣又麻，擱了太多的豆瓣醬，吃不出青菜的味道來。不用說，李鴻章提來的，也不外乎是宮保雞丁、乾煸帶魚、燴菠菜、水煮魚之類的。那家餐廳就在社區外，門庭冷落，鮮有人氣，可見味道能吃暈人的舌頭。除了李鴻章樂意捧場，圖方便，常去叫外賣。現在小修沒了胃口，肚腹間的燒燙開始像融化的雪，一直遷延到了胃上。

三把椅子，圍著閃爍的電視機。

馬麗豔將一碗白飯擱在小修的位置上，摘下圍裙，和李鴻章雙雙落座。小修閉了眼，用鼻子悶悶地說：「你們吃吧，別管我，我剛才吃了蛋

黃派，還飽。」「這孩子！」馬麗豔和李鴻章不約而同地說了這麼一句，相視一笑，然後拿起筷子往嘴裡填飯。飯吃得很順利。馬麗豔挾起一塊帶魚，擇了刺，顫巍巍地遞過去，叫李鴻章張嘴。李鴻章遞的是碗，馬麗豔眼神嗔了一下，李鴻章乖乖地張了嘴，吞下去。李鴻章也夾了一根菠菜，餵給馬麗豔。馬麗豔吃了幾嘴，忽然皺起鼻子，從牙縫裡剔出一枚花椒來，亮給李鴻章瞧。

　　過會，馬麗豔又擇好一塊帶魚，挾起來。李鴻章順從地遞出嘴巴，想去接。馬麗豔卻半途而廢，將帶魚擱在小修的碗口。李鴻章臉紅了紅，埋下頭，趕著填了一口飯，掩飾自己。腮幫了鼓鼓的，李鴻章含混地說：「公主最近胃口欠佳，一頓飯吃不下　碗米飯。中午我給小飯桌的阿姨掛電話了，阿姨也揪心。你明天去買點山楂片啥的，給公主開開胃。瞧她臉上清湯寡水的，倒像作父母的是一對賊公婆，餓著她了。」馬麗豔不按話茬，停箸不語，目光在小修的身上逗留了很長時間，才哀嘆說：

　　「要不是我這個破校對的工作，也犯不著將公主寄養在小飯桌上。」

　　「咋了？」

　　李鴻章撐直了腰，臉露油光地說，「別人家的孩子吃得，我家公主就吃不得了？照我看，阿姨挺操心的，天天一樣菜譜，輪禮拜一換。比你我中午趕回來忙死忙活地做飯要好。再說了，公主也不用擠公車趕路，還能在阿姨家睡午覺。街對過是校門，打鈴起床也不怕遲到嘛。」這話，算是將馬麗豔的哀嘆堵了回去，半路打劫嘛。馬麗豔伸手，掖了掖小修脊背裡的被角，眼角一挑說：「李鴻章，你說得怪輕巧的？那種飯，叫你連吃三頓，你也能把腸子吐出來。」李鴻章嘻嘻一笑，做了個鬼臉，用唇語說：「沒睡著，別給她慣出毛病，得鼓勵鼓勵公主。」說著，指指小修。馬麗豔讀不明白，照舊將話題深入下去，白他一眼說：「對了，到月底了。這個

月給阿姨的食宿費該你掏了。」李鴻章撓著太陽穴說：「不對吧，你別老惦記我的錢包。我記得上月就是我掏的銀子，整兩百五，連阿姨的暖氣費都交了。」馬麗豔唬下臉說：「看看，一提錢的事，就跟割你的肉似的。公主又不是我一個人的，你別止精神不物質。這年頭，唉……」話裡有話，李鴻章聽出了動靜，忙就坡下驢說：「不忙！我單位檯曆上記著呢，回頭我查查。該我的，我豈能拿你動刀子哦。」馬麗豔沉吟片刻，聊賴地說：「按理講，你單位近，可以就近給公主做一碗熱的，正成長發育呢，絕對不能虧欠下的。咱寶貝公主，一定不能輸在起跑線上，對不對？可你倒好，天天忙著鬥地主。白天鬥完不說，晚上還加夜班，不聞不問。說說看，咱家還有沒有男人啊？」話帶著刺，奪面襲來。李鴻章不敢硬碰硬，只得避實就虛地說：「唉，楚王好細腰，宮中多餓死。我們那個死主任，老婆死得早，沒個一男半女等著送終，就怕落單。老傢伙一不喝酒，二不抽菸，三不包二奶。真不是個玩意，就好鬥地主這一口了。」馬麗豔捏著牙籤，單掌遮掩，聲音從一側逸出來，說：「坦白交代，今天中午是不是又輸了，上供了？」李鴻章呵呵笑，摸著後腦勺回說：「恰恰相反。這桌熱乎乎的佳餚，是我中午的手氣。」

「咦，你下午給我電話，不是說晚上有應酬嗎？」

李鴻章鄙夷地說：「嗨，招待兄弟單位的人，訂在了海鮮鮑翅館，完了還去東方夜總會高歌幾曲，瀟灑一把哪。那家夜總會，乖乖，小姐都是從五湖四海空運來的，一禮拜一茬，都是上好的肥料餵的，乳豐臀肥。不過，老子今天贏了。再不撤的話，死主任非拉著我在 K 房裡現場開鬥不可。這叫見好就收。我呀，我才懶得去給他們出檯當三陪，我又不是變性人妖。」

「你出檯？笑掉牙了，你出檯有人要嗎？」

「小看我？」

李鴻章的機靈勁，終於派上了用場。他做了個揮刀自宮的霹靂手勢，梗了梗脖頸，聳聳胯，妖冶地一挺胸。一切盡在不言中。馬麗豔笑得噴出了牙籤，忙在地板上逡尋。李鴻章的手變成了一小股地主武裝，從桌下伸出，騷擾過來，趁勢摸了一把馬麗豔的乳房。意猶未盡，再要頑固下去時，馬麗豔捏著牙籤，釘在了李鴻章肉裡。

「哎喲！」李鴻章一叫。

小修在沙發上翻了個身，又沉沉睡下。馬麗豔探手，試了試她的鼻息。還好，氣息清涼均勻，額前的一縷劉海暗暗拂飛著。

「玩不起哦，我毛遂自薦都不行了？」

馬麗豔沉臉說：「我最瞧不起二尾子了。是個男人，襠裡有三兩肉，就做得挺拔一些，磊落正大一些，別噁心死我了。你要再這樣，我看你把名字改回去，還叫以前那個李紅璋算了。」

「不！」李鴻章否決說，「我非得叫李混帳，讓你和寶貝公主在家裡叫。」

「痛不痛？」

顯見，一場虛火塌滅了，沒再燎原起來。假如叫他們登臺說相聲，李鴻章一準是捧哏，非叫你笑麻了舌頭，樂斷了筋。或許，這也是家庭和睦的祕訣之一。戀愛時，馬麗豔就對他的名字有意見，覺得歧義叢生。每次喊他時，四聲標準得像少女時節的邢質斌。結了婚，說給李鴻章聽時，他竟然還惱過幾次，也分床冷戰過。但等女兒小修上了國中，從歷史課本裡摘出這個老古董，安在父親身上時，李鴻章不以為怒，反倒眉開眼笑，隨順妻女叫來叫去的。馬麗豔拽過李鴻章的手，察看剛才戳的那一下。李鴻章抽回去，又捧住第二碗飯，渾然不痛。他還虛空地抓了幾把，動作自如

優美，好像鋼鐵就是那樣煉成的，天生好坯子。

馬麗豔側身，蹺起二郎腿，衝著電視螢幕，調了臺。汾酒集團報完時，《新聞聯播》片頭閃過，出現了祖國各地歡慶元旦的畫面。主持人穿著耀眼的紅衣，似乎提醒人們，翻過今夜，就是來年。

千門萬戶瞳瞳日，總把新桃換舊符。

愣怔中，馬麗豔腦海裡跑出了這麼兩行詩，對應了畫面裡的獅子戲、旱船、秧歌、鮮花、氣球和舞龍大軍。但馬麗豔的臉冷下來，表情漸漸澆薄，一直啞然不語。她明白，自己是被這兩行詩給鬧的，兜頭撒了一把生石灰似的，眼底裡水汪汪起來。她從亂哄哄的畫面中，掘出了一陣寒意，一片蕭索感。馬麗豔渾身僵硬起來，雕塑般坐著，心裡厭倦死了。

「再吃點？」

馬麗豔紋絲不動。

「看你，就吃那麼幾嘴，跟貓似的。」

「別煩我，瘦身都來不及吶。」

李鴻章不甘寂寞，滔滔地說：「其實，我還是喜歡你豐腴一點，耐看，能撐衣服。再說了，你還是我的女騎手嘛，別一拽韁繩，就給風掀翻哦。骨感？骨感那都是西方的肥佬們玩的把戲，各個都像解剖室裡的人體標本，光看看就會做噩夢的。對了，人家國際模特理事會的紀委書記說了，以後不興骨感美了。」

「德性！人家不是紀委，那叫糾風辦。」

「幹什麼你，咋哭了？」

李鴻章擱下飯碗，移駕過來，撥拉開馬麗豔的手，果真瞧見一片溼淚掛著，鼻翼抽搭搭的。「我沒說重話呀，咋惹得你跟全國人民叫勁，不好好過元旦呢？」馬麗豔是一堆乾柴，禁不住勸。李鴻章抹了抹她的腮，倒

像刨毀了水庫大壩似的，嘩嘩嘩淌下來，肩胛骨也抽動開，一副情難自禁的架勢。李鴻章後果前因地想想，自打進門後，家裡就蕩漾著一股子溫情，自己緊著諂媚，小修也免戰牌高懸。猜到頭，李鴻章都抓耳撓腮，猜不透這一聲哭。

「要不，咱倆開瓶紅酒，喝幾杯？」

馬麗豔蹙了鼻子說：「沒心情。」

「猜出來了。你一準是感時傷懷。年關將近時，想起流逝的歲月，跑遠的青春和未遂的夢想，就一肚子的窩囊和委屈。對不對？」李鴻章揪住她的雙耳，想近身貼一貼，但嘴裡扑天漫地胡謅，想使妻子活泛一下，換換念想。「其實，每個女人都跟你一樣，都是拴在時間這根麻繩上的一窩螞蚱，逃不出宿命的打擊和蹂躪。眼不見為淨，砍頭只當風吹帽，踏實過咱的小日子。比上不足，比下有餘嘛。好歹，咱也算一中產階級家庭吧？」

「我犯了錯。」

「錯？誰不犯錯，上帝那老傢伙也有打盹的時候呢。」

李鴻章頭皮一麻。

「今早報紙出來，督導員叫我過去，訓了一個來鐘頭。丟死人了，犯啥錯不行，偏偏校錯了那顆字。可惡。罰了二百不說，還通報批評。」

聞聽此言，李鴻章釋然不少，直身起立，說：「黃河裡扔石頭，多大的事呀？不就校錯了一顆字麼，一字值千金，你只當給督導員捐了吃藥錢。」

「哼，說得倒輕巧喔。今天我成了全報社的笑料。」

「哪顆字？」

馬麗豔不再頑固了，淚眼婆娑地訴苦說：「你會背那首詩嗎？遠上寒

山石徑斜，白雲深處有人家？」

「⋯⋯停車坐愛楓林晚，什麼什麼霜葉紅於二月花來著？」

「就那顆動詞！」

「紅？」

馬麗豔搖頭。

「坐？」

「對！我錯了，校成了那個做。」

李鴻章暫態反應過來，下巴揚起，衝著天花板呵呵狂笑起來。淚花被笑逼了回去，馬麗豔懵懂地盯著看，不明白李鴻章神經什麼。但她轉瞬憶起了同事們背後的戳戳點點，想起了大家嘴角上神祕的笑紋，不由得心生火起。拿起一根筷子，出手如夢，擲在李鴻章嘴上。李鴻章樂完了，氣還岔著，喘息說：

「嘿嘿，這是潛意識作祟。」

「少碰我！」

「我說呢，一本『現漢』你都能校出來，幹嘛栽在這顆熟字上。話說回來，不就是一首破口水詩嘛，還有梨花體的嫌疑，壓根犯不上瞎愁，也別跟你單位那幫小知識分子叫勁。」

「通報貼牆上了，大家看我的眼神有點那個。色！你懂嗎？」

「這詩誰寫的？」

「幹嘛？」

「能幹嘛？我找這老匹夫算帳去呀。」

李鴻章綰起袖子。

馬麗豔破涕為笑，將粉拳落在李鴻章肩上，又推了一把。李鴻章就勢坐在地板上，抱著膝，定睛瞧起馬麗豔，很多意味在眼神裡頭。馬麗豔明

白，但佯裝糊塗，開始收拾飯局。李鴻章鹵水點睛地說：

「喂，多久沒騎馬了？」

馬麗豔來氣說：

「問問你，天天去鬥破地主，晚上拿這當客棧。」

「想不想潛規則我？」

「潛啥？」

「看看，白當校對員了。」李鴻章賣弄說，「你們報紙上天天登著呢。潛規則，八卦得很嘛。饒穎說叫趙忠祥給潛規則了，一個叫張鈺的小戲子說被黃什麼的導演給『潛』了。人心不古，世風日下嘍。」

馬麗豔攏著剩菜，不屑地說：「我校對的副刊，昨天就碰上了那首破詩，結果……哎，按你的說法，我被一首死人的歪詩給潛規則了。對不對？」

「反正就那意思，上床陪睡，主題是打炮。」

「我可不就是當了一回炮灰嘛，娘的。」

馬麗豔嗔怒道。

恰此時，小修忽地坐起身，揉著眼，腳在地上摸拖鞋。馬麗豔使眼神「扇」了一耳光，李鴻章緊著閉了嘴。空氣靜默，似有一層不明不白的物質，飄在空氣裡。馬麗豔停下手，幫小修穿上鞋，叉起她。小修跌跌撞撞地往衛生間去。門一碰，擠出一聲空洞的響，像人的情緒已敗壞。李鴻章為剛才的話羞愧，訕了笑，做一個自責的動作。馬麗豔不睬他，偎依在門邊，聽小修拉響馬桶。水沖卷著，將一些祕密流入外邊的暗夜中，不知所終。

小修坐上沙發時，仍抱起那條圍巾，迷蒙說：

「你們明早替我買一張漂亮的賀年卡，我要寄給老師。」

「土！」李鴻章說，「撥個電話，啥都搞定了。」

「乖，聽你爸的。不是捨不得花錢，電話多方便哦。再說了，兩千張賀卡就能毀了一棵樹。樹毀了，白雪公主和七個小矮人去哪睡覺呀？」

「拜託！我都十二歲了，還童話呢。」

「乖，公主，你做夢還能看見七個小矮人的。」

一席話，讓小修噤了聲，啞默如石。

其實剛說完，李鴻章和馬麗豔就有了悔意，再想去拾潑出去的水，明擺著枉然。馬麗豔將遙控器遞給小修，隨便她看什麼節目。小修不接。李鴻章坐在沙發沿上，攥著指骨，腦海裡翻箱倒櫃地找手段，卻一計不出。

「明天廖望過生日，他爸請我們去吃飯。」

馬麗豔警惕了，問：「廖望，就那個不三不四給你遞條子的臭小子？家長請你也不行，誰知道唱的是哪門子的《鴻門宴》。」

「再說，肯德基什麼的，都是垃圾食品嘛。」李鴻章添油加醋道。

「是火鍋！」

電視裡滾過一顆蔚藍色的星球，到了國際新聞的時段。李鴻章想起了什麼，取過遙控器，將音量調高。他將食指橫在唇上，叫了安靜，鬼兮兮地說：

「喂，海珊被殺了。」

「絞了？」

「不是播了嘛，就昨天。」

「媽的，太簡單啦。」李鴻章拍腿。

馬麗豔側臉，瞧見小修雞樣發呆，瑟著肩胛，盯視著螢幕，一副木偶相。她心下一凜，忙伸出手，捂住小修的眼睛，催促李鴻章趕緊換臺。但畫面停留在了海珊的脖頸裡，粗大的繩套野蠻性感，紋絲不動，橫亙在

身。足足定格了三秒鐘。馬麗豔催了幾聲。李鴻章不為所動，咬筋也凸了出來。

「沒事，叫公主看看。這是個歷史性的時刻。說不定，她們政治考試會出這道題的 —— 12月30日，海珊被吊死了，在巴格達。」

「別，海珊會嚇著公主的。」

李鴻章留戀地看完了聯播節目，拍著大腿，扭身仰首，高談闊論地說：「馬麗豔你忘了，『911』發生的那天晚上（北京時間），你正在軍區游泳館裡學水，是我打電話催你回來的，對不對？」

「是哦！我差點沒被嗆死，也沒學會狗爬式。」

「對呀，那是多大的事件哪！後來的事實證明，那幾架飛機真就改變了全世界。媽的，你拿美國人民開練，人家的導彈和航母又不是吃素的。阿富汗的塔利班被打掉了，伊拉克被拿下，海珊也在一個老鼠洞裡被活捉。你趕回家時，飛機已經撞進了大樓，火光衝天。美國人哭爹喊娘的，腳上的鞋子都跑丟了，一地的錢包和手機，美元從樓上嘩嘩嘩地飄下來，跟耶誕節的彩紙一樣。那是直播哇，不是好萊塢夢工廠的大片，弄虛作假不得。還好，你將好看上尾巴了，不是那兩幢樓塌了嘛。」

小修在他們臉上來回逡尋。除了興奮，她真沒發現別的。

「這就是歷史。真的，歷史就是這麼寫成的，一筆一畫，被紀錄在案了。我們真幸運啊，眼福也好，能親眼目睹歷史上如此重要的時刻。公主，我敢打保票，政治考試絕對出這道題。信不信？」

「你別幸災樂禍了，這畢竟是殺人嘛。」無奈，馬麗豔鬆開手。

「哼，婦人之仁。」

馬麗豔嘟嚷說：「沒叫錯你，你可真是個不折不扣的李鴻章，忘了你挨打那會了？怎麼世上的人一遭難，你就活蹦亂跳地像一隻青蛙呢。」

「喊，夏蟲不可以語冰。」

李鴻章笑曰。

又跳到鳳凰衛視上，長達數小時的直播，一會是專家解讀，一會是海珊的生平資料，一會是絞刑過程。李鴻章陷在歷史大勢裡，不可自拔，不是攘拳義憤，就是狂拍大腿，彷彿手裡舉著清朝的驚堂木，呵斥三軍。馬麗豔側倚在沙發扶手上，一條胳膊圈住小修的脖子，時不時蹭蹭女兒的臉。馬麗豔沒摸出那一層燒燙來，只覺得她體溫如常。其實，她永遠不會知道，小修的身體裡，有一堆星星虛火，已開始了燎原之勢。現在，馬麗豔也指給小修看，嘴裡解讀起了海珊其人，並順便說了說兩河流域的過去，以及一本《漢摩拉比法典》。

受了李鴻章的薰染，馬麗豔遂深信不疑地相信：這是個歷史性的偉大事件，一家三口，得以有幸共度此刻，平安如素。有一瞬，馬麗豔瞥向窗外，看見和平的夜色像一輛重型推土機駛來，淹沒了蘭州。白晝時的汙染，被一筆勾銷。

「我覺得挺可憐的。」

李鴻章說：「可憐？你是菩薩，也得省下這個詞。這麼心疼的詞，用在誰身上都成，偏不能形容海珊這鬼。他令人髮指著哪，暴君，殺人狂，恐怖分子。幾十年來一直騎在庫爾德人和什葉派頭上，拉屎撒尿，作威作福的。這下，這鬼徹底玩完了，連命也搭上了。」

「搞不懂你們雄性，牙齒上嗜血。」

「哼！這鬼還抵不上他兒子和孫子，人家好歹敢拿起 AK － 47，跟大兵瑞恩們幹上一仗，死就死球了，也算是醉臥沙場，馬革裹屍，不枉褲裡的那三兩瘦肉。海珊就疲軟多了，一點不硬棒，給人從老鼠窩裡提溜出來。腰裡的金手槍是幹嘛的，塑膠呀？自己抹脖子還不會呀？希特勒還知

道不受胯下之辱，自個尋短見，報銷自己呢。」

「李鴻章，你別鬥嘴，你上去試試看。」

馬麗豔搶白道。

「那，那我也得替天行道，親手將絞索繫在海珊脖子根裡，打上死結。我雙手沉重哦，肩上的負擔也不輕，受伊拉克人民的殷殷囑託，我會成全海珊的心願，讓他當一名烈士和硬漢的。我還會聽他的臨終懺悔，告訴他，他被世界人民拋棄了，他將孤獨地走進墳墓和地獄，把腸子徹底悔青。」李鴻章油光四射，伶牙俐齒，像德雲社裡剛爆得大名的郭德綱，粉嘴一張，沒一點輕重，彷彿全地球的江湖都是他的。馬麗豔瞧不起他雌黃天下，滿嘴跑串轱轆，在女兒面前也不知分寸。她摟了摟小修。小修掙脫了，仍抱著那一團圍巾，墊在肚腹上，似乎這樣就舒坦，也能將那一堆漸漸燎原開來的虛火撲滅。

鳳凰臺又定格了套上絞索的幾格畫面，專家們道貌岸然地坐在廚房般的客廳裡，磨刀霍霍，庖丁們肢解著一具海珊。馬麗豔搓著手說：「李鴻章，我見過絞刑，信不信？」李鴻章怔了怔，抬看妻子一眼說：「別亂講話哦，咱生活在和平年代，股票牛氣沖天，外匯多得花不完，還當美國的債權人，現在又構建和諧社會呢。咱家也得和諧一下。要嚇著公主，罪可不輕，殺無赦，我可絕不答應你。」馬麗豔不甘休，磕著牙齒說：「不信拉倒！還真以為你們這類動物操控地球呀，武則天時候幹嘛去了？慈禧太后當權時，你們雄性還不是裝孫子，當奴才，腦袋夾在褲襠裡過日子呀？說給你聽，和平這東西，一般都是我們女人帶來的，和平都有一種母性的光輝。」李鴻章噗嗤一笑，說：「太陽呢？太陽咋從西邊出來了？我可偏不信這邪，你能從哪偷得這種薄福，見上一場絞刑呢。」馬麗豔賣個關子，杏眼盯視著，話堆在舌尖上，只想擠兌一下李鴻章。李鴻章卻滿腹經綸地

說：「咱國家，一般使槍決。後來人道主義多了，對罪大惡極、十惡不赦者，也普遍使針斃，好歹給人家屬留下一條全屍是吧？對了，從明天起，死刑的核准權收回去了，得中央點頭才行。一般慎殺、少殺為是。像鐵瓦殿那孫子邱興華，背著十條人命，就趕不上天下大赦這一茬了。」馬麗豔是校對員，報紙快讀噁心了，對這些發黃的舊聞不感興趣。她舔舔舌頭說：「忘了？你跟我一塊看過的那部清宮戲，斯琴高娃演的，孝莊皇太后是咋死的？想想，還不是被你們一幫子臭雄性給絞殺的。」李鴻章訝異地問：「孝莊娘娘是被絞殺的，誰通知我了？」馬麗豔伸出腳，踢了李鴻章幾下，笑得岔氣說：「李鴻章呀李鴻章，你連你的祖奶奶都給忘了。你不是她的孝子賢孫，把她老人家和清朝的那點家底全折騰光了嗎？」李鴻章回說：「哼！你這是戲說，替歷史翻案。」馬麗豔篤定地說：「用的是一把硬弓，把孝莊給絞殺了。」

「唉，我替她老人家默哀。」

「……所以說，和平一般是我們女性帶來的，真有一股子母性的光輝，比乳汁還甜，比日光更酥軟。」

李鴻章讚美說：「恭喜你，答對了！你該上李詠的那檔子節目試試，練練嘴。」

「在咱家裡，我和公主就是和平，照耀你。」

「你真像詩人。」

「缺德！別惡搞詩歌，也別難為我，我不是梨花教母，也吐不出那種口水來。一提詩，我就噁心，跟霜打的一個德性。」

李鴻章忽然想起什麼，在大腦溝回裡撈了幾下說：「可別說，海珊就是一真詩人，像男人一樣戰鬥過，還寫了好幾本書，談古論今，縱橫捭闔，洩露過一點點情感小隱私，痛並快樂過。結果火透了，本本都是高版

稅，連開幾場作品研討會，批評家和媒體記者們海了去，往死裡追捧。他還在伊拉克的百姓講堂開過壇，作過法。在兩河流域的書店裡簽售過，手都簽抽筋了。伊拉克人民人手一冊，焚香沐浴，規規矩矩學習，老老實實寫心得體會。後來，形成了一門獨特的『海珊學』，推出了好幾個伊拉克的錢鍾書、俞平伯之輩，敲邊鼓，拿紅包，推波助瀾，打造軟實力。」

「吹吧你。你好像是海珊的私生子來著。」

「騙你？騙你我李字倒著寫。他遺書上寫了，他將以自己的光輝詩作，被世界的文學史寫下隆重的一筆，堪比但丁，氣死歌德。」

馬麗豔不去糾纏，卻指著電視笑，問小修說：

「公羊，你看海珊像誰？仔細想想。」

小修的指尖上纏著圍巾的一頭，不停地繞來繞去。粗針織下的，網眼開闊，綱舉目張。看似蓬鬆一堆，但捏進手裡時，卻綿軟細密得像一根絲線，也不知是什麼神奇材料。小修還記得「五・一」長假時，李鴻章和馬麗豔邀了幾個同學，各家開著車（李鴻章借的），遊玩了一趟青海湖。離開橡皮山，路過一片草灘時，小修望見了車窗外驚恐逃命的藏羚羊。

那時，恰逢產羔的季節，一隻肚腹臃腫的母羊跌跌絆絆，掉了群，終於栽倒在公路旁。小修還摸過那隻母羊。水一般光滑的皮毛，摸進手裡時，又從指縫裡滲光了。李鴻章當時說，三隻母羊的絨毛，就能織一件女人的披巾。在西方市場上，能賣五千歐元哦。李鴻章還說，這樣一件藏羚羊的披巾，能從一枚針眼裡穿過，是貴族女人們追捧的奢侈品。

這麼念想時，小修便有點厭惡它 —— 覺得鬧不好，馬麗豔的這件圍巾，真是幾隻可憐的藏羚羊用命換來的。她的手開始冷，聽著嘈雜的電視聲，望著馬麗豔跟李鴻章一來一往的攻訐，像是鬥嘴，又像是兩隻膩膩歪歪的七星瓢蟲，反正不太正常。小修攥住圍巾，一截一截地開始打結，縮

成死扣，約摸一拃長一個。小修想，有了這麼一長串死結，叫你馬麗豔去給人炫耀吧，看它究竟能不能鑽過一個小針眼？

暗中使了勁，小修抬起身來，心裡咯咯地發笑。驀地，先前掉進身體裡的那一把圖釘，卻彷彿從一座洞穴裡醒了過來似的，在燙燒的肚腹間遽然散開，跑得遍地皆是。圖釘們像來到了下午的操場上，有的玩繩操，有的大腳開球，有的扔鉛球，有的在奮力擲標槍。分散的痛點，漸漸如一張密不透風的蛛網，掛在身體裡，火辣辣地燒起來。燒透時，又有一層麻酥酥的蟻癢，跑遍了皮膚。

「再想想公主，你看海珊像誰？」

馬麗豔催問。

「愛誰誰，別碰我！」小修擋回去。

馬麗豔怔了怔，狐疑地盯一眼小修，又緊著堆滿了笑，自己先樂和地說：「這孩子，快仔細認認，海珊像不像你爺爺呀？」

「我爺爺？」

小修覺得這是個有趣的問題。

「瞧瞧，除了他脖子下的那根絞繩，海珊跟你爺爺真像一個模子裡倒出來的不是？一樣的大鬍鬚，一樣高的髮際線，鼻梁也那麼挺。」

「真像！」

小修道。

「我就覺得面熟，跟在哪裡見過似的，原來像你爺爺喔。」

小修忽然抓起茶几上的電話，指頭夠著按鍵，去撥號碼。馬麗豔被嚇了嚇，瞪著眼睛問。小修怪兮兮地說：

「給爺爺打個電話，叫他趕緊看嘛。」

「別！你爺爺剛出院，激動不得。你去醫院看過的，他太虛弱。」

小修悻悻地扔下電話，攥緊圍巾，下意識地動作著，縮著死結。目光卻逼視著螢幕，像一把牛角梳子，從定格的海珊的五官長相上捋過，漸漸澆薄，直看成了一張簡簡單單的相片。小修被爺爺疼愛慣了，拔過他鬍子，揪過他耳朵，捏過他鼻子，小時候還當馬騎過。一提爺爺，小修便有一股子煥然的親近感，巴望得不得了。這時，小修囁嚅說：

　　「其實，更像爺爺他爸。」

　　馬麗豔臉色一重，說：「你太爺爺？」

　　「對呀！爺爺叫我看過他爸的老相片，鎖在櫃子裡的。爺爺說是他爸解放前當會計時，在上海照的。穿個西裝，留了個二七開，鬍鬚也這麼濃。我覺得爺爺他爸更像，比爺爺更像這個海珊嘛。」小修說。

　　「我沒見過。你爺爺就疼你。」

　　馬麗豔口氣失落。

　　「這叫遺傳，對不對？」

　　馬麗豔摟了摟小修，笑談說：「當然嘍，有其父必有其子嘛，咋能長相上不帶呢。俗話說，龍生龍，鳳生鳳，老鼠的兒子會打洞。」

　　「像絕了，跟複製的一樣，能當特型演員。」小修讚美道。

　　「問問你爸！」

　　不待兩個人去問話，李鴻章早就黑成了一座鐵塔，怒目金剛地虎視著。先前還嬉皮笑臉好端端的，也不知吃錯了什麼槍藥，端著雙臂，要迎頭砸過來似的。馬麗豔和小修環視一遭，又在各自的臉上瞧瞧，竟一無所獲。電視也沒犯什麼錯，正播放海珊生前風風光光的畫面資料：檢閱三軍儀仗隊，他還舉了槍，一扣一扣地放天上射。接著，又是一群老百姓圍著他，跳一種甩胯的小步舞，皮鞋鋥亮。一旁的粉絲們熱淚盈眶，山呼萬歲。末了，畫面出現了杜傑勒村慘案，坦克衝進了一座民房，地上丟滿了

血淋淋的屍首，血腥刺眼。馬麗豔捫心自問一下，再細細打量了一番李鴻章，竟是一頭疑惑。

「咋了？真替海珊默哀呀？」

小修插話說：

「我知道，李鴻章見我爺爺就這樣，怕慣了。」

「是不是還三鞠躬呢？」

話未落地，李鴻章突然跳腳站起來，抄起飯桌上的一隻菜碟，惡狠狠地摜在地板上。瓷碟驚叫了一聲，好像一隻幼獸被銜在敵人嘴裡，來不及喊話，即被吞了下去。碎得很誇張，分崩離析地散裂開，濺上牆，鑽進了沙發底部，剩下的癱瘓一堆，哆嗦地吃住地板，被抽了脊梁的小狗似的。這還不算什麼。甩濺出去的剩菜冷湯，彷彿瓷碟身體裡的血，爆炸開，在客廳裡畫過牆、天花板和光亮的地板，成了命案的第一現場。

「馬、麗、豔，我操你！」

李鴻章堂皇地站在一堆碎瓷中，跺著腳，衝妻子咆哮道。猶不解恨，他攥住拳，砸在飯桌上，跟一個被逼進死胡同裡的凶犯一般。馬麗豔眼睛溼了，委屈地擦了擦頰上的菜湯，摟緊小修，不明白這一切緣何而起。她吞聲說：

「我們娘倆咋的了？犯得著你發這麼大脾氣嗎？」

「馬麗豔，你剛才說什麼了？」

「不就是幾句玩笑話麼？你開得，我們娘倆就開不得，非要順著你的脾性來呀？該過節了，人家屋裡和和暖暖，樓上樓下笑聲不斷。有誰像你，砸碟子摔碗的，吃錯藥了嗎？看看，把家裡搞成這麼骯髒的豬窩，叫我們咋落腳，咋有過年的心情？你這麼發瘋，公主都看在眼裡，記在心裡了，李鴻章。」

「對！我就讓你們難受，不能過年。」

馬麗豔迷蒙起眼，婆婆地說：

「你身上都是仇恨，恨誰呀？」

「問問你自己，你一張臭嘴，跟吃了糞似的。我連地主都不鬥了，撇下頂頭上司，來跟你們過年的。我本來還想三天假期裡，帶你和公主去郊外，呼吸呼吸新鮮空氣，去興隆山滑滑雪。但你馬麗豔一張臭大糞嘴，管不住自己，挑撥我和公主的關係，離間我們父女親情。你究竟安的什麼心？揣了什麼虎狼心腸？」李鴻章磕著牙，血雨腥風地潑將過來。

「我怎麼了你？」

李鴻章早就備好了答案，一股腦地端在檯面上，扳住指頭，一五一十地控訴說：「怎麼了？你說這叫惡的海珊像我爹，像公主她爺爺。你紅嘴白牙的一說不要緊，可你這是下藥引子，別有用心，指桑罵槐。」馬麗豔一聽這理由，輕薄得站不住腳，猜想李鴻章一準是沒去泡K房，沒跟領導鬥地主，故意找茬，在借題發揮來著。海珊咋了？八杆子打不著的一個死人，和這個家有屁關係，值得你火冒三丈，衝著妻女吼麼？她也梗了梗脖子，頂頭迎上去，口氣不屑地說：「嗨喲，我只當你李鴻章是個男人，記得自己身上有那麼三兩肉掛著，還是個雄性呢。沒成想，你的心眼太小，比針尖還小喲。我不過說了一聲海珊像公主他爺爺，看你惱的，跟一匹上了炸藥的狗似的，狂犬病犯了，咬誰呀？」李鴻章舉起巴掌，又開五指遮過來，叫陣說：「馬麗豔，你再敢重複一遍你試試，你再說一遍。老子的耳光是不認人的，非扇死不可。」李鴻章做了針尖，馬麗豔一般會扮演麥芒的。她伸出臉去，遞在李鴻章的軍事禁區內，挑釁說：「扇呀，有本事你扇啊，我還一直想找這麼個顧主，能讓我躺下吃飯，再也不去幹那個破校對員呢。求你了，你是我的上家，成全我吧，快扇呀。」李鴻章繼續舉

著，醞釀著戰爭氣氛，嘴裡喋喋地說：「臭娘們，你嫁雞隨雞、嫁狗隨狗，你嫁進了我們家的門，卻數典忘祖，拿老一輩尋開心。你不是故意的，又怎麼解釋？」馬麗豔抬望了一眼，清楚了李鴻章的把戲，鄙夷地說：「你們家咋了？天下哪一家的法律裡，寫著不許開玩笑，不許用一個比喻的條文？你說給我聽。」李鴻章撤下右手，左手又像一隻鶻式戰鬥機樣地盤旋而起，停在空中，憑欄遠眺。李鴻章駁斥說：「你用啥比喻都成，但你不許用剛才的那個比喻。」馬麗豔冰雪聰明，立刻明白李鴻章話裡有話，遂退卻地說：

「好啦好啦，別拗氣了，我收回剛才的話。」

「當著公主的面，你再說一遍。」

李鴻章叱道。

馬麗豔措詞一下，當著家庭成員的面，虛心地說：「我錯了，真的。其實不光我一人錯了，全世界都錯了。大家都把問題推到了海珊一人的身上，叫他一人背了黑鍋。現在他走了，我不該若有所失，如喪考妣。他該死，他是個殺人狂，暴君，恐怖分子。他該下地獄，斷子絕孫。」

「你別打擦邊球了。說你個人的。」

「還有啥可說的？我都站在了你的立場上，嫁狗隨狗的，你還叫我怎麼著？總不是犯了殺身之禍吧，你還這麼逼我。」馬麗豔本就吃軟了，但李鴻章仍不依不饒的，軟處來取土，這是她沒料到的。「李鴻章，你別蹬鼻子上臉了，給你個臺階，還沒完沒了呀？」

「臭娘們，要再說一聲海珊像誰誰的，我真抽你。」

「李、鴻、章，寶貝公主就在這，我把話撂下。我不過說了一聲海珊像你爹，又沒刨你家的祖墳，幹嘛對我這麼惡毒？你來硬的，我也不是吃軟飯的。世上的人多了去，誰誰的是一個模子裡倒出來的，有啥錯？古月

和唐國強還當過特型呢，他們會被觀眾的唾沫星子淹死嗎？我是說了，我說海珊的長相像你爹，就像你爹。」

鷂式戰鬥機俯衝下來，撞在馬麗豔的臉頰上，又拉起機頭，停在半空。

馬麗豔矮下身，捂住半邊臉，腦海裡掠過一片金星，登時空白。小修木然地坐著，痴呆呆地盯著眼前的一幕，將手裡的一個個死扣押直，用力搣緊。馬麗豔窩在沙發上，半天才緩過氣來，嘴角上滲出一絲血水。馬麗豔恨恨地望了李鴻章一眼，忽然摟住小修的頭，委屈地說：

「公主，公主你都看清了吧？他居然敢對我下手，他敢扎找。」

李鴻章說：

「媽的，嘴強，揍還是輕的。」

「打我？！哼，你還能有啥本事，你讓我們母女住洋房了嗎？你讓我們天天吃香喝辣的了嗎？你讓我們沾啥光了？出門，你就在社會上變成個縮頭烏龜，像個太監樣地伺候上司，陪他開心，給他出櫃，噁心得像一個下三濫的三陪小姐。你顧過這個家，添過一袋醋，買過一雙筷子嗎？把公主扔在小飯桌上，餓得面黃肌瘦，你倒天天去做甩手掌櫃的。你問過我們母女的飢寒，照顧過我們的心情嗎？好呀，你現在還敢對我動粗，甩我一個大耳光子。你等著，李鴻章，有你好看的一天，這筆債我遲早要你還。」

「還！你不是有個當員警的哥嘛，叫他來，銬走我，或者一槍把我蹦了。」

「走就走！公主，咱們走，死了也不回來。」

「滾吧！」

李鴻章在一旁歡呼著，如釋重負地說：「通通滾蛋，夾著尾巴滾遠一點，別在我跟前礙事。我眼不見為淨。」

　　馬麗豔氣絕心傷，又起小修，拽住她的袖子，一前一後踅出客廳，昂然地丟下李鴻章。先是鑽進了小修的臥室，拉開衣櫃，整理出幾摞女兒的東西，胡亂塞進了一隻拉桿箱。接著，馬麗豔又站在大人們的臥室裡，撬著衣櫃門。

　　衣櫃是嵌入式的。當初裝修時，巧妙地利用了一堵凹陷進去的牆，打了立板，才壁立成一面。不知是因為激動，還是衣櫃受了潮，門卻始終打不開。馬麗豔踢了好幾腳，門板卻紋絲不動，冰冷地站立著，嚴絲合縫。像地球上剩下的最後一對男女，抱成了團。無奈，馬麗豔取出一把改錐，戳了兩下，直接掀起了一扇門板。衣物層層疊疊地碼著，像中秋節裡蒸好的千層餅。馬麗豔不辨季節，只管氣急敗壞地扯出來，冬裝夏服地塞滿了拉桿箱。一折身，拽住小修，往門廳裡奔去。

　　「我不想去。」

　　小修說。

　　馬麗豔遭了電擊似的，僵在地上，淚水嘩嘩地淌出來，瞠目結舌地問：「咋了公主？你自己看看，這裡還有你立足的地方嗎？這不是你我母女的家了，這裡是獨夫民賊的豬圈狗窩，是吃獨食的人待的地方。我們走，別給人家礙眼，人家早就謀算著要換一個新的女主人了。」她上前要揪小修的袖子。小修甩脫了，退後幾步，緊緊貼住了牆。

　　「明天廖望的生日，我要去。」

　　「有沒有出息你？」馬麗豔扔下拉桿箱，趨前幾公尺，矮下身子，拍了拍小修的臉蛋，循循善誘地說：「乖，聽話公主。我們不湊這個熱鬧了，我們回姥姥、姥爺家裡去，去跟你舅舅過新年吧。這裡不是家了，是個靈堂。有人在給海珊披麻帶孝，當一個殺人犯的孝子賢孫。我們走吧。」

　　小修急得滿臉彤紅，抱緊懷裡的那條圍巾，瑟瑟著。馬麗豔暗中揪了

幾把，又像是命令，又像是一種口頭警告，叫她趕緊幡然醒轉，給自己搭臺唱戲。小修被逼急了，揩著頰面上的淚，堅持說：

「我答應廖望了，我不能反悔。」

說話的空隙裡，李鴻章就倚在客廳門框邊，呷呷不已，嘴角還抽出一絲怪笑，冷嘲熱諷地盯著。馬麗豔從李鴻章的眼神裡讀出了冷漠，也讀出了一種落井下石的快意來。她強忍著，催促小修說：

「寶貝公主，這是個大是大非的時刻，你不站在媽媽的一邊，難道要助紂為虐嗎？」

「反正，我不去。」

小修斷然道。

呵呵，李鴻章終於笑出了聲。夜貓子的笑，一陣比一陣冷，鞭子樣地烙在馬麗豔的脊梁上。笑得她渾身發怵，骨骼都縮成一堆，嘎巴作響，彷彿手裡的一把筷子被折斷了。忽然，小修抬看了一眼李鴻章，輕蔑地說：

「你也別得意，李鴻章。」

「公主你？」

小修慨然地說：「海珊就像我爺爺，海珊更像我爺爺他爸。有本事，你扇我一個耳光，對我使暴力呀？我見過爺爺他爸的相片，跟海珊一個坯子，像得跟一對雙胞胎似的。怎麼了？」

「咳，你個小雜碎，你這不是犯上作亂嗎？」

小修的身子緊躲著，指著說：「李鴻章，你別耀武揚威了，你就是個賣國賊，你還是個不折不扣的軟骨頭。有本事，你在清朝那會幹嘛去了？你跟外國鬼子幹啊，你把八國聯軍趕出去呀，你把圓明園好好留下來呀？你在我們歷史課本上寫著呢，清清楚楚的。李鴻章，你就是個反面教材。」

「他娘的，你敢對老子這樣說話？」

李鴻章的頭皮一下子炸了，將手裡的一團餐巾紙扔過來，砸在小修額上。猶不甘心，李鴻章踅摸著門廳地上的一隻拖鞋，虎虎地欺過來。馬麗豔心花怒放。小修的一席話，登時扭轉了風向，讓她不再孤獨，不再形單影隻了。她知道自己該怎麼做，咋樣去維護剛剛建立起來的、脆弱的統一戰線。聯盟的力量是偉大的。馬麗豔忽地起身，橫在二人之間。

趁著李鴻章俯身時，馬麗豔搡了一把，將小修推進孩子的臥室裡，吩咐她鎖了門，便隻身迎上來。馬麗豔最後通牒說：

「李鴻章，你敢對公主動粗的話，我死給你看。」

「閃開！」

馬麗豔嘶啞地說：「好！我閃開，我看你能做什麼。我再聲明一下，公主要是有個三長兩短，我發誓，我會跳樓的，叫你一輩子都後悔死。」

馬麗豔真閃開了，留出一條路來。

卻出乎她的意料。李鴻章舉著拖鞋的手，定定地滯在半空裡，像一尊捏了一半的雕塑，毛糙糙的，一座未完成的作品。馬麗豔環住臂，靜等著事態的進一步發展，心裡七上八下的。忽然，李鴻章丟下拖鞋，撲騰坐下，一把抱住馬麗豔的腿，埋著頭哭起來，嘴裡哽咽地說：

「哼，你們都在欺負我，合夥哦。」

門廳裡燈光刺眼。

馬麗豔渾然地站著，不理不睬，一任李鴻章抱住自己，掏心挖肺地傾訴，嘴裡含混不清。湊巧，馬麗豔發現門後的天花板一角上，居然掛著巴掌大小的一塊蛛網，緩緩拂動著。她心裡擱不得齷齪東西，一股自責湧上來，恨不得即刻撲上去，撕爛它，還家裡一個清白。但禍不單行，一隻小米粒大的蚊子，又循著地角線慢吞吞地飄起，像牆面上滴下的一點墨汁。

冬天，咋會有蚊子呢，還是反季節的？馬麗豔百思不得其解，想得腦仁生疼。後來，她歸咎為家裡的暖氣太熱，竟讓蚊子成了一條漏網之魚。

李鴻章箍住妻子的腿，哭得不亦樂乎，念念有詞的，像一張剮壞的碟片。

腿站麻了，氣血不順，馬麗豔拍了拍李鴻章的背，叫他趕緊起身，別再哭天喊地的了。這一哄，李鴻章受了更大的委屈似的，嗓眼裡淤著一口痰，遍體哆嗦。馬麗豔掙了幾掙，但甩不脫，只得硬挺著。

「你們欺負我。」

「誰欺你了？是你自己玩不起的喔。」

馬麗豔糾正道。

李鴻章淚眼迷離地抬臉，衝著妻子說：「不就是一個海珊被絞了麼？絞了也就絞了，頂多死了一個獨裁者。可你們偏偏要說海珊像我爹，憑什麼？」

「也就那麼一說嘛，開不起玩笑呀？」

「你一說海珊像我爹，你這就下了藥引子，逗引公主也說話。公主說啥了，她那個鬼腦筋聰明著哪，她說海珊像我爺爺。她說得沒錯，她見過我爺爺的相片，真的是一模一樣，眼角眉梢像死了啊。」

李鴻章承認了。

「誰都不是絕版，世上人沒絕版的。像就像唄，值得你這麼一哭呀？」

「馬麗豔，我現在告訴你，這是我們家裡的一個祕密。好多年了，我都忍著。自從你嫁進這個門，我爹就對我下了封口令，那張相片也一直祕不示人。現在我想通了，對你沒啥祕密可守了，我就說給你聽。」

李鴻章退後，一屁股坐在拉杆箱上，抱住頭。

「咦！李鴻章啊李鴻章，你可城府太深了，竟然對我保密。說吧，坦白從寬，那張相片到底咋回事？你爺爺怎麼了，叫你這麼懷念他，護著他。」

聽話聽聲，鑼鼓聽音。馬麗豔的職業敏感登時尖銳起來，覺得有一篇機深很重的文章，等著自己去校對一番。

「我爺爺早死了。」

馬麗豔差點噴出來。

「你別笑！我爺爺死得很窩囊，死得罪有應得。他被人民政府給槍斃了，在剛解放時。我爹去收的屍。那以後，我爹離開了上海，跑到了大西北來，一直低頭活著人，心裡短下了一口氣。這也是我們家裡的祕密，諱莫如深。」

「人民政府咋跟你爺爺過不去呢？不會吧？」

馬麗豔不知輕重地問。

李鴻章握住拳，一記一記地敲在太陽穴上，惆悵地說：「他在上海學會計出身的，分到了銀行。在那個青黃不接的年代，他為了養活一家老小，就把銀行的錢當成自己的了，往腰包裡塞。後來，事發了。」

「他是個貪……？」

馬麗豔忙捂住嘴，止住話，像一本發黃的檔案被粗暴地合上。

「對！你說的對，他就是個貪官，是個見錢起意的人，十惡不赦，死有餘辜。可他用一條命做了賠償，又過去了這麼多年，總該結束了吧。」李鴻章再次頹坐在地，抱住馬麗豔的腿，像個犯了錯誤的孩子，請求寬恕。

「對不起，我不知道這一碼事。」

李鴻章說：「求求你了，別在寶貝公主面前提起我爺爺，也別再提家

裡這個天大的祕密。你是我家的媳婦，你也該從善如流、從一而終吧？」

「我答應你。」

他的手扳住馬麗豔，抬臉盯視著妻子。

「……往事不堪回首哦。過去的，就讓它過去吧。以後咱們誰也不准提起，就當沒這麼一碼事。好不好？」

馬麗豔快人快語地說。

不待馬麗豔說完，李鴻章像聽見了一聲衝鋒號似的，猛地躍起，扛起馬麗豔，架上了肩膀。馬麗豔在半空裡掙紮著，四肢亂舞，想跳下來。無奈，李鴻章吃了金槍藥一般，腋下生風。李鴻章踢開地上的拉桿箱，又撞開臥室的門，篤篤篤地來到了床前。肩膀一抖，便將馬麗豔卸在了花團錦簇的臥床上。

與每一次戰爭的尾聲一樣，他們的肉體和心靈又得到了一次洗禮，雙雙昇華，嫋娜輕盈，扶搖直上。不多久，他們便眉飛色舞地說笑起來，彷彿不曾發生過什麼。

門廳對過，小修上了門，臥室被鎖死了。

她呆呆地塑立在黑暗中，手心裡滲出了一層汗。馬麗豔和李鴻章正鬥著嘴，咆哮的聲音中猶如埋著一排排利齒，咀嚼著，從暗夜裡凶狠地駛來。

而肚腹間的那一把圖釘，散開了，明晃晃地奔跑著，也在呼應著凶狠駛近的一排排利齒，往肉裡、骨縫裡，往皮膚表層裡鑽透。一陣焦躁的熱浪從腳心裡湧上來，漸漸控制住了小修。小修燠熱難捺，她忽然拋開了手裡的那條圍巾，急急地抓住了頭髮，想躲閃開那一陣襲面而至的錐刺。

小修嗓子裡拚命喊了一聲，卻一點聲音也不見。

借著窗外的餘亮，小修看見那條圍巾在空中打了個旋，款款地飄落下

來。悠長的織品劃過時，彷彿一尾黝黑的鯨鰭，一閃而逝。衣櫃的門空蕩蕩地錯開著，張起了雙臂。小修不假思索，一步跨了進去，蹲在衣櫃裡，合上了門。

後來，小修沉沉地睡著了，像一冊假期的課本。

黑暗愜意，天光遙遠。

睡夢中，小修覺得自己正躺在一片銀色的沙灘上。日光奪目，雲朵輕輕地覆在身上，薄如絮羽。12 月 31 日。在這個漫長的冬夜裡，小修竟不知道，她一生中的第一次初潮，悄然來到。

元旦，蘭州的天空仍舊霾氣籠罩，暗若日食。

早上八點一刻左右，馬麗豔和李鴻章才回到家裡。進家後，夫妻二人在門廳裡低頭換拖鞋時，還在辯論最後一把牌的大小。昨晚，當一場戰爭被他們藝術且友好地化解後，李鴻章接到了頂頭上司的電話，令他即刻赴東方夜總會去鬥地主。李鴻章慨然應約，並攜馬麗豔同行。

換了一半，馬麗豔詫異地盯了李鴻章一眼，一星火苗在眼底騰起。李鴻章也被家裡一片沉沉的闃寂給嚇住了。馬麗豔的眼神告訴了他，卻意思不太準確。李鴻章瘸著一條腿，拍了拍小修的臥室，竟是無人應答。馬麗豔拿來了改錐。李鴻章一把推開她，抬起腳來，一下子踢開了門。

天花板的枝型吊燈下，一襲圍巾漫長地掛著。每一個彩色的繩結，均勻地懸順下來，被門外的氣浪吹拂著。李鴻章攥緊拳頭，問天打卦。

馬麗豔突然一驚，忙扶住門框。

原來，樓上扔下來一串閃光鞭，在薄薄的窗玻璃上炸響。

汝今能持否

盡形壽，不殺生，汝今能持否？

「會死嗎？」

「呵呵，不會。還沒死過，這算頭一次。」

王旗按住了陳丙君，將他摁在枕頭上，撫了撫臉，令其閉眼。這還不算，王旗又拍了他的胸口，讓他放緩呼吸，別那麼七上八下的。另一側的牛富田抖開了一塊白床單，嘩地一下，苫住了陳丙君。後者腳上發涼，有人在替他穿襪子，從動作上猜，陳丙君知道是馬五七，這跟他出牌的節奏吻合，有些顢頇。現在，陳丙君算是死了，離這個花花浮世雖咫尺之距，卻仿若天涯。他安心地關上了全部的窗子，心裡昏暝一片。

死就要有死的樣子，不敢馬虎的。安頓完了陳丙君，大家消停下來，才有心氣對付功夫茶。茶具是牛富田帶來的，可攜式，一共四隻茶盅，東西南北，擺在幾案上。目前暫時死了一個，牛富田便沒收了一隻，裝回兜裡。茶要趁燙，馬五七吹著嘴說：「生旦淨末丑，幹啥就要像啥，要入戲。記得有一年夏天，輪到我值班，天熱得跟澡堂子一樣，我就在廠區樓下的陰涼地裡打盹。動力作業間的那個二流子在跑步，他經常在跑步，冬練三九，夏練三伏。但那天開始他有些怪，他張開胳臂，一步一挪，身體像個十字，我以為他在做擴胸運動，也沒在意。連著半個月，他天天如此。科長找了我，說產品丟得厲害，肯定出了內賊，讓我多加提防。這不，我的瞌睡打消了，貓一樣警覺。出事那天下午，他又在做擴胸運動，一步一挪，十字狀。恰巧，天上飄過了一朵黑雲，把日頭遮住了，這才洩露了祕

密。狗日的，原先他的懷裡抱著一整塊玻璃，正要往大門外偷運。先前日光那麼強，玻璃幹嘛不反光，我想了幾十年了，也沒想明白。他做得真好，他入戲了，他找見了竅門。所以嘛，陳丙君今天要死得像那麼一回事，千萬別露馬腳。」牛富田停下茶，唏噓說：「剛才上樓時真冷，天色不好，恐怕要下雪的。」他的話無人應和，只好蕭索地捂住嘴，整理了一下假牙。王旗說：「在玻璃廠工作了幾十年，奇的怪的都見識過，但最有一件事令我困惑，一直折磨了我幾十年了。我不敢說，怕我是不是有反動的苗頭。不管了，我豁出去了，說出來你們聽聽。一九七六年，丙辰龍年，那一年真是流年不利，先是周總理走了，又走了朱總司令，中間有一個唐山大地震，死了那麼多人，活生生的一座人間地獄。到了九月，毛主席也沒了，痛煞人也。那天下午集中聽廣播，晚上人們都去了反修館弔唁，只安排我一人在倉庫裡值班。值班有啥了不起的，我沒當一回事，可到了後半夜時，我就被嚇呆了。為什麼？原先倉庫裡成箱成捆的玻璃，開始一塊接一塊的炸裂。不是碎，注意聽，是炸裂，炸成了指甲皮大小的渣子，沒一塊完整的。那是二季度的產品，沒有一百噸，少說也有四、五十噸吧，就那麼炸了。第二天我彙報了上去，但無人在意，國喪期間，誰也懶得操心玻璃的事。後來有了各種傳聞，說玻璃也悲傷過度，那麼一炸，當然是心碎的結果。我揣摩了許久，難道玻璃也有心，萬物也有靈，像人一個樣子？我後半輩子做的夢，基本上和玻璃有關。一閉上眼，我就能看見那些尖銳的玻璃碴子，明晃晃的，像一把刺那樣。哦，說出來我就輕鬆了，不需要你們安慰。總之一句話，陳丙君今天要死，但他心裡有刺，一根大刺，咱們得幫他拔出來才是。」照例沒人應和，王旗也不難為情，吹著湯面上的茶葉。假牙是新植的，磨合不太成功，總得適應一段時間。上一副假牙好，用了差不多九年，牛富田在露水市場買菜時，不小心打了一個噴

嚏，假牙飛了出去，掉在了下水道的井箅下，著實生了一禮拜的悶氣。牛富田瘤著腮幫子，絮叨說：「外面的天陰的厲害，風也大，估計不是中雪，就是暴雪。」馬五七剜了他一眼，面呈不悅，沏茶時走偏了，水漾在了几案上。馬五七想讓氣氛愉悅一些，便說：

「陳丙君這一死，咱們三缺一，湊不成一桌了，咋辦？」

問題太尖銳了。自從退下來之後，天天打牌，打了這麼多年，誰也沒想起這個難題。三缺一，等於此刻的茶桌，缺了一位，總感覺彆扭極了。你跟我碰杯，另一個追了過來，究竟該跟誰先碰？打牌卻不一樣，形成了有效的上下級關係，上家防你如賊，你視下家像草寇，玩的就是一個癮頭。沉吟片刻，牛富田兀自笑了：

「三個人也可以呀，最適合掀牛九了。」說著，掏出一副陌生的牌葉子，扔在几案上。

王旗問：「啥是掀牛九？」

「河西走廊一帶的土麻將，只能三個人玩。」介紹說。

馬五七今天跟牛富田槓上了，怎麼看都過不了眼。馬五七沒接話茬，繼續獻疑說：「呵，那萬一再死一個，剩下兩個人咋辦？」

「這簡單，剩下兩個的話，就下棋嘛。」王旗道。

「那再折掉一個呢？」

「哦，誰落在最後面，誰就真的悲苦了，一個人孤零零的，沒人跟他玩了。」王旗鬱悶地潑掉了杯中的殘茶，續了一水燙的，啞巴說：「如此看來，誰死在前頭，誰就有福報啊。」

「對，福報都是平時積攢下的，修來的。」牛富田附和道。

一群笨蛋！陳丙君瞇了片刻，醒來時，恰好聽見了工友們的談議，心裡厭倦地嗔罵了一句，笨蛋加蠢蛋，再加一窩混蛋。這麼便宜的問題，居

然讓他們想破了腦殼，唉聲嘆氣的。但因為現在死了，陳丙君不好突兀地坐起來，給他們上上課。躺在苫布下，陳丙君盡量讓自己僵硬下來，不許動，也不能插話，死就要有死的樣子，必須入戲。但人有三急，尿脬慢慢地鼓脹了起來，像一枚定時炸彈，由不得他。陳丙君暗中動了動，找見了一個愜意的姿勢，遂安定了許多。這時，附近八中的報時鐘響了，北京時間 14 點整。聲音裡有一種金屬味，破窗而入。陽臺的門不嚴，憑著腳上的涼意，陳丙君知道下雪了，一定不小。

完了，完了完了，計畫又泡湯了。

既然天氣糟糕，陳丙君便寧願陳燕子不來，哪怕自己這麼白死一回，也別讓她一路上頂風冒雪。陳燕子在科技街的一家小公司當會計，原先的單位改制後效益太差，還是托了關係，到了這個工作的。專業丟了，一切都在從頭學習。女兒沒講關係是誰，但陳丙君不用猜，就知道肯定是左軍。公司朝九晚五，中午只有一小時的吃飯時間，現在沒來，肯定還在怨恨當中，氣性太大。一年前，父女倆失和，陳丙君幾乎是被女兒逐出了她家的門，連春節也沒回過娘家。其間，陳丙君發過短信，打過電話，但都泥牛入海，沒了音訊。到了孫女生日的那天，陳丙君買了巧克力和水果籃，讓同城快遞送到女兒家的社區，卻被收件人退了貨。一來二去，雙方冷戰至今，居然未曾謀過任何一面。用王旗的話講，這他媽就是一樁人間奇蹟。馬五七則用了委婉的說法，說這父女倆果然是一對超級奇葩呀。

陳丙君是見過死的，還不止一次。當初他回應國家的號召，從河北易縣到了大西北，在黃河岸邊的玻璃廠裡當技工。接到了父親病危的電報，他一路嚎哭地到了老家，父親卻早已停靈五日，只等他這個孝子回去。母親亦是，只不過停靈七日，原因是天蘭線塌方了，火車耽誤了幾天。陳丙君後來悟出，電報裡所謂的「病危」二字，實則是已經咽了氣的意思。到

了二十七、八，本廠的一個蘭州女孩看上了他，托了婦女主任從中說媒。女孩是天車司機，體態端方，濃眉大眼，臉蛋上鑴著兩坨紅暈，高原紫外線晒過的痕跡。陳丙君糊裡糊塗的結了婚，很快就有了一個女兒。陳燕子讀五年級時，陳丙君負責押運一個車隊，去了青海的格爾木送玻璃。這回他沒接到電報，卻是長途電話，說他妻子得了急症，目前病危。待陳丙君跟蹌地回到了家裡時，一切都為時晚矣，沒見上最後一面。妻子並非急症，而是從天車上摔下來的。陳丙君一直捂著這個祕密，只怕給女兒的心裡留下恐怖的陰影。前天晚上，陳內君出了病房，還在走廊上認識了隔壁的 個病友。年齡相仿，一說開，話題也多，迅速親熱了起來。次日，兩個人又聊了半小時。孰料，今早上病友迅速惡化，嗚呼哀哉，一下子被推走了。陳丙君站在陽臺上，看見殯儀館的車子來了，突然受了刺激。

入冬後，陳丙君就思忖，與其守株待兔地等女兒來，不如主動出擊。他在電話裡哀告了半天，王旗說他最近三高，牛富田自稱染了風寒，光佛慈的枇杷露就吃了六瓶。更絕的是馬五七，發來了圖片，說他在郊區的水庫裡冰釣，分身無術。三個老傢伙不僅回絕了他，且譏誚說，病胎子沒事，你平時病病歪歪的，還沒見你死過一回。這話等於施咒，讓陳丙君失望了一夜，又心悸了一天。終於，他捂住心口窩，躺在了沙發上，叱令保姆呼來了急救車，動靜很大，廣而告之。檢查了一番，也無大礙，都是一些老年性的小病小災，但陳丙君堅決申請住院。住了三日，同病室的那位剛出院，陳丙君正覺得人情如紙、世間寒涼時，夥計們殺了進來。陳氏父女的失和，也像一塊磨盤似的，讓他們長期不爽。雖說家務事難斷，一定有鮮為人知的因素，但陳燕子畢竟是叔伯們看著長大的，絕不至於如此的鐵石心腸。三個人劍走偏鋒，拿出了一份緊急預案，決定讓陳丙君立刻死掉。

　　死之前，大家徵求了陳丙君的意見，讓他掏掏心窩子，把該說的話先交代一下，別留遺憾。陳丙君哀懇說，拜託了，等一下給陳燕子掛電話時，千萬別講病危什麼的，就說我處於彌留之際吧，別嚇著了我女兒，讓她心碎。彌留是什麼境界，大家並不追究，反正中心意思就是喊陳燕子來醫院，站在父親的病床前，最好有一個擁抱，泯滅恩怨，重歸於好。叔伯們的號碼都是陌生的，陳燕子乖巧地接聽了。王旗口頭通知了她。馬五七和牛富田還追發了短信，以強調病情的嚴重性，不啻於下了十二道金牌。這以後，陳燕子那邊就啞巴了，但陳丙君這邊不得不做出逼真的樣子，把戲演下去。

　　尿脬一旦鼓脹，陳丙君便開始後悔了。死不是那麼容易的，尤其保持住一個姿勢，任人擺布，每一個骨縫與關節裡的酸楚和難過，像酵過的麵團發了出來，不堪其累。什麼福報，什麼誰先誰後的去死，那都是活著的人杜撰的。這一刻，陳丙君寧願女兒不來。醫院坐北，女兒位南，少說也有十幾公里，拉倒吧。這麼想時，忽然聽見馬五七暴怒了，質問說：

　　「老牛，你幹麼一直在說這該死的天氣？」

　　「真下暴雪了。」

　　「天哪，閉嘴吧！下雪就不能死人了，陳丙君就能把魂拾回來嗎？」

　　牛富田嘿嘿一笑：「我擔心陳燕子，這天氣，不來也好。」

　　「嗯，堡壘最容易從內部攻破。」王旗總結道。

　　葉鶴是咋進來的，誰也沒看見。一幫人亂作一團，嘴上逞能時，葉鶴就站在門口吃吃地發笑。葉鶴是陳丙君家的保姆，小個子，五官精緻，膚色質樸，連上帝見了心情也會好轉的，遑論這幫老傢伙了。等他們住嘴後，葉鶴才將保溫飯盒擱在几案上，一掀蓋子，一股飯香繚繞不散。陳丙君年輕時娶了本地女孩，幾十年間，口味被逐漸修正了過來，偏向於麵

食。此前，陳丙君答應女兒雇保姆，唯一的要求就是會做麵食。葉鶴的茶飯好，在玻璃廠的家屬院裡人盡皆知。這不，一聞味道，大家才明白午飯沒吃，開始咽唾沫。葉鶴盛了一小碗，用小匙舀起，慢慢吹涼。陳丙君繼續躺在苫布下，耳食著外面的動靜，有一絲激動，亦有一種忐忑。陳丙君心說，一定是葉鶴來了，但萬一是陳燕子呢？

果然，葉鶴笑說：「瞌睡裝死呀，起來吧，起來吃飯飯。我可只有幾分鐘的時間，爐子上坐著一壺水，我忘了。」

「他死了！」王旗說。

「我呀，今早上買了一斤扁豆，撒了鹹，燉在火上燉爛了。這雀舌麵是我手擀的，撒在扁豆湯裡，起鍋後用蔥花一熗。啊嘖嘖。」進門時，葉鶴的頭上敷了一層雪花，現在開始消化了，眉眼上罩著一團霧氣。又說：「我可警告你，過了二分鐘了。」

陳丙君剛要開口，卻聽馬五七說：「肅靜些！剛死不久，正準備連繫你和陳燕子呢。」

「死了，真的！」牛富田也確認。

「叔！」小匙晃了晃，湯灑了出來，濺在腳面上。葉鶴熟悉這幫人，平時嘻嘻哈哈的，一小撮老頑童，從沒這麼正經說過話。窗外天色凝重，暴雪襲來，似乎死當其時，死必須恰如其分。葉鶴真信了，陳丙君一早上都沒來電話，現在挺屍了，她不得不信。葉鶴忽然扔下碗，後退了幾步，哭噎說：「昨晚上還好好的呀。燕子姐呢，燕子姐來了嗎？」

「已經通知了她。」馬五七再次坐實了。

「節哀順變吧。」王旗補刀。

不承想，葉鶴瞥見了真相，陳丙君的腳趾動了一動，怕涼似的。葉鶴扭頭便跑了，跑到了門外，哇地一聲，嚎哭了出來。葉鶴走了，跟她剛來

時一樣迅疾，容不得旁人思考。王旗他們慌了，追了出去，但葉鶴並沒坐電梯，順著應急樓梯沒了人影。三個人互覷著，明白這下玩笑開大了，但覆水難收，一時語塞。待他們返回病房，打算跟陳丙君討一個補救良策時，卻遇見了一個後生。也算活該，他們不由分說，將一肚子的怨懟和憤懣，發洩在了這個替死鬼的身上。

那一刻，陳丙君聽見喊叔的聲音，又知道葉鶴見了死的他，絕對受了驚嚇。但陳丙君掙了掙，始終鎖不住全身的骨骼和肌肉，沒力氣起來。唉，陳丙君心說，死真的是一件很窩囊的事，一盤散沙，卻又僵硬如石。人活一口氣，力氣又慢慢回來了，先醒了指尖，醒了腿腳，接著渾身的窗子都打開了。陳丙君揭掉了苫布，白色的被單，上面有醫院的名稱。這時，他發現幾案前坐著一個小夥子，正端著飯盒，認真地吃著那一碗葉鶴做的扁豆蔥花麵。

奇了怪了，什麼世道，這簡直算是跟死人搶飯吃嘛。陳丙君坐著不動，心裡失笑極了，看著這個後生狼吞虎嚥的樣子，不免悲憫。也難怪，後生穿了件鬆鬆垮垮的工裝，腳旁是一個巨大的帆布口袋，帽檐很低，渾身上下鑲滿了快遞公司的大紅標識。十指皴了，凍得裂開了口子。鞋底的積雪化了，地板上洇滿了汗跡。陳丙君抱膝看著，後生不像在吃飯，因為他沒有咀嚼，而是直接吸進了喉嚨，長鯨飲水似的。吃畢了，後生將舌頭卷起來，將散落在飯盒上的幾粒小扁豆抿在舌尖上，忽地鬆開了氣息。後生也看見了陳丙君，沒絲毫的驚訝，亦無奪人飯食後的慚愧。相反，他收拾好了飯盒，用袖子拭了拭嘴巴，靦腆一笑。

「味道好嗎？」

後生說：「飯甜了，再擱一撮鹽就合適了。」

「清湯寡水的，你一定沒吃飽。」

恰在此時，去追葉鶴的三個人折身返回，樣子怏怏的。馬五七進了門，驚地盯住了那個後生，盯得後者慢慢站起來，斂住了笑，內心發毛。馬五七本來長相凶，此刻金剛怒目，把一碗水也能燒開。他們瞥見了剛才吃喝的那一幕，直覺得酥油被叫花子糟蹋了，焉能不怒。後生怯生生的退後，退到了門背後，被匣在了死角裡。馬五七突然伸手，一下子擒住了後生的喉嚨，將他壓在了牆根裡。當然，馬五七自有他的一番道理，醫院的走廊和電梯裡貼滿了告示，告誡病員和陪護人員，最近年關將至，小偷猖獗，千萬要防範自己的貫重物品丟失，否則醫院概不擔責。即便如此，每天都有大大小小的失竊事件發生，院方的保衛科也徒喚奈何，簡單登記一下就走人了。陳丙君清楚，昨天傍晚，同病室的那個老頭就丟了一個肥肥的紅包。紅包是侄兒來孝敬的，剛壓在枕頭下，轉瞬就沒了，害得老頭給自己打耳光，還掛了一瓶水。陳丙君為剛才的善心自責了幾下，好歹只損失了一碗麵，危害不人。其他人也沒吱聲，任由馬五七獨自處置這一樁突發案情。他們知道，馬五七身板硬朗，一直在練拳，還會氣功，手上的確有兩下子的。

　　「我認得你，你早上就來過一趟。對嗎？」

　　後生點頭。

　　「當時你是便裝，就坐在那張床上玩手機。呵，現在你化裝來送快遞，三隻手呀？」馬五七逼問。

　　被識破了，後生登時泄了氣，不再抵抗。

　　陳丙君的確入了戲，覺得沉屙在身，加之劇情陡變，世上的事情與自己關係不大。他痴痴地笑看著，牛富田堵在了門上，王旗拿著手機，打算報警。馬五七鬆開了姿勢，卻見後生從牆壁上滑了下來，癱坐在地。也不知他使了什麼擒拿手段，後生搓著喉嚨，找剛才的那一口活氣，臉像紫茄

子，呼哧呼哧的。馬五七聰明，知道擒賊抓贓，有了具體的物證，便是鐵板釘釘。馬五七打開了帆布袋子，一股腦地傾在了地板上，花花綠綠的。果然，這都是快遞公司的寄件品，真實無誤，與後生的口徑一致。這一瞬，一個毫無包裝殼的相框吸引了大家。王旗拿在手裡，用袖子擦掉了灰塵，突然啞了。牛富田接過一瞧，也啞了，遞給了馬五七。馬五七隻瞄了一眼，便審問說：

「哪來的？」

後生囁嚅：「同城快遞。交寄的時候就這樣，沒包裝。」

「人都不來，幹嘛送這個？」

「寄件人走得急，說去機場，怕誤了飛機。」後生起身，將帆布袋子整理完，背在身上，衝著病床上的陳丙君鞠了一躬：「謝謝你的一飯之恩。喏，雪太大了，我還得去忙了。」

現在，相框遞在了陳丙君的手裡。他不用仔細端詳，便知道那是自己和女兒最好的一張合影。那一年，陳燕子放了暑假，他恰好去德令哈送玻璃，便將女兒塞進了駕駛室。路過青海湖時，還特意去了一趟鳥島。寬闊的海面，像一塊無垠的深藍色的玻璃，鷗鳥翔集，天開地闊。他將女兒肩在身上，陳燕子雙臂舒張，猶如一隻展翅的小鳥。出嫁時，女兒帶走了這個課本大小的相框，這麼多年過去了，居然還簇然一新。陳丙君環望了一眼老夥計們，忽然說：「抱歉，辜負你們了，我決定不死了。」

「烏鴉嘴，你本來就沒死。」王旗說。

「哦，接你們剛才的話。如果你們仨先走了，搶完了福報，只留下我一個人的話。那時候我孤零零的，幹不了別的，我就一個人去擺攤，去算命。」話已至此，陳丙君驀地熱淚撲面，哽咽說：「可是，我給別人去算命了，誰又能把我的命給算出來呀。」

無人釋解。

陳丙君又說：「她始終就沒原諒我，一直沒有。」

盡形壽，不淫欲，汝今能持否？

左軍不在狀態，陳燕子瞧得很準。

不是別了其他車，就是騎在雙黃線上，還連闖了兩個紅燈。這不，剛進了濱河大道，交警的摩托車貼上來，示意停車。人倒楣，鬼吹燈，放屁都砸腳後跟。左軍這麼嘟囔時，陳燕子卻打開了車門，去跟員警交涉了。左軍看見，陳燕子解開了圍巾和口罩，還有鼻梁上的墨鏡，跟對方嘀咕了幾句，員警便開恩放行了。「還是女的好使，你給他許了什麼諾？」左軍發動了車子，調侃道。陳燕子不回答，只說，「二子哥，咱去對岸的灘塗上說話吧，你今天不在狀態，怕你開車。」左軍依言，將富豪駛停在了黃河邊的蘆葦旁，摸出菸，慢慢餵火。

風雪盎然，猶如天空飄下的大片蘆花，落在了大河兩岸。

車裡開著暖風，左軍脫了外套，但陳燕子仍舊纏裹著圍巾，戴了口罩，臃腫不堪。更讓左軍鬱悶的是，這麼冷的天，陳燕子居然扮酷，戴著墨鏡，一改她往日的清純路線，像個前來接頭的女諜。中午時，左軍接到了她的電話，要求立刻見面，一秒鐘都不能拖延。丫頭片子，口氣很衝，左軍還是頭一回聽見。左軍剛要揶揄幾句，卻見大片的淚水湧出了墨鏡框，敷在陳燕子的臉頰上，脖子也一梗一梗的，開始抽噎。左軍知道事情不妙，忙掐了菸，將窗子關上了，遞上紙巾。陳燕子稍事平靜後，方說：

「二子哥，你對我不好了，不像從前那樣了。」

左軍微笑。

「我急死了，從昨晚上聽見這個消息，我就一夜沒睡。早上打你電話，中午才打通。」陳燕子拭著淚，握住拳，憤恨地說：「你告訴我老實

話，你是不是快破產了？」

「對呀，沒告訴過你呀。唉，我這個破腦子。」左軍鑿了自己一個栗子。

聞聽此話，陳燕子的淚又洶湧起來，難以自持。恍惚中，她覺得左軍的頭髮狼藉不堪，又白了許多，眼袋下來了，皺紋深了。這不，就連脫下的西裝上也丟了一粒紐扣，半個月沒熨燙的樣子。以前的左軍可不是這樣。他注重儀表，衣著得體，江湖人脈廣，無論錢財還是言談，慷慨得一如及時雨宋江。要知己短長，須聽背後言。昨天臨下班前，陳燕子去找經理簽字，冷不丁聽見他們在談論左軍，說他投資的幾個礦被查封了，血本無歸；說他的資金鏈斷了，他哥大子也不願替他輸血了；說他在城裡開的幾家 4S 店要低價打掉，才能補上這個窟窿。陳燕子當時就發急了，推門進去，卻見經理等人紛紛住嘴，改口聊起了馬雲和阿里巴巴。她是左軍介紹進公司的，左軍當時還紅火，說一不二，但現在卻成了他們私下裡的笑料。陳燕子沒質問經理，即便質問也輪不到這幾個搓毛票的小老闆。整整一夜，陳燕子輾轉難眠，半夜裡偷偷鑽進了衛生間，給左軍寫了幾條信息。不承想，後來就出了事，糟踐了自己。

左軍也是玻璃廠的子弟，跟陳燕子在一個大院裡長大的。左民左軍是雙胞胎，剛落地時，左民多重一兩，叫大子，後者便屈居二子。這兄弟倆性格迥異，一個安靜，一個鬧騰；一個捉了博士筆，開了一家高科技企業，另一個三教九流，哪裡火旺，就在哪裡取金。左軍比陳燕子大四歲，到他上高二時，他爸因為工傷，夫妻倆返回原籍休養去了。於是，左軍就成了一隻散養的狐狼，在學校裡打架鬥毆，跋扈異常。左軍最為玻璃廠的職工們稱道的一點，在於他從不欺負一個大院裡的同伴，相反還罩著他們，在外絕不吃虧。高考在即，左軍清楚自己沒戲，也未告知家長和大

子，自己報名參了軍，應了他的名字。部隊真是一個大熔爐，左軍在臨潼的軍營裡鍛鍊了幾年，等回來時，整個人都變了，還帶回來一枚閃亮的勳章。左軍沒服從安排，自己當起了老闆，小打小鬧了一陣子，後來在哥哥的襄助下，盤子忽地做大了，在業界也是響噹噹的一個人物。成人後，脫離了大院，左軍只和陳燕子一人來往。這倒不是因為他闊了，有了頭臉，而是一段夙怨，一個諾言。左軍對陳燕子的好是無條件的，徹頭徹尾的，不光當她是一個妹妹，甚至還當公主一般對待，言聽計從，絕無二話。陳燕子這麼一問，左軍心裡趔趄一下，見她快哭了，忙破笑說：

「傻瓜，哄你哪。哥我會破產呀，這種屁話你也信，白疼你了。」

「你騙過我。以前你說跟嫂子還好，後來不是離了嘛，鬼話連篇的，連眉頭都不皺一下。」陳燕子搶白。又說：「你這個邋遢相，跟張國立去演《1942》都不用化裝。」

左軍說：「瞧這個車，我剛買的，最新款。」

「嗯，你沒事就好，我揪心了一夜，肉都在跳，心慌死了。」陳燕子笑得很模糊，摀著口罩，只能從眉宇間看見。又說：「我還欠你幾十萬，我懷疑自己拖垮了你，我答應五年之內還你的，我保證。」

「哼，那點毛票是我當初送你的，讓你首付，別瞎想了。」

陳燕子說：「為了那錢，我把我爸轟出了家門。今早上幾個叔叔打電話，說他彌留了。」

「別提你爸！」呵斥道。

「他可能真的快不行了，我想去陪陪他，又怕惹他生氣。」

窗外，暴雪依然猖獗，落在擋風玻璃上，霧騰騰一片，一定是車內燥熱的暖風所致。左軍心生不祥，逼視著陳燕子，忽然伸手，扯掉了後者的口罩和圍巾，也將墨鏡打落了。此刻，呈現在左軍眼前的，不是那一張清

純的面龐，卻是一隻吹脹了的氣球，鼻青臉腫，淤血斑斑，帶著夜晚暴力的痕跡。左軍的指尖撫在陳燕子的臉頰上，拭掉一滴淚，卻有更多的淚水撲了下來，如泣如訴。左軍的腦子裡虛構了如下的情節，陳燕子走上前去，解開了圍巾和口罩，用自己受虐的臉，求得了交警的諒解，交警沒準還以為她去急診呢。真的，誰見了這一張破綻百出的臉，誰就會相信，這世上所有的廟宇，其實都不是替蒼生做主的。左軍的心裡騰起了一團火，火光肆虐，殺人的心都有了。陳燕子忽然擦了淚，咧嘴一笑，將左軍的手攬在了懷裡，怕他動怒。但怕啥來啥，左軍怒火中燒，對著儀錶盤一頓鐵拳。猶不解氣，抄起一隻鋼化杯，砸在了擋風玻璃上。玻璃花了，比外面的雪花更顯猙獰。陳燕子哀嚎起來，喊了一聲二子哥。左軍不管不顧，將額頭撞在方向盤上，喇叭也淒叫了幾下。左軍知道凶手是誰，卻又束手無策，眼睛裡充了血，大罵自己無能。

半夜時，陳燕子亂極了，偷偷跑進了衛生間，給左軍寫資訊，詢問他究竟發生了什麼事。一條發出去，又追了幾條，卻始終沒有回復。買這套三居室時，雖說是月供，但首付比例高，陳燕子短好幾十萬。沒別的，因為是學區房，考慮女兒從寄宿小學畢業後，明年升國中，她才咬牙簽的字。陳燕子第一次開了口，左軍當即轉了帳，還聲稱這些毛票是饋贈的，一點小意思，不用還了，簡直一副土豪的口吻。五年之內，陳燕子設定了還款的期限，但左軍破產的傳言襲來，令她立刻懷疑自己的任性與顢頇，覺得罪孽不已。丈夫在一家旅行社工作，副總，時常不著家。最近幾年，為了接一些大單，常常把自己喝癱在酒桌上，對妻子也疑神疑鬼的，慢慢開始了家暴。陳燕子心有餘悸，提前防了一手，針對這筆首付款的來歷，她謊稱是借父親的。百密一疏，也或者是對父親早有戒備吧，陳燕子居然忘了溝通。入住的那天，陳燕子做了一桌飯，請父親過來暖房。吃喝到了

半途中，陳燕子在廚房裡忙，女婿給丈人敬酒，說感謝他的借款。丈人一頭霧水，不明就裡，信口說，我那點退休金還不夠塞牙縫的，錢一定是左軍的，陳燕子只信賴那傢夥。丈夫在外是條蟲，在家卻是一位山大王，問左軍是何方神聖。丈人千刀萬剮地說，還能誰呀，一個二流子，小流氓，原先一個廠的子弟，糾纏我家燕子多年了，要不是我這個法海呀。剛走出廚房，陳燕子聞聽此話，一條清蒸鱖魚從碟子裡滑脫了。陳燕子面色平靜，打開門，對父親下了逐客令。

這不是真的，他給我栽贓，在抹黑我，我發誓。在丈夫頻次越來越高的拳頭下，陳燕子一遍遍地哀告。丈夫卻說，他是你爸，他怎麼會栽贓你，抹黑你，你以前肯定很浪。浪是本地的一個淫詞，佛頭潑糞，讓陳燕子一下子掉進了泥淖，無力辯解。此後，只要雙方稍有不快，這個奇怪的邏輯便會重演，而左軍這個名字就是一枚磷火頭，一擦即燃。等不來回信，陳燕子就睡在了女兒的臥房裡，忘了插門。傍晚醉歸的丈夫起夜時，冷不丁闖了進去，拿起妻子的手機輸了密碼（女兒的生日），發現了給左軍的資訊。丈夫掀掉了被子，陳燕子赤裸裸地橫陳眼前，無遮無攔，任由拳頭和皮帶山崩似的落下，她幾乎昏厥了過去。現在，左軍也彷彿從昏厥裡抬起了頭，將全部的怒火積攢在臉上，咬牙說，「我卸了他一條腿，我保證。」陳燕子抬手，摸了摸左軍鬍子拉碴的下巴。不承想，左軍驀地張開嘴，一口叼住了她的手。舌頭是溼的，舌頭在說話，一直在掌心裡吮來吮去。陳燕子聽懂了他的意思，卻抽回了手。

「二子哥，不行。我要聽了你的話，就坐實了我爸當年的。」

左軍說：「他那個咒，跟了你我半輩子。」

「他在彌留之際，我卻這個樣子。我不能去醫院，不忍心他看見我。」

「他的確該死。」

「哥，你沒事就好，我也安心了。」陳燕子打開車門，站在彌天的風雪中，墨鏡上映現出左軍沮喪的臉。又說：「二子哥，你小心點，我散散步，自己走回去了。對了，你給電影室打個電話，我順道去坐坐，現在還早。」

言畢，門被碰上了。

左軍枯坐了許久，車窗大開，任罡風和暴雪灌了進來，直到遍體冰涼，成了一根冰棒似的。後來左軍打了三個電話，第一個斷喝說，找一幫人來，帶傢伙。接著又說，算了，拉倒吧。第二個說，抱歉，玻璃碎了，來取你的車吧。最後一個打給了電影室，溫和地說，哦，我妹妹等下去一趟，記得把空調開開，別省錢。

一小時後，陳燕子坐在了黑暗中，才覺得安全。黑暗真是一種好東西，讓人目中昏暝，抹平了身上的傷痕、驚悸與恐懼，不再畏葸。電影室不大，頂多擺放了三十幾張凳子，另有麻將桌和棋牌席，臨窗有幾個健身器械，煞是寥落。這個空間屬二樓，毗鄰緊急通道，但出口靠著河道，怕出什麼危險，後來砌牆堵住了，成了死角。好幾年前，社區領導很熱心，想給附近一帶的老人們尋一個集體活動的場所，便去找了社區所轄的最大的 4S 店的老闆左軍，開口央求。左軍沒二話，掏錢裝修了這裡，不僅鋪設了輪椅車道，還購置了全部的娛樂設備。說是電影室，其實就是牆上掛了一塊幕布，播放一下投射影像而已，但老人們怕獨處，總愛往這裡紮堆。電影室保存了成百上千的碟片，除了老電影外，大多以京劇、秦腔、道情和昆曲為主，滿足了各種胃口。雖說現在是網路的時代，全球同步，拿著一個手機也可以邊走邊看，但電影室始終沒被裁撤，一個禮拜總會播放一兩次。報章上多次宣傳過這裡，牆上的獎狀和錦旗可以為證。陳燕子

來過幾次，本來是找左軍的，又怕去了店裡惹人注意，左軍便帶她來此，一邊瓜子茶水，一邊看部片子，順便把閒章也就說完了。電影室的鑰匙掛在一個中年婦女身上，左軍的電話很管用，她對陳燕子也客氣。這不，等電影開始了，她便坐在窗下，邊打毛衣，邊嗑瓜子。

陳燕子挑了一部老電影，李連杰的《少林寺》，老得沒牙了。空調很熱，她脫了外套，解下圍巾，忽地有了一種釋然和輕鬆。在黑暗中，沒人會窺視你的累累傷痕，也無人操心你的遭際。但暖風也帶來了另一個麻煩，疼痛慢慢蘇醒了，猶如無數隻螞蟻，在噬咬，在撕扯。剛才在外面，傷口冬眠了，現在卻渾身遊走，尖屬無比。陳燕子盡量專注起來，不去悲苦，尤其當少林寺的鐘聲傳來時，感覺有一種清涼，一份熨帖。怎麼說呢，之所以挑了這部片子，就因為當年的左軍跟電影裡的小和尚嚳遠長相一樣，不僅驍勇英武，還頑劣不堪，簡直稱得上一個混世魔王。

剛上初二，陳燕子就被選拔出來，代表子弟學校去了區少年宮，進行強化培訓，參加秋季的一場舞蹈大賽。百裡挑一，陳丙君的臉上天天燦爛，特意獎給陳燕子一輛女式單車。有半個月的時間，大院的人們看見在燈光球場上，女兒騎在車上，父親在後面穩舵，溫馨無比。但佛腳不是隨便可以抱的，車技太爛，有一次在回家的途中，陳燕子便闖了禍。

禍不大，但足以引發後來的一系列事端。

那一陣，附近幾個大廠的子弟們流行彈玻璃球，一個個趴在地上，從這個洞，射向那個洞。練完舞蹈，陳燕子繞近道回家，剛穿過飛控廠的院區時，撞在了幾個小子的身上，連人帶車摔倒在地。小子們太橫，撕扯住陳燕子，不依不饒。一個塌鼻子認出她是玻璃廠的子弟，便提出了交換條件。這時，陳燕子才發現單車不見了，哭了一路的鼻子。

彩色的玻璃球是廠裡的坯料，入庫和出庫均有嚴格的手續。陳燕子沒

敢回家，躲在樓角的陰影裡抹眼淚，恰好被陽臺上的左軍看見了。問完了原因，左軍樂了，喊陳燕子上了樓，從床下拽出了一個麻袋，居然都是。球體裡繽紛無比，有的是拉絲，有的是雲絮，還有五角星、動植物以及靈動的水滴什麼的。陳燕子的難題破解了，嘴很甜，第一次喊了二子哥。但左軍並不領情，讓她去通知飛控廠的小子們，帶著單車來，在黃河半島上交換。

　半島一帶蒿草遮天，灌木叢生，鮮有人跡。約好的那天，飛控廠的小子們果然帶著單車，前來索取戰利品。孰料，左軍換了裝扮，一身短靠，手執梭鏢，腰間繫著一根鏈條鎖，就像電影裡走下來的覺遠和尚。事實上，左軍跟他們早有舊怨，陳燕子被欺負只是又一個導火索罷了。一個回合下來，飛控廠的大多數青皮少年都跑了，但左軍圈禁了為首的幾個。左軍帶了一書包玻璃球，讓他們隨便拿，但不能用手和腳。在左軍的淫威下，幾個小子只好張開嘴，往肚子裡吞。和吃葡萄一樣，挺滑溜的，還不吐葡萄皮，左軍當時這麼催促。擒賊擒王，左軍對那個塌鼻子沒客氣，讓他吃的是黃河岸邊的石子。這一切，陳燕子一概不知，她先騎著單車走了，事後左軍顯擺時，她駭然不已。左軍卻輕描淡寫地說，沒事，從肛門裡拉出來洗一洗，照舊能玩。結果，那個塌鼻子胃穿孔，送進醫院後撿了一條命。廠保衛科和轄區派出所開始緝拿左軍，去他家撲了個空，只繳獲了半麻袋玻璃球。

　其實，左軍哪也沒去，就躲在玻璃廠最僻靜的一座倉庫裡，晝伏夜出，餓不了肚子。最先發現異常的是陳丙君，因為家裡先丟了一條褥子，又丟了一隻枕頭。夏夜的一天，當陳燕子帶了吃剩的饅頭榨菜，說去燈光球場背誦課本時，陳丙君留了心。他跟蹤女兒，摸準了目標，而後馬不停蹄地去告了密。這還不算，當廠裡的軍代表和員警圍住了倉庫，破門而入

時，陳丙君居然當著眾人的面，聲嘶力竭地喊，流氓窩點就在那，他拐騙了我女兒，他該死，槍斃他。在成箱的玻璃製品上，的確鋪著褥子，擱著枕頭，陳燕子和左軍正在說笑。見此情狀，陳丙君撲了上去，抱住了女兒，左軍卻跑了，猴子似的站在了天車上。在上下對峙中，左軍申辯說，瞧我這個樣子，就是一個和尚，我沒動她一個指頭。陳丙君叫罵說，你最好去刑場，你欺負了我家的燕子。左軍賭咒說，聽著，我這輩子如果動她一根指頭的話，那我去死。言畢，左軍居然跳了下來，在眾目睽睽之下。

一聲脆響，成箱的玻璃碎了，分崩離析。

幸虧木質箱體間的緩衝力，左軍沒有大礙，狼狽地爬了出來，被砸上了手銬。眾人離開後，陳丙君猶不解恨，一把火燒了被褥，一邊燒，一邊往火中啐唾沫，撇清了自己。這以後，左軍的案子不了了之，兩個廠之間各自護短，互相扯皮，所以沒在他的檔案裡填上這一筆。回了家，陳丙君再沒發作，女兒也不哭鬧。陳燕子清晰地記得，就在那天晚上，她發現自己身上流了血。她不知道那是少女的初潮，血的突然襲來，壓倒了其他任何的恐懼。

等血走了以後，陳燕子看人的態度變了，彷彿她心中有一塊透明的玻璃，已然碎了。

悲摧了一夜，又折騰了半天，陳燕子昏昏欲睡的。片子早就爛熟於心了，多一遍，少一遍，對記憶也沒什麼裨益。但這天下午，陳燕子彷彿專來做夢的，夢很暖和，也短暫，短得像一聲哈欠。在夢中，她和二子哥趴在地上，正在玩玻璃球。她瞇縫著眼，瞄準了對方的那一顆，看見球心中鑲著一顆五角星。她越是焦急，指尖上卻越無力，始終將自己的那一枚射不出去。恰在她快哭的一剎，片子播到了尾聲。幕布上，方丈在佛龕前詢問小和尚：

「盡形壽，不殺生，汝今能持否？」

身後傳來答案：「那幹嘛呀！」

「盡形壽，不淫欲，汝今能持否？」

「NO！」

陳燕子騰地站了起來。薄暗中，看見電影室的那個中年女人站在身後，一邊嗑瓜子，一邊在配音。虛笑了一下，說了謝謝，陳燕子抱起外套，簌簌簌地出了門。天已經黑了，但雪花讓天空氾濫出一層飛絮般的微光，猶如一塊更為巨大的電影幕布。馬路對過是公車站，想了想，她攥住了口袋裡的 IC 卡，踏實地向前走去。七公里外，那裡有一家市級醫院，住院部三樓 42 床，一個老人正處於彌留之際。

豈料，剛過馬路時，腳下一滑，陳燕子整個人被掀翻在地。倒下去的一剎，陳燕子看見一輛車子從狂雪後面衝了出來，剎車聲讓耳朵徹底聾了。

盡形壽，不偷盜，汝今能持否？

下午的雪如果是白熊，那現在的雪一定是恐龍，來自侏羅紀。

聽見門外的腳聲，王跌果肅靜下來，倚在沙發上，面色平淡。門開了，一團寒風送進來，女人的臉凍得發紫，一直在搓手。「老媳，回來了！」王跌果喜歡這麼稱呼媳婦，覺得有歷史感，也有共度時艱的滄桑意味。女人伸出腳，王跌果忙替她拔下了靴子，立在門後。鞋底裡的積雪開始融化，冒出一些汙水來。女人搓熱了手，解下臃腫的外套，忽地俏麗了許多。王跌果覺得，這才像自己的女人嘛。女人都是狗鼻子，她亦不例外，問什麼味道呀。王跌果也在空氣裡嗅了幾下，「哦，狗皮膏藥，我今天摔了一跤。」女人問，「摔哪兒了，要緊麼？」王跌果慨然回答，「男人不摔跤，那還能叫男人嘛，放心吧。」女人惜疼地在王跌果的臉上掐了一

下，打開包，從裡頭拎出來一袋子吃食。不用問，又是番瓜包子，王跌果立時想吐。連著吃了三天的番瓜包子，胃裡蕭殺極了，打出的嗝都酸不拉唧的，但他沒當場反對。待女人在爐子上坐了鍋，將包子溜了進去後，王跌果方說：

「老媳，我就想吃一頓你手擀的雀舌麵，蔥花一熗，再來一小碟醃韭菜。」

女人說：「早打電話呀。」

「嗯，如果下一點扁豆，那就再美不過了。」

「哎喲，你不知道我今天忙瘋了，骨頭架子快散了。」女人愛乾淨，淘了抹布，開始上天入地的擦拭。又講：「幼稚園快放假了，但一些家長走後門，先把娃娃送進來，說適應適應，下學期再正式上課。一下子進來了七個喲，我得多做一鍋飯，多弄幾個菜。園長對我不錯，我不好駁她的面子。」擦完了，女人又蹲在地上，擦那雙靴子。靴子是入冬前剛買的，他送給她的生日禮物。再說：「我現在先練習一下，等我懷上了，生下來後，我就知道給娃娃咋搭配營養，咋拉扯了，我等於偷偷學藝吧。對了，園長說放假前要發年終獎，這兩個月的房租不用發愁了。」靴子很難伺候，越擦越花。女人又嘮叨：「去年過年跟你回的家，今年回我娘家吧，我媽的眼睛麻了，可能是白內障。」見沒有回應，女人生疑地抬頭，看見王跌果諱莫如深地笑著。包子溜熱了，女人盛在碟子裡，讓王跌果先吃。掰開一個，那種熟悉的番瓜味寡淡極了，但王跌果仍舊塞進嘴裡，腮幫子渾圓。夫妻倆每天回家，總要嘮一嘮各自的工作，像規定的課業一樣。現在該輪到王跌果了，便說：「我今天把店長搞定了。他以前一直給我穿小鞋，橫豎看我不順眼，我的電動車老壞，一壞，業務量就上不去，沒掙頭。他丈母娘死了，大家都湊份子，我多給了一百，他臉色立馬好了，答應給我

修車。我賺了，一百塊看透一個人，我真小看他。」女人做了一個蘸碟，醋和辣椒，擺在桌上。王跌果又說：「沒徵求你的意見，我給你爸寄了一個護膝，治治他的老寒腿。今天路過一個藥店，搞促銷的說是高科技產品，二百五一套。」女人嚓嘴，對這個數字不感冒。王跌果又掰開一個，繼續：「檢討一下，我今天犯了兩個錯，我不是故意的。先揀小的說吧，中午去市第一醫院，我居然。」聞聽此話，女人刷地一下變了色。王跌果看在了眼裡，卻不動聲色，忽然轉換了話題，哀懇道：「老媳，跟你結婚以來吧，在你的英明領導下，我修理了自己的很多毛病。我以前腳太臭，我現在天天洗。我以前愛耍賭博，耍得不大，但畢竟不是好德行。現在就算他們喊我親爹，我也手不癢，心不貪。我後來也不吹牛了，吹得天花亂墜，兜裡沒有一個鋼鏰，那就不是吹牛，是放屁對吧。」女人偎了過來，王跌果將另一半包子塞進了她嘴裡。女人投桃報李地說：「也不能全怪你，有時候我也不對，真的。比如身上的這件大衣，我撒謊說是我表姐穿剩的，其實呢，我買了兩塊錢的彩票，中了八百，我就獎勵了一下自己。薛紅從老家來，非要見我，沒辦法，畢竟同學一場吧，我就請她去食凹火鍋吃了一頓，心疼死我了。我弟弟那個不爭氣的貨，在燒烤攤子上跟老闆爭執，把人家的頭打破了，要麼賠償，要麼拘留。央求了好幾遍，我給他卡上打了一千，限他今年還給我。我也不好，我這麼偷偷做主，還不是怕你生氣嘛。」王跌果發現以退為進真是一步好棋，先自黑，挖下一個坑，由不得女人不跳，全盤招供。於是，王跌果進一步說：「中午時候，我去了一趟市第一醫院，我居然當了一回間諜，當了特務。」

「特務？你幹啥了？」女人瞪大了眼睛。

「說來話長。」

王跌果在快遞公司當小哥，腿腳勤快，有眼色，天天和客戶們打頭碰

面的，算得上陌生的熟悉人。這天早上，他剛送完了所轄社區的快件，買了兩根油條，躲在門洞裡咀嚼，忽然被一個打算出門的女人叫住了。女人裹得很嚴，這麼冷的天，她還戴著墨鏡，急吼吼的。聽聲辨音，王跌果知道了她也是自己的客戶，一嘴一個小王的。女人請王跌果到了家，在微波爐裡燒了一杯牛奶，讓他暖和暖和，別乾吃了。吃畢了，王跌果意欲出門，另有一家寫字樓的大堆快件等著他呢。這時，女人開口問，能不能請他幫一個忙？王跌果一時血勇，拍了胸脯，當即就答應了。女人這才交代說，請他去一趟市第一醫院的住院部三樓，查看一下42床那個叫誰誰誰的患者如何了。當時，王跌果不解其意，如何是啥意思，我可不懂醫學呀，我勝任不了。女人打消了他的顧慮，說你只需要去看看是死是活，回來告訴我一聲就可以了。王跌果惦記著時間，說我看完後給你一個電話吧，快下雪了。女人卻很堅決，非要他當面來彙報一下病房的情況，嫌電話裡講不清晰。王跌果便裝進了病房時，恰巧碰上查房剛結束，大夫們剛離開，進來了三個老頭，大呼小叫的，跟目標人物玩笑不斷。一個問，還沒死呀，早死早托生唄。一個伸手，給目標人物一個抽脖子，比兄弟還親。另一個長相凶，盯著王跌果，究問他是幹嘛的。王跌果聲稱在等病人，旁邊的這張空床已經登記使用了，這個藉口在理，所以多坐了一會。當他回來，把這些話原原本本描述出來時，女人問，你看他是不是插了氧，處於彌留之際，過不了今天？王跌果用了鄉下人的比喻，不辱使命地回答，暫時死不了的，他就像一隻青蛙，活蹦亂跳的。

事實上，王跌果的話有所保留。

那一陣，他在病房裡翻看手機時，耳食了他們的計畫，也大致了解了這一段父女之間的宿怨。王跌果掂量，一個人決定去死的話，閻王也攔不住。王跌果想起她叫陳燕子，坦承道，可萬一是迴光返照呢，我爹死前就

是這麼活蹦亂跳的，我錯失了機會，結果沒見上他老人家最後一面。陳燕子猶豫著，徘徊著，突然就哭了，說我不能去探視他，他看見我這一副模樣的話，死得會更快的。陳燕子解開了圍巾，王跌果當場嚇了一跳，那簡直不是一張人的臉，而是一副鄉下儺戲的面具，疙裡疙瘩，鼻青臉腫的。後來，王跌果知道該咋辦了，他擅自做了主。

趁著陳燕子去擦淚的一刻，王跌果將茶几上的一隻相框帶走了，也順便將陳燕子贈予他的辛苦費，起碼有五百塊吧，壓在了茶壺下。王跌果不想讓一位老人失望，一個女兒的相框，可能會帶給他一絲慰藉吧，所以他送完了寫字樓的快件後，逕自去了醫院。這些事，王跌果自然不會和盤托出，他有他的目的。

「我做了賊，偷了人家的相框，心裡一直不安。」

女人說：「那麼多錢，你都不要呀？」

「後來我還撞了她。她現在就在咱樓下的小診所裡輸液，我扶她回來的。」王跌果撈起衣襟，呲牙說：「我的腰閃了，剛回家貼了狗皮膏藥。等吃完了這一口，我去請她。」

「那個爺爺呢，他最後死沒死？」女人問。

王跌果狡點一笑：「你不知道呀？」

「笑話，我咋會知道。」

「嗯，他沒死，他在演戲呢。」王跌果慢慢亮出了底牌，又說：「我帶去了那張相片，他高興壞了，他賞了我一碗飯，扁豆雀舌麵，蔥花熗的，我吃舒坦了。」

女人藉故離開了，背對著他。王跌果心猜，她的臉一定紅了，比紅辣子還紅。

「老媳，那碗飯真的太香了，絕對輸不給你的茶飯手藝。」

「就是我做的。」

「什麼？」故意一叫。

女人蹣跚過來：「我在醫院裡看見你了，我躲著你，上樓送完飯就慌忙走了。你肯定也發現我了，對吧？」女人伸手，揉搓著王趺果的腰，哀怨起來：「我一直在給你撒謊，我主要不想讓你擔心。其實，我早就被幼稚園辭退了，連做飯婆都當不了了。我不想在家吃白飯，讓你養著，後來我就去陳爺爺家裡當了保姆。他對我很好，當女兒一樣看待，給的薪資也不錯。」女人累了，停了手，莞爾一笑：「這算虛榮吧？反正也瞞不住了，你要怪就怪我。」

「呵呵，我吃了第一口，就斷定是老媳你做的。」

「你怪我幾句吧！」

王趺果將雙手撫在了女人的肩上，坦然說：「你沒偷沒搶，靠自己的本事吃飯，我怪你做什麼？再說了，幹保姆有啥去人的，老人小孩，小孩老人，跟幹幼稚園沒什麼區別。」

女人的眼淚下來了，敷在臉頰上。王趺果湊上前去，用舌頭舔乾淨了。

恰在此時，樓下傳來了一聲接一聲的喊叫，葉鶴，葉鶴你在家麼？女人趕忙起來，打開了窗戶，看見陳丙君站在風雪中，朝自己招手。葉鶴慌了，問陳丙君怎麼了，趕緊上來吧，別凍著了。陳丙君瑟瑟地回答，他出院了，他完全康復了，他沒病。不遠處，停著一輛計程車，頻打喇叭，似乎在催促客人抓緊時間。陳丙君扯著嗓子喊，你把家裡的鑰匙扔下來，我的鑰匙不見了，所以才來找你的。葉鶴翻了翻包，找出來一串鑰匙，讓王趺果先送下去，她自己開始穿靴子。王趺果也認出了樓下的人，遂銜命而去，好在是二樓，距離不遠。

　　但王跌果並沒有去交鑰匙，拐下樓梯後，先去了小診所。

　　到了夜裡，雪並不是碎花的形狀，而是一粒粒子彈，抽著冷子，讓臉頰分外刺痛。陳丙君的一隻胳膊護著臉，另一隻胳膊抱在懷裡，懷裡是那一個課本大小的相框。葉鶴比較肉，一直在磨蹭，好半天也沒下來。計程車不叫了，叫也沒用，陳丙君押了一百元，讓司機消停了下來。這時，陳丙君訝異地看見女兒從對面走了過來，立時僵住了。陳燕子一瘸一拐的，王跌果扶著她，另一隻手聳然高舉，握著一瓶液體。陳丙君剛要張口喊一聲燕子時，懷裡的相框啪地落地，磕在了路肩上，玻璃碎了。陳丙君慌了，俯下身，伸手在雪地裡去拾相片。陳燕子喊說：「爸爸，別碰！」陳丙君直起腰，在空氣中攤開了手指，燦爛地說：「瞧瞧，已經破了。」陳丙君忍著痛，盯看著陳燕子那一張狼狽的臉，惜疼地說：「看把你摔的，咋摔成這樣了。」陳燕子回說：「嗯，怪我，我下次注意。」

在熱烈的掌聲中

真的，這些事與奇蹟無關，睜開你的狗眼吧！

查房是例行手續，走過場罷了，哪怕是禮拜一早上的大檢查。科室主任的身後簇擁著烏泱泱的一幫實習生，高矮錯落，不發一語。病人像一具屍體停在床上，鼻臉和胳膊上插滿了各種塑膠管子，彷彿不同型號的充電器，怕他隨時會斷電死機。主任掰開了病人的眼皮，用一束手電筒的微光照了照，隨後關閉了。一個護士取出了體溫計，讀完數字，一直在甩手。另一個護士換完了兩瓶液體，掖住了被角，朝著主任點了點下巴。剛開始，朵芸就發現這個頭髮打捲的主任身上有一絲夜場的陰影，紅眼睛像兔子，即便隔著口罩，一種宿醉的酒氣令人作嘔。稍頃，待朵芸折轉身子去瞧時，病房裡已經冷清下來，恢復了常態。

朵芸打開 iPhone Plus，寫了一條微信，第一時間送了出去：新的一天開始了，陛下！

在感嘆號之後，朵芸追加了一個「叩首」和三個「親吻」的表情符號，方覺得新的一天真正開始了。連下了一週的陰雨，病房的牆上都霉出了水漬，但氣溫仍舊居高不下，應該是入伏的天氣了吧。朵芸拉開窗簾，打開了陽臺門，驀地閉上了眼睛。此刻，日光跌落下來，跟一場嚴重的雪崩似的，渾身的骨骼卻霎時一輕，龜縮於骨縫和關節裡的斑斑鏽跡應聲而落，每一個細胞都醒來了，明眸皓齒的樣子。花園對面也是一座住院部大樓，朵芸看見不少的陪員在晾曬被子和床單。瞇眼一瞧，彷彿一幅巨型的拼貼畫，煞是抽象。朵芸也打算這麼幹，趁著好天氣消消毒，萬一陛下突然駕

臨，喪失了一次表功的機會就不划算了。

吱呀一聲，門切開了一條縫，一隻胳膊伸了進來，攥著一份早餐。

朵芸假嗔一句，滾進來吧，別嚇人。果真，賈紅滾了進來，彌勒佛似的，笑得兩隻眼睛成了牙籤，將早餐遞給了對方。老樣子，塑膠袋裡是一個茶葉蛋，一個豆沙包子，一份酒釀。朵芸沒接，一個空虛的飽嗝在嘴裡破了，厭食症一般。朵芸努了努下巴，繼續收拾茶几上開敗的花籃。賈紅擱下其中一個袋子，一屁股橫在了沙發上，一隻手照顧嘴巴吃喝，另一隻手找見了遙控器。朵芸戲謔說，「你連婆家都沒找下，還天天追看《金婚》，我服了你了」。賈紅回說，「哎喲，你不知道，我就喜歡看戲裡的張國立和蔣雯麗遭罪，他們越扯心，我就越想笑。」朵芸說，「這次你爹好了的話，你回去抓緊解決自己的問題，說不定等你嫁人的那一天，我專門去鄉下給你賀喜。」賈紅謙遜地說，「老妹子，我要是能減掉五十斤，我就是韓紅，要是減掉八十斤的話，我絕對不比蔣雯麗差，可惜我管不住自己的嘴喲。」幾個花籃是病人單位上送的，剛來時還枝繁葉茂，馨香四溢，現在卻蔫頭耷腦的，委屈極了。朵芸這才看見，花籃上別著一張小卡片，上面有一行潦草的字：「集團全體員工祈祝趙家俊同志早日康復。」這一刹，朵芸忽然蹙住了鼻子，咆哮地說，「死胖子，你吃的韭菜盒子呀。」

朵芸的表情中了毒，忙起身開了門，手勢頻頻，下了驅逐令。

賈紅咀嚼著，陷在沙發上，無辜極了。朵芸掐住了她腰裡的一坨肥肉，用了吃奶的勁，慢慢掐她站起來，搡出了門。朵芸最後通牒說，「今天甭想看電視，除非去刷三遍牙，嚼一包口香糖。」這時，《金婚》的片頭曲響了，賈紅渾身肉顫，拽了一下領口上的乳罩帶子，悲憤莫名。朵芸嚇唬說，「病人為大，我叔最見不得這個味道了，你這是謀殺呀，知道麼？」聞聽此話，賈紅咧嘴一笑，慚愧地抹了一把臉上的汗，「老妹子，我刷五

遍牙，不刷不是人。」言畢，賈紅扶著牆，呼哧呼哧地走了。朵芸相信，這世上的胖子一般都是好人，藏不住心眼的緣故吧。朵芸隨手將那一份早餐丟進了垃圾桶，敞開門。風像一個踉蹌的傢伙，跑了進來。

氧氣管滑脫了，被一塊膠布掛在臉上，強勁的氣流胡亂掃射著。朵芸忙將管子塞進了病人的鼻腔裡，又調慢了速度。床頭邊碼著一排儀器，指示燈閃爍著，一根根綠色的波紋線上下浮動，充滿韻律，至少說明這一具生命還有指望，沒有拉成一根絕望的橫線。病人是半個月前突發的腦中風。當天傍晚，他打電話讓樓下的滿江紅餐廳送了外賣，一份是紅燒肉，一份是自製的臘腸。病人還喝了酒，量不大，大概在二三兩左右吧。這是他的老習慣了，佐餐一般靠酒和秦腔摺子戲。飯畢，他有點心血來潮，將碟子洗乾淨，提著袋子打算去餐廳還給人家，而平時這都是服務員的分內事。他站在電梯裡，按了樓層，忽然感覺到天旋地轉，一股噁心塞在了嗓眼上，晚上咀嚼下去的內容驀地噴射了出來，人隨即栽倒在地。

朵芸慶倖的是，在趙卡最無助、最煎熬的一刻，自己一直陪在他的身邊。

噩耗 —— 如果這算是噩耗的話 —— 是零點過後傳來的。在萬達影院，一部好萊塢的大片舉行全球零點首映，一票難求。朵芸花了三倍的價錢，從黃牛的手裡抓了兩張，好說歹說，才將趙卡從自己的出租屋裡哄了下來。開場十分鐘，趙卡便塌在了椅子裡，涎水掛在嘴角上，細微的鼾聲時斷時續。朵芸心生不悅，但也不忍叫醒他，因為趙卡第二天要去河西走廊一帶，一列北京直達敦煌的旅遊線路即將開通，趙卡所屬的公司買斷了列車和沿線上的全部廣告位置，他是首席設計師，自然不能缺位。身陷黑暗之中，朵芸其實也沒咋看進去，當然也看不進去的。趙卡的一隻手很從容地搭在了她的小腹上，像一團炭火，讓她一直覺得身體裡頭在漲潮，在

沸騰。當天晚上,她給趙卡講了自己近期的焦慮,說這兩個月身上沒「掛彩」,要是下個月還沒動靜的話,一定是懷孕了。趙卡本來能吃三碗米飯的,聞聽此話,便擱下了碗筷,逕自去修改他的設計小樣了。朵芸害怕彼此紅臉,忙下樓去抓了電影票。趙卡的夢一定很甜吧,因為他的手那麼溫存,像在驗證朵芸的話,在究問答案。朵芸甚至想,多好哇,在我和趙卡的手之間,或許真的擠進來了一個小傢伙、小鮮肉、小萌獸,只不過他現在僅僅是一棵芽苗。這麼想時,趙卡也心有靈犀地坐了起來,摸出手機一瞧,居然有十幾個未接號碼和一大堆短信。

噩耗來了,趙卡卻沒像青蛙那樣蹦跳起來,火急火燎地趕往醫院。朵芸也看了短信,身體裡的潮汐一乾二淨了,出現了一片焦山渴水,彷彿荒涼的戈壁灘一樣,木訥地盯視著趙卡。趙卡的表情像一張用爛了的砂紙,把什麼內容都擦掉了。朵芸問,「腦中風是什麼病呀?」趙卡說,「就好比街上堵車,血液和氧氣輸送不及時,交通會癱瘓的。」朵芸央求趙卡說,「這不過是叔叔單位上的資訊,說不定沒這麼嚴重,不看了,咱們去醫院吧。」趙卡發著呆,拚命往喉嚨裡灌著一瓶脈動。這一瞬,矛盾爆發了。朵芸說,「給你媽媽打個電話吧,不管咋說,都應該讓她知道病情的。」孰料,趙卡怒目起來,切齒地說,「你腦子進水了呀,他倆早就離了,我媽都已經改嫁三年了。」聲音很響,黑暗中出現了一張張警告的臉。朵芸急了,語態軟了下來,玩笑說,「陛下,臣妾聽你的就是嘍。」趙卡起身,用手機的微光照著腳下,氣呼呼地鑽進了衛生間。朵芸覺得自己嘴賤,簡直賤到家了。

那晚上,趙卡乾脆失蹤了。

電影散場後,朵芸查了男廁,沒他。後來去了出租屋,趙卡的樣稿和行李統統不見了。朵芸明白,叔叔自打退下來之後就一直獨居,趙卡這一

走，自己得有所擔當，有所表現。不為別的，只圖這一份感情吧。次日一早，待朵芸去了醫院，找見了那一間重症監護室時，才從叔叔公司的陪員們嘴裡得知，趙卡壓根就沒有現身，也不曾回覆過任何資訊。陪員們一聽朵芸的身分，哦地一聲，臉上都晴朗開來。搶救的很及時，36 小時後，病人就被轉移到了獨立病房。叔叔一直享受的是廳局級待遇，他有這個資格，也有這份功績。

　　病情一穩定下來，朵芸便察覺出了不祥的苗頭，因為她天天接到陪員們的電話，問這問那，每一份單子還需要家屬簽字。朵芸剛開始也樂得扮演趙家俊同志準兒媳的角色，可漸漸的，她的頭上起了火，冒了煙。陪員們由三天打魚兩天晒網，竟而變成了公然的離崗。一個偶然的機會，朵芸才知道，現在的集團一把手對病人煞是輕慢。當初在競爭繼任者時，叔叔推薦了另一名人選，卻對這個人評價甚低。透露消息的這名陪員是集團公司車隊的一個司機。他說，在誰的勺了下盛飯，就得看誰的臉色，沒辦法，等待奇蹟出現吧。於是，朵芸越來越入戲了，她把積攢了兩年的假期寫在一張申請單上，開始了休假，從這天起全天候地撲在了病人身上。朵芸感覺自己換了一種職業似的，充滿了獻媚與討好。

　　這一切，朵芸暫且保密，沒告訴趙卡。朵芸想給趙卡一個驚喜。朵芸不想讓趙卡分心。朵芸天天在微信上彙報一些病情向好的訊息。比如剛才的那一條，新的一天開始了。

　　對了，還有「陛下」二字，不言而喻。

　　病人凝止不動，昏迷攫取了他，將他扣在了床上。朵芸絞了毛巾，一寸寸地推進，擦拭完了他的臉。病人很聽話，沒一句反對的意見。朵芸訝異地發現，趙卡跟病人有著一樣的髮際線，一樣隆起的額骨，一樣優美的鼻梁與深目，一樣飽滿性感的雙唇，簡直像一個模子裡鐫出來的。剛和趙

卡確立戀愛關係時，朵芸就讚美說，趙卡有一張邱比特式的臉，現在她終於找見了出處。肯定的，這是一位老邱比特，雖說病魔在身，但仍未喪失那一種弧線和輪廓。這一刹，朵芸的心裡又浪花飛捲，泌出了一種溼潤的感動。朵芸想到了白頭偕老、牽手一生這樣的詞語，慢慢將冰帽箍在了病人的頭上。冰帽有降溫的療效，可以讓腦部的毛細血管冷卻下來，不至於破裂出血。朵芸做完了這一份早課，長吁一聲，從包裡拿出了一隻玻璃管，轉身打開了門後的衛生間。恰在此時，賈紅像一堵牆橫在了面前，淚水盈盈的。

　　未及問話，賈紅一下子撲了上來，摟住了朵芸。

　　的確，先前的異味不見了，代之而起的是賈紅身上肥膩膩的汗腥氣。朵芸被摟得骨折了似的，卻發現賈紅落淚了，抽抽搭搭的。問了幾遍，賈紅方說，「老妹子，檢查結果剛下來了，我爹的瘤子變小了，還良性的。」一席話，令朵芸心生愧疚，悔不該剛才那麼顢頇，對賈紅指手畫腳的。朵芸說，「死胖子，這是天大的喜訊呀，哭什麼哭，走走走，到你爹的病房祝賀一聲，把這個花籃送給他吧。」賈紅身上火燙，鼻涕眼淚糊在了面頰上，嘀咕說，「人就活一口氣，真的，我爹一聽說瘤子不要命了，蹬上鞋子，去樓下抽他的老旱菸了。」胖子大多是沒心沒肺的傢伙，朵芸再一次確信了。賈紅又說，「菩薩顯靈了，也沒枉費了這一個月來我的唸叨，我以後就認菩薩當乾娘，我發誓。」朵芸嗤笑一下說，「真是奇蹟，好人總歸會得好報，菩薩一定會答應你的。」

　　閃身往衛生間時，賈紅生疑地問，「你幹麼？」

　　朵芸揚了揚手裡的玻璃管說，「憋不住了，早上的第一泡尿，我去化驗一下。」

　　「哦，這個我幫不上你。」一臉憨笑。

半晌後，朵芸料理完了，捏著捲紙裹緊的玻璃管出了門，忽然釘在了地上。病人赤條條地躺著，像一枚蠟黃的「太」字，下面的那一點衰弱地耷拉著，毫無生命的體徵。這是朵芸第一次看見病人的裸體。此前他由陪員照料，後來又歸一個男護工管轄，但護工不告而辭，也是莫可奈何。電視的聲音很大，張國立和蔣雯麗在鬥嘴。賈紅站在病床前，一邊看著螢幕，一邊將病人的雙腿併攏，扣住了腳踝，老鷹捉小雞地拎了起來。病人的身體打個對折，下半身便懸在了半空。賈紅撤掉了舊床單，一隻手猛地抖摟，一面乾爽的床單便平滑地鋪了過去。朵芸的臉紅了，一瞬間想起了趙卡。趙卡醉酒時，她也是這麼替他脫衣蓋被的，所不同的是，自己並不像賈紅撤下來的動作。賈紅喘了幾口粗氣，扳住了病人的臀部，先左後右，將爽身粉撲了上去。霎時，病人的兩坨屁股白了，彷彿戲臺上丑角的鼻臉。

　　「屁股爛了，這大夏天的，沒人操心呀」。

　　賈紅盯著電視，像在質問。

　　「褥瘡，都快臭了。」又道。

　　朵芸悄悄撤了，去了門診部大樓，掛號，排隊，將一瓶尿液放在了化驗室的窗口。本想一直待著等結果出來，但走廊裡氣味惡劣，人滿為患，不如去外面的花園裡透透氣。況且，朵芸發現一雙眼睛始終在盯著自己，有點芒刺在背。

　　花園裡有一棵龐大的龍爪槐，濃陰四蓋，有半個籃球場那麼大。朵芸坐下來時，看見頭髮打捲的男人也慢慢尾了過來，坐在自己身旁，蹺起了二郎腿。朵芸終於想起了他，紅眼睛，沒戴口罩的科室主任，遂歉意地笑了笑。主任說，「你是他女兒吧，這年頭，人情像一張紙，我聽說陪員們都撤了，就你一個人頂著。」朵芸涼了半截，心猜，主治大夫一定是來談

263

病情的，恐怕不妙啊。朵芸說，「請你如實告訴我，人都已經昏迷了半個多月了，我們有精神準備的。」孰料，主任擺擺手說，「病情一直穩定著，再觀察一下吧，我臨時有個會，如果晚上方便的話，我請你去對面的鳳棲梧茶樓，聊聊別的。」「別的什麼？」朵芸追問道。「哦，也沒什麼，你單身吧，看你一個人天天跑醫院，怪辛苦的，一定沒有男朋友。」對方妖嬈地搔著卷髮，有些亢奮。

朵芸笑了，率直地說，「你經常這麼幹？」

「什麼意思？」

「乘人之危，撩妹高手！」

主任窘了窘，尷尬地起身欲走。朵芸伸出一條腿攔住他。朵芸說，「抱歉，請教你一個問題可以嗎？」得到首肯後，朵芸壞笑說，「一個女孩懷孕了，第一次，那她最應該注意點什麼？」主任愣怔一下，敷衍說，「我不是婦科的。」「哦，看我這死腦子，你是腦系科的。」，朵芸收回了腿，放生了他。臨走前，主任撂下話說，「我給你找一本書吧，你可以參考一下的。」雞同鴨講，這樣明晃晃的暗示都沒了效果，朵芸便揮了揮手機說，「不必了，懷孕的是我一朋友，讓她問度娘吧。」

趙卡回了微信，沒有字，只有一張祁連山的照片，雪山皚皚，天遠地偏。朵芸的心踏實了下來，一派清涼。陞下不用說別的，朵芸的心已經像一朵雪蓮花那般綻放了。

「老妹子，上來，快上來呀！」

賈紅站在陽臺上，一個勁地招手，嗓子很響。朵芸來不及回覆趙卡，應命而去。進了病房，朵芸詫異地發現地上扔著一塊墊子，單人床大小，足足有一拃厚，色呈暗黃，彷彿一個疲倦的人那麼臥著。朵芸摀住了鼻子。朵芸一向對氣味敏感，現在猶是。賈紅得意地說，「老妹子，算你福

氣呀，真是瞌睡遇見了枕頭，十九床的老太太剛出院，丟下這個穈子墊，我直接給抱過來了，一分錢沒花。」朵芸生疑地說，「穈什麼？」賈紅糾正說，「穈子，就是吃的黃米，這種秸稈做的墊子可以除熱，專門治褥瘡的，這麼大的天氣，睡在上面屁股不會爛。」朵芸眼角一溼，乖巧地說，「我喊你紅姐吧，我不再說胖這個字了。」賈紅晴朗地說，「暫時還不能用，你幫我抬在陽臺上去，我得仔細清洗一遍，把老太太的屎尿都刷乾淨，太陽一晒就沒毒沒味，用得安心了。」

後來，穈子墊像一個人那般癱坐著，上半身斜靠著陽臺，下半身被賈紅手裡的一塊板子敲來打去。朵芸也沒閒著，一趟趟地往返，端著自來水澆在賈紅的板子上。水花四濺，朵芸看見一股股水流由濁變清，穈子墊的面目漸漸地清晰了出來，露出了金黃的色澤。賈紅肯用功，說這還不行，還得再繼續敲打一番，將藏在縫隙裡的寄生蟲都抖摟出來，才能晒乾了使用。日光雪崩，朵芸迴避了一下，站在病床邊查看液體的進度。這一刻，朵芸驚呆了。

病人醒了。

或者說，病人的一根指頭醒來了。

朵芸一下子僵住了，駭然萬分。朵芸不相信自己的眼睛，也不敢伸手去觸碰一下。病人的這隻手插了管子，但小拇指蠕動著，像一根蚯蚓，也像一截冰箱裡凍蔫了的蔥頭，更像一隻離了水的小龍蝦（朵芸最喜歡麻辣味的）。小拇指蠕動著，忽而停下了，病房裡暗啞一片。朵芸激動起來，想喊賈紅來瞧，卻聽見陽臺上的板子落了下去，啪地一聲。

隨著這一聲伴唱，病人的小拇指又蠕動了一下。

朵芸靈光突現，捏著嗓子小聲喊，「紅姐，別停下來，接著打。」陽臺上的聲音溼漉漉的，帶著賈紅喘息的節奏，一記一記地砸在了穈子墊上。

病人的指尖翹了起來，應和著，一股神祕的力量像竹節蟲似的，拱到了每個骨節上，上下聳動著。朵芸喊，對對對，別停下來，就這麼敲。賈紅果真沒停，嘴裡嘟囔說，「死丫頭，你喊我一聲甜的，我就聽你的話。」朵芸低語說，「我的親姐姐，我的好姐姐，你繼續呀。」

這麼著，朵芸看見了生命的跡象。生命也像一個芽苗，先從病人的小拇指上破土了。

但生命不需要揠苗助長。此刻，雖說只是一小截拇指在蠕動，卻已經夠朵芸恓惶的了。朵芸的眼淚落了下來，敷在面頰上，讓她一時間辨不清楚。朵芸斗膽攮住了它，發現它是燙的。它那麼親切。它有一張小嘴，在呼應著自己的問候。朵芸不為別的哭，完全是因為趙卡，為了陛下。在病人還沒有發病前，朵芸也只見過他兩面，一次是以趙卡女友的身分（叔叔給了她一個紅包），另一次是病人過壽（她給叔叔訂了一個大蛋糕）。這一瞬間，朵芸甚至原諒了趙卡對病人的慢待與無禮，似乎他們父子之間的疙瘩一下子冰釋了。朵芸打開手機，一隻手捧著那一截蠕動的拇指，另一隻手開始拍照。孰料，聲音停頓了。

賈紅汗津津地進來了，一屁股坐在沙發上，臉色若關公一般。

「紅姐，求你了！」

賈紅愕然地問，「哭啥？啥，死了？」

朵芸哀告說，「你接著敲吧，你一敲，他的魂就回來了。」

不承想，賈紅更乾脆，削減了一切繁文縟節，拎起板子站在了病床前。賈紅攤開肉呼呼的左手，將板子打在掌心裡，啪啪啪的，跟打在麋子墊上的節奏相仿，音律一致。朵芸指給她看，臉上都開花了，像一個孩子在報告春天的訊息，充滿了感恩的汁液。這當口，朵芸連拍了數張，將那一截冬眠之後甦醒的小拇指都記錄在案了。賈紅呵呵呵地笑了，沒心沒肺

的，左手打累了，又轉移在了右手上，兩隻手簡直像傳說中的朱砂掌一般。朵芸徹底淚崩了，嚎啕了起來，身體投進了賈紅的懷裡。

朵芸說，「醒了，終於。」

賈紅撇嘴說，「真是欠揍，我不打，你看他還真不動彈，瞇睡裝死呢。」

朵芸也不計較，說，「奇蹟發生了，我現在信了。」

聞聽此話，賈紅一把推開了朵芸，一團鬼臉地問，「這話我愛聽，知道為什麼呀？」言畢，賈紅從病人的枕頭下面抽出了一綎紙，三兩下就打開了。賈紅說，「我爹反正用不上這個了，我就擱在了這裡，菩薩顯靈，普度眾生唄。」

「紅姐，這是？」

「笨蛋，這叫《心經》，我自己抄的。」賈紅展示了一下正反面，得意極了。又說，「我守著我爹熬夜時，心裡亂，沒瞇睡，我就趴在床頭上抄經書，給菩薩打報告，求她開開眼。」

朵芸也開了眼，瞎子似的地湊了上去，簡直不敢相信眼前的一切。這是一頁舊掛曆，紙張挺括，簌簌有聲。正面是一個當紅女影星的劇照，背面則用鉛筆打了無數個網格，每個網格裡依次填寫了「觀自在菩薩，行深般若波羅蜜多時……」，井然有序，疏密有致。朵芸不大懂書法，但賈紅的字完全配得上娟秀、靈動和飄逸之類的形容詞了，與她的形象判若二人。朵芸盡情誇讚了一番，又說，「這麼珍貴，我有些掠人之美吧。」賈紅二話不講，將《心經》款款折疊起來，重又塞在了病人的枕頭下。

「瞧吧，有我乾娘在，你叔肯定能站起來的，死不了。」

朵芸問，「板子呢？」

「對呀，板子呢，剛還在手邊呀，見鬼了。」賈紅又開始熱汗騰騰了。

搜尋了半天，沒找見那一塊板子，賈紅索性徒手上陣，站在病床前兩手互擊，啪啪啪的。篤實而誠懇的掌音仿若一聲聲鴿哨，讓天空一下子遼闊起來，讓那一根蚯蚓狀的小拇指拱破了泥土，蠕動開來。朵芸看見了奇蹟，也就不想錯失這一個見證的良機，忙俯身過去，舉起雙臂拍擊手掌，配合著賈紅的節奏。這一天，整個病室裡一掃頹喪和哀情，充溢著一種劫後重生的喜悅。

仔細聽來，賈紅發出的聲音寬厚、飽滿、潤澤，繞梁三匝，還帶有一點點肉感，類似於降央卓瑪的女中音。而朵芸蔥白的手指間，則有輕盈、簡淨、直切人心的音效。賈紅的聲音像雨後的雲團，烏泱泱地翻捲而來，令人無可遁逃。但朵芸的卻像一隻掛在天際的風箏，輕颺，遙遠，忽隱忽現。漸漸的，兩個人對視一笑，默契極了，連續上演了一幕幕自己發明的打擊樂。

真的，病人深陷於昏迷之中，但病人也沒辜負這兩個樂手。

賈紅繼續在擊掌。朵芸打開了手機，近距離地瞄準了那一隻手。在影片中，病人的小拇指仿若竹節蟲一般蠕動著，忽而，無名指也有了感應，輕微地動了動。朵芸逐一掃描著，給了特寫，也給了全景，最後虛化在了窗外澎湃的日光中。不巧，門開了，護士們推著輪車進來換藥。賈紅和朵芸相視一樂，鬼祟地撇了撇嘴，像一對陰謀家似的。

這個祕密一直持續到了傍晚。

晚飯時，賈紅抱著一隻西瓜進來，切開後，遞給朵芸一半，上面插著一把勺子。賈紅揚言減肥，但吃起西瓜來卻大刀闊斧的，幾乎把臉塞進了瓜皮裡。賈紅支吾說，她爹還需要再住院觀察一段，這邊有事的話，朵芸盡可以吩咐。揭開被子查看，病人已經睡在了涼爽的藦子墊上。賈紅撥拉了一下病人的臀部，頑劣地說，白屁股，男人不該長這麼白的屁股。朵芸

始終怔忡著，望著窗外的夕光，若有所思。賈紅偎過來說，「老妹子，你告訴我一件你的祕密，我也告訴你一件我自己的。」朵芸淡漠地說，「我沒祕密，真的。」賈紅鄙夷地說，「哼，這世上的人誰沒個祕密呀，沒祕密還能叫活著嘛。」朵芸淒婉一笑，自從見識了賈紅的那一筆俊秀的字體後，她就對這個樂天派刮目相看了。賈紅催促說，「你一下午都在發呆，抱著手機不放，你肯定有。」朵芸打斷她，「你先說吧，紅姐。」

　　果真像諜戰片裡交換情報似的，賈紅打開電視，放大了聲音。賈紅肉墩墩地俯在朵芸的肩上，耳語一番，說出了自己的祕密。言畢，朵芸驚訝地問，「那麼黑的屁股，不會是非洲來的吧？」賈紅假嗔一下，象徵性地扇了朵芸一耳光，得意地說，「他是礦上的，一下井就黑了，像從墨池子裡撈出來的一個樣，我用三桶水才能洗白他。」朵芸問，「收入那麼高，人那麼好，你爹幹嘛不答應呢？」這一問，令賈紅喪起了臉，「唉，老闆們的礦井，三天兩頭就塌了，我爹怕我守寡，所以才不答應這門親事的。」「後來呢，你就一直這麼拖著？」賈紅舔了舔舌頭，哀婉地說，「真讓我爹說著了，礦井塌方了，他就沒了。」朵芸撫了撫對方的額髮。這時，賈紅篤定地說，「我一輩子不找男人了，我就守寡，我在心裡一直披麻戴孝，誰勸我也沒用。」朵芸從賈紅憨實的笑意裡看出了一種決絕，一份哀告，那可能是愛情的另一種表情吧。

　　「該你了，老妹子。」

　　朵芸怔了怔，便說，「我目前還沒有祕密。」

　　「哼，那你還弔喪著臉？」

　　「我懷孕了，算嗎？」

　　朵芸將一頁化驗單遞給了賈紅。後者沒接，卻撲上來捧住了朵芸的臉頰。朵芸的臉驟然變形了。賈紅誇張地喊說，「受氣包，那你還不知足

呀，簡直是身在福中不知福，快快快，你給他要生孫子了，他該給你一個
大紅包的，打他醒來，問他要。」朵芸忙捂住了賈紅的嘴，臉都羞紅了。
兩個人靜默了一番，卻發現病人無動於衷的，像賈紅說過的那樣，瞌睡裝
死嘛。朵芸的愁雲消散了，卻又怕病人聽見，嚇得聳了聳肩膀，使勁攥住
了化驗單。下午取回來時，朵芸照例拍了照，將這一確鑿的結果發送給了
趙卡。跟先前的幾條微信一樣，統統都泥牛入海，沒了音訊。賈紅央求
說，「老妹子，你不讓我喊，那我給你鼓掌總可以吧？」

「恭喜恭喜呀。」

說著話，賈紅嘹亮地鼓起了掌。掌聲像一群廣場上的鴿子騰地起飛，
繚繞不絕。

恰在此時，電視裡也傳來了一陣猛烈的掌聲。本埠新聞，畫面上出現
了一座鮮紅的主席臺，一群西裝革履的官員們正在授牌，並和身披綬帶的
領獎者握手，攀談，合影留念。朵芸和賈紅盯著螢幕，看見會場上群情歡
呼，掌聲雷鳴，經久不絕。這時，播音員沸騰地說，在熱烈的掌聲中，如
何如何的。朵芸拔腳跑了過去，蹲在了病床前，果真看見病人的小拇指在
蠕動，無名指也受了莫大的感染似的，出現了一絲針刺的抽搐。賈紅一臉
恍然地說，「哦，我算明白了，這個幹部病房，不是有錢就能住的。」

「在熱烈的掌聲中……」，播音員繼續鼓噪著。

朵芸輕輕觸碰著那一截小拇指，彷彿看著一個蠶豆大的嬰兒，母性的
一面忽然占據了上風。賈紅附和著，遊戲般地鼓著掌，引蛇出洞一般，逗
引著那一截小拇指不停地動作。朵芸燦爛地說，生命真的需要鼓勵，一
旦鼓勵了，什麼樣的坎都能邁過去的。賈紅卻說，「喲，他喜歡戴高帽子
呀，他戴慣了，一抬舉他，他就裝不住了，非醒來不可的。」朵芸沉浸在
自己的心情中，兀自說，「掌聲就是點讚嘛，一個人沒了別人的點讚，要

那個朋友圈幹什麼，還不如潛水看熱鬧，還不如乾脆刪掉罷了。」可能是一個專題節目吧，各行各業的先進分子陸續登臺，一輪一輪地重複著剛才的議程，但掌聲綿密而悠長，似乎能聽見一種色彩，一種朱砂掌的顏色。賈紅搞笑地說，「喂，快起來，別裝了，你都已經升格成爺爺了，還在撒嬌呀，有出息沒出息。」朵芸沒受到絲毫的干擾，咧笑說，「生命真是一件奇妙的事呀，說給誰，誰也不會相信的。」

後來，電視裡的掌聲慢慢凋零了下來，稀稀拉拉的，進入了尾聲。播音員再次亢奮地說，這是一次勝利的大會，成功的大會，鼓勁的大會，在熱烈的掌聲中，會議宣布閉幕。——刹那間，掌聲戛然終止，房間裡忽然彌漫著一種可怖的死寂。回口望去時，病人的動作也停止了，恢復到了一具屍體的狀態中。朵芸嘀咕說：

「在熱烈的掌聲中，哦，熱烈的！」

賈紅掰下一根香蕉，剝了衣服，塞在了嘴巴裡。

「紅姐，掌聲能下載嗎？」

「什麼呀？」

朵芸說，「下載，把掌聲弄在手機裡，特熱烈的那種？」

賈紅搖搖頭，不置可否。

夜已經深了，晚間的查房也告畢。朵芸躲在一隅裡，始終在倒騰自己的手機。百度了半天，朵芸大為不滿，因為一些掌聲、呼喚聲和讚美聲都離現實太遠了，顯得空洞、機械、言不由衷，與這個靜謐的病室太不搭了。比如，一條叫「十億個掌聲的高清下載」，顯然是電腦做出來的混響，難不成導演把全國人民都喊醒了，站在廣場上衝著他啪啪啪鼓掌。朵芸洩氣了，放棄了這個企圖，卻又心生一計，另覓他途。

賈紅正在沙發上看一個真人秀。聽見朵芸的說話聲，賈紅吐了吐舌

頭，沒反對。

朵芸立馬訂了一個包廂，大包，告訴錢櫃 KTV 的櫃臺說，半小時以後到。接著，朵芸在閨蜜群裡發布了邀請，聲稱有重大消息宣布，不得缺席，不得拒絕，且十萬火急。這不，追問的電話紛紛打過來了，閨蜜們嘰嘰喳喳的，每個人都嚴肅地追問，「朵芸你醉了嗎？」「朵芸你神經錯亂了呀，這麼晚的？」「朵芸，你沒事兒吧？」「朵芸啊朵芸，明天可以麼？」對此，朵芸肅穆地統一答覆說，就現在，立刻，馬上，趕緊滾過來呀⋯⋯

臨出門前，朵芸又喊了一聲紅姐，樣子獻媚，妖精極了。賈紅貴妃似的斜簽在沙發上，表情煞是受用。賈紅說，「有我在，你就放心去吧，我清楚你去幹什麼，我替你站崗。」朵芸的嘴湊在了賈紅的臉上，還沒親上，賈紅就躲閃說，「噁心，真噁心，你早上都還嫌棄我的嘴巴臭呢。」

零點剛過，朵芸攥著手機，跑出了錢櫃 KTV 的大門，站在停車場裡接了電話。朵芸盡量裝得平靜，聽趙卡在嘮叨一些雞毛蒜皮的事，卻始終沒問及病人的情況，沒提及她肚子裡的孩子，也沒有談談對那些影片的看法。趙卡的聲音很倦怠，不像是喝了酒，彷彿肅殺的秋風刮過了曠野，那種提心吊膽的樣子。朵芸問，「你幹麼不回覆我，我等了那麼久了，發生了那麼多的事，我都一個人扛著。」「哦，」趙卡似乎伸了個懶腰，簡略地說，「剛從祁連山上下來，我們去看雪豹了，沒信號，那裡的最高峰是 5808 公尺。」朵芸壓抑著說，「他的小拇指動了，我的意思是說叔叔有救了，陛下，這需要一個過程，叔叔需要一寸一寸地醒來，這是個好兆頭，我第一時間就告訴你了，可你。」停車場的保安蹣跚了過來，見一個女孩在啜泣，慢慢蹲在了地上，害怕自己摔倒似的。朵芸哀告說，「所有手續都是我簽的，替你簽的，陪員們都撤走了，但你放心吧，有我在哪，我頂著，我能行。」趙卡回說，「朵芸你見過雪豹嘛，你肯定沒見過的，夏天一

來，雪豹都跑在雪線以上活動了，今天真夠勁，我親眼目睹了一隻成年的野獸。」保安見女孩一個勁地抹著眼淚，便拿出一小包紙巾，遞給了她。朵芸追問說，「你從電影院裡溜掉了，你幹嘛不來醫院，他畢竟是你爸爸呀。」這時，趙卡才回到了話題上。趙卡說，「我恨他，我高考剛一結束，他跟我媽就離婚了，他倆在我面前裝了一輩子，我原本覺得自己是幸福的，但其實不是。」朵芸第一次聽聞此事，忙哀懇說，「陛下，你消消氣，這麼晚了，我不想惹你生氣，但如果你能給公司請假脫身的話，還是馬上回來一趟，咱倆一起見證奇蹟的發生吧，叔叔真的醒來了。」孰料，趙卡暴怒道，「閉嘴，我家的事，你別自作多情了。」保安拽起了女孩，將她推到了一邊，一輛越野駛過時，司機從車窗裡探出了頭，對著女孩吹了一聲口哨，還按了喇叭。朵芸頓了頓，說，「化驗單也發給你了，已經兩個多月了，真抱歉，我知道這不是時候，但我就想問問你，你什麼意見？」越野車並沒駛遠，停在了馬路邊，司機跳下了車子，站在一個樹坑旁，掏出了褲裡的東西。邊溺尿，司機邊吹著口哨，一副挑釁的樣子。女孩也沒客氣，撿起一塊石頭，奮力地扔了過去。趙卡沉默了良久，用一種簡單的口吻說，「你知道該咋辦，反正你天大在醫院裡，做掉！」

朵芸嘶啞地喊了一聲，「狗屎，臭狗屎！」

撿起另一塊石子時，朵芸看見那個司機鑽進了車裡，狠狠地跑了。

朵芸淒笑說，「趙卡，你從來都沒給我點過讚，一次也沒有。」

「幹嘛點讚？」

「哼，不點讚也就算了，我習慣了，可你給我的都是差評。」笑出了聲。

「有這個必要麼？」

趙卡依舊溫吞水一般，即便滴進去一勺滾油，仍不見他情緒激濺。

朵芸懇切地說，「我也需要掌聲，要一個點讚，一個微不足道的好評，雖然我不是叔叔那樣的病人。趙卡，知道我在幹麼呀？此刻，現在，眼前，我在黑黢黢的夜裡收集掌聲，不是一個人的那種，是一群人的，是一種熱烈的掌聲，不能中斷，一直要持續下去的那種。」

「嗨，你瘋了。」

「是的，我想我真的瘋了。」朵芸掉頭往錢櫃走去，從身上摸出了一張紅鈔票，塞在了保安的手裡。又說「，趙卡，只有在熱烈的掌聲中，奇蹟才能出現，奇蹟也不是沒有代價的。」

電話裡咆哮聲起，「朵芸，你太過分了。」

「晚安吧，陛下！」

這時，保安橫在了朵芸的面前，將紅鈔票遞了過來，靦腆地說，「小妹，我沒做什麼呀，我不能收的。」朵芸篤定地說，「小哥，你做了，但你不知道，謝謝你。」

翻過天，照舊是一個烈焰蒸騰的天氣。朵芸推開陽臺門，便被熾烈的熱浪堵住了，猶如一堵高牆似的。朵芸晒完了幾條毛巾，忙閃身縮了回來。病室裡冷氣森森，與窗外相比，顯然是兩個冰炭迥異的世界。這時，賈紅進來了，粗壯的胳膊薅住了一個男人的脖領子，嘟嘟囔囔的，將他按在了凳子上。賈紅大咧咧地說：

「喏，人就在這裡，你對著他哭吧，別趴在門口了。」

朵芸用目光詢問，賈紅卻撇撇嘴。

「情況還好，估計死不了的。」賈紅介紹道。

凳子上的中年男人瘦得像一根筷子似的，從膝蓋上抬起手，慢慢捉住了病人的胳臂。眼淚已經收住了，但喉嚨裡的哽咽聲亂若纏麻，分不清主次。朵芸泥塑著，將這一段時間的控制權交給了他。男人仔細地查看了一

下輸液管，手心手背地摩挲了一番病人枯澀的皮膚，又揭開了一塊膠布，重新將一枚針頭穩定了。病人陷落在自己的昏暝世界中，對眼前的一幕熟視無睹，不吭不哈，一條意見也沒發表。男人默默地坐了一陣，忽而起身，兩腿併攏地站在病床前，腰身像一根直角尺那樣彎了下去，鞠了三躬。賈紅沒心沒肺地笑了。但對方並不計較她的莽撞，上前來握住了朵芸的手。朵芸感激地說，「您來探視，我真的很感謝，請您留下尊姓大名，以後我也好轉告我叔。」男人卻說，「辛苦你們家屬了，醫院該辦的手續我都已經辦完了，你們只管放心。」朵芸說，「您怎麼稱呼？」

「我是他手下的一個兵，原先是，以後也是。」男人道。

朵芸點頭。

男人委婉地說，「我明天和集團公司的幹部們要去扶貧點下鄉，這一走就是一個月，我怕他有什麼意外，所以來看看他的。」頓了頓，又說，「他對我有恩，不管外界有什麼說法，他一直賞識我，提攜我，我真怕再見不到他了。」

「嗯，我明白。」

朵芸由衷地感激一番，將對方送出了門。

返身進來時，賈紅陰陽怪氣地問，「你明白啥了，我咋聽不懂呀？」

「紅姐，我今天對你有了新的認識，真的。」朵芸說。

「我的？」

朵芸笑吟吟地說，「你身材真的恰到好處，你這不叫胖，你這是富態呀。」

於是乎，賈紅此後便徜徉在這一句肯定當中，人也越來越隨和，越來越嘻嘻哈哈，好像她不是對面病房裡的孝子，而是這個病人的陪護，搶著幹活，根本不許朵芸插手。下午休息時，朵芸拿出了手機說，「紅姐，你

把電視弄成靜音，我要給病人做操了。」賈紅依言關掉了，愣怔地問，「別嚇我，他他他，他怎麼做操？」朵芸打開了音訊，開始播放那些熱烈的掌聲。賈紅這才恍然了。機子裡一共存儲了十條音訊，都是朵芸昨晚上呼朋喚友，在錢櫃 KTV 的一間安靜的包廂裡錄製的，雖說音效各異，但都充滿了現場感。朵芸從本埠新聞裡得到了啟發。朵芸最初的想法是，病人會從那些收集而來的掌聲中漸漸甦醒，繼而像從前那樣腰杆挺拔，奔行如風的。

「的確像體操，掌聲一響，我也想跳。」

朵芸回說，「就叫它掌聲療法吧，他習慣了這個。」

「嗯，也不能忘了菩薩。」賈紅叮囑道。

一瞬態，病房的四壁間掌聲迭起，高低錯落，猶如一股強大的水流栽進了澗底，觸底反彈，又激濺起無數的水滴。有的掌聲低音，滑出了中心地帶，襯托著周圍的夥伴。有的卻生性強悍，始終站在聚光燈下，引吭不已。播了幾條，朵芸漸漸地聽出了門道，聽出了掌聲裡的性別、階級、職業和不同的秉性，忽然覺得自己真的了不起。當時，閨蜜們都被朵芸弄懵了，半夜雞叫，真的以為朵芸有什麼死去活來的事情要發生。朵芸酒過三巡，先讓大家熱身，等情緒都調整過來時，方按動了錄音鍵，說要採集大家的掌聲。朵芸聲稱，不要某個人孤獨的掌聲，而是團體性的歡呼，是掏心掏肺的那種。當然還必須整齊劃一，有板有眼，彷彿衝著一座高高在上的主席臺雀躍不已，那種熱淚盈眶的振臂呼喊。朵芸指揮著大家，前三條都作廢了，權當是預演，後來的效果逐漸好了起來，遂逐一儲存下來了。

朵芸省略了目的性。不過，朵芸也不必陳述。因為狂歡到凌晨三點時，閨蜜們大都醉眼迷離，掌聲像兌了水的酒精，再也不亢奮，不激越了。現在，朵芸在病床前播放了六條，很得意地問，「紅姐，你聽出什麼

沒？」賈紅閉著眼睛，聽得茫無頭緒，掃興地說，「沒啥意思，能有啥意思嘛，就是拍巴掌罷了。」朵芸又播放開來，說，「你聽我講。」

伴著這些繚繞的掌聲，朵芸說，「聽，這個落在後邊的，她叫郭子，大學跟我一個宿舍的。她以前是女足隊員，校隊的，假小子一個，成天瘋瘋癲癲的。踢球也沒影響她的成績，每個學期都在前三名的位置上。有天晚上，反正很晚了，她去水房裡洗漱。洗著洗著，忽然牆根裡掉下來一隻大花圈，撲在了她的身上，嚇出了她一身病。歷史系的一個老師死了，第二天早上出殯，女生們買了花圈沒處擱，就掛在了水房的牆上，結果被一陣風吹了下來。後來的幾年，郭子就變呆了，不僅不踢球了，學業也一塌糊塗的。現在她在三中代課，職構也評不上，還經常被家長們投訴。聽聽，郭子的掌聲就這麼三心二意，她不是故意的，還是那時候留下來的陰影吧。」

賈紅輕蔑地說，「那有什麼可怕的，我那個黑屁股從礦坑裡抬上來時，頭都碎了，還是姑奶奶我包紮好，安頓在墳坑裡的。」

朵芸說，「那是因為感情，紅姐。」

朵芸又開始解說，「你聽，聽見沒，這雙厚厚的手，聲音特悶的這個，她叫關春敏。春敏心寬，吃貨一枚，簡直是大一號的紅姐你。她是我們裡頭最有福氣的一個，人漂亮不說，結婚也早，一畢業就出嫁了，老公是搞IT的，她就在家做全職太太。現在的春敏不那麼……不富態了，哦，我沒說那個詞。她老公有一次說了那個詞，春敏就不幹了，開始練瑜伽。現在她自己也開了一個瑜伽班，挺紅火的。問題是，春敏不管咋練，身材性感死了，但一雙手硬是減不下來，肉呼呼的，所以就是這聲音，我一下子就能挑出她來。」

賈紅趴在病床的護欄上，仔細查看了一番自己的手，似乎挺滿意。

朵芸繼續說，「聽，這個這個，最清最脆的這個，聲音最響的這個。」見賈紅鎖定了目標，朵芸便說，「她叫牛亞麗，如果說她像誰，你就想想楊冪吧，差不多一個模子裡出來的。我敢打賭，在這一幫閨蜜裡，她的掌聲是最真誠的，她沒問我原因，但她一直在配合我，手都拍腫了。」朵芸頓了頓，城門洞開地說，「也不怕你見笑，這牛亞麗以前是趙卡的女朋友，交往了一年多，他倆熄火以後，我才跟了趙卡的，我算是牛亞麗的下一棒吧。」賈紅一撇嘴，臉上的肉像握拳一般。朵芸說，「不過吧，這也沒影響我和牛亞麗的關係，還是閨蜜一個，要不她也不會那麼晚的跑來抬舉我，掌聲也不會這麼熱烈。其實吧，說毫無芥蒂也是假的，從那以後我和她之間總有一層無形的隔膜，都小心翼翼的，誰也不提這個話題，不提趙卡這個名字，我自然也不能說採集掌聲的目的了。」朵芸的思緒沉浸在昨晚的現場上，幽幽地說，「牛亞麗或許猜出了什麼吧，因為她最活躍了，臉上是一種心知肚明的表情，但始終也沒問我一句話。對了，錄音的間隙，她還拿著手機，對著我一直拍，拍了許多喲。」

這時，賈紅狐疑地說，掌聲這麼響，老傢伙的小拇指乾脆沒動靜呀。

「哦，我問你紅姐。」朵芸眉毛一挑，說，「我可能有點疑神疑鬼，但牛亞麗一直在拍我，她會不會發送給趙卡呀？」

賈紅捉住病人的胳膊說，「不大對勁，瞌睡裝死嘛，大家的手都快拍碎了。」

「對了，我想起來了。」朵芸表情一垮，灰敗地說，「牛亞麗用的手機殼和趙卡的是情侶版，我買的那一套他沒用，他和牛亞麗用的是新版剛發售的那一款。」

「你呀，你個小怨婦。」

朵芸喃喃地說，「我明白了，我讓人給現場直播了，媽的。」

賈紅擱下了病人的胳膊，努著嘴，掉頭出了門。賈紅說，「放心吧，死不了的，但你搞的這一套歪門邪道，呵呵，我算是長了見識。」

　　「這叫點讚，就像人離不開鹽一樣。」朵芸辯解道。

　　「哦，我這就去給我爹鼓鼓掌，他還沒享受過這種待遇，真的。」

　　然而，賈紅的不屑和譏誚，並不曾澆滅朵芸心中的執拗。朵芸越發篤信，病人的生命力尚在，只不過像十二月的河流，沉潛在冰封之下，冬眠著，蓄積著，等待著新一縷春風拂過，將再一次怒河春醒，綠遍兩岸。因為這一切都是朵芸親見的。掌聲響起時，病人的小拇指聞雞起舞，接受了她，回應了她。如果這算是一種療法的話，幹嘛不繼續呢。念想至此，朵芸便關掉了手機，雙手作舞，盡情地鼓了起來。

　　這一次，朵芸拍得花團錦簇，拍得節奏紛呈，也拍得盡情和忘我了起來。漸漸的，兩隻胳膊輕盈無限，彷彿一對騎在氣流之上的仙鶴，婉轉飛升，又馭風而下，瀟灑地跳著雙人舞。後來，它們便棲落在了一塊山石上，做短暫的休憩。

　　朵芸其實累極了。掌聲停止時，朵芸趴在了病床邊，陷在了困倦中。

　　迷蒙中，朵芸有了一種溺水的感覺。朵芸的睡眠一向很淺，心知是汗水敷滿了臉頰和手臂，但此刻強烈的溺水的意識攫取了她。朵芸大口大口地喘息著，越掙扎，周遭的水浪越發翻捲而至，將她一次次地覆壓了下去。朵芸記不清自己喊沒喊趙卡的名字，反正趙卡站在岸上，身邊是郭子、關春敏、牛亞麗等一干人。趙卡他們分明看見了在水渦裡沉淪的朵芸，但沒有一個人施以援手。相反，他們都拿著手機，拍下了照片，拍下了影片，好像在做一場直播節目似的。賈紅亦不例外。賈紅四仰八叉地坐在灘塗上，將一顆西瓜擱在眼前，左瞅右瞧，終於找見了一個滿意的角度，遂以掌為刀，將西瓜劈成了兩半。那一瞬，朵芸的眼前一片殷紅，一

股犀利的血腥氣襲面撲來。

「嗨！」

這時，朵芸聽見了一小聲問候，聲含哽咽，也苦澀。朵芸再也憋不住了，掙脫了那一片血腥的水浪，逃離死地，重歸了生天。朵芸醒來了，卻不敢動，因為病人的一隻手撫在了她的腦袋上，但病人仍舊像一具屍體那般橫陳著，聲息皆無。朵芸慢慢矮下腦袋，捧住了那隻手。液體仍在滴答。凸起的青筋枝枝蔓蔓的，潛藏在皮膚之下。朵芸寧願相信，就是這隻手將自己從湍急的水渦裡拽了出來，現在它累了，當然需要休息。嗨！朵芸記得那一聲召喚，錯不了的，這一定是掌聲帶來的奇效。

朵芸俯下身，又一次近距離地端詳著病人的臉，試圖找見剛才那一幕的些許痕跡。病室靜謐。漸漸的，趙卡的五官浮現了出來，令朵芸有一些恍惚，一絲不甘。朵芸問，「叔，你剛才醒了對吧？你跟我打招呼了，是你吧？」朵芸又說，「你再嗨一聲，你讓我聽見的話，我一定會給你掌聲，無條件地鼓掌下去的。」這一刻，病人木然著，似乎對全世界的一切事情都退避三舍，充耳不聞。

且慢，一枚淚滴從病人的眼角裡滲了出來，停在了眼窩裡。那麼飽滿，那麼渾圓，好像一肚子肺腑之言精煉而成的。朵芸再一次確認，這同樣是掌聲帶來的奇蹟，也是對自己的一次點讚，一番嘉許。

果然，當朵芸再一次開始熱烈的掌聲時，那一截小拇指聞風蠕動，生意盎然。

禮拜五的傍晚，護士進來換了藥，又擱下了幾瓶夜間用的。現在，朵芸已經跟她們有了默契，像夜裡換液體、量體溫之類的活，自己就代勞了，不必去按叫鈴。護士推著輪車出門時，驀地說，「哦，差點忘了，主任今晚上值班，請你過去一趟。」朵芸比劃說，「就那個捲毛吧？」護士意

味深長地點了點頭。朵芸倒也不急，給病人擦洗了身子，撲了粉，拉上了窗簾。臨出門時，朵芸給自己抹了口紅，很誇張的那種。

　　什麼事呀？朵芸坐在辦公桌的對面，見主任舉著手機，凝神不已。稍頃，主任搔了搔捲髮，愣怔地說，「我太喜歡明鏡這個人了，大姐範，有一種母儀天下的味道。」朵芸知道他說的是《偽裝者》，演員劉敏濤出演的明鏡，便附和道，「我也喜歡這個角色，但比起明鏡來，我更喜歡靳東。」主任說，「不，他還欠那麼一點點火候，不夠狠。」「狠未必就是霸氣，就是強詞奪理吧，靳東收放自如，他才是整部戲的亮點」，朵芸篤定道。主任起身，笑說，「也對，誰都在這個世界上演戲，誰都戴著面具，有的靠本色，有的是演技，就看會不會一輩子順利演完。」說著話，主任從抽屜裡拿出一本書，遞在了客人的眼前。

　　《妊娠期千冊》。

　　朵芸突地一沉，覺得一件快被淡忘了的事立馬橫刀，猛然截住了自己。這些天，身體沒有一絲的異樣，又忙於所謂的掌聲療法，疏忽是難免的。主任說，「明鏡幹嘛一輩子沒結婚，我覺得她從三個弟弟的身上，完全享受到了男人的那種呵護、尊敬和愛，婚姻對於這個大姐來說，已經是多餘的。」朵芸詫異地盯看著他，末了說，「我同意你的話，你真的太懂女人了，女人其實是經不住讚美的，一條短信，一張笑臉，一個吻，呵呵，哪怕一次掌聲就夠了。」

　　「這本書比較專業，比度娘強。」

　　朵芸說，「謝謝啦，我替我的閨蜜謝謝你。」

　　「別掩飾了，是你懷了孕。」

　　「哦？」

　　主任嗤笑說，「瞧你，手一直擱在肚子上。這叫本能，你本色演出。」

　　朵芸羞臊起來，忙接過了那本書。

　　「珍重自己，也恭喜你這個新媽媽。」主任打開了門，相送出來說，「我老聽見你一個人在病房裡鼓掌，有點意思。」

　　「嗯，我給自己加油呢。」回說。

　　在走廊裡，賈紅迎面端著一盆熱水過來，眼睛很紅。朵芸還沒張口問，賈紅便哭訴說，「我爹這個死腦筋，非要攆我回家去相親，說他身上的那個瘤子是我氣的，我嫁不出去，他就死不瞑目。」這麼一講，賈紅便開始抽抽搭搭，蹲在了地上。朵芸勸慰說，「你回去一趟吧，你爹這裡我守著，紅姐你儘管放心。」「哼，妹子你不知道的，這回是一個水泥預製板廠的小廠長，金牙，媳婦死了，還有兩個拖著鼻涕的娃娃，我能當後媽嘛。」賈紅哀告著。朵芸也沒了奈何，知道依了賈紅的性子，再多的安慰也是無濟於事的。末了，賈紅端起了水盆往病房裡走去，哽咽地說，「我天天這麼伺候他，也不落一個好字，我恨不得自己得一場大病，躺在那裡享受，讓他也試一試這種煎熬，真的。」

　　朵芸受了感染，靠在這邊的門上，心裡揣了一團亂麻似的。

　　令朵芸意外的是，賈紅一進了那間普通病房後，像驀然間換了一個人似的，晴光萬裡地嚷嚷說，「爹，快來燙燙腳，等下再給你按摩按摩吧，乖，聽話呀爹。」朵芸噗嗤笑了，隨手將那本《妊娠期手冊》丟在了垃圾桶裡。

　　門虛掩著，一個女人居然坐在病床邊，捧著病人的一隻手。

　　即便從朵芸這個年紀的女生審美上來看，這位一頭白雪的女人也堪稱完美，有一種恰到好處的雍容與古典氣質。女人身著一襲旗袍，蓬鬆的白髮收束在耳畔，露出一小截羊脂玉般的脖頸，一根珊瑚紅的碎鏈子隱約可見。女人偏坐著，凝神盯看著病人的臉，手裡卻一再撫弄著病人的指頭，

依次是大拇指、食指、中指、無名指和小拇指，而後又重來一遍，彷彿在擦拭一隻瓷器。聽見朵芸的腳聲後，女人回首一望，點了點下巴，繼續沉浸在自己的課業中，一副不喜歡被人打擾的樣子。朵芸喊了一聲阿姨，輕得連自己都沒聽見，只好提心吊膽地倒了一杯水，擱在了茶几上。

女人搓揉完了病人的手指，又掀起被子查看了一番，指尖彈了彈褥子墊，似乎對此很滿意。女人掏出一塊巾帕，蜻蜓點水地拭了拭病人鼻翼間的汗液，將冰帽解開，重又箍了一下。末了，女人起身，站在了病床前，長吁一口氣，身心登時放鬆了的樣子。朵芸佯裝玩手機，很清晰地拍了一張對方的特寫，發送給了趙卡。

朵芸寫了一句話：這是你媽媽吧，真美啊！

女人高挑地站著，素樸中又有一種典雅的光芒。這種光芒絕非先天帶來的，而是一種時間磨礪之後，從不曾破損、不曾驚慌的堅硬質地。朵芸站了起來，心猜會有另外的一幕即將發生，手足無措了一番。女人舉步過來，眉眼開笑，輕輕捧住了朵芸的臉頰，眼底裡湧過一片豔羨和欣賞的彤雲。朵芸有點尷尬，忙讓出了沙發，想請她坐下說話。女人卻不為所動，鎮定了一下自己。女人問，「一定是朵芸吧？」

「嗯，是我。」

女人說，「我替他謝謝你，這些日子你一直照顧他，可他不能開口道謝。」

朵芸局促地說，「趙卡不在，我分擔一下是應該的。」

唉，女人嘆息了一下，仰首盯著天花板說，「趙卡這孩子也真是不懂事，這個病床前應該有他的位置，他不能缺席的。」

「阿姨，謝謝您。」

「謝我？」

女人驚詫地問。

這一刻，朵芸終於鼓起了勇氣，放肆地說，「我知道您跟叔叔離了，您也有了新的家庭，但是您和叔叔畢竟生活了那麼多年，還有了趙卡。我願意替趙卡守在這。我保證叔叔會一天天好起來的。您今天來看望叔叔，我想趙卡聽見了也會高興的。我以前無數次地聽趙卡講過自己的媽媽，現在見了您，我知道他的話是真誠的。」

「朵芸，你真是個好女孩，單純，也善良。」女人道。

「您相信奇蹟嗎？」

聞聽此話，女人雙手合攏，搭在了胸前。女人款然說，「活到了我這個歲數，朵芸，你還能讓我相信有奇蹟嗎？不，什麼都沒有，一切都太晚了。」

「阿姨，您跟我來，我請您親眼看看。」

朵芸挽住了女人，將她慢慢拽到了病床前。病人仍舊像一具屍體般地躺著，對這個靜謐的夏夜和人間不發一語。朵芸信心十足，同時又充滿了快意，因為這個寂寥的病室冷清了許久，即便是一次次熱烈而持久的掌聲，也太缺少觀眾了。現在，朵芸開始鼓掌了，掌聲清脆，帶著鮮明的韻律和節奏，不絕如縷，上下翻飛。在朵芸的掌聲中，女人詫異地看見，病人的那一根小拇指甦醒了，開始了應和，慢慢蠕動起來。這一切都和朵芸的預期完全一致，所以她的掌聲更加放肆，也更加熱烈了。後來，無名指也有了一種感應，先是抽搐了幾下，迅速調整節拍，踩出了與小拇指一樣的舞步，輕盈，曼妙，充滿了年輕的活力。

「哦」，女人失聲喊了一下，捂住了自己的嘴。

朵芸停了下來。

女人呢喃地問，「是真的嗎？這不會是迴光返照吧？」

「阿姨，您能和我一起來嗎？我們一起鼓掌？」朵芸哀懇道。

「不，我不會，我也不想。」女人突然慌亂起來，失神地左張右看，似乎想奪路而逃。女人說，「我只想來看看他，沒別的目的，我可能來錯了，我不應該出現在這。」

朵芸惱了，橫在了女人的面前，截停了她。

女人無辜地盯看著朵芸，先前的恬靜與光芒一瞬間土崩瓦解，只剩下了驚兔一樣的局促。女人的臉上寫滿了央求，彷彿一條離岸的魚那樣，哀求一條生路。朵芸篤定地說，「阿姨，您是趙卡的媽媽，您也和叔叔有過一段美好的回憶。現在請您和我一起，給他鼓鼓勁，把他從昏迷中拉回來吧，剛才您都看見了，奇蹟還在。」

「不，你誤解了。」

「求你了，我和趙卡一起求你了。」

「好女孩，你真誤解了，我不是趙卡的媽媽，不是。」女人斂住了表情，肅穆地說，「我和他也曾經年輕過，像你和趙卡現在這樣，但那是另外的一個故事，舊了，發黃了，不提也罷。」

這一瞬，朵芸木然著，像一個小丑似的，苦笑不堪。

……也不知過了多久，朵芸才從迷幻中掙脫出來，心裡空空蕩蕩的，猶若這一間荒涼而空曠的病室。架子上的液體已經輸完了，朵芸拔下針頭，插在了另一瓶液體裡。病人的手癱在床上，無名指和小拇指併攏著，離群索居地翹了起來，像一雙失家的孤兒。

賈紅進來了。

賈紅進門後，從朵芸的表情上發現了異常，忙扳住了一臺儀器，訝異地喊，「拉成一根線了，快喊大夫呀，笨蛋，還愣著幹什麼？」

又陰了幾日，出殯的那天早上，天終於破了，大雨瓢潑。

　　等著領取骨灰的時候，我看見趙卡撇下了休息室裡的親朋好友，一個人踅了出去，站在一棵闊大的左公柳下。趙卡摸出菸，剛要點菸時，我上前吹滅了打火機。趙卡的臉寡淡得像一張冥幣，渾身瑟瑟著。我抱住了趙卡的腦袋，攬進懷裡，給了他一個熱烈的擁抱。這時，我看見牛亞麗舉著傘過來，嬌嗔地說，「叔叔快出來了，趙卡，我們去接叔叔吧。」

　　雨打在臉上，的確很疼。我說：

　　「我先下山了，不能陪你了。對不起。」

　　趙卡顫慄一下，反問說：「去哪？」

　　「回市區去，回醫院，我已經預約好了，你不必操心。」我看了一眼崎嶇的天空，不明白臉上究竟是雨，還是淚水。我說：「今天還有另一個葬禮，不過是我一個人參加的。」

　　「朵芸，改天吧，改天我陪你去。」

　　「趙卡，你相信奇蹟嗎？」

　　「都是我的錯，我會改正的，朵芸你相信我最後一次吧。」

　　後來，我黯然地說：「真的，這些事與奇蹟無關，睜開你的狗眼吧！」

陳小墾的第二幕

　　朋友們從臺階上走下來，站在樹蔭下，相互瞧了幾眼。

　　老半天了，誰也不願吱聲，散漫地站著，不大自然，姿勢都有點頹。樹蔭像一盞黑色的聚光燈，罩在頭頂，身上便涼了下來。咫尺之外，日光彷彿一攤溶化的鉛水，在空氣裡肆虐、咆哮，卻奈何不了高大的冷杉、榆槐和大柳樹。涼漸漸凝結，生成一絲冷意。或許，冷更多地與心情牽連吧。怎麼說呢，在這樣的地方，人不由得會變冷，話也就稀了。

　　抽了空，三個男人終究忍不住，多盯了女人幾眼。目光若一張粗砂紙，窺破了什麼似的，再相視一笑。5 掏出菸來，軟中華，想打一梭子。2 和 1 接了。剛遞給 3 時，3 適時地咳嗽了一聲，忙擺手。菸是道具，也是一番開場白，在繚繞的表情裡，大家漸漸放鬆下來，有了開口的欲望。

　　「昨晚又出鏡了？」1 問道。

　　「沒有呀。」3 咳完，撩了撩額髮，清湯寡水的樣子，想想說，「咋了，你是不是瞧我特憔悴，臉上的妝還沒卸乾淨呀。」

　　2 搶先說，「其實，你不化妝，才最天生麗質。」

　　「在下同意。」5 插嘴。

　　「呵，這話陳小墾愛聽，我倒不太相信，不過挺受用的。」3 唏噓了一下，憶想道，「以前，你們就是這般慫恿陳小墾的。他那個人，耳根子軟，經不住你們哄，你們騙。你們別再柿子撿軟的捏了。哦？」

　　「陳小墾來了，我們也死忠你的美貌，頑固到底。」三個男人附和說。

　　「嘴硬。等他來了，看你們咋說。」

1 道，「其實，你比上電視還漂亮，電視篡改了你。真的。」

「唉，早知道這麼熱，我就不該穿這條牛仔褲。我應該穿裙子才對，熱暈了。」3 的感喟，讓男人們的目光變成了插電的熨斗，拂過 3 修長的大腿，挺括的臀部，柔美的小腹。3 一下子高高挑挑了起來，活色生香，猶如一尊女神像。3 說，「一宿沒睡好。昨晚上，動物園裡出了大事。」

「動物園？」2 和 5 追問。

「是呀。昨晚上，動物園裡的一隻孔雀走失了。」

「騷孔雀。」

3 立馬呵斥道，「喂，別那麼難聽好不好，嘴上積點德。人家孔雀是吉祥鳥，沒招你惹你的，你給人家潑髒水。」

「哼，這有什麼呀，不就是一隻翎子帶彩的土雞嘛。」1 慨然說，「我們以前在郊外的農家飯莊點過這道菜。野生，八百一隻，當場開膛破肚的。你不信？陳小墾也在，他難道沒給你彙報呀。其實，味道真不咋地，肉粗，有一點酸。」

「牠走失了。」

3 的語氣不捨，喃喃道。

「大驚小怪喲，你們還當突發事件呀？」5 很鄙夷。

「問題是，牠不是一隻簡單的孔雀，隨便從西雙版納抓來的。牠是一個東南亞國家的元首來訪時，第一夫人送給孩子們的。」3 帶著留戀，目光中有一團陰翳飄過，又迅速燦爛起來。「不過還好，凌晨時才找到了牠。牠就趴在一輛灑水車的車頂上，挺無辜的。」

1 說，「落難的鳳凰不如雞，況且孔雀呢。」

「太慘了。」

2 道，「沒見你這麼悲傷過，眼圈也紅了。你忍忍吧。」

「唉，孔雀的一隻腿斷了，估計是骨頭吧，至少也扭傷了筋。」3 說，「你們不明白，這牽扯到外交關係，外交無小事。萬一，萬一人家第一夫人再來，孔雀不在了，多傷臉啊。幸好，孔雀找到了，這條新聞也被斃了，不許播。」

「我明白了，牠不是孔雀，牠是特命全權大使。」2 歸結道。

「跟復活節的火雞一樣。所以麼，我說孔雀也是一隻雞。」見大家不明就裡，1 的話多了起來，絮叨說，「每年的復活節，人美國總統的院子裡就會趕來一大堆火雞。總統先生瞅哪隻雞順眼、漂亮，就給抱出來放了生，以示仁愛。還要簽署一道法令，不得傷害牠。對了，這隻雞叫總統雞，插了跟蹤器，一輩子放養在大衛營的叢林裡，終老此生。」

「呵呵，這隻總統雞比我強，強八輩子。」5 說。

2 也說，「我也願意投胎。瞧，這隻雞級別夠高的，讓總統又抱又親，至少是一個美國的上書房行走吧。」

「孔雀丟了，這當然是一條突發新聞。我跟著員警和飼養員們跑了整整一宿，早上才收工，差一點趕不上今天的事。我累暈了。」3 不願被打斷，兀自道。

5 忙問，「員警也出動了？嗐，我咋沒接到命令呀。」

「你被孔雀涮了。」

「孔雀真還瞧不上你，怕員警再給人家下黑手。」

「對，給小孔雀五花大綁，塞進號子裡，洗臉呀，躲貓貓呀，喝水呀、長粉刺呀，做噩夢呀，發狂呀，從床上摔下來呀，不得善終。人孔雀聰明，才不想嗚呼哀哉哪。除了員警，人孔雀也不想見城管。呵呵。」

面對眾口討伐，5 的臉騰地紅了，只好掏出軟中華，又打了一梭子。這回，3 接了過去，叼在嘴上。2 按開打火機，餵給 3。一時間，氣氛略微

顯得彆扭。這是個尷尬的話題，哪壺不開提哪壺，5 有點發窘。

　　日光下有一座中央花壇，蜂飛蝶亂，鮮花灼灼。噴水器漾起了一層霧靄，被太陽襯托，映出一道彎曲的虹橋，帶著稀薄的歡笑，不為人知。會場外人群擁擠，熙熙攘攘，彷彿一個巨大的集市，市聲鼎沸。靠近樹蔭的另一側，有一道高聳的圍牆，紅磚綠瓦。牆脊上砌了一隊琉璃色的吉獸，匍匐而塑。不能不說，這是一座偌大的園林化的會場，細節都很中國。

　　停了一會，5 覺得該解釋一下才行。5 一向是訊問別人，現在輪到親口答疑了。5 說，「呵呵，我那件破事，其實早就結了。我估計，局裡正給我列印平反昭雪的檔呢，等著瞧。」

　　2 說，「清者自清嘛。」

　　1 也道，「皎皎者易汙。」

　　「嗐，你們這麼一講，也不枉結交了十幾年。兄弟的信任啊，這是。」5 的嗓子哽咽起來，眉頭緊蹙，「我真沒拿那筆錢。我發誓，以我母親的名譽。當時，我是第一個破門，進入命案現場的。誰都知道那晚上的事，一家老小被害了，到處是血，亂極了。瞧一眼我就明白過來，流竄作的案，光為圖財，連保險櫃都撬開了。或許是主人的兒子回來了，車燈驚動了歹徒，才倉皇跑掉的。你們想想，在那樣的傻 × 環境下，我會私自祕錢嗎？不，我才不傻。」

　　1 說，「那家人太顯擺，招搖貨，咎由自取吧。」

　　「喂，有多少錢？」2 發問。

　　「不好說，反正跟開銀行差不多，土財主。茶几上、紙箱子、保險櫃、床上，都是成捆的鈔票吧。」5 有些激動，手勢頻仍，「我帶著隊上的人，在裡頭勘驗現場。人多，誰都可以給我作證的。媽的，江湖惡，人情薄。後來他們居然都啞巴了，沒一個人站出來替我說話。」

3抬起臂，咂了咂菸，一直淡泊地聽著，事不關己的樣子。5的神態像說書，惹得2和1湊近了一點，躲避著周遭的嘈雜，也彷彿地下黨在接頭。3換了一條腿，支住重心，往遠處的會場瞭看了一眼。日光很盛，遊移的人群像穿行在哈哈鏡裡，帶了虛幻的影跡，畫面鑲了一層毛邊。這時，5開口道：

「媽的，那小子是後來才進來的。一進門，肩上的攝影機就在工作，我沒察覺。事後，我想自己可能是接了個電話，完後，絕對是在往口袋裡揣手機。」

1問，「他真是陳小壐的手下？」

「我同事，法制節目的，剛畢業的青皮少年。」3擲下菸蒂，一腳踩滅了，發言人似的說，「回到臺裡，陳小壐審片時，一眼認出了你。陳小壐什麼人呀，他忒仗義，當即就給斃了，不許播。他是總監，他不會出賣朋友。」

「出賣？」5一下子急了，「我本來就乾淨，何談出賣。」

「網上說你祕了兩萬。」1質問。

「那是被害人的兒子瞎估的。丟了，就證明是我祕了，難道不是歹徒逃跑時揣走的呀。」5急出了一頭的疙瘩，調門也高了，「媽的，我被停了職，下放在基層派出所。我比竇娥奶奶還冤啊，心裡時時裝了一泡屎似的。」

3笑了笑，委婉道，「抱歉，我用詞不當。」

「問題是，那小子也太沒組織觀念了，政治上不成熟嘛。」2的惱怒來得恰如其分，鬆了鬆領帶，將西裝脫下來，掛在臂彎裡。他一向注重儀表，這和他的身分有關。2道，「千不該，萬不該呀，當初陳小壐聰明的話，當機立斷就把帶子扣下來，也不能讓那小子私自上傳到網上，禍害

你，玷汙人民警察的形象。」

「你成網路紅人了，點擊率特高。恭喜你。」

1 火上澆油。

5 嗔怒道，「媽的，我和沒素養的不計較。」

1 並不是斤斤計較的人，對 5 的鄙夷不以為然，權當一陣風。1 說，「一掛到網上，就等於泥牛入了海，陳小墾和公安局再怎麼圍堵，再咋刪，整個沒戲。現在，網路是一個吸血鬼、魔頭、妖怪，成也網路，敗也網路。人人都怕挨磚頭，打得你滿地找牙，鼻青臉腫。你呀，你就是一個警界周久耕，犧牲品。」

「要是我手下，我給他縫一隻小鞋，23 碼的，讓他慢慢穿上。」2 道。

「開了！」3 說。

「開什麼開？」

3 冷靜道，「事一鬧大，陳小墾把那個攝影給開除了。這號孩子，個個是余則成，指不定哪天，就給你背後一黑槍。現在好了，眼不見為淨嘛。」

「你今年不順，本命年吧？」1 問。

5 指了指 2，嘟嘆道，「跟他一樣，都本命年的人，流年不利。」頓了頓，5 想起什麼來，恍然道，「怪了，從事發前到現在，我夜夜做夢，總夢見一隻癩蛤蟆衝著我叫。叫也就叫了，癩蛤蟆身上的那一層雞皮疙瘩，居然在發光，刺眼睛。我常被那一片鬼兮兮的光驚醒，一身虛汗，沒完沒了。我老婆還以為我尿床、夢遺。嗐，沒法給女人解釋。」

2 說，「抽了空，你去去麻尼寺，特靈。燒上幾炷高香吧。」

「你該穿紅褲衩，襪子也要紅的。」

1 附和道。

「過一陣，我請客。」5 撓了撓頭皮，騰起一堆皮屑。頭髮上的油大，幾乎能炒出一盤菜來。3 差一點噁心出來，忍了忍，目光瞥向一側。5 慷慨道，「等平反了，我在鮑魚王子擺一桌。你們都來，聚齊活了，給我消消晦氣。我現在算正式下帖子了。諸位老友，賞臉啊。」

「可惜，遍插茱萸少一人呀。」3 道。

2 說，「陳小墾肯定來。」

「他沒道理不來。我的面子，他十足會給的。」5 道。

1 也說，「陳小墾要不來，呵呵，那他的酒由你代勞了。誰叫你驚豔絕倫，貌若仙女，還 S 曲線呢。你的寫真一上網，什麼冰冰呀、周迅呀、子怡呀，全都歇了菜。騙你，騙你我孫子。」話至半程，3 忽然搶上來，伸出腳，踢在 1 的屁股上。1 嘻嘻哈哈跑開，挑釁道，「來點狠的吧。美眉，求求你，狠一點，我才刺激嘛。」

消停下來後，3 指著 2 說，「喂，你陪我去趟洗手間吧。」

「哦？」

「那地太遠。喏，挺背的，我怪害怕。」

現在，1 和 5 並肩站著，看一男一女慢慢走遠。

日光像一道寬大的幕布，刷地拉開，將 2 和 3 曝了光，呈現眼前。3 走得很忸怩。或許是高跟鞋的緣故，3 將手搭在了 2 的肩上，把住平衡。3 性感的線條讓 1 和 5 的目光很糾結。看了片刻，兩個人相視一眼，會心地笑了。

「挺飽滿的。」1 說。

「石榴。快成熟的大石榴吧，快炸開了。」5 也說。

「你看像什麼？」

5 思想了一下，道，「總統雞。」

「瞎掰。你的意思，陳小壆是總統了。」1 不滿意對方的結論，甚至有點小小的憤怒，糾正道，「他就是一個省級頻道的小總監，輪不上給他戴高帽子。在這一點上，一定要實事求是。」

「呵呵，那就總監雞吧。」

「嗜，咬字清楚一點，別帶尾巴音。」

「總監雞。」

1 即刻滿意了，又將目光迢遞而去，掛在了 3 的背影上。5 也不甘落後，目光擰成了一杆標槍，投擲出去，釘在了標靶上。會場外人影憧憧，總有來去打擾的傢伙，影響視線。5 和 1 遂將脖子拔長，眺望軍情。看了不多久，目標終於湮沒了，5 和 1 才正常下來，各自點了一支菸。這時，1 感慨道：

「這妞，汁挺多，一指頭能掐出水來。」

5 道，「剛熟好的田。」

「喂，用你們員警的術語，她該算什麼？」

「人質。」

「誰綁了她？」

「感情呀。」

「嘿嘿。其實，陳小壆根本不喜歡她。玩呢。」

「後妃一個。」

1 驚訝道，「嗜，你這個說法挺準確的。對，後宮三千佳麗中的一位。呵呵，在這一點上，陳小壆倒也算是個總統吧。媽的，他今天臨幸一個，明日人肉一個，陳小壆怕是連長相和名字都記不住。這個土皇帝，我太羨慕他了。」說著話，1 將右拳砸在了左手心裡，砰地一聲，像驚堂木。1 說，「昨晚上，我一夜沒睡，在心裡過了過電影，替陳小壆數了數。你

說，咱哥們聚會也有上百場了吧，不止。陳小墾帶來的各色佳麗，少說也有七、八十個，老子都快眼花了。」

「喂，你省省吧。」

「什麼話，我可不是酸葡萄心理。」

5 努了努嘴，朝著剛才的方向，詭譎地說，「上個月，陳小墾打電話來，讓我幫他個小忙。你知道，我老婆在區人民醫院，搞婦科的。陳小墾說她那個了，讓我領去打掉，他不好出面。嗨，我當然不能說是哥們走的婚，下的種，更不能出賣陳小墾呀。我老婆挺懷疑我，審了我幾天，才相信是我們所長的安排，她是個線人罷了。手術過程中，我老婆對她盤問得很累，蛛絲馬跡也不放過，回家就彙報了。喊，陳小墾就這麼中的陰招，一直蒙在鼓裡。傻呀。」

「雙面間諜？」

「胎兒太大了，足有三個半月，差一點做引產。」

「接著講。」

5 登時煥發出一種職業態度，條分縷析道，「事後，我委婉地問過陳小墾。陳小墾不經意地說，他早就膩了她。半年多了，沒跟她婦唱夫隨過，見她就特痿。誰料想，一個月前喝大了，才去耕了一次田。呵呵，時間差，懂了吧？」

「呀，這不跟南非的祖瑪待遇一樣嘛。」

「可沒人謝罪自裁呀。」

1 說，「內外有別，咱是發展中國家，人口多，底子薄嘛。」

「呵呵，她的臉上卻瞧不出來呀。剛才，她還挺正點的，一副忠貞不渝的樣子，捍衛陳小墾。其實，她就是一件用壞的器官，該換零件了。喂，你說陳小墾知道的話，該作何反應？」

「別煩領導同志了，芝麻大的破事。」

「也對，總監太忙。」5 說，「女字旁的奸，腎虛。」

──1 險些笑噴了出來，忙彎下膝，活動了身體。1 對剛才的祕密頗有感慨，唏噓一番道，「我最喜歡一首詩了，唸給你聽聽。詩說，最是倉皇辭廟日，教坊猶奏別離歌，垂淚對宮娥……。唉，陳小墾聽見了，絕對當浮一大白。」5 對 1 的朗誦不感冒，心裡別有他念。1 恰在興頭上，又重頭吟詠了一遍，搖頭晃腦的，沉浸其中。5 不得不有所回應，又見縫插針道：

「其實，我也挺難的。」

「咋了？」

「那件破事鬧的唄。現在處境不佳，特鬱悶。我覺得還是幹刑偵過癮，在基層做片警，憋屈，明珠暗投。老哥們了，打開天窗說話吧，調動一下職務，不使銀子能成嘛。使少了，你都沒戲的。」──5 的口腔裡，頓顯寒冬時的蕭瑟，讓 1 感同身受。1 打斷 5，也嘆息道：

「唉，現在金融危機，日子太緊巴了。」

5 說，「不會吧，金融危機遠在美國，影響不了你的書城呀。每次經過你的店，總看見紅紅火火的，像開了一所私立大學一樣，人頭攢動。」1 咳嗽了一聲，撩起 T 恤，揩了揩臉上的汗。1 道，「我真賣不動書。這年頭，兵荒馬亂，人心惶惶的，誰還看書呀。要說賣，我也賣的是經，家家都有的那一本難唸的經。」

「咦，你也有難唸的經呀？」

1 說，「凡心猶在。」

忽然，一陣緊似一陣的警笛聲響起，像鐵片刷在了玻璃黑板上。1 和5 扭頭，齊刷刷地向大門口望去，淡下臉來。會場外的人群頓時被犁開

了，分列兩廂，彷彿一道道波浪，漸漸偃下來。1 說：

「大人物。」

「當然，一定是大人物來了，二級保衛嘛。」

「你的領帶太素。」3 說。

「今天就得素。擱平時，我愛用紅底白花的。」

3 說，「領帶也打得不好，特笨，像蘇聯老大哥的那種，一個蠢疙瘩。你應該打一個英式或美式的，倒三角，像小粽子。」

「呵呵，將就吧。」

2 剛從洗手間裡出來，瞧見 3 已站在門口，忙甩了甩手上的殘水，繼續將西裝掛在臂彎裡。2 並沒將 3 的挑剔放在心上，一團和氣。但 3 不幹。3 靠過來，從 2 的脖子上解下領帶，捋平，手上使了魔法，迅速縮出了一個小粽子的形狀。3 將圓圈狀的領帶套在 2 的脖子裡，道，「以後用時，這麼一搜就可以了。瞧，多精神呀。」3 像一塊鏡子，讓 2 頓時感覺到了年輕。2 說：

「像絞索嘛。」

3 說，「領帶是男根的象徵。在西方，打領帶是一門學問。」

「呵呵，我樂意你絞我。」2 道。

這一帶，林木更密，花草妖嬈。腳下的石子路徑，砌成一塊塊網格狀，乃民間的祥瑞圖案。2 重複了幾遍剛才的話，不見回應，遂追撢上去。出拱門時，3 猛地跳了起來，夠了夠頭頂的枝條，沒夠著。2 踮起腳，很輕易地拽下了一根枝條，擷折後，遞給了 3。3 搭在鼻尖上嗅了嗅，吸了一口，很陶醉的樣子。2 說：

「杜鵑花，真漂亮。」

3 道，「太香了。好久了，再沒聞過這麼香的花呀。真好。」

「這花好有一比。」

「咋比？」

「像你。」2 越發大膽起來，呼吸急促，表情彤紅。「當然，這是個拙劣的比喻，但我想不起更好的。你比鮮花要漂亮，美人中的美人。」

「你特不靠譜。」3 駁斥道。

「我的意思你應該明白吧。」2 鬆了鬆領帶，讓自己放鬆下來。——在這麼酷烈的夏天，或許他是唯一穿西裝的人。

「你們想瓜分我。」

「呵呵，你誤解我了。」2 覺得自己有些蠢，太使勁了，反倒讓對方提防。像劉曉慶演戲一樣，太過。於是，2 開門見山地說，「別往壞處想。我老婆雖然醜，擱在我眼裡，卻是天字第一號的寶。我剛才的意思，是想請你幫一個忙。這事，只有你能。」

3 窘了窘，「我一個跑出鏡的記者，能幫什麼呀。」

「等一會結束後，你搭我的車吧，別坐那個汙點員警和書販子的。剛才，他們看你的眼神都不對，一個像狼，一個是狐。」2 對這個比喻較為滿意，順利地進入了主題。2 說，「前一陣我去了趟法國，沒什麼可買的，只給你帶了一個 LV 的拎包。你坐我的車，包就在車上，別叫他們看見。」

3 說，「你想讓我坐檯吧？」

「嗐，別那麼難聽。」

「我替你說了。」

2 道，「哦，只是一個小忙。」

「別說坐檯，就是你讓我出檯，我也願效犬馬之勞。」3 開始撕扯手中的花瓣。一片，再一片，又一片，紛揚在腳下，像葬花。3 說，「不過，我

出檯不是為了一隻他媽的 LV，我沒那麼下賤。考慮到你是陳小墾多年的哥們，我才樂意的。我不收費，給你全免。」

「一個小心意，你笑納吧。」

3 道，「你覺得陳小墾知道的話，他會同意嗎？」

「會的。」

「憑什麼？你覺得我像一隻雞，見了人就撩翅膀？」顯然，3 被 2 剛才鑿然的回答給激怒了，「你以為陳小墾同意了，我就得乖乖從命呀，去他媽的。你別拿陳小墾嚇唬我，我才不吃這一套呢。」3 的反覆無常令 2 措手不及。2 一再放低了姿態，解釋一通，才讓 3 的情緒緩解下來。2 說：

「我真不是那個意思。」

「我也不是，你別瞎想啦。」3 的臉頰上凸顯出一根青筋，咬來咬去。「我答應你，說白了，就是為了報復一下陳小墾。哼，這是最後一次機會。你說吧。」

2 道，「我想請副部長吃頓飯，你來作陪吧。」

「幹嘛是我？」

「明擺著嘛。只有你來，他才肯赴宴。」

本來準備了一肚子的話，事到臨頭，2 卻覺得自己理屈詞窮，茶壺裡煮餃子似的。3 忽然俯下身子，吹了吹臺階上的灰，臉色也懨懨的。2 趕忙將臂彎裡的西裝拿下來，墊在上頭。3 不計較，徑直坐了下去，抱住膝蓋，不知在沉思什麼。2 孤立著，在琢磨後面的話。不遠處，一隻水鳥上下翻飛，尖叫不已，顯得四周更加空荒起來。3 道：

「我恐怕中暑了，噁心。」

「先涼快一下吧。」

「我熬了整整一夜，為一隻破孔雀。」

「哦，你先涼快一下，靜一靜。反正，陳小墾一時半會不會來的。這個臭傢伙，幹什麼事都慢騰騰的，一點不著急。」

3 問，「喂，你咋知道我和副部長熟？」

「陳小墾說的。」

「他就說了這些，沒說別的嗎？」

2 迅速轉了彎，尷尬一笑，道，「你知道的，我在副處的位子上一呆就是八年，快鏽死了。原先的幾個小科級都上去了，就我一人還亂張望呢。他媽的，這年頭，只有奶油和狗娘養的才浮出水面。我已經後備多年了，組織上一直不來談話。嗐，頭髮都愁白了。現在有個機會，處長馬上要退了。我尋思，你出面最好，我儘快安排個飯局，請副部長來做客。」

「老頭子去療養了。」

2 道，「哦，這不是個問題。北戴河，麗江，還是在三亞？找一個週末，我邀請你雙飛一趟，就在療養地拜碼頭吧。其實，這樣子才方便。陌生場所，副部長也能放得開，什麼話都好講。」

「老頭子後天就回來了。」

「就地吧。」

「陳小墾沒給你講嗎？」3 陰笑了一番，帶著幸災樂禍的表情，「你跟陳小墾快穿一條褲子了，這件事上，他倒一直瞞著你呀。」3 的語速很快，像在播報一條現場新聞，「老頭子回來，就為處理這樁破事，十萬火急啊。」

「嗯，這的確是個棘手的事。」

3 迷惘地說，「那你先幫我一個忙吧。」

「我知道你要說什麼，你不用講。」2 忽然拾回了信心，將胸前的領帶捋順，挺胸，環臂抱在一起。2 說，「呵呵，不就是一些個人資料嘛。相片

呀，影片呀，書信呀，我已經歸攏好了。我自己整理的，誰也沒讓插手。喏，它們都放在車上的 LV 拎包裡，你順便拿回去吧，完璧歸趙。」

「謝謝。」

「那你答應我了？」

「對。這下兩訖了，誰也不欠誰的。」

2 說，「你這樣慷慨，讓我很感動，有情後補吧。」

「還有一個小問題，請教一下你。」3 伸出手，撥開空氣裡飛來的蜜蜂，又攆走了一隻綠頭蒼蠅。3 說，「一氧化碳是什麼東西？」

「一種化學反應吧。」

「喂，那車上的那個光屁股女人呢。據說，她也是有夫之婦呀。」3 笑了笑。在 3 的笑臉前，一枚蝴蝶停在空氣中，像一個標本似的。「其實，我不該問這些的，真不該。哦，你權當沒聽見，好吧。」

2 說，「你知道冬蟲夏草嗎？」

「聽說過。」

「有時候，牠是一條蛆蟲，在地下拱來拱去。夏天一到，萬物生長，它就會變成一根草。唉，這都是造化弄人。」2 揪下花壇裡的一莖花枝，演示道，「其實，做一枝花草也挺好的，沒有思想，沒有名利，多簡單。喏，像天上的雲。」

3 說，「呀，你看那朵雲像什麼？」

「像大象。」

「不，我覺得它像一張臉。人臉。」

這時，會場門口響起了一陣陣警笛聲，驚擾了談話。3 起了身，拍了拍褲子上的灰。2 將西裝拾起來，繼續掛在臂彎裡，尾隨其後。在路上，2 有點沾沾自喜地問，「我剛才在會上的發言如何？」

「蠻好。」

2 謙虛地說，「嘿嘿，沒一個人願意講話，我被趕鴨子上架嘛。」

「給你糾正個錯別字。」

「什麼字？」

3 說，「你把陳小墾心寬體胖的胖，念成了 pàng，正確的讀音應該是 pán。」

和大家剛一會合，門外的車隊便隆重駛入。

朋友們站在樹蔭下，退後幾步，對眼前這個誇張且豪華的大場面隔岸觀火，冷眼向洋。警笛聲熄了，跳下來一大堆員警，驅開人群，築起一道人牆，嘴裡還罵罵咧咧的。氣氛陡然緊張，像好萊塢大片裡經常演的，似乎美國總統即將蒞臨會場。5 說：

「二級保衛。」

2 也說，「絕對大人物。」

「嗜，這下，陳小墾同志又會遲到的。媽的，先來後到，大人物當然是來加塞的，他才不樂意排隊呢。」1 聊賴地說，「不如這樣，我請大家去門口的酒吧坐坐。酒吧有空調嘛。這麼熱的天，雞蛋都會晒爆的。」

「那敢情好呀，同往，同往。」

大家紛紛附和道。

會場門外的酒吧較有檔次，一點也不輸給北京的後海或上海的新天地。只是，酒吧是夜間的產物，此時門庭冷落，客源寥寥。幾個朋友憑窗坐下來，心情驀地開闊了，像擺脫了一樁煩心事。3 點了一杯現榨的橙汁。2 要了一杯極品鐵觀音。1 和 5 爭來爭去，遂達成妥協，叫了一捆冰鎮的喜力。1 做東，率先拿起高腳杯，招呼上大家，嘴裡喊了一聲：

「乾杯。」

杯子們麇集在空中，伴隨著「乾杯、乾杯」聲，玻璃在響。

一小筐奶油爆米花上來了，馨香，酥脆，白得像一捧雪。另有腰果、椒鹽大板、香蕉片、果脯、杏仁，等等。3 在昏蒙之中，忽然被一陣淡淡的背景音樂提醒了，慢慢呵摸了一番，才想起是木匠兄妹的曲子。3 的目光在男人們的臉上逐一掃過，沒發現什麼知音，失望是顯而易見的。3 跟著哼了一段，直到音樂聲消失。3 自己說：

「《昔日重來》（*Yesterday once more*）。」

1 也說，「另有一個翻譯，叫《昨日重現》。呵呵，昨日重現，正是這家酒吧的名字。太邪乎了，歪打正著。」

「那時候多好啊。那時候，唉，那時候真的好。」3 道。

「你懷舊了？」

「嘻，你們說說看，外邊那些景物究竟是什麼？」3 指著落地的玻璃窗，對著混沌的街景發問。三伏天吧，太陽像一片焊光，花火四射。除了偶爾的車輛駛過，行人杳然。朋友們捉摸不定，相覷一番，知道會有答案的。像往日許多次一樣，3 會自己提供，並使大家驚詫一番。果然，3 說：

「那叫生活。」

5 有些懵懂，自傲地說，「呵呵，我看像一座大玻璃魚缸，光陰如水，人是魚，樹木是水草。」

「生活！我們在座的，誰也沒能把它過好。」

「你傷感了。」2 發問。

「才不。」

3 兀自沉浸其中，並不理睬其他人，彷彿她的視野裡，皆是一片荒原。3 支起肘關節，將一把爆米花拋起，再用手接上；再拋起，再接上。一忽的工夫，爆米花灑了一桌，狼藉得很。2 捧著手機，一直在寫短信，

對眼前的情形不聞不問。5 開始了挑釁，想和 1 鬥酒，言語裡充斥著一副巴兮兮的神情。顯然，他還沒忘記先前的念想，在尋找時機，舊事重提。1 和 5 猜的小拳。猜一次，5 輸一次，緊著往口腔裡灌液體。稍事停頓時，1 來了興致，忽然說：

「一喝酒，我就想起陳小墾這傢伙啦。」

2 邊寫字，邊道：

「陳小墾乃酒仙，有太白遺風，不世出的高人。」

「呵呵，呵呵，一想起陳小墾，我的牙快笑掉了。」1 咯咯咯地笑了一陣子，眉飛色舞道，「陳小墾家的那個社區裡，有一輛奧迪的空殼，燒剩下的。誰知道咋來的，擱了許多年。每次陳小墾喝大了，我半夜給送回去，他都要鑽進那只空殼裡，美美地開上半小時。不讓開？不開，他絕對不回家。」

5 說，「陳小墾這人呀，一生喜歡車震。」

「喂，說了你們乾脆不信。車殼裡塞滿了一大堆臭垃圾，老鼠、貓、野狗都在裡頭做窩，垃圾場吧。陳小墾一鑽進去，坐在垃圾堆上，就想像自己握著方向盤，嘴裡打著喇叭，吭喝上路了。」1 端起手，轉動著空氣，腳下像踩了油門，「像這樣。對，陳小墾就這個屌樣，嗚嗚嗚地開。一直開到自己趴下，癱了，才允許我扛進電梯。」

「其實，他開的是他自己。」5 道。

2 說，「對，我簽字。」

「不，他開的是寂寞。寂寞，其實是一輛單行道上的車，永不回頭。」

3 判決道。

「寂寞」這個詞，彷彿一枚帶刺的仙人球，冷不丁丟過來，讓在座的

朋友們啞默了一會兒，場面顯得冷。1是個熱鬧人，很快提議大家又「乾杯」了一下，好歹算轉陰為晴了。1說，「呵呵，我再講一個陳小墾醉酒的故事。不，不是那個站在十字路口指揮交通的，也不是陳小墾撒尿時，把皮帶繫在樹上的。我講的是他練功的那一摺子。對了，剛才在會場時，我還看見他家鄰居了。」

大家的表情告訴1，這是個新鮮出爐的段子。

1道，「有一陣，陳小墾常做噩夢，人也瘦了一大圈。我陪他去了一趟白雲觀，燒了符，拈了香，還請回來一把寶劍。道士說，把劍掛在門後，可以避邪。這下好了，每次陳小墾裝了一肚了酒回家，就開始練功。半夜三更的，陳小墾就站在對過鄰居家的門口，揮舞長劍，閃跳騰挪，亂嚷嚷一氣。陳小墾說自己就是太極張三豐，就是郭靖，就是大俠蕭峰和西門吹雪。哎呀，可苦了鄰居們呀，勸也勸不回去。誰勸他，陳小墾就劈誰，大罵對方是妖孽，是邪教分子，是韃子。」——1站起來，跌跌撞撞的，但在醉眼朦朧中，運步，拈指，甩袖，出劍，砍劈。一系列動作一氣呵成，果然像極了陳小墾。

5和2鼓了鼓掌，笑得險些岔了氣，前仰後合的。1仍不甘休，繼續投入在角色中，模仿著陳小墾的口氣，朗聲大叫：

「看劍，飛鴻遠音！」

「見月流芳！」

「飲虹天外！枯鷹殘木！」

1表演完一套劍法十二式，忽然扼住自己的喉嚨，作嘔吐狀。假裝吐完後，又醉裡挑燈看劍了一番，才重重地栽倒在沙發上。3躲了躲，但1沉重的身體橫在眼前，維妙維肖。這時，3推了推1，端起一杯啤酒，勸慰道：

「客官，醒醒吧。」

1 揉了揉眼窩，打了一聲哈欠，慢慢爬起來。3 說：

「客官，這碗醒酒湯，趁熱喝了吧。」

端了杯子後，1 的另一隻手鑽入桌子下，撫在 3 的大腿上。

3 登時一凛，怔了怔，脖子一瞬間拔直。好像身體的某個部位摸到了電門，連頭髮也要麥了起來。附近的幾雙眼睛渾然不覺，樂得快笑脫了眼珠子，不知南北。這更縱容了那一隻手，暗中使勁，想掰開 3 的大腿，朝縱深裡運動。3 鼓足了力氣，暗中抵禦，彷彿嗅見了危險來臨的一隻蚌，果決地合上自己。── 恰在此時，5 起了身，說想去外邊的專賣店裡買菸。2 也站起來，揣了紙巾，摀住肚子，說去一下洗手間。

手縮回去了，1 笑瞇瞇地盯看著 3。

3 頓了頓，先是收拾了一下桌上的爆米花，攏在小筐裡。在 1 肥膩膩的笑聲中，3 出手如電，將一記響亮的耳光，烙在了 1 的臉頰上。饒是如此，3 的怒氣仍未消，拎起一大杯啤酒，慢慢澆在了 1 的頭頂。

1 溼漉漉地說，「活該。」

「公狗。」

「呵呵，我真活該。我錯了，我還以為自己是陳小墾呢。」

「去你媽的。」

用了好幾塊餐布，1 才將自己拾掇乾淨，靠了過去。3 始終不吭聲，匹手支頤，目光瞥向漫漶的窗外。3 的心裡似乎在唏噓，在啜泣，惹得兩個肩胛一直索索抽搐，不可遏止。1 知道自己罪過大了，點頭哈腰，說盡了好話。1 又靠近了幾公分，彷彿能聽見 3 的身體裡洶湧的哭聲，像垮了牆。1 沒了別的辦法，又自己懲罰，狠狠扇了幾個耳光。3 扭頭覷了一眼，發問說：

「陳小墾在的話，你敢放肆嗎？」

「他是老大，自然不敢。」

3 說，「你剛才吃了豹子膽，還是打了雞血？」

「哦，我想兌現我的諾言。」1 含了含腰，立馬肅穆了下來，「要是陳小墾在，我也只想兌現諾言，沒別的意思。剛才，我可能得意忘形了吧。你知道的，人狂沒好事，狗狂拉稀屎。我真活該。」

「什麼諾言？」

「寫真集。給你做一本寫真集。」

3 失笑起來，仔細盯了盯 1，見 1 的頭髮如一片刈後的衰草，溼耷耷地趴著。1 很認真地重複著諾言，時間，地點，當時的情形，一點點的勾起了 3 的記憶。但 3 說，「寫真集？虧你還記得，那是陳小墾哄我的話，你居然會相信。一個餌料罷了。你見過漁夫得手後，還有在鈎了上掛餌的嗎？」

「人非金石。」

「可我不是一條甘心的魚。」

「唉，那次朋友們一起去遠足，玩得可得勁呀，歷歷在目。」

3 道，「舊日子讓人溫暖。」

「真不知道，那條舊鐵路拆了沒有。」1 吭了吭喉嚨，自己灌下去一瓶喜力，咂巴道，「記得，那條鐵路是三線建設時修的，通到了大山深處。據說那裡有一個軍事基地，人跡罕至，風景那邊獨好。兩條發光的鐵軌，像一架通天的梯子，叢林茂密，鳥也多，還有一些小獸。構圖真的特好，特詩意。你一直在枕木上跳方格，我們在林間喝酒唱歌。可惜嘍，那時沒有帶機器，沒拍下你的青春。當時，陳小墾交代我，讓我將來給你做一本寫真集。」

「有火車嗎？」

「有。」1篤定地說，「一共兩輛。一輛是帆布遮蓋的，好像拉的是加農炮。另一輛拉的是水泥和預製板，燒煤的那種，冒著一股股黑煙。」

3道，「看我這腦子，不爭氣。」

「那是個下午，剛下完雨。」

「對了。我好像跳方格時，一下子崴了腳，高跟鞋也斷了，插在鐵軌縫裡拔不出來。」3的表情裡又呈現出夜晚的痕跡，一絲倦意遊移不定，恍兮惚兮。「我的腳崴了。怎麼說呢，就像昨晚上走失的那一隻孔雀。」

1蒼茫地說，「求求你，別談那一隻騷孔雀。好嗎？」

「孔雀怎麼了。」

「老天，我真不想談牠。」

3說，「想起來了，真的，栩栩如在眼前。我的腳崴了，你們和陳小墾，輪番背著我下了山。那時，你們的力氣好大呀，不是走，簡直是風馳電掣地跑下山去的。我閉上眼，覺得自己在一片濃霧裡飄，飄來飛去，跟騎馬一個樣。」

「陳小墾抱你時，我們在一旁喊號子。」

「喊什麼。」

「童謠。小燕子，穿花衣，年年春天來這裡……。」

3忽然咳嗽了起來，揪住胸口，一聲比一聲激烈。1攥起拳頭，在3的後背上捶了幾下，卻不起作用。3的咳嗽深邃、斑駁、空曠，像沉屙在身的一截枯木。3拿起一塊溼巾，咬在嘴上，但阻止不了內心的發言。沒了轍，1端起一杯橙汁來，舀了一匙，想餵給3。3擺了擺手，喘息說：

「太甜。」

「潤一潤吧。」

「我不喜歡甜的。甜的傷感，也太餿嗓子。」

終於歇緩了下來，3的眼角裡嗆出了一層淚光，襯托著笑。3揩了揩，奪過1手中的半瓶喜力，仰首飲乾。一朵酒沫掛在3的唇上。1想去拭乾淨，但3吹了吹氣，酒沫飛落在1的鼻尖上。於是，1和3哈哈失笑了起來，並肩靠在了沙發上，懶怠無比。

「你真的想拍我的寫真呀？」

1說，「做個紀念。」

「我呀，我絕對賣不出去。」

「短版印刷，就印個百十來冊，做精美一些，可以送給朋友們嘛。」1誠懇地說，「我答應了陳小墾，一定要兌現的。另外，我覺得你也該有自己的一本寫真了。怎麼說，就當它是一份青春的檔案。」

3問，「裸嗎？」

「隨你怎麼造型，我洗耳恭聽。」

「呵呵，即便我裸得一乾二淨，我也賣不出去的。我有自知之明。」3說，「你是個書商，你應該明白，像我這人做一本寫真的話，沒什麼市場。其實，我連一隻孔雀都不如。孔雀走失了，還有那麼多的人記掛著，紛紛去找呢。」

1說，「別談牠。」

「我覺得，我的生肖是一隻孔雀。」

「我快崩潰了。」

「唉，我當初開屏時，你們都看見了，不稀罕。」

1說，「求求你，別談牠。」

「喂，你那麼有把握呀，你覺得陳小墾會同意嗎？」3指了指遠處，「他倆呢，他們會袖手旁觀，任你把我寫真一回嗎？」

　　1 慨然道,「甭管那兩個傢伙,一個汙點員警,一個不得志的小官吏,成不了什麼氣候。喂,我的情況你是知道的,陳小墾說過吧。我太太去加拿大留學,呵呵,竟然勾上了一個德國佬,有七十八歲了,老得可以當她爹。反正,這是遲早的事。我不首先訴訟,她當然會給我一筆補償的。」1 將瓶子墩在桌子上,意氣十足地說,「我說這些,掏心掏肺的,你該明白我了吧?」

　　「你才入港。」

　　「哦,你別諷刺我。我攢了很久的心思,自打那次去山裡玩,我心裡就落下了一粒種子,有了這個想法,但我一直沒勇氣告訴你。」

　　3 道,「你寫了一篇壞小說,鋪墊太多了。」

　　「我發誓,我會當面告訴陳小墾的。」

　　「那最好。」

　　「我想徹底了。現在,哪怕和陳小墾反目,結仇,決鬥,我也不怕。」

　　3 說,「喂,哪天,你能幫我辦一件事嗎?」1 蹊蹺地盯看著 3,一臉狐疑,卻仍點了點頭。3 道,「陪我去一趟動物園吧,就最近。」

　　「動物園?」

　　「哦,我想去看看那隻受傷的孔雀。牠怪可憐的。雖說選題被斃了,但牠也是我的一個採訪對象,我得跟蹤牠。直到牠能站起來,會飛。」

　　1 沮喪地說,「當然。」

　　兩個朋友陸續坐下時,1 剛剛咬開了瓶塞,在活動牙齒。2 一身輕鬆,領帶摘下了,領口鬆弛,露出了一層發黃的胸毛。5 擱下一盒六塊錢的菸,笑裡含著一絲歉意,又掏出了兩盒撲克牌。1 拆開塑封,嘩啦嘩啦地洗牌,像賭王那樣,手上嫺熟地一抹,將所有的牌攤成一彎弧形,桃心梅

方，夾雜著不同的花色。1 若有所思，隨便翻著，瞧著。

　　5 將一支菸遞給 1，表情裡浮出了諂媚，按開打火機。1 並不接，唸唸有詞地翻牌。先是一張紅桃 3，又是一張方塊 4，最後一張是梅花 6。1 說，「媽的，今天手氣太差了。要是玩『沙子』的話，我把把輸。」

　　5 道，「湊合抽吧。我平時只抽這個，軟中華是別人孝敬的。」

　　「敢不敢玩一手？」

　　「陪你。」

　　「就一手，猜大小。」1 想了想說，「一手一盒軟中華，誰輸誰立刻去買。」

　　1 重新開始洗牌，洗了很多遍，仍不滿意。2 隔著桌子，看見 3 的目光掠向窗外，有些困倦，又有點沉思。這個日光澎湃的中午，3 臉上遺存的夜晚的痕跡一直未褪，若一片片雲影，遮住了內心。2 用指關節叩了叩桌面，嘟囔了一串阿拉伯數字，又重複一遍，自言自語說，我的車牌號碼，帕薩特，黑的。3 反應了過來，身子一扭，面向大家。1 洗著牌，像阿凡提一樣嘮叨：

　　「挖沙子，埋金子。」

　　5 也跟著唸口訣，「沙子一筐子，金子……」

　　話未畢，2 忽然站起來，從 1 的手中搶過了撲克牌，自己洗了起來。2 說，「一起玩，一起玩吧。我和女士打對家，你和公安一家。」2 的提議，對 5 是一種徹底的解脫，遂改換頻道，連聲歡呼。5 將桌面上的零食統統收集起來，攏在筐子裡，又將喜力和高腳杯撤到隔壁桌上。2 看了看 3，眼神裡充滿了慫恿與鼓勵。3 頓了頓下巴，伸出手，等著揭第一張牌。這時，1 憤怒地說：

　　「陳小墾不來，怎麼打？」

2 說，「缺他一人，咱們可以不玩『沙子』，改打升級嘛。呵呵，牌戲有很多種玩法。難道你是草原上的犛牛，只認自家的那一座帳篷呀。」

「玩升級吧。」5 附和道。

3 說，「我不會升級。」

「媽的，以前打了八輩子牌，陳小墾都在。跟陳小墾玩熟了，我改不掉這個習慣的。」1 比較頑固，並不去揭牌，罵罵咧咧地說，「你們別猴急了，再等一等。陳小墾來了，咱們再開戰也不遲。」

「陳小墾還早呢，先玩起來吧。」5 催促道。

3 說，「我想他快了。」

「嗜，你們想背叛陳小墾呀，別落井下石了。陳小墾不在，我看，這個小圈子也快散攤子了。出了大門，各奔東西吧。」1 吹起了瓶子，像在澆心頭塊壘，一解怨懟。「像這種德行，還算不算仗義之人，還是不是襠裡吊了三兩糟肉的臭男人，還是哥們嘛。」

「遊戲嘛，你別上綱上線啦。」

2 安撫道。

5 也說，「鬧著玩唄，千萬別傷了咱們珍貴的友誼，多不易呀。」

1 憋屈地說，「看看，本來五個人，知根知底的哥們，包括女士。風風雨雨走了十幾年，沒打過，沒罵過，也沒紅過臉。每次打牌，陳小墾都在，玩習慣了，我上了癮。現在這傢伙遲遲不來，我也不想改換戲法，去玩別的。既然你們想玩，就等於我也不在了，你們玩吧。」

「真的算你不在了？」5 發問。

「對。」

2 及時說，「算他不在，現在剩下三個人。那好，三個人玩『掀牛九』吧。」

「我也棄權。」

3 舉手報告，像個小學生一般，怯怯的。

「也算你不在了？」5 問。

3 點頭。

彷彿傷了面子似的，2 掛不住，忙扯開了領口，挽起袖子，汗津津地說，「呵呵，只剩下我和你了，我們兩個人了。兩個人的牌戲是什麼呢，兩個，人。媽的，有兩個人的玩法嗎？」

「圍棋。」

5 給出了答案。

「對，執白守黑，陰陽抱魚，就下圍棋吧。」2 跑向了吧臺，不僅問了圍棋，連象棋和軍棋都問遍了，統統不備。2 說，「既然下不了棋，那好吧，咱倆就猜拳，比比輸贏，試試運氣。」2 的主張迅速落了單。5 瞧了一眼 1，見 1 陰沉不語，忙抱拳作揖，退出了陣戰。2 自嘲道：

「呵呵，你們都不在了，剩下我一人。」

1 說，「瞧吧，世上就剩你一人了，你咋玩？」

「玩我自己。」

3 譏諷道，「有一個詞特適合你，叫獨夫民賊。」

「還有個詞，叫匹夫。」1 說。

「呵呵，我不揣冒昧，再貢獻一個詞，叫什麼來著。」5 囁囁嚅嚅了一番，終於脫口說，「叫孤家寡人吧。現在，你停牌了，你在『單釣』。」

2 說，「朕不孤。」

「現在，你玩什麼？」

「我算命！」

1 大笑起來，哈哈哈地說，「喂，世上就剩下你一人了，你給誰去算命

呀。你趁早關張吧，你臉上根本就沒有買賣，你的結局就是破產，一破再破。好了，這是我給你算的命，免費。」1 火炮般的批駁，令 2 也虛笑了幾聲。2 撓著頭皮，汗顏地說：

「不講了。等一下陳小墾來，我徵求一下他的意見吧。」

1 道，「喂，陳小墾跟我一個立場。」

「這傢伙，這麼肉。」2 道。

「太肉。」3 追加一句。

這時，5 終於逮著了機會，露出雞血般的牙花子，眉飛色舞地說，「肉，這麼肉還算快的。陳小墾呀，頂多是一隻小蝸牛。喂喂，小蝸牛的故事，我以前講過沒有？」5 咽了咽唾沫，看見首肯紛紛，遂變了聲，用童稚的嗓音說，「以前呀，街上有一隻小蝸牛，叫陳小墾。傍晚時，媽媽在門口喊，陳小墾，趕緊回家來吃飯。於是，陳小墾慢吞吞地往家裡跑。忽然，對面走過來一隻烏龜，一不小心呀，一下子把陳小墾給撞翻了，發生了一場嚴重的車禍。……長話短說吧，等員警趕來時，烏龜早就肇事逃逸了，跑了。小蝸牛在急救中心醒來時，員警訊問，喂，什麼車把你給撞了，你告訴員警叔叔，我們要全城追查。喂，你們猜猜，陳小墾說什麼了？」

眾人搖頭。

5 來了勁，越發像個孩子似的，嬌滴滴地說，「員警叔叔，那東西太快了，刷地一下，牠就閃過去了，沒影了……」

此時，3 彷彿一隻強力彈簧，騰地站起來，指著窗外的天空，面紅耳赤起來。大家紛紛引頸翹望，原來是一片雲，灰中帶黑，慢吞吞的踱步而至。朋友們心中一樂，面露喜色。3 結結巴巴地說：

「哇，小墾來了。」

2 也道，「這下，陳小墾真的出來了。」

「饒他一次吧，這回不罰了。」1 道。

稍頃，待朋友們跑進那一座林木森森、鮮花錦簇的古典庭院時，會場外響起了一陣電子禮炮的巨大轟鳴，聲震雲霄，令人目眩神迷。漸漸的，若有若無的哀樂聲繚繞而起，伴隨著空氣裡的一群蝴蝶和蜜蜂，上下翻飛，不可一世。朋友們止了步，蕭瑟地站在樹蔭下，被一盞黑色的聚光燈所籠罩，紛紛伸長脖子，一眺再眺。

3 道，「陳小墾真輕呀。他兒子才九歲，居然能抱住他的骨灰。」

「他老婆的眼睛腫了。瞧，像水蜜桃。」

1 吸了一下鼻子。

停頓了一番，2 才將領帶一撚，一捋，紮嚴肅了，雙手併攏在褲縫左右，行注目禮。2 道，「我剛才的致辭，陳小墾一定會滿意的。」

「當然，蓋棺論定嘛。」

3 說，「人來得真少，他太孤獨了。」

「他才是朕。」2 說。

1 道，「陳小墾這傢伙，一向無組織無紀律。不打一聲招呼，一個人憋著一氧化碳，提前就溜了。老 4 啊，老 4，叫我如何不想你。」

這時，5 乖巧地說，「喂，會後去哪裡吃飯？哦，牡丹園海鮮餐廳呀，味道不錯，挺清淡。今天不能大魚大肉了，吃點素，紀念一下陳小墾吧。」

陳小墾的第二幕

內陸高迥：在西部的敘述

✦ 一

剪羊毛的季節，悄然來臨。

草原深處，一座寺廟剛剛砌畢；一隻鷹捧著完卵，馳越天庭；一塊氈毯將撐完一半；一個黝黑的嬰兒才啼出一聲。

風起時，一個剪羊毛的季節，落地生根。

——其實，我一直相信，是太陽這個影形人漢，拎著一把黃金大剪，走過草原。要不，比牛奶還白的羊隻，比白晝更亮的羊隻，說明什麼？風吹斜表情，天空陡峭，鮮花打開。這個醉酒的糙漢子，跟蹌奔行，在星宿上買醉，雲朵上長臥不醒。那時，蜜蜂是沉默的，狗也不知所終。

春大了。

終於，他想起剪羊毛的季節到了。

數不清那些祕密的羊隻，究竟是從哪一根青草的根部上，悄然擠跳出來，站在這個荒涼人世上的？像晨時的露珠，掛在大地的腰際。像一片片瓦，在地平線上飛行。像一根根燃香，機深如海。經過漫長一季的寒涼和摔打，牠們被雪凍傷，被風彈破，被鞭子遺忘。現在，牠們是一隻隻瓷器，蒙了土，覆了塵，漏洞百出，擠滿在草原深處，等待探看和修復。

——牠們破著，碎著，裂著。在春天，祈望一位熱烈的修補匠人，拎來一隻黃金大剪，去細查，去慰藉，去剔淨身上的疾病和哀痛。

這時，太陽來了。

太陽這個糙漢子，從蠻荒的長醉裡，一步步醒轉，憶起了荒疏的手藝活。他是一個鋦傷補心的工匠，一年一回，趕著春季，來到人間。平素的日子，他則站在天上，翻看手裡的帳冊，記錄著世上的愛憎與情仇。

剪羊毛的季節到了。

草原上，腳聲懇切，經幡獵動。

這是一個需要舉意的時刻。

我知道，我其實也是這麼一個羊隻，一隻攜傷具裂的瓷器 —— 日光照我，如照著世上所有的好兒女，帶了恩情，去懷想下一季的生動和熱烈。

 二

青海東部，靠近積石山一帶，有一場葬禮在行進。

山裡積雪盈尺，風寒鴉瘦，枯木遍野。起靈時，一隻黃銅的鐃鈸在前頭狂響，一路逐奔，彷彿頭羊或領袖，作了引領；十幾根清漆的靈杠，抬起龍頭壽材，在清冽的日光下狂步緊隨。我知道，那座金色的車轅上，坐著一靜默之人。這個人的名字，叫「死」。

路經每個院落時，村人們必會燃起一堆麥草，焚煙路祭，送君十里。

此刻，在積石山上，一幅版畫在祕密地印製：那群繚繞的煙柱，彷彿一根根梯子，直端端地站著，正接續世上的亡人。

麥草是今年的。

今年的麥子下來了，但亡人卻來不及吃上一嘴，就上路了。

在浩瀚的雪原上，一副鮮豔的壽材奔行著，猶如一艘剛剛打造停當的新船，追撞著天上的梯子，去說一句話，去趕一次長腳。

我心裡一疼，驀地想起詩人昌耀寫過的那個詞 ——

「慈航」。

✦ 三

坐在山頂，拍打灰塵。

僅僅是路經。翻過天山南側時，一場起自巴音布魯克草原上的大霧，散了。散也就散了，不過是一陣蜂蜜和牛奶的風。從遠處來，又回到了遠處，像一個人走掉，再就沒了消息。卻突然間，雲塌陷，天敞開，一個廣闊的世界大得無邊無際，豎在眼前。人的心，也就斷成了遊移的懸崖。

鷹若標本，掛在太陽上，一動未動。

這麼空蕩蕩的人世，荒涼到了惆悵，不置一字，也沒了那種水落石穿的一粒粒聲響。這時，便需要拍拍衣服，抖落灰塵。

拍打灰塵。

—— 在山脊上，手一抬，其實只聽見了自己的空洞。接著，乃是人世上的一粒回聲，彈滾而來。「拍打」這個動詞，彷彿一個人的乳名，荒疏了許久，現在才被喚醒，跟著前世的腳蹤，嗅聞而至。

人的心，其實也是一捧灰塵，一丸泥，在寬闊明亮的人世上浮游。拍打，只那麼隨意的幾巴掌，心的空洞便畢露無疑。

據說，這荒涼的世上，最早是有一架天平的，用來稱一稱心的重量，再去分配每個人的來路。埃及人這麼想過，中國人也這麼想過，黑人與白人，富人和窮人，也都如此作想，猜著末路上的歧途和光陰。

於是，在上秤前，拍打，便成了宗教的源初，是一種信仰的舉念。讓心輕下來，再輕下來。比一片羽毛更薄，比天堂還輕。

但現在，人的心都實了，充耳不聞。

那一架世上的老天平，也腳聲杳然。

✦ 四

有一個人站在雲上，揣摩世間。

我覷不見他的表情，聞聽不到他的腳聲，也摸不見他的心跳。但我知道，一定，有那麼一個人站在雲上，放牧著，什麼。

要不，風起時，怎麼會有大團的雲霧，從天空深處擠出來，從日頭的庫房裡瘋跑出來，從青草的芽尖上漾蕩起身？要不，午後的那一陣子暴雨，幹嘛要急慌慌地擦掉地上的汙泥，連累了旱獺和地鼠的王宮？要不，夕光砸下來的一瞬，山腰上大金瓦殿的脊頂，怎麼會坐著一位觀世音？

秋草黃了，在甘南草原。

早起，一個羸弱的阿奶，帶著她的朵拉（轉經筒）、羊隻、酥油、茯茶和經版，走進山裡。黃昏時，一匹獨身經年的獒犬，牙縫裡塞滿了妖怪、魔鬼、傳唱、愛情與失敗，在氈房的周遭踱步，雷霆不已。 —— 四姑娘叫卓瑪，在今年夏天的轉場中，一個人悄悄走掉，再也沒了指甲皮大小的消息。

一幫子窮親戚，坐在草原深處，

時常寄信，說明近況。

一定，有那麼一個人，站在雲上，放牧著什麼？

—— 其實，我知道此刻，秋深了。

秋深的時候，即便一隻滾燙的巨鷹，青春也會被吹涼。我的青春也涼下去了。我熱愛的窮親戚們，嘴裡吮過的酥油，也越來越，淡了。往後的日子，八成是一道窄門，雲落下，冬菰臨，草原和牛羊也會被凍傷。

只是，那牧雲的人，也牧著世上的一切，偏偏悄不作聲。

我亦緘口，熱淚長流。

✦ 五

許多年，在高迴的西北內陸，我抄經、喝茶、歌哭，過小日子，謹守本分。

許多年，西北像一方鎮紙，鎮住我，命令我隱忍與悲傷。

許多年，我還叫葉舟，和春天走在路上，帶著不曾熄滅的滾燙。

葉舟

汝今能持否？

前緣能否再續，父女之間柳暗花明

作　　者：葉舟

發 行 人：黃振庭

出 版 者：崧燁文化事業有限公司

發 行 者：崧燁文化事業有限公司

E-mail：sonbookservice@gmail.com

粉 絲 頁：https://www.facebook.com/
　　　　　sonbookss/

網　　址：https://sonbook.net/

地　　址：台北市中正區重慶南路一段六十一號八
　　　　　樓 815 室

Rm. 815, 8F., No.61, Sec. 1, Chongqing S. Rd.,
Zhongzheng Dist., Taipei City 100, Taiwan

電　　話：(02)2370-3310

傳　　真：(02)2388-1990

印　　刷：京峯數位服務有限公司

律師顧問：廣華律師事務所 張珮琦律師

國家圖書館出版品預行編目資料

汝今能持否？前緣能否再續，父女
之間柳暗花明 / 葉舟 著 . -- 第一版 .
-- 臺北市：崧燁文化事業有限公司，
2023.10
面；　公分
POD 版
ISBN 978-626-357-697-1(平裝)
857.7　　112015255

電子書購買

臉書

爽讀 APP